Jessica Winter
Das Gewicht von Seifenblasen

Das Buch

Eigentlich gefällt es Liza ganz gut, beim Umzug gleich von ihrem attraktiven Nachbarn mit dem süßen Lächeln und dem australischen Akzent auf Händen getragen zu werden. Mit verlaufener Wimperntusche und zerfetzten Schuhen will Flirten allerdings gelernt sein. Gut, dass Liza sowieso nicht vorhat, sich in irgendwen zu verlieben. Erst recht nicht, wenn es sich dabei um den Assistenzarzt handelt, der im gleichen Krankenhaus arbeitet, in dem ihre Schwester Becca auf eine Lungentransplantation wartet.

Aber River ist nicht nur von Lizas Charme und Witz beeindruckt, sondern vor allem von dem, was sie dahinter versteckt. Er ist fest entschlossen, um ihr Herz zu kämpfen, weil er seines schon an sie verloren hat. Und als sich Beccas Zustand verschlechtert, ist River vielleicht der Einzige, der Lizas Abwärtsspirale stoppen kann …

Die Autorin

Schon seit frühester Kindheit begeistert sich Jessica Winter für Liebesgeschichten mit Tiefgang. Bereits mit zwölf Jahren wusste sie, dass sie eines Tages selbst Bücher schreiben würde.

Heute lebt die Bestsellerautorin mit ihrem Mann und ihren Zwillingen im Großraum Linz, liebt nach wie vor ihren Beruf als Sonderpädagogin und genießt es, abends ihre endlosen Ideen auf Papier zu bringen und ihren Figuren mit unterschiedlichsten Lebensumständen Stimmen zu verleihen.

JESSICA WINTER

Das Gewicht von Seifenblasen

ROMAN

Deutsche Erstveröffentlichung bei
Tinte & Feder, Amazon Media EU S.à r.l.
38, avenue John F. Kennedy, L-1855 Luxembourg
Dezember 2020
Copyright © der deutschsprachigen Ausgabe 2020
By Jessica Winter
All rights reserved.

Umschlaggestaltung: zero-media.net, München
Umschlagmotiv: © DEEPOL by plainpicture/Isabelle Hesselberg;
© Lumppini / Shutterstock
1. Lektorat: Sonja Fiedler-Tresp
2. Lektorat: Media-Agentur Gaby Hoffmann, www.profi-lektorat.com
Gedruckt durch:
Amazon Distribution GmbH, Amazonstraße 1, 04347 Leipzig /
Canon Deutschland Business Services GmbH, Ferdinand-Jühlke-Straße 7,
99095 Erfurt /
CPI books GmbH, Birkstraße 10, 25917 Leck

ISBN 978-2-49670-328-3

www.tinte-feder.de

Für Claire. Für Teresa. Für Lauro.
Und alle anderen, die ich nicht kenne, aber
gerne nennen würde, weil ihr für mich
nicht nur Helden, sondern
Inspirationen seid.

TEIL 1

KAPITEL 1

Liza

»Du weißt aber schon, dass es schnellere Methoden gibt, jemanden umzubringen, als die hier, oder?«, stöhnt meine beste Freundin Steph, als wir mein Sofa in den siebten Stock schleppen.

Ich keuche und kriege gerade noch ein Lachen zusammen, weil auch mir schon lange die Puste ausgegangen ist. »Komm schon, Dramaqueen. Es ist das letzte Stück.«

Steph reißt den Mund auf. »Dramaqu…?« Ich hoffe, sie denkt daran, dass der Augenblick nicht so günstig ist, um die Hände in die Hüften zu stemmen, wie sie es üblicherweise tun würde. Denn wenn sie jetzt loslässt, bin ich Matsch. »Pause!«, ruft sie stattdessen und stellt das Sofa mitten auf der Treppe ab. Ich muss mich mit meinem ganzen Gewicht dagegen lehnen, damit es nicht zum Schlitten wird, während sie wild gestikuliert. »Siehst du mein Shirt, Liza? Ich habe noch nie in meinem Leben so sehr geschwitzt wie gerade. Ich verliere vermutlich im Moment so viel Wasser, dass ich aussehe wie eine Rosine, wenn wir deine Wohnung erreichen.« Kichernd lasse ich den Kopf nach vorne kippen und schnalze laut mit der Zunge.

»Schwing deinen kleinen Hintern jetzt endlich da hoch! Meine Flip-Flops liegen irgendwo im zweiten Stock herum und ich hätte sie gerne wieder.«

»O nein! Ja, da muss ich mir natürlich noch eher einen Bruch heben. Verstehe«, meckert sie, kann dabei aber ihr humorvolles Blitzen in den Augen nicht verstecken.

»Das sind Valentinos, Brummbär. Die haben zweihundertvierzig Eier gekostet.«

»Wer trägt überhaupt Flip-Flops bei seinem eigenen Umzug?«

Ein lautes Lachen entfährt mir. »Aha! Sagt die, die mit Acht-Zentimeter-Pfennigabsätzen hier aufgekreuzt ist.«

»Ja, weil ich direkt von der Arbeit gekommen bin, du undankbares Stück. Jetzt weißt du, wie sehr ich dich liebe. Sonst würdest du dein Sofa hier alleine hochschleppen.«

Sie hat recht. Deswegen schicke ich ihr auch per Luftpost ein Küsschen, das sie allerdings mit böser Miene von sich bläst. »Was war das überhaupt für ein Möbelpacker, Liza? Konntest du dir keinen leisten, der die Sachen hochgehievt hätte?«

»Nope, all mein Geld ist für die Flip-Flops draufgegangen.« Neckisch strecke ich ihr die Zunge raus. »Aber trotzdem! Er hätte ruhig helfen können. Erinnerte mich ein bisschen an mein Date vorgestern, wo ich den Kerl fragen musste, ob er mir beim Spazierengehen seine Jacke leiht. Weißt du, was seine Antwort war?« Steph leckt sich schon voller Vorfreude die Lippen. »Dass ihm, ehrlich gesagt, selbst ein bisschen kalt sei.«

Steph schüttelt den Kopf. »Welche Männer züchten wir uns bloß in diesem Land?«

Wir kreischen beide kurz auf, als urplötzlich lautes Bellen hinter der nächsten Wohnungstür ertönt. Das Tier, das in meiner Fantasie so groß sein muss wie ein Nashorn, donnert wiederholt von innen dagegen, sodass ich Steph mit dem Kopf bedeute weiterzugehen, bevor es sich durch das Holz gekratzt hat.

»Das ist jetzt der fünfte Hund, an dem wir vorbeikommen. Sicher, dass ihr euch nicht in einer Tierklinik für geistig abnorme Rechtsbrecher eingemietet habt?«

Ich kneife die Augen zusammen und ziehe die Nase kraus. Hallo?! Wir sind hier in New York. Da wachsen Wohnungen, die finanziell im Rahmen und nicht völlig heruntergekommen sind, nun mal nicht auf non-existenten Bäumen. Und dieses Haus hier hat sogar eine Lobby. Meine Schwester und ich hielten sie jedenfalls für schick, und wenn das Sofa in den Lift gepasst hätte, hätten mich die dreihundertachtzig Stufen zu unserer neuen Wohnung auch vermutlich nie gesehen.

»Ich bin übrigens immer noch sauer, weil ihr mich nicht gefragt habt, ob ich mit euch 'ne WG gründen will.«

Endlich erreichen wir mein Stockwerk, stellen das Sofa ab und werfen uns mitten im Gang darauf. Nach etwa zehnminütigem Hecheln habe ich auch wieder die Kapazitäten, um ihr zu antworten. »Haben wir, du Sieb! Du hast aber behauptet, du hättest kein Geld für so was.«

»Stimmt ja auch. Trotzdem seid ihr kacke. Für euch hätte ich eine Ausnahme gemacht, hättet ihr mich noch ein oder zwei Mal gefragt.« Steph, meine beste Freundin und gestörte Seele. Ich klatsche ihr auf den Oberschenkel und zwinge sie, das Sofa die letzten paar Meter in die Wohnung zu tragen.

»Hach, wie ich deine Liebe zum dekorativen Detail bewundere.« Steph grinst und zeigt auf den weißen Küchentresen, der mit unzähligen BHs, Socken und Slips garniert ist. Als das Talent zur Ordnung vergeben wurde, habe ich gerade meinen Iced Caramel Cloud Macchiato bei Starbucks bestellt. Im Gegensatz zu meiner Schwester Becca, die damals wohl als Erste »Hier!« gerufen hat. Deswegen war heute auch geplant, dass ich lediglich die Muskeln dieser Operation stelle. Ihr Job wäre gewesen, all den Schrott, den insbesondere ich die vergangenen dreiundzwanzig Jahre gesammelt habe, zu verstauen. Aber das war, bevor sie ins Krankenhaus zitiert wurde und mein Möbelpacker mich samt all unserem Kram in besagter Lobby ausgesetzt hat.

»Was zur Hölle ist das denn?«, ruft Steph und hält mit dem Zeigefinger einen der Slips hoch. Okay, vielleicht hätte ich den Inhalt einfach in der Kiste lassen sollen.

»Gehört bestimmt Becca«, umgehe ich die Antwort.

Steph legt den Kopf schief, also stampfe ich auf sie zu und versuche, ihr den Shaping Slip wegzunehmen, der genauso gut meiner Oma Hetty gehören könnte. »Mhm. Als ob! Wozu brauchst du das?«

»Gib her und hör auf, in meiner Unterwäsche zu schnüffeln!« Ich reiße ihr das Teil aus der Hand und werfe es ans andere Ende des Zimmers. »Manchmal werden mir meine Kurven eben zu kurvenreich.«

»Soll das ein Witz sein? Deine Figur ist der Hammer. Verdammt, wenn ich deine Brüste hätte, würde ich die ganze Zeit nackt durch die Gegend laufen.«

Ich verdrehe die Augen. Das kann nur jemand sagen, der keine Probleme hat, seinen Hintern in eine Hose in Größe 36 zu quetschen.

»Während du jedenfalls all die Weicheier von New York datest, bin ich von meiner Dating-App verbannt worden.«

Ich pruste los, weil das jetzt irgendwie aus dem Nichts kam. »Was?!«

»Du lachst, aber ich werde alleine als verschrumpelte Rosine sterben.«

»Was hast du gemacht?«

Unschuldig streckt Steph die Hände von sich. »Nichts! Vielleicht bin ich ihnen schon zu lange dort. Ich glaube, nach vier Jahren bringe ich ihr System, schnell vom Markt zu sein, durcheinander.«

»Haben sie dir nicht mitgeteilt, weshalb sie dich gesperrt haben?«

»Ich habe anscheinend die Nutzungsbedingungen verletzt. Daraufhin habe ich zurückgeschrieben: ›Wenn hier überhaupt irgendjemand die Nutzungsbedingungen verletzt hat, dann ja wohl Sie. Ich bin schon so lange dabei und immer noch Single.‹« Ich presse die Lippen zusammen, als Steph mit den Schultern zuckt und schmunzelnd beginnt, meine BHs auf einen Stapel zu legen. »Die Antwort war: ›*Eben.*‹ Mit einer Kopie meines echten Führerscheins. ›Next‹ darf man erst ab einundzwanzig benutzen und scheinbar sind die auch zwei Jahre später etwas nachtragend.«

Schmunzelnd gebe ich meiner Freundin einen Klaps auf den Hintern, weil ich finde, dass sie den grundsätzlich verdient hat. »Der Markt ist momentan groß an Weicheiern, habe ich mir sagen lassen. Wenn du möchtest, verkupple ich dich.« Mein Blick fällt auf meine taupe lackierten Zehennägel. »Jetzt hole ich allerdings zuerst mal meine Valentinos, falls sie denn noch im zweiten Stock warten.«

»Wenn du schon dabei bist, dann bring die Kiste mit den Gläsern aus meinem Auto mit.« Steph schiebt ihre Schlüssel über den Tresen. Die heiklen und zerbrechlichen Sachen sollten wir selbst transportieren, hat der Möbelpacker am Telefon vorgeschlagen, weil er für nichts garantieren könne. Schätze, das wäre der Zeitpunkt gewesen, mir Gedanken über meine Speditionsauswahl zu machen. Und da Steph meine einzige Freundin hier in New York mit einem Auto ist, hat sie sich bereit erklärt zu helfen. »Die Weingläser. Und bring auch den Wein vom Beifahrersitz mit. Zur Feier des Tages.«

»Ich dachte, du brauchst Wasser«, ziehe ich sie auf und zwinkere.

»In Wein ist Wasser enthalten«, kontert sie überzeugt, bevor sich ihre Lippen zu einem O formen und sie sich eine Hand vor den Mund hält. »Und wenn wir schon vom Wein sprechen. Merlot solltest du vielleicht auch gleich mitnehmen.«

»Du hast den Kater seit heute Morgen im Auto gelassen?« Ich wusste gar nicht, dass sie ihn mitgenommen hatte. Andererseits verstehe ich auch, dass meine Eltern das Tier so schnell wie möglich loswerden wollten.

Steph winkt ab. »Kein Ding, Leute machen das ständig so mit ihren Kindern.«

Ich starre sie an. »Dürfen sie aber nicht.«

»Jaja. Okay. Ich hole ihn ja«, motzt sie und streckt die Hand nach ihren Schlüsseln aus.

»Nein, ich erledige das. So wie ich den Kater kenne, hat der sowieso inzwischen das Schloss geknackt und sich am Hotdog-Stand um die Ecke bedient.«

Wie durch ein Wunder sind meine Flip-Flops noch genau dort, wo ich sie vorhin abgeworfen habe, denn ob man es glaubt oder nicht, Zehentrenner – so süß diese auch sein mögen – sind nicht das beste Equipment zum Schleppen. Jetzt schmerzt es mich beinahe, die teuren Dinger wieder anzuziehen, obwohl meine Fußsohlen aussehen, als wäre ich einer dieser Hippies, die barfuß über den Times Square und durch die U-Bahn watscheln. Wirklich, ein paar Haare mehr auf den Knöcheln und ich sähe aus wie ein Hobbit.

In der Lobby nehme ich mir einen Moment, um mich auf einem der Loungesessel auszuruhen, die wesentlich besser aussehen als die Pflanze, die zwischen mir und den Briefkästen verdurstet. »Und da soll Steph noch einmal von verschrumpelt sprechen!« Ich streichle eines der verdorrten Blätter und nehme mir fest vor, das arme Gemüse zu gießen, sobald ich die Zeit finde. Zeit. Etwas, das in New York keiner hat. Deswegen ist das bemitleidenswerte Grünzeug ja fast tot und die Loungesessel sauber, weil keiner eine Minute übrig hat, sich hinzusetzen. Bevor ich zur Tür rausgehe, blicke ich noch einmal lächelnd auf den Briefkasten, der bald unseren Nachnamen tragen darf. Ich freue mich darauf, mit Becca hier einzuziehen. Für sie ist es ein noch größerer Schritt als für mich, weil sie zwar etwas älter ist als ich, jedoch bis heute bei unseren Eltern gelebt hat. Ich hingegen habe im Wohnheim der Uni gehaust, bis Becca hat anklingen lassen, dass etwas Eigenes ein Schritt wäre, den sie gerne machen würde. Klar war ich dabei. Dad zahlt die Hälfte der Wohnung und sie ist dreimal so groß wie die am Campus.

»Hey du!«, begrüße ich Beccas Kater, der ein böses Miauen zur Antwort gibt und mir dann in seiner Transportbox den Hintern zudreht, bevor er es sich wieder bequem macht. Ich hebe eine Augenbraue. »Ja, ich freue mich auch, dass ich dich jetzt noch öfter sehen darf. Aber da wirst du durchmüssen. Für Becca.« *Für Becca.* Manchmal kommt es mir so vor, als wäre das das Lebensmotto unserer Familie.

Merlot ist Beccas Ein und Alles. Er ist eine Sphinxkatze, das heißt, er hat keine Haare. Nur weichen Flaum. Davon, wie gruselig das an sich ist, fange ich erst gar nicht an. Manchmal bin ich auch nicht sicher, ob er mich so böse ansieht, weil er mich nicht leiden kann, oder weil er einfach sauer ist, dass er kein Fell hat. Ursprünglich gehörte er einer Krankenschwester, die unbedingt eine Katze wollte, aber allergisch war. Erst als Merlot schon bei ihr im Haus war, stellte sich heraus, dass sie nicht auf die Haare, sondern den Speichel der Katze reagierte. Als sie Becca davon erzählte, wollte diese Merlot unbedingt haben. Meine Eltern waren nicht begeistert, aber für Becca arrangierten sie sich. Und ehrlich, sie ist auch die Einzige, die dieses Tier streicheln darf, und das seit inzwischen acht Jahren.

Ich halte die Transportbox in einer Hand, den Weißwein in der anderen und klemme die Schachtel mit den Weingläsern notdürftig unter meinen für diese Aktion zu kurzen Arm. Als ich den Komplex wieder betrete, fühle ich mich auf einmal wie in einem Horrorfilm, weil ein Hund, der wahrscheinlich schwerer ist als ich, einige Meter von mir entfernt steht und den Zugang zu den Treppen versperrt. Prinzipiell ist mir das egal, weil ich sowieso den Lift nehmen wollte, aber er knurrt, sein irgendwie zu kurz geratener Schwanz steht kerzengerade in der Luft und ihm läuft Sabber aus dem Maul. Bestimmt ist es das Nashorn von vorhin, das sich meinen Geruch durch die Tür eingeprägt hat und jetzt beenden will, was dank der nun fehlenden Barriere möglich erscheint. Oder aber er ist einfach auch kein Fan von Merlot, was ich ihm wiederum nicht verübeln könnte. Ich bleibe stocksteif stehen und vermeide Augenkontakt. Soll doch zumindest bei Bären helfen, wenn ich mich recht erinnere … Wo ist überhaupt sein Herrchen? Natürlich fühlt der Kater sich in seiner verschlossenen Box sicher und faucht ihn an.

»Du hilfst nicht! Sei leise!«, schimpfe ich, woraufhin das Nashorn bellt und die Zähne bleckt. Okay, diese Zähne machen den kürzeren Schwanz in jedem Fall wett. Wenn der Kerl mir jetzt in den Arm beißt, dann kommen die Spitzen am anderen Ende wieder raus. Ganz langsam setze ich meinen Weg zum Loungebereich fort, um über den Umweg und mit möglichst viel Abstand zu dem Tier zum Lift zu entfliehen. Was keine gute Idee ist, denn jetzt jagt er auf mich zu. Kreischend springe ich auf einen Sessel, verliere dabei einen meiner Valentinos und drehe den Oberkörper von dem Köter weg. Seine Pranken landen auf meinem Rücken, und der Rempler, den er mir verpasst, sorgt dafür, dass mir sowohl die Weinflasche aus der Hand fällt als auch die Box mit den Gläsern unter dem Arm wegrutscht und vor seinen Pfoten zerbricht. Überlass es mir, die saubere Lobby zu zerstören, bevor ich noch offiziell auf die neue Bleibe angestoßen habe. Wenigstens ist das Biest clever genug, sich einige Zentimeter zu entfernen, während er mich in einer Tour wütend anbellt und dieser verflixte Kater seinen Senf in Form von knurrenden Lauten gleich dazugibt.

Endlich scheint jemand meinen Hilfeschrei gehört zu haben und beginnt, den Namen des Monsters zu rufen. »Duke! Hör auf!« Eine Frau zerrt an seinem Halsband, doch als er plötzlich nach ihr schnappt, überlegt sie es sich wohl anders und stimmt in den Chorus der Kakofonie rund um mich mit ein. »Ich verstehe das nicht. So was macht er sonst nie.«

Fantastisch! Mir reicht es. Schützend hebe ich Merlot über meinen Kopf, der wahrscheinlich wie ein rotes Tuch den Stier sekündlich wütender macht, und drehe die Box, sodass der Hund ihn nicht mehr sehen muss. Anschließend schnappe ich mir meinen verbliebenen Flip-Flop und schleudere ihn an dem Hund vorbei, in der Hoffnung, ihn abzulenken.

»Hey!«, schimpft die Frau, als ginge es hier gerade nicht um mein Leben. Dabei habe ich sogar absichtlich daneben geworfen. Und es funktioniert. Zumindest für eine Sekunde, in der er sich meinen Zehentrenner schnappt und in seine Einzelteile zerlegt, ohne mich dabei aus den Augen zu lassen. Jetzt werde ich sauer und stemme die freie Hand in die Hüfte. »Junge! Du schuldest mir einhundertzwanzig Mäuse, klar?!«

Meine Stimme ist ihm wohl zu schrill, weshalb er den Schuh fallen lässt und bellend auf den kleinen Couchtisch springt, woraufhin die Zeitungen, die darauf liegen, in alle Richtungen fliegen.

Ich halte Merlots Box fest, weil unser beider Leben nun am seidenen Faden hängt, während die Hundepfoten mich erneut an Rücken und Hintern treffen. Er schnappt nach meinem Arm und dem Kater, und wenn ich auch normalerweise hart im Nehmen bin, bin ich inzwischen kurz vorm Heulen, weil ich wirklich Angst habe. Da hört er plötzlich auf und lässt von mir ab. Weiter weg höre ich ein anderes Knurren, und das Nashorn winselt.

»Duke! Aus! Runter mit dir!«, sagt eine tiefe Stimme mit der Vehemenz, die ich mir von seinem Frauchen gewünscht hätte.

Nach ein paar Sekunden, in denen ich nicht mehr angegriffen werde, wage ich einen Blick über meine Schulter. Das Nashorn wirkt neben dem zweiten Tier auf einmal wie ein unterwürfiges Schoßhündchen. Der Mann, der das Machtwort gesprochen hat, hält das Halsband des Viehs mit einer Hand, während er mit der anderen nach der Leine aus der zitternden Hand der Dame greift und diese befestigt. »Sind Sie verletzt?«, fragt er mich.

»Ich glaube nicht.« Aber warum stehe ich dann noch hier auf einem Bein und mit all meinen wichtigen Organen zur Wand gedreht? »Ich glaube, er hat meinen Bewegungsapparat zerbissen.« Meine Schultern sacken herab, als ich zu meinem zerfetzten Valentino linse. »Und meinen Flip-Flop. Ruhe in Frieden, mein Freund! Du warst zu jung, um von uns zu gehen.«

»Ich verstehe das nicht«, beginnt die Lady kopfschüttelnd. »Sonst ist er eigentlich immer ein Engel.«

»Ja? War das der Teufel nicht auch mal?«, bemerke ich trocken.

Von der Dame ernte ich einen bösen Gesichtsausdruck, wohingegen der Typ, der nach wie vor am Boden kniet, aufblickt und sich belustigt über die Lippen leckt. Volle Lippen, an denen ich hängen bleibe, bevor ich mir den Rest seines Gesichts ansehe. Kantiger Kiefer, schöne Nase, dichte, beinahe gerade Augenbrauen und eher strubbelige blonde Haare, die den sonst so perfekt wirkenden Zügen ziemlich widersprechen.

»Sie sollten ihn nicht mehr von der Leine lassen, Mrs Wick, da er sich offensichtlich von anderen Tieren bedroht fühlt«, wendet er sich an die ältere Dame. Erstaunlich, wie allein seine Art zu sprechen Respekt vermittelt, während er praktisch vor ihr kniet. Gleichzeitig strahlt er eine Autorität aus, die genau wie sein australischer Akzent und der Rest von ihm ein witziges

Kribbeln in bestimmten Regionen meines Körpers hervorruft. Vor allem aber ist es die Wärme in seinen braunen Augen, dieses spitzbübische Etwas darin, das mich kurz gefangen nimmt, als er meinen Blick trifft und mich beim Glotzen erwischt. Sofort schaltet sich der eingebaute Flirtmodus in mir ein. Ich lege den Kopf etwas schief und lächle ihn an, was er mit hochgezogener Braue kommentiert. Wahrscheinlich, weil der Rest meines Körpers das Memo noch nicht bekommen hat, denn der zittert ziemlich offensichtlich. Merlot miaut und beschwert sich über die wackelige Angelegenheit in meinen Armen. Dabei sollte er mir spätestens jetzt zu ewiger Dankbarkeit verpflichtet sein, weil ich mich nicht habe hinreißen lassen, ihn zu opfern.

Mrs Wick, die mir noch einen letzten bösen Blick zuwirft, schnappt sich ihr Nashorn an der Leine und zerrt es aus dem Gebäude. Spitze! Und wer bezahlt nun meinen Schuh?

»Du kannst jetzt runterkommen. Du bist sicher«, sagt der Mann und streichelt seinen unglaublich haarigen Hund, der vermutlich größer ist als ich, wenn er sich auf die Hinterpfoten stellt. Trotzdem macht er einen entspannten, gemütlichen Eindruck.

Ich bemühe mich zu tun, wie mir gesagt wurde, doch es geht nicht. Meine Knie fühlen sich zu weich an und das Adrenalin lässt nach, weshalb ich mich auf die Rückenlehne niederlasse und Merlot zwischen meinen Beinen abstelle. Fragend sieht der Typ nochmals zu mir auf, woraufhin ich den Kopf schüttle. »Ich kann nicht«, erkläre ich und bin froh, dass ich einen anderen Grund vorweisen kann als den, dass meine Beine ihren Job gekündigt haben. Ich deute auf die Glassplitter rund um mich. Ich bin barfuß.

Der Typ gibt seinem Hund ein Leckerli, richtet sich auf und begutachtet die Sauerei, die ich veranstaltet habe. »Warte! Ich helfe dir!« Zum ersten Mal bemerke ich seine Größe. Ich mag ja kein Riese sein, aber er hat definitiv jede Menge

Zentimeter mehr als ich und ich sitze auf der verflixten Lehne eines Sessels. Außerdem bemerke ich jetzt, dass er ein Hemd trägt, bei dem die Ärmel hochgekrempelt sind, und mit einem Mal herrscht in meinem Kopf Leere. Und damit meine ich, dass jegliches Vokabular buchstäblich wegläuft. Kein Wort, das ich kenne, kann mit diesem männlichen Unterarmporno mithalten. Plötzlich ist mir das Ganze peinlich. Denn hier hocke ich mit dreckigen Füßen, miefend nach Schweiß, Angst und zitternd wie Espenlaub. Nicht mein übliches Auftreten, wenn ich Kerlen wie ihm begegne. »Vielleicht lieber doch nicht!«, rufe ich mit ausgestreckter Hand, bevor ich darüber nachdenken kann.

Er bleibt sofort stehen. »Ich werde dir nicht wehtun.«

Ich verziehe das Gesicht. »Hatte ich auch nicht angenommen. Aber ich dir vielleicht.« Verwirrt zieht der Typ seine dunkelblonden Augenbrauen zusammen, während er versucht, mich zu entschlüsseln. »Ich bin *relativ* sicher, dass das da nur Wein ist …« Mit dem Zeigefinger kreise ich über der Flüssigkeit zwischen den Scherben. »Aber nachdem ich gerade in einer Nahtodsituation war, garantiere ich für nichts.« Sexy-Unterarm-Kerl sieht lachend zu seinem Hund, was mich dazu bringt, noch mehr Schwachsinn von mir zu geben. »Und der nasse Fleck auf meinem Hintern ist zu neunundneunzig Prozent Dämonenhundsabber, okay?«

Nickend presst er die Lippen zusammen und zuckt mit den Schultern. »Sah alles sehr gut aus, was ich so erkennen konnte«, gibt er zurück, und ich kann gerade noch das peinliche Kichern zurückhalten, als er mir die Arme unter die Kniekehlen und den Rücken legt und mich mit einer Leichtigkeit vom Sessel hebt, die mich glauben lässt, ich sei nicht schwerer als eine Wassermelone. Er trägt mich über die Scherben zum Lift, wo er mich letztlich (leider) wieder absetzt. Während ich ihn wahrscheinlich mit Kulleraugen anglotze, weil ich mich wie eine Disneyprinzessin fühle, faucht der doofe Kater mich zurück ins

Diesseits. *Bring mich endlich in meine Gemächer, Aschenputtel.* Der haarige, gelassene Riesenhund trottet uns nach und setzt sich auf meine Füße. Ich schmunzle, weil ich die Geste süß finde und er dem Kater absolut keine Aufmerksamkeit schenkt.

»Bist du neu eingezogen?«

»*Denn ein Gesicht wie deines hätte ich mir bestimmt gemerkt*«, ergänze ich mit tiefer Stimme den Spruch, den ich nicht zum ersten Mal hören würde. »Auch wenn ich keine Ahnung habe, was das bedeuten soll. Ist das etwas Gutes? Oder Schlechtes?«

Er grinst schief und lässt seine braunen Augen über mein Gesicht streichen. Jetzt hoffe ich, dass meine Mascara nach all dem Schwitzen noch sitzt, wo sie hingehört, und ich nicht aussehe wie eine Pantomimin. »Eigentlich war es nur geraten. Ich kenne hier drinnen kaum jemanden.«

Das bringt mich zum Lachen. Na ja, gut. Ein Mädchen wird ja noch träumen dürfen. »Außer Mrs Wick.«

Wieder diese gehobene Augenbraue. »Ihr Bullmastiff hat meinen Hund letzten Monat angegriffen. Balu war der Dominantere.« Deswegen hat der Dämonenhund also gleich Panik bekommen.

»Balu, der Bär?« Ich blicke auf das hechelnde Tier unter mir, das aussieht, als würde es lächeln. Ich kann nicht anders und strecke vorsichtig die Finger nach ihm aus. »Das ist ja mal ein passender Name.« Er schnüffelt kurz und drückt seinen großen Kopf danach in meine Hand. »Also bist eigentlich du der strahlende Ritter in dieser Geschichte, Balu? Habe ich recht?«

»Da bist du ja, ich hab schon …«, sagt Steph da, die in diesem Moment die Treppen herunterstöckelt. Ihr Blick wandert von mir zu Balu zu dem Typen, während sie ihre Rede abbricht und ungläubig ihre Oberarme umklammert. »Na klar. Was sonst?«, meint sie mit zusammengekniffenen Augen. Und ja, ihre Bemerkung schmerzt ein bisschen, weil ich mit diesem Bild, das ich in den vergangenen Jahren von mir gezeichnet habe, eigentlich nicht in die Geschichte eingehen will. Andererseits fällt es mir nur deshalb so leicht, vor diesem Typen so eine Show abzuziehen. Er ist einer von vielen. Einer von vielen, mit denen ich mein obligatorisches erstes Date haben könnte, bevor ich einen Grund finde, warum es zwischen uns nicht klappen würde. »Während ich da oben auf dem Trockenen sitze ...« Doch gleich darauf landen Stephs Augen auf dem Boden, der einem Tatort gleicht. Den Scherben, der Weinlache und meinem malträtierten Flip-Flop. »O nein, Babe! Was ist passiert?«

»Lange Geschichte ...«

Sexy-Unterarm-Manns Handy klingelt und die Furche erscheint wieder zwischen seinen Augenbrauen, bevor er spricht. »Ich sollte jetzt mal los.«

Ich beiße mir auf die Lippen, bevor ich sonst noch etwas Peinliches von mir gebe.

»Sicher, dass er dich nirgendwo erwischt hat?«

Es gefällt mir, dass er besorgt ist, und ich schüttle schmunzelnd den Kopf, ganz langsam, aber sicher zurück in meinem Normverhalten.

»Okay.« Er nickt, ein Lächeln umspielt seine eigenen Lippen, bevor er kurz von mir wegsieht. Er beugt sich runter und hebt meine verstreuten Valentinos auf. »Dann sehen wir uns, nehme ich an. Jetzt, wo ich mir ein *Gesicht wie deines* gemerkt habe.«

Ich lache, als er zwinkert und mich dann mit Steph zurücklässt, die keine Zeit verschwendet, mir in den Arm zu boxen. »Au!«, beschwere ich mich.

»Wieso konntest du nicht *mich* einfach mal den dämlichen Kater holen lassen?«

KAPITEL 2

Liza

Klebestreifen zieren diverse Körperteile, während ich auf einem Stuhl balanciere, um unsere Lichterkette in der Gardinenschiene anzubringen. Batteriebetrieben natürlich. Nicht auf Kosten des Krankenhauses. »Du musst das nicht mehr machen, Baby«, erklärt meine Schwester zwischen Inhalationszügen, während ich angestrengte Geräusche von mir gebe, weil mir zwei Zentimeter fehlen. Aber wenn das Ding im Regenmodus über den durchsichtigen Vorhängen leuchtet, fühlt es sich an wie Weihnachten. Was ja der Zweck des Ganzen ist. Dafür sorgen, dass Becca positive Gefühle mitnimmt, sich möglichst wie zu Hause fühlen kann, wenn sie wieder einmal mehrere Tage bis Wochen am Stück in diesem Zimmer rumhängen muss. Dabei hätte der reguläre, stationäre Aufenthalt erst nächste Woche anfangen sollen. Beccas Lunge wollte davon allerdings nichts wissen und hat sich schon wieder entzündet. Vermutlich stressbedingt. Was irgendwie doof ist, weil ich mich so bemüht hatte, jeden Stress, den der Umzug mit sich gebracht hat, von meiner Schwester fernzuhalten. Auf Wunsch meiner Eltern. Nicht meinem. Man sieht ja, was es gebracht hat, mein Organisationstalent und meinen Ordnungssinn auf die Probe zu stellen: ein

Möbelpacker, der mir mit einem Grinsen salutiert hat, bevor er mich in seiner Abgaswolke zurückgelassen hat. Nur einen verbleibenden Flip-Flop, den sich meine Füße nächsten Sommer wohl teilen müssen, weil ich kein Geld mehr für neue habe, und eine Housewarming-Party der anderen Sorte, bei der ich den Alkohol vom Boden hätte lecken müssen, wäre dieser nicht mit Glasscherben garniert gewesen. Und Becca hasst es, wenn man versucht, ihr etwas abzunehmen, also haben wir in dieser Sache alle verloren. Aber ich wasche meine Hände in Unschuld. Ich habe ausschließlich aufgrund des Gruppenzwangs meiner Eltern gehandelt.

»Ich mache es aber gerne. In der Wohnung habe ich meine Mission erfüllt: Unheil angerichtet. Es sieht aus, als hätte eine Bombe eingeschlagen, aber alles ist drin. Und da ich mich dort jetzt nicht mehr bewegen kann, bin ich lieber hier.« Wem mache ich etwas vor? Wenn Becca nicht da ist, bin ich sowieso lieber hier. Grundsätzlich. Becca hatte von jeher diese beruhigende Wirkung auf mich. Und das liegt nicht bloß an dem weißen Rauschen ihrer Geräte, die sie mehrmals am Tag für ihre Therapien benutzt. Obwohl ich zugeben muss, dass ich mir in den ersten Wochen im Wohnheim tatsächlich länger als nötig die Haare geföhnt habe, weil es mir beim Entspannen geholfen hat. Zumindest, bis ich darauf hingewiesen wurde, dass es eigene Apps mit diesen Geräuschen gibt.

Becca ist das Mädchen, das Herden um sich schart, egal, wohin sie geht. Sie hat eine Ausstrahlung, durch die sie nach kürzester Zeit mit so gut wie allen Krankenschwestern und Ärzten der Station ein freundschaftliches Verhältnis hat. Sie besitzt dieses Lächeln, das andere einlädt, Teil ihres Lebens zu werden. Wenn sie redet, will man unbedingt hören, was sie zu sagen hat. Sie wirkt weit älter als ihre vierundzwanzig, was Becca selbst stets amüsiert abtut. Wenn man mit einer so geringen Lebenserwartung durch die Welt gehe, müsse man doppelt so schnell altern wie andere, sagt sie. Das ist Beccas schwarzer Humor, der einen über Dinge zum Lachen bringt, über die man eigentlich weinen würde.

Becca hat zystische Fibrose, abgekürzt CF. Auch bekannt als Mukoviszidose, ein Wort, das exakt das ausdrückt, worum es sich dabei handelt: zäher Schleim, der sich in allen wichtigen Organen ansammelt und dort die Funktionen stört. Es ist eine vererbte Stoffwechselerkrankung, die nicht heilbar ist, sondern nur durch konsequente Therapien verlangsamt werden kann. Allerdings schreiten die Schäden, die der Gendefekt im Körper anrichtet, bei manchen schneller, bei anderen weniger schnell voran, sodass Menschen mit CF generell eine verkürzte Lebenserwartung haben. Der Durchschnitt liegt in den Mittvierzigern. Zumindest hier in den USA. In Indien oder El Salvador werden Betroffene meist nicht älter als fünfzehn. In Irland lebt aber sogar eine über Siebzigjährige noch ganz gut damit.

Becca hatte man bei der Geburt fünf Jahre gegeben. Inzwischen hat sie achtundzwanzig Operationen und Krankenhausaufenthalte hinter sich, die mindestens ein Viertel ihres Lebens ausmachen. Aber sie ist noch da. Und deswegen mache ich auch heute noch das, was wir getan haben, seit wir damals fanden, dass selbst gemalte Strichmännchen nicht genug für ein steriles Zimmer sind, in dem sie fast so viel Zeit verbringt wie in ihrem eigenen. Ich dekoriere. Eine ganze Wand ist mittlerweile mit Fotos bedeckt, die mit Holzklammern an einer Schnur befestigt sind. Gegenüber von ihrem Bett muss ich noch die gefühlten tausend gebastelten Schmetterlinge aufkleben, die jeweils für einen Tag im Krankenhaus stehen. Bunte Pompons hängen an der Deckenleuchte, und trotzdem ist die Dekoschachtel noch nicht ansatzweise leer. Ich habe einen Haufen neuer Bücher für sie dabei, dazu Lieblingslampen, Stofftiere, eine Menge Kissen und natürlich den kuscheligen Mini-Teppich, der auch sonst vor ihrem Bett liegt. Jede Schranktür soll später ein Plakat mit Sprüchen aus ihren Lieblingsfilmen zieren. Ich habe also heute noch einiges zu tun.

»Wie geht es Merlot mit der Umstellung?«, will Becca wissen, während ich sie und vermutlich auch die Nachbarzimmer mit meiner Playlist beglücke. Bisher habe ich noch keine Beschwerden bekommen. Aber wer könnte sich bei den Chainsmokers auch aufregen?

»Blendend.« Und das ist die Wahrheit. »Er fühlt sich pudelwohl in meinem Chaos. Sitzt die meiste Zeit in einer deiner Kisten und verteilt seine imaginären Haare auf deinen Klamotten.« Kopfschüttelnd sehe ich meine Schwester unter der Maske lachen. »Er hat auch schon Freunde gefunden.« Becca legt verwirrt den Kopf schief und ich rede weiter. »Ich glaube, wir sind in ein Tierheim gezogen. Merlot wird die Geschichte wahrscheinlich anders erzählen, aber ich musste ihm gleich am ersten Tag das Leben retten.« Ich verdrehe die Augen. »Ein richtiger Kampfhahn, dieser Kater«, lache ich, wofür mir eines der Kissen gegen den Allerwertesten geschossen wird. Also berichte ich ihr von dem Dämonenhund und wie beliebt ich mich sofort mit meinen Sprüchen bei der ersten Nachbarin gemacht habe. Was ich allerdings auslasse, ist die Sache mit dem hübschen Nachbarn und seinem Bären. Nicht, weil ich es ihr verschweigen will, sondern weil Männer einfach das einzige Thema sind, über das ich mit meiner Schwester nicht spreche. Nicht sprechen kann. Nicht mehr, seit Beccas Freund Chester letztes Jahr gestorben ist. Chester hatte auch Mukoviszidose. Die beiden hatten sich als Teenager bei einem Charity-Event der CF-Foundation kennengelernt und einige Krankenhausbesuche geteilt. Ärzte raten zwar von Beziehungen untereinander ab, weil Keime eines CF-Patienten dem anderen sehr gefährlich werden können. Aber Becca hat stets betont, wie gut es tat, nichts erklären zu müssen. Jemanden zu haben, der einfach verstand, wie es ihr ging oder warum sie bestimmte Sachen machte und andere nicht. Der nicht nachhaken musste, wenn sie mal einen schlechteren Tag hatte.

»Ich trete dir übrigens in den Hintern, wenn du nicht bis Samstag draußen bist, Becca. Hab nämlich keine Lust, alleine zu dieser langweiligen Gala zu gehen.«

»Baby, wir wissen beide, dass das der wahre Grund ist, warum ich hier früher eingecheckt habe. Eine bessere Ausrede, nicht zu gehen, gibt es nicht.«

Ich reiße den Mund auf, schnappe mir das Kissen und werfe es direkt auf ihre Atemmaske. Becca wehrt den Angriff lachend mit ihrem Ellbogen ab.

»Komm schon, Liza. Du weißt, ich würde überall mit dir hingehen, aber ausgerechnet eine Rede über Transplantation? Du warst schon subtiler, Baby.«

»Ich weiß nicht, was du meinst. Ich habe dir doch erklärt, dass ich diese Rede für mein Studium sezieren soll.« Keine Lüge. Die Aufgabenstellung war, sich zwei Sprecher der Öffentlichkeit zu ähnlichen Themen zu suchen und die Rhetorik zu vergleichen. Es wurde nicht spezifiziert, um welches Thema es sich handeln sollte. Und warum sollte ich nicht zwei Fliegen mit einer Klappe schlagen?

»Ja, und ich weiß auch, dass du ausgerechnet zwei Transplantationschirurgen sezierst *und* es vermutlich ein Dutzend Videos von ihnen auf YouTube gibt, die du auseinandernehmen könntest, statt sie dir in natura anzutun. So wie die von diesem Typen, von dem ich gerade lese.«

Sie deutet auf den Text am Bildschirm meines Laptops. Wie Becca eben ist, hat sie mich genötigt, meine Hausaufgaben zu machen, bevor ich dekorieren durfte. Jetzt liest sie es. Weil sie tatsächlich gerne meine Sachen liest. Heute vermutlich auch, um sicherzugehen, dass ich nicht nur sinnlose Buchstaben aneinandergereiht habe, um schneller zum Vergnügen wechseln zu können.

»Ja, aber ich hab mich mit dem Video bloß begnügt, weil mir das nötige Kleingeld gefehlt hat, um nach Florida zu reisen und den Doc live zu hören. Und weil ich wusste, dass ich bei seiner Rede eine oder zwei Pausen für ein Nickerchen brauchen würde. Der Typ mag einer der besten in seinem Fach sein, aber vielleicht liegt das auch daran, dass er seine Patienten alleine mit seinen Vorträgen narkotisieren kann.«

Becca kichert. »Das heißt, was ich hier lese, ist wieder einmal eine *deiner* Reden.«

»Mit *seinem* Inhalt, ja«, gebe ich zurück und ziehe den ersten Klebestreifen von meiner Haut, um mich mit den Schmetterlingen befassen zu können.

»Ja, aber Inhalte sind Fakten, Liza. Informationen, die du in ein verflixt gutes Paket packst.«

»Damit ich nicht selbst dabei ins Koma falle.« Ich zwinkere ihr zu. Das ist ein Tick von mir. Reden umzuschreiben, während ich sie mir anhöre. Habe ich schon in der Schule gemacht, während alle anderen Zettelchen mit dem Inhalt »Willst du mit mir gehen? Ja – nein – vielleicht« durch die Klasse geschossen haben. Becca nennt es Vorbereitung auf das, wozu ich ihrer Meinung nach bestimmt bin. Ich nenne es Langeweile.

»Aber hättest du nicht eigentlich lediglich seine Rede analysieren sollen?«

Ich strecke ihr die Zunge raus. »Mache ich schon noch, keine Sorge. Und denk nicht, ich wüsste nicht, dass du versuchst, vom Thema abzulenken.«

Becca seufzt, hustet und schaltet ihr Inhalationsgerät aus. Ebenso meine Musik, bevor sie meine Hand nimmt und mich auf ihr Bett zieht. »Liza, ich weiß, du tust das für mich. Ich weiß, du möchtest mir eine neue Lunge schmackhaft machen, und ich liebe dich für deine Mühe und dass du inzwischen wahrscheinlich mehr über das Thema weißt als einige meiner Ärzte. Aber ich stehe bereits auf der Liste, Baby.« … Für dich. Für Mom. Für Dad. Nur sagt sie das nicht dazu.

»Aber du hast noch nicht entschieden, ob du es im Ernstfall wirklich durchziehst«, zitiere ich sie. »Ich weiß, wie du zur Transplantation stehst, Becca. Und ich verstehe dich auch.« Denn bei einer Lungentransplantation ist Chester gestorben. Alles sah gut aus, doch noch in derselben Nacht erlitt er einen massiven Schlaganfall durch ein Blutgerinnsel im Gehirn. Er erwachte nicht mehr aus dem künstlichen Koma. »Trotzdem will ich dich einfach überzeugen.« Ich muss. Wunder hin oder her. Sie mag den Ärzten schon mehrmals ihren Lebenswillen demonstriert haben, wenn keiner damit gerechnet hat. Ewig lässt sich ihr Zustand allerdings nicht hinauszögern. Nach derzeitigem Stand gibt man ihr noch etwa ein Jahr.

»Wenn es so weit ist, werde ich so weit sein. Ich habe bestimmte Pläne, wie du weißt.« Sie wackelt mit den Augenbrauen und bewegt Arme und Hüften in einer sexuellen Andeutung, während sie die Zunge rausstreckt. Obwohl ich nicht will, lache ich. Dabei weiß ich, dass es ihr hauptsächlich darum geht, sich ihren größten Wunsch zu erfüllen, nämlich eines Tages Kinder zu bekommen. Auch wenn das zum jetzigen Zeitpunkt kaum vorstellbar ist. Mit Chester wäre es schwierig geworden, denn achtundneunzig Prozent der Männer mit CF sind unfruchtbar. Doch die beiden hätten einen Weg gefunden, sobald sich Beccas körperlicher Zustand verbessert hätte. Da bin ich mir sicher.

Ich beiße mir auf die Unterlippe. »Becca, bitte bleib ernst.« Meine Stimme ist gesenkt. Becca laufen die Minuten davon. Ihre Lungenfunktion liegt momentan bei sechsundzwanzig Prozent, gelegentlich kann sie kaum atmen. Während ihre Prognosen bisher immer so weit weg erschienen, ist inzwischen allen klar, dass eine Transplantation beider Lungenflügel ihre einzige Chance ist. Und ich versuche wirklich, Beccas Seite zu verstehen, weil ihr Wille, ihr Glaube an Gott und an sich selbst bisher weit stärker waren als ihr Körper. Jetzt muss sie darauf hoffen, dass ein passender Spender seinen letzten Atemzug tut, damit sie weiteratmen kann.

Becca schwingt ihre Beine auf das Bett, legt den Kopf auf meinen Schoß. »Das *ist* mein Ernst, Liza. Es ist nicht cool, wenn du erfährst, dass deine Lunge den Geist aufgibt, obwohl du dein ganzes Leben lang nichts anderes machst, als für sie zu kämpfen. Und genauso habe ich mich dagegen gewehrt, mein Leben damit zu verbringen, dass ich auf jemanden warte, der mich endlich reparieren kann. So wollte ich nie sein! Ich will leben, während ich krank bin, einfach glücklich sein. Nicht trotzdem, sondern während. Weil ich nicht glaube, dass es Gesundheit an sich ist, die uns glücklich machen kann. Sondern das, was wir daraus machen.«

Ja, ich weiß. Wir führen diese Gespräche oft und jedes Mal gehe ich mit gemischten Gefühlen davon weg. Einerseits unendlich gestärkt, motiviert. Auf der anderen Seite randvoll mit schlechtem Gewissen, weil ich es so oft nicht umsetzen kann und meine sterbende Schwester für ihre Weisheit beneide.

»Es ist eine Tatsache, dass eine neue Lunge mich nicht heilen wird. Sie kauft mir Zeit, für die ich dankbar wäre, weil ich leben will. Das weißt du besser als die meisten anderen. Ich will die Zeit und Energie bekommen, um mehr von mir geben zu können, als ich jetzt kann.« Sie braucht eine Pause, weil ihr buchstäblich die Puste ausgeht, wenn sie so lange am Stück spricht, und ich streichle indessen ihre braunen Haare. »Sie kann mir aber auch Zeit rauben.« Ich schließe die Augen. Wie bei Chester, dessen Tod durch genau das, was Becca nun braucht, ein riesengroßer Schock war. Und generell habe ich die Statistiken auch oft genug gehört. Leider verändern sie sich dadurch nicht. Eine achtzigprozentige Überlebensrate im ersten

30

Jahr nach einer Lungentransplantation klingt nicht zu schlecht, wenn man nicht an die anderen zwanzig denkt. Nach fünf Jahren sind es bloß noch fünfzig Prozent. Infektionen sind ein Riesenproblem, ebenso wie die Abstoßung der Lunge. Neunzig Prozent der Patienten stoßen die Lunge zumindest einmal ab, bei vielen wird es chronisch.

»Bin ich bereit zu sterben? Ja! Darauf bereite ich mich lange genug vor. Bin ich bereit, morgen zu sterben? Nein. Es wäre gelogen zu behaupten, ich hätte keine Angst davor, mir Hoffnung auf Dinge zu machen, die bisher nicht möglich waren, bloß, um dann komplett zu scheitern. Verstehst du, was ich sagen will?«

Ich nicke, auch wenn sie mich nicht dabei sehen kann. Allerdings traue ich meiner Stimme in diesem Moment nicht. Dazu brauche ich noch ein paar Sekunden und Becca weiß es.

»Das Problemkind ist ja sowieso nicht nur meine Lunge. Meine Leber, die Bauchspeicheldrüse, der Darm. Die sind alle keine sonderlich großen Fans von mir. Und letztendlich wird es wahrscheinlich ein Insektenstich sein, der mich holt.«

»Du bist nicht witzig!«, meckere ich und ziehe kurz an ihren Haaren.

Sie lacht lautlos und gibt meiner Hand einen Klaps. »Doch, bin ich. Und jetzt sieh zu, dass du hier rauskommst und Merlot fütterst. Sofern ich nämlich Beschwerden von ihm über dich höre, wenn ich nach Hause komme, dann trete ich dir in deinen sexy Hintern.« Ich verdrehe die Augen.

»Als ob der Kater jemals ein gutes Haar an mir lassen würde.«

Becca legt sich auf die andere Seite, ihre zusammengepressten Lippen verkneifen sich ein Lachen, das ihre Augen hingegen ganz offen preisgeben.

Ich zwinkere ihr zu und wackle mit dem Zeigefinger.

»Siehst du? *Das* war witzig.«

KAPITEL 3

River

Normalerweise würde ich mich auf jeden Fall als sozialen Menschen bezeichnen, aber hier zu sein erinnert mich an alles, was ich bereits in meiner Kindheit nicht leiden konnte. Falsche Höflichkeiten. Leute, die am liebsten von sich und ihren Erfolgen plaudern. Erst in unserem Wohnzimmer, dann bei Galas, bei denen es sich für meinen Vater schickte, sich als Familienvater zu präsentieren.

Damals wie heute sind alle so beschäftigt damit, nach möglichen profitablen Beziehungen Ausschau zu halten, dass sie keine Zeit finden, einem beim Gespräch in die Augen zu sehen. Wenn sie jetzt erfahren, dass ich noch mitten im Medizinstudium bin, findet die Unterhaltung in den meisten Fällen wenigstens ein rasches Ende. Sobald sich meine ältere Schwester allerdings zu mir gesellt, laufen die Gespräche jedes Mal auf dasselbe hinaus. Jeder hier kennt Willow. Sie schmeißt diese Benefizveranstaltung.

»Ich habe die Arbeit Ihres Vaters immer sehr bewundert«, erklärt derjenige enthusiastisch, der momentan Willows Interesse genießt. »Jeder Chirurg muss von sich selbst denken, dass er der Beste ist, um eine Operation durchzuführen. Das hat nichts mit Arroganz zu tun, sondern mit Kontrolle. Das habe ich von jeher genauso eingeschätzt wie er.«

Es sind Veranstaltungen wie diese, die mich mit dem Gefühl peinigen, dass meine Krawatte zu fest sitzt und mein Hemd spannt. Dass ich jeden Penny, den ich mir von meinem Vater für dieses Studium leihen musste, doppelt so hart abarbeite. Als Dad beschloss, mich in meinem letzten Highschool-Jahr aus meinem Umfeld zu reißen und nach Amerika zu ziehen, weil sich hier etwas Großes für ihn ergeben hatte, waren Mom und Dad noch verheiratet. Oder wieder … Zumindest zum Schein, nachdem sie zwischendurch getrennt gewesen waren und Dad in der Zeit noch drei weitere Kinder gezeugt hatte. Genau wie von Willow fünf Jahre zuvor erwartete Dad von mir, in seine Fußstapfen zu treten. Nur dass ein Semester Medizin hier nicht fünftausend Dollar pro Semester kostet, wie dies in Australien der Fall war, sondern bis zu fünfundvierzigtausend Dollar. Natürlich war Dad bereit zu bezahlen, aber ebenso selbstverständlich war seine finanzielle Hilfe an Bedingungen geknüpft. Wie zum Beispiel, mich auf Veranstaltungen wie diesen blicken zu lassen, vor allem, wenn er der Hauptredner ist und meine Schwester die Gastgeberin spielt. Als ich noch vorhatte, Zahnarzt zu werden, einfach um ihm auf den Sack zu gehen, weil das in seinen Augen nicht gut genug ist, pfiff ich auf seine Regeln. Inzwischen liegt mir aber wirklich etwas an diesem Studium. Ich will unbedingt Arzt werden. Also muss ich nach seinen Regeln spielen. Außer ich entscheide mich, nachträglich einen Studentenkredit zu beantragen und die nächsten zwanzig Jahre einen sechsstelligen Betrag abzubezahlen.

Ich kippe den letzten Rest von meinem Gin Tonic. Ganz ehrlich, ich wäre schon lange hier raus, hätte ich nicht vor einer halben Stunde die Kleine entdeckt, die vergangenes Wochenende in meinen Komplex gezogen ist. Fällt mir nicht schwer zuzugeben, dass sie schon beim ersten Mal Eindruck bei mir hinterlassen hat. Barfuß mit ihrer Yogahose, dem Satinleibchen und den Sprüchen, die sie in einer Tour rausgehauen hat. Heute sieht sie zu einhundert Prozent anders aus als Samstag, trotzdem habe ich sie sofort wiedererkannt. Nicht wegen ihres perfekt geschminkten Gesichts. Sondern weil sie diejenige ist, die hier als Einzige heraussticht. Während die meisten entweder über ihre eigenen Witze gackern, ein Lachen aufsetzen oder aber hinter vorgehaltener Hand vor sich hin kichern, lacht sie laut und ungeniert. Es ist ihr ganz egal, ob das Geräusch und die Lautstärke ihr Umfeld erheitern oder stören. Sie wirkt absolut sicher in ihrer Haut.

Ich bin auch nicht der einzige Kerl, dem sie aufgefallen ist, denn schon vorhin beim ersten Teil des Programms hat mich der Typ, der mir gegenübersaß, gebeten, mit ihm den Platz zu tauschen, damit er sich nicht dauernd umdrehen müsste, um sie anzuschauen. Ich habe mich nicht von der Stelle gerührt. Sie trägt diese Beehive-Frisur der Sechzigerjahre, die zusammen mit ihren Stöckelschuhen eine Menge Zentimeter zu ihrem Gesamterscheinungsbild hinzufügen. Ihr kurzes dunkelgrünes Kleid ist an Brust und Taille eng geschnitten, der Rock ist weit und schwingt mit ihren Bewegungen. Sie wirkt nicht, als wäre sie auf der Suche nach Kontakten. Sofern ich das bisher beurteilen kann, ist sie diejenige, die von Typen angesprochen wird, die mindestens doppelt so alt sind wie sie, und sie ist auch diejenige, die das Gespräch nach wenigen Minuten wieder beendet.

»River! Hast du gehört, was Doktor Upton dir gerade angeboten hat?« Ich richte meine Aufmerksamkeit wieder auf Willow, dann auf den Typen, der Upton sein müsste. Ähm? Nein, habe ich tatsächlich nicht. Jetzt bin also ich derjenige, der weder Konversation noch Augenkontakt halten kann. »Er würde dich gerne in deiner Facharztausbildung begleiten.« Wie ich meine Familie kenne, bestimmt nicht in dem Feld, in dem ich arbeiten möchte. Ich lasse meinen Blick kurz über seinen blau glänzenden Anzug und die perfekt polierten Hermès-Schuhe, die mein Vater auch so gerne trägt, wandern und beschließe, es geht entweder um ein Praktikum als plastischer Chirurg oder doch sogar Herz-Lunge.

»Die Thorax- und Kardiovaskularchirurgie ist einer der wenigen Jobs, die tagtäglich so viel Befriedigung schenken. Ich meine, wer kann schon behaupten, dass er jeden Tag mehreren Menschen buchstäblich das Leben rettet?«

Sag ich doch – Herz-Lunge. Egal, ob Medizinstudent oder fertiger Mediziner, jeder lernt schnell, sich seinem Rudel im Krankenhaus zuzuordnen. Ähnlich wie in einer Highschool-Cafeteria. Und die Thorax- und Kardioleute sind die, die definitiv *jede* Schwester auf *jedem* Stockwerk persönlich kennen. Sie lieben es, so vielen Leuten wie nur menschlich möglich zu erklären, wie super sie sind. Und um auf seine Frage zu antworten: Transplantationschirurgen, Unfallchirurgen. Gynäkologen. Ärzte allgemein. Feuerwehrleute, wenn wir schon dabei sind. Ich schätze, meine Schwester sieht, wie sich das Rädchen in meinem Kopf dreht. Sie schüttelt kurz warnend den Kopf.

»In unserem Feld muss keiner seinen Erfolg erklären oder verteidigen. Das ist so wie beim Sport. Jeder weiß, wer gewonnen hat. Ein Team hat mehr Punkte erzielt als das andere, nicht wahr?«, sagt er, lacht und Willow stimmt mit ein. Dabei ist es der gleiche Müll, den wir uns unaufhörlich von Dad anhören mussten, egal, in welchem Bereich. Anstrengend.

Du willst im Eishockeyteam respektiert werden? Dann streng dich mehr an, denn das Team braucht keine Verlierer.

Du willst Arzt werden? Dann sieh zu, dass jeder von Anfang an weiß, dass du der Beste im Raum bist, sonst gibt es keinen Platz für dich.

Die Sache ist nur die: Dad mag der Held auf Veranstaltungen wie diesen sein und auch im OP-Saal, und ja! Zu Recht! Der Mann ist geboren für diesen Job. Man wäre ein Idiot, seine Arbeit nicht zu bewundern. Aber er hat auch zwei Trennungen hinter sich und zu dreien seiner fünf Kinder keinen Kontakt, weil er es verbockt hat und nie da war. Im Vergleich zu seiner anderen Frau hat meine Mutter es richtig lange an seiner Seite ausgehalten. Sie ist erst vor zwei Jahren zurück nach Australien geflüchtet.

Mein gelangweilter Blick wandert an die Bar und ich schmunzle, weil meine neue Quasi-Nachbarin den wohl einzigen Kerl im Saal gefunden hat, der nicht an ihr interessiert zu sein scheint. Ihr Oberkörper lehnt bereits über der Bar, Dollarscheine in ihrer Hand, doch der Barkeeper ignoriert sie gekonnt und bedient stattdessen die beiden Männer, die sich gerade erst auf die Hocker neben ihr gesetzt haben. Resigniert lässt sie sich auf ihren eigenen sinken und stützt das Gesicht auf die Hände. Und auf einmal wirkt diese Gala doch nicht mehr wie eine Unannehmlichkeit, die ich nicht umgehen konnte.

»Ich besorge mir noch etwas zu trinken. Möchte jemand etwas?«, frage ich der Form halber, obwohl ich sehe, dass die beiden ihren Drink kaum angerührt haben. Wenn Willows Blicke töten könnten, läge ich jetzt am Boden, umrandet von Kreide. Gott sei Dank bin ich nach fünfundzwanzig Jahren in dieser Familie immun dagegen.

»Was kann ich Ihnen bringen?«, spricht mich der Barkeeper an, der im selben Augenblick an mich herantritt, in dem ich mich neben meine Quasi-Nachbarin stelle.

Verzweifelt lachend wirft sie die Hände in die Luft, womit sie mich zum Grinsen bringt. »Weißt du was? Gleich klettere ich über diese Bar … und mache mir meinen eigenen Drink.«

»Irgendwie hatte ich jetzt etwas anderes erwartet«, kann ich mir nicht verkneifen, wodurch ich ihren Blick auf mich ziehe.

Die winzige Furche auf ihrer Stirn vertieft sich einen Moment, bevor sie sich aus ihrer resignierten Haltung aufrichtet und mir dieses authentische Lächeln schenkt, das bei ihr so natürlich wirkt. Und bis eben war mir gar nicht bewusst, wie sehr ich genau das heute Abend gebraucht habe.

»Ich auch …«, antwortet sie und sieht daraufhin mit bösem Gesicht wieder zum Barkeeper. »Aber ich bin so beschäftigt damit zu verdursten, dass mir leider gerade nichts Passenderes einfällt.«

Der Kellner zischt belustigt und zuckt danach ungeduldig mit den Augenbrauen. Soll heißen: Jetzt oder nie, Kumpel!

»Ein Bier bitte und das, was die Lady bestellen wollte.«

Er schiebt seine Zunge genervt unter die Oberlippe, als hätte ich ihn verraten. Ich setze ein Lächeln auf, das perfekt zum Rest der Gesellschaft heute passt. Es signalisiert Höflichkeit, während meine Augen etwas ganz anderes ausdrücken.

»Ein Glas von dem Chardonnay, bitte.«

Der Barmann sieht gelangweilt von mir zu ihr und wendet sich schließlich ab, woraufhin die Quasi-Nachbarin erleichtert seufzt.

»Wie geht es deinem Flip-Flop?«

Sie schmunzelt und stopft sich eine Erdnuss in den Mund. Mit den Fingerspitzen wischt sie sich sofort imaginäre Salzreste vom mattroten Lippenstift. »Nicht wiederzuerkennen. Er hat es leider nicht geschafft. Ich war sogar mit ihm beim Geschäft, habe versucht, ihn umzutauschen, weil sie mir beim Verkauf erklärt haben, Valentinos würden mich überleben.«

»Und?«, erkundige ich mich belustigt.

»Die Security hat mich hinauseskortiert.«

Ich lache.

»Wo ist Balu heute?«

»Auf der Couch. Zieht sich ein paar Netflix-Filme rein. Ich kann dir sagen, der Hund hat keinen Geschmack. Deswegen ist er immer ganz froh, wenn er mal alleine fernsehen darf.« Ich möchte mir dafür auf die Schulter klopfen, weil Liza den Kopf schief legt und dieses mühelos ansteckende Lachen erklingen lässt, das sich anfühlt, als wäre ich ein Junge in der Highschool, der das beliebte Mädchen zum ersten Mal zum Lachen bringt. Ihr ganzes Gesicht hellt sich auf, ihre Wangen sind ein wenig gerötet, ihre Augenbrauen wandern nach oben und die Fältchen rund um ihre Augen machen sie tatsächlich noch schöner. Und es ist kein Fake. Wenn ich nach all den Partys wie diesen eines erkennen kann, dann das.

Der Barkeeper ist zurück, aber nicht, um uns die Drinks zu bringen, sondern um ihr lediglich die Schüssel mit den Nüssen wegzunehmen und an einer anderen Stelle des Tresens zu platzieren. Der Ausdruck in seinem Gesicht ist dabei pure Eifersucht. Sollte sich mal in den Griff kriegen.

Liza räuspert sich mit Blick auf den Boden.

»Dein Ex-Freund?«, rate ich.

»Ist es so offensichtlich?«

Nachdem er der einzige Kerl im Raum ist, der ihr nicht praktisch zu Füßen liegt? Ja. »Das oder du warst eine miserable Steuerberaterin.«

»Das wäre ich auf jeden Fall«, scherzt sie.

Endlich bekomme ich mein Bier, wohingegen er Liza mit einem kalten Lächeln ein Glas Wasser hinstellt. »Sie ist nicht der Typ für etwas Ernstes«, sagt er, nimmt meinen Zwanzigdollarschein und legt das Restgeld auf den Tresen. »Lieber ein lockeres Date nach dem anderen, bevor man ihr vielleicht noch zu nahekommt. Das Wasser kostet einen Dollar.« Es reizt mich ungemein, jetzt selbst über die Bar zu steigen und ihm zu zeigen, was ich von seiner respektlosen Art halte, aber das hier geht mich im Grunde nichts an und ich bin kein Neandertaler.

»Wow!«, stößt die Kleine neben mir trocken aus. Im nächsten Moment dreht sie sich zu mir und streckt mir die Hand entgegen. Sie lächelt immer noch, aber weit gedimmter als vorhin, und dafür möchte ich dem Typen umso mehr in den Arsch treten. »Ich bin Liza. Das Mädchen, das sich in Situationen wie diesen mehr Rückgrat wünschen würde.«

»River«, nenne ich ihr meinen Namen. »Und Menschen haben ihre Meinungen, Liza. Über alles. Ob gerechtfertigt oder nicht. So was darf dich nicht berühren.«

»Leichter gesagt als getan, würde ich behaupten«, antwortet Liza. Etwas abwesend umkreist sie mit dem Finger den Rand ihres Wasserglases. »Ich bin nämlich leider zufällig allergisch auf Leute, die sauer auf mich sind. Und nur, um eines klarzustellen: Ja, ich gehe oft auf Dates, weil … Warum zur Hölle nicht?«, fragt sie lachend, ist aber schnell wieder ernüchtert, stützt sich mit einem Ellbogen auf dem Tresen ab und starrt auf meine Krawatte. »Weil *ich* kann.« Mir entgeht die eigenartige Betonung in diesem Satz nicht, allerdings kommentiere ich sie nicht. Alles, was ich weiß, ist, dass ich mehr von diesem Mädchen wissen will, das mit ihren Gesichtsausdrücken weit mehr verrät, als ihr vielleicht bewusst ist.

»Was ist los mit dir?« Meine Schwester baut sich vor Liza auf und schneidet damit wie eine Axt durch unsere Unterhaltung. »Doktor Upton ist eine der besten Chancen, die sich dir bieten werden. Konntest du nicht einfach lachen?« Diva, die sie ist, signalisiert sie Lizas Ex mit einem Schütteln ihres leeren Weinglases, dass sie ein neues möchte, und er macht sich natürlich gleich an die Arbeit.

»Eigentlich solltest du mir applaudieren, weil ich so hart daran gearbeitet habe, mir ein Augenrollen zu verkneifen«, erkläre ich und schenke ihr mein Du-kannst-mir-nicht-böse-sein-Lächeln.

Willow schüttelt den Kopf. »Du bist unmöglich, River«, meckert sie, woraufhin Liza vom Hocker rutscht und sich räuspert.

»Ich gehe mal zurück zu meinem Platz und nerve die hinter mir wieder mit meiner perfekt gewählten Frisur.« Sie tätschelt ihren Amy-Winehouse-Bienenstock auf dem Kopf. Willow ist zu genervt, um ihre Miene zu verziehen, aber ich finde es witzig, vor allem, weil Liza es mit Stolz sagt.

»Sehen wir uns später?«, frage ich.

Liza mustert Willow und scheint auf ihre Reaktion zu warten, doch diese verdreht lediglich die Augen.

»Schätzchen, ich bin die Schwester, die sich fragt, ob es schon zu spät ist, ihn adoptieren zu lassen. Keine Sorge, er gehört dir.«

Liza lacht herzhaft. So viel zu meinem Du-kannst-mir-nicht-böse-sein-Lächeln.

»In dem Fall wäre es schön, wenn wir uns später noch einmal über den Weg laufen würden.« Mit angestrengtem Gesicht trinkt sie ihr Glas aus und stellt es etwas lauter als nötig vor den Barkeeper, der Willow indessen anlächelt wie ein unschuldiger Welpe. »Das war übrigens das beste Wasser, das ich in meinem Leben bekommen habe«, erklärt sie ihm mit Würde, und ich kann nicht anders, als ihr hinterherzusehen, wie sie mit dezentem Hüftschwung zu ihrem Tisch stöckelt.

»Wenn du dann fertig bist mit Sabbern, komm zurück an den Tisch. Dads Rede beginnt gleich.«

Ich schnaube über ihre bescheuerte Meldung, weil ich ganz sicher nicht sabbere.

Ich kippe den Rest von meinem Bier und reiche das Glas dem Barkeeper, der wohl begriffen hat, dass ich der Bruder der Gastgeberin bin, des neuen Sterns am Himmel der Gefäßchirurgie. Als er danach greift, lasse ich allerdings nicht los. »Übrigens: Es ist mir scheißegal, ob ihr zwei eine private

Geschichte habt oder nicht. Aber Liza ist Gast auf dieser Gala und du bist hier angestellt. Solltest du sie also noch einmal respektlos behandeln, werden wir ein paar Worte wechseln müssen.« Alles in mir rebelliert dagegen, diese Karte zu spielen, weil es gegen alles geht, wofür ich stehe.

Er nickt schluckend und ich rede mir ein, dass ich das für jeden gesagt hätte. Bin mir allerdings nicht sicher, ob das der Wahrheit entspricht.

KAPITEL 4

Liza

»Bist du in einem Geheimauftrag hier, um Beweise gegen Doktor Hudson zu sammeln?« Ich unterdrücke ein allzu breites Grinsen, als ich den australischen Akzent in der angenehmen Stimme wahrnehme, bevor River sich auf den freien Stuhl neben mir setzt. Sofort umgibt mich dieser übertrieben leckere Geruch seines Parfüms oder was auch immer, das nach Holz, Vanille und Apfel riecht. Ich lehne mich automatisch etwas mehr zu ihm rüber wie eine dieser armseligen Motten, die sich ständig an der Lampe verbrennen.

»Ich bin ja richtig beschäftigt heute. Erst Steuerberaterin, jetzt Detektiv«, lache ich und zeige auf sein Getränk. Vorhin hat er definitiv etwas anderes bestellt. Jetzt bekommt auch er nur Wasser von Stan?! »Und so, wie es aussieht, übernehme ich spätestens in einer halben Stunde den Job des gefeuerten Barmannes, weil anscheinend jeder auf seine schwarze Liste kommt, der heute Abend mit mir gesehen wird.«

River schmunzelt und prostet mir in der Luft mit seinem Glas Wasser zu. »Ich habe gehört, es sei das beste Wasser New Yorks. Ich wäre ein Idiot, es nicht zu kosten.«

Ich grinse nach wie vor, freue mich darüber, dass er nach Stans Szene vorhin überhaupt noch Interesse daran hat, mit mir zu reden. Stan und ich waren neun Monate zusammen, als er um meine Hand angehalten hat. Ich hatte ihm daraufhin mitgeteilt, dass ich mir nicht sicher wäre, ob jetzt der richtige Zeitpunkt für etwas derart Ernstes sei. Die Tatsache, dass er absolut nicht verstanden hat, *was* ich damit meinte, hat mir gezeigt, dass es mit uns ohnehin nicht funktioniert hätte.

Mit einem Nicken deutet River auf das Notizbuch vor mir. »Hudson wäre geschmeichelt über dein Interesse. Immerhin warst du die Einzige im Saal, die sich bei seiner Rede Notizen gemacht hat.«

Es ist mir peinlich, das zuzugeben, aber ich war schon fast enttäuscht, dass sich River so lange Zeit gelassen hat, mich noch einmal zu finden. Ständig habe ich mich mehr oder weniger subtil nach ihm umgesehen. Umso lieber höre ich jetzt, dass ich wohl auch auf seinem Schirm war.

»Die Notizen sind für die Uni. Mein Professor zwingt mich. Deswegen bin ich hier.« Das ist zumindest *fast* der einzige Grund.

»Studierst du Medizin?«

»Ich? Oh, nein!«

»Angst vor Nadeln«, rät River und blickt belustigt auf meine Finger, die ich unbewusst in meine Ellenbeuge kneife. Sofort lasse ich los und verschränke die Arme vor der Brust.

»Nein, ich habe keine Angst vor Nadeln. Das macht in meinem Kopf keinen Sinn. Vor den Löchern hingegen, die sie in meine Haut stechen …« Ich kann nicht anders, als mich zu schütteln, und zeige auf meinen Unterarm. »Siehst du? Instant-Gänsehaut.«

River lacht leise, beißt sich kurz auf die Unterlippe, als wäre er nicht sicher, ob es okay ist, sich über mich lustig zu machen. »Weil Trypophobie viel mehr Sinn ergibt als die Angst vor Nadeln?«

Ich zwinkere. »Heißt das so, wenn hässliche, unregelmäßige Löcher, die dort nicht hingehören, einen zum Ausflippen bringen?«

Schmunzelnd schüttelt er den Kopf. »Wusstest du, dass das die einzige Phobie ist, die noch keine anerkannte medizinische Diagnose kennt? Manche meinen, sie sei erst durch das Internet entstanden, weil ganz normale Bilder …«

»Nicht! Sei leise!«, schimpfe ich und halte mir die Hände über die Ohren.

»Ich habe noch gar nichts gesagt.«

»Du hast *Bilder* gesagt. Und die sind jetzt in meinem Kopf. Wenn ich deswegen heute Nacht nicht schlafen kann, bewerfe ich deine Tür mit Eiern.« Diesmal lacht River ein bisschen lauter und löst damit Schmetterlinge in meiner Bauchregion aus. Winzig kleine. Trotzdem sind sie da.

»Du bist ein bisschen seltsam, habe ich recht?«

»Ein bisschen?!« Ich grinse und sehe zur Decke. »Aber jetzt mal 'ne andere Frage: Nennst du deinen Dad immer Doktor Hudson? Wenn ja, dann bin ich vielleicht nicht die einzig Seltsame hier.« Sofort verändert sich sein spielerischer Gesichtsausdruck. Sein Adamsapfel wandert auf und ab, bevor er noch einen Schluck Wasser nimmt, als hätte es ihm die Sprache verschlagen. »Oh, oh. Bitte sag mir, dass ich jetzt nichts ausgeplappert habe, von dem du noch nichts wusstest.«

River leckt sich über die Lippe. »Die Vaterschaft ist kein Geheimnis, nein. Ich mache Leute einfach nicht gern darauf aufmerksam.«

Ungläubig verziehe ich das Gesicht. »Komm schon! Das ist wie in ›Superman‹, wenn Clark denkt, eine mickrige Brille und eine Ganzkörperstrumpfhose wären die beste Verhüllung seiner Identität. Spoiler: Wir anderen wissen alle, dass du es bist, Clarkylein.«

Lachend lehnt er sich zurück, mustert mich mit freundlichen Augen.

»Die einzigen drei gut aussehenden Personen in diesem Saal sind gleichzeitig die einzigen drei Australier. Das kann kein Zufall sein.«

River stützt sich mit einer Hand an der Wange auf. »Ins gleiche Boot mit meinem Vater und meiner Schwester geworfen zu werden, wenn es um Attraktivität geht, ist auch neu, muss ich zugeben.«

»Reine Fakten, mein Freund. Ich kann mir auch nicht vorstellen, dass du irgendjemanden darauf aufmerksam machen musst, dass ihr zur selben Mischpoke gehört, oder doch?« River lässt seinen Blick ein paar Minuten durch den Saal schweifen, der etwas leerer geworden ist. »Und können wir an dieser Stelle bitte für einen Moment darüber reden, wie *fließend* dein Name auszusprechen ist?«

Seine braunen Augen blitzen amüsiert auf, weshalb ich mir ein kurzes Kichern erlaube. River Hudson? Ich kann mich nicht entscheiden, ob ich meinen Eltern für ihre geistreiche Idee applaudieren oder sie dafür hassen würde. »War das so was wie eine Prophezeiung, wohin es dich eines Tages verschlagen würde?« In einer unschuldigen Geste ziehe ich die Schultern hoch, als er sich über die Lippen leckt. *Bist du dann fertig*, fragen seine Augen. »Hey, ich darf lachen. Mein Name ist Elizabeth *Patience* Donovan. Genau! Wie in *Geduld*. So was nennt man wohl Wunschdenken. Aber rate mal!«

Dieses schiefe Grinsen ist zurück. »Es hat nicht funktioniert?«

»Es hat nicht funktioniert!«, forme ich tonlos mit den Lippen und grinse stolz. »Ich habe den Eindruck, genau das Gegenteil ist passiert. Als hätten sie jegliche Chance darauf verhext.« Eigentlich ist es gar nicht so lustig. Ich habe nämlich wirklich weder Geduld noch Durchhaltevermögen. Der einzige Grund, warum ich mein Studium zum Beispiel nicht schon lange hingeschmissen habe, ist, dass Becca mir so auf den Keks geht, dass ich es durchziehe. Es fällt mir unglaublich schwer, stundenlang in langweiligen Vorlesungen zu hocken, bei denen ich mich sowieso nicht richtig konzentrieren kann. Ich rüttle mich sichtbar aus meiner Gedankenkacke und kehre zum eigentlichen Thema zurück. »Wie auch immer, dein Status bringt bei mir gar nichts. Ich studiere englische Literatur und Journalismus. Und bevor du fragst: Ja, ich habe tatsächlich etwas damit vor und bin nicht das Mädchen, das ihr Alter in Semestern an der Uni verbringen will.«

River hebt amüsiert eine Augenbraue. »Jetzt hast du praktisch meine Gedanken gelesen. Das ist genau das, was ich sagen wollte.«

Ich presse die Lippen zusammen und zupfe am Gummiband meines Notizbuchs. »Sorry. Kann man erkennen, dass das Thema ein heißes Eisen ist?« Ich fühle Rivers Augen auf mir und es macht mich irgendwie nervös. Auch deswegen, weil meine Dates normalerweise nicht so laufen. Nicht mit Themen wie diesen. Oder Ex-Freunden, die wem auch immer erzählen, dass ich praktisch ein Flittchen bin. *Komm mal wieder runter, Liza. Das hier ist kein Date.* Deswegen klopfe ich eine kurze Melodie auf den Tisch und verdränge den blöden, bitteren Beigeschmack, den der Abend für mich erhält. »Ich werde jetzt einen Abgang machen. Mal sehen, ob ich ein Uber finde, das mich heute noch in den Süden bringen will.« Aus Brooklyn in die Stadt zu kommen ist meistens kein Problem. Taxifahrer stehen aber nicht so drauf, an Wochenenden wieder aus der Stadt rauszufahren.

»Ich kann eines für uns beide bestellen. Muss sowieso noch mit Balu raus.«

Ich fühle, wie sich meine Augenbrauen zusammenziehen und ein unangenehmes Gefühl die Schmetterlinge von vorhin abtötet. »Ja, gute Idee.« Ich lächele noch, bin mir aber sicher, dass er die Veränderung in meinem Gesicht registriert, denn auch zwischen seinen Augenbrauen bildet sich eine kleine Falte. Dabei kann ich nicht einmal genau erklären, was gerade mit mir los ist. Ich weiß lediglich, dass ich es nicht will. Nicht missverstehen will, wenn er es tatsächlich so meint, wie er es gesagt hat. Vor allem aber nicht will, dass er mit mir nach Hause fahren möchte, weil er sich von mir erhofft, was Stan so eindeutig angedeutet hat. Was meine eigene Familie über mich annimmt.

Denn ja, klar – River ist genau mein Typ. Er sieht gut aus, ist witzig, clever und Australier, um Himmels willen. Hallo, Chris Hemsworth! Wessen Typ wäre er denn nicht? Es wäre so leicht, mich in ihn zu verknallen. Vor mir selbst so zu tun, als wäre es kein Problem für mich, einfach nur Spaß zu haben. Aber irgendetwas an ihm macht mich … nervös?! Etwas, das ich bei Kerlen eigentlich nie bin. Irgendwie will der mädchenhafte Teil von mir nicht eines der Mädchen sein, die River *die Zeit vertreiben*, bis seine wahre Liebe den Raum betritt.

»River!«, ruft jemand hinter uns, und ich drehe mich dankbar um, bevor River das auch tut. Es ist sein Vater, der mit einem anderen Mann dasteht und streng auf mich herabblickt, als würde ich stören. »Ich möchte dir Doktor Kelter vorstellen. Er unterrichtet an der Stanford University und ist Transplantationschirurg am Presbyterian Hospital hier in New York.«

»Hey!« River legt seine Hand kurz auf meine, um meine Aufmerksamkeit noch einmal zu erlangen. Schluckend sehe ich darauf hinab, bis er sie wieder entfernt. »Alles okay?« Die Frage bringt mich kurz durcheinander. Ist es das? Natürlich.

»Natürlich.« Ich lächle ihn an, während meine Hände vom Tisch auf meinen Schoß gleiten. »War nett, dich kennenzulernen, Hudson River.« Ich grinse schelmisch, doch er erwidert es nicht. »Wir sehen uns bestimmt.« Wie River mich in diesem Moment studiert, zerrissen mit dieser kleinen Falte zwischen den Brauen, verspüre ich den eigenartigen Wunsch, ihm die Hand auf die Wange zu legen und ihm kopfschüttelnd zu vermitteln, dass es die Sorgenfalten nicht wert ist. Stattdessen greife ich nach meiner Tasche und verabschiede mich.

Kapitel 5

River

»Verdammt noch mal!«, flucht Jake, als sein Knie am Bosu-Ball einknickt und er nach hinten kippt. Mit dem gesunden Bein tritt er die Gummi-Halbkugel weg und rauft sich die Haare.

Ich packe ihn am Unterarm und ziehe ihn hoch. »Das war gut! Nächstes Mal kommst du auf die Dreißig.«

»Jetzt gleich«, sagt er und greift nach dem Bosu-Ball, aber ich stelle mich dazwischen.

»Dein Bein braucht eine Pause. Die werden wir ihm geben.«

»Nein. Werden *wir* nicht. Und rede nicht mit mir, als wäre ich My Fair Lady. In den Arsch treten kann ich dir immer noch mit beiden Beinen.« Professionell wie ich in diesen heiligen Hallen bin, die die Hälfte der Zeit mein Arbeitsplatz sind, ignoriere ich seine Meldung, anstatt ihm den Mittelfinger zu zeigen. Wir haben uns hier im Krankenhaus kennengelernt, als ich dieses Semester meinen ersten medizinischen Turnus auf der Traumatologie gemacht habe und er mit einer infizierten Schusswunde bei uns aufgenommen wurde. Das war vor zwei Monaten, kurz nachdem man ihn bei seinem ersten FBI-Einsatz in Chicago angeschossen hatte. Wir kamen auf Anhieb gut klar und blieben in Kontakt. Dass ich jetzt hin und wieder im

Fitnessstudio mit ihm trainiere, hat sich so ergeben. Ich kenne mich gut genug aus, um mir das zuzutrauen. Normalerweise trainiere ich in meiner Freizeit nur mich selbst, aber mit Jake fühlt es sich schon seit einiger Zeit mehr nach Freundschaft als nach Arbeit an, deswegen stört es mich nicht. Dass er seine schlechte Laune an mir auslässt, juckt mich nicht im Geringsten, weil ich absolut verstehen kann, woher sein Frust kommt.

Er schnaubt, als ich ihm signalisiere, sich auf die Liege zu werfen, damit ich die verkrampften Muskeln lockern kann. »Es geht mir auf den Sack, dass ich noch immer nicht so funktioniere, wie ich sollte.« Mir ist noch kaum jemand begegnet, der höhere Erwartungen an sich selber hat als dieser Typ. Diese Eigenschaft bewundere ich an ihm. Vielleicht, weil ich eben ganz anders gestrickt bin. Klar will ich meine Ziele erreichen. Aber Jake macht seine Sache vor allem für sich selbst. Ich dagegen habe oft das Gefühl, ich mache es, weil ich anderen etwas beweisen muss – außer meinem Vater. Dem wollte ich immer lieber auf den Sack gehen, denn das erschien mir besser, als gar keine Aufmerksamkeit von ihm zu bekommen. Zumindest damals. Doch in dieser Situation ist Jakes Erwartungshaltung eines der Dinge, die ihm im Weg stehen.

»Alter, du wurdest vor acht Wochen angeschossen. Nicht vor acht Monaten. Mit Druck passiert hier gar nichts.«

Er wirft mir einen angepissten Blick zu. »Ist das deine Motivationsrede? Wenn ja, muss ich dir sagen, sie ist scheiße.«

Amüsiert lege ich den Kopf schief. »Echt seltsam, dass dein Reha-Trainer nicht mit dir klarkommt. Muss wohl an ihm liegen.«

»Nicht jeder kann so perfekt sein wie du, Kumpel.«

»Keiner«, bestätige ich mit einem Zwinkern.

Kopfschüttelnd schließt er die Augen und reibt sich das Gesicht. »Verdammt noch mal, mit jedem Tag am Schreibtisch verliere ich ein bisschen von meinem Verstand. Deswegen bin ich nicht beim FBI. Ich brauche meine verfluchten Beine.« Ich bearbeite den Bereich über seinem Knie, direkt unter der Eintrittsstelle der Kugel. Sie hat die Oberschenkelarterie knapp verfehlt und dafür den Muskel zerfetzt. Als er nach dem Schusswechsel bei einer Razzia zu Boden ging, traf ihn noch eine Kugel direkt unter der Schutzweste in den Rücken. Die Kugel blieb drinnen, weil es für ihn gefährlicher gewesen wäre, sie zu entfernen. An guten Tagen nenne ich ihn deshalb Iron Man. Dass er tatsächlich etwas von einem Helden hat, verdrängt er die meiste Zeit. Dabei hat er die erste Kugel für einen seiner Kollegen eingefangen. Wäre sein Job, meinte er, aber ehrlich? Ein FBI-Agent und vier Kriminelle wurden bei der Razzia erschossen. Das steckt man nicht einfach so weg. Und das Krasseste an der ganzen Sache ist: Seine Familie weiß nichts von seinen Verletzungen. Auch nicht, was passiert ist. Vielleicht kann ich mich deswegen so gut mit ihm identifizieren. Muss gerade ein extrem einsames Leben für ihn sein.

»Du kriegst das hin, Jake. Dass du nach nur acht Wochen schon wieder täglich joggen gehen kannst und einen Haufen Krafttraining absolvierst, ist weder üblich noch genau genommen der richtige Ansatz.«

»Du glaubst auch, dass Bale ein besserer Batman ist als Affleck. Was weißt du also schon!«, schnappt er, und ich grinse. Komisch, dass ich den Spruch jedes Mal zu hören kriege, wenn ich recht habe. Und er weiß, dass ich recht habe. In beiden Punkten. »Aber im Ernst jetzt. Danke für deine Zeit, Mann. Ich weiß es zu schätzen.«

Nickend klopfe ich ihm auf die Schulter und schnaube belustigt. »Keine Sorge! Ich schreibe die Stunden mit. Irgendwann bekommt das FBI eine saftige Rechnung von mir.«

Lachend schlägt Jake meine Hand von seiner Schulter.

Als ich abends nach Hause komme, wartet Balu schon mit voller Blase und wedelndem Schwanz auf mich. Ich gehe in die Knie und streichle meinen besten Freund. »Hey, Kumpel! Raus mit uns, oder?« Er hechelt wie ein kleiner Welpe, nicht wie der fünfjährige, vierundfünfzig Kilo schwere kaukasische Hirtenhund, der er ist. Natürlich haben mich meine Eltern gefragt, ob ich den Verstand verloren hätte, als ich Balu aus dem Tierheim mitgenommen habe, und ja, ihn bei mir zu haben, kostet viel Geld und auch manche Opfer. Ich muss jeden Tag eine Stunde früher aufstehen, um mit ihm rauszugehen und ihn zu füttern. Jede längere Pause nutze ich, um nach Hause zu kommen. Ich lerne grundsätzlich in der Wohnung bei ihm, es sei denn, es lässt sich nicht vermeiden, in die Bibliothek zu gehen. Einmal täglich kommt ein Teenie, der Taschengeld braucht, und geht eine Stunde mit ihm spazieren, bevor ich das nach meiner Schicht noch einmal selbst erledigen kann. Aber Balu ist jedes Opfer wert. »Gezwungen« zu sein, mal eine mentale Pause zu machen und um den Block zu joggen oder einen Tennisball ein paar Mal durch die Gegend zu werfen, hat mir schon mehr als einmal geholfen, in diesem ganzen Wahnsinn nicht den Verstand zu verlieren. Also marschiere ich auch jetzt mit ihm durch die dunklen Straßen der Gegend und entspanne mich mit jedem Schritt, den ich in der kühlen Luft gehe.

»Es lief ganz okay«, höre ich eine weibliche Stimme, als ich später unsere Lobby betrete. »Das heißt, dass es eben ganz okay lief – keine Ahnung, was für ein Gefühl ich habe. Gar keines … Weil meine *Gefühle* keine wissenschaftlichen Arbeiten sind, Daddy. Meine Güte, jedes Mal, wenn ich in Mathe ein gutes Gefühl hatte, war's am Ende eine Sechs.«

Ich schmunzle über die Kleine mit den rotbraunen Haaren, heute wieder ohne Hochsteckfrisur, während ich ihr zusehe, wie sie in einem Bleistiftrock und hohen Schuhen die Pflanze gießt, die offensichtlich vor Monaten bereits das Zeitliche gesegnet hat. Mit ihrer Wasserflasche. »Mit meinem *Bachelor of Books*?« Sie lacht etwas verzweifelt und fasst sich mit einer Hand an die Stirn. »Meine Güte, Daddy. Das klingt, als würde ich einen Internetkurs belegen, der zu einem Diplom im Schuhebinden führt.«

Ich muss lachen und halte mir kurz die Fingerknöchel an den Mund, als mich Lizas Blick trifft. Dass sie allerdings seufzt, anstatt zu lächeln, verwundert mich ein bisschen. Erst als ihre Augen zu Balu wandern, ziehen sich ihre Mundwinkel nach oben, bevor sie sich auf einen der Loungesessel fallen lässt, von dem ich sie bei unserer ersten Begegnung wegtragen musste.

»Ja, Daddy. Natürlich werde ich es euch sagen, wenn ich etwas erfahre … Ja, *vielleicht* bleibe ich dann auch mal zwei Monate und einen Tag länger als sonst.« Sie verdreht die Augen und streckt die Zunge raus. »Ich bin sicher, dass ein vielversprechender Job als Schuhbinderin auf mich wartet – ich dich auch, Daddy. Bis Sonntag!«

Liza legt auf und schaut einen Moment auf ihr Handy. Langsam hebt sie den Kopf.

»Hey!«, begrüße ich sie.

»Hi!« Bei Lizas voller Aufmerksamkeit beginnt Balu lauter zu hecheln und zieht an der Leine, weil er zu ihr will.

»Anstrengender Abend?«

»Der Abend war eigentlich super. Barhopping mit meinen Mädels.« Sie lässt ein breites Lächeln aufblitzen und macht den Robot Dance. »Das Anstrengende war, dass ich mein Job-Interview im Vorfeld meinem Dad gegenüber erwähnt hatte. Und das einzige *Gefühl*, das ich zum Interview selbst habe, ist Stolz, weil ich keine einzige ›Gilmore Girls‹-Anspielung gemacht habe.«

Ich versuche, mein Lachen zu verheimlichen. »War das denn eine Möglichkeit?«

Mit einem Schulterzucken stützt sie sich auf ihre Knie. »Bei mir ist alles möglich, Hudson. Ich dachte, das hättest du schon gemerkt.« Nach diesen Worten presst sie die Lippen zusammen, bevor sie scharf einatmet und zu Boden sieht. »Und wo wir schon beim Thema sind … ich möchte klarstellen, dass ich kein Flittchen bin.« Meine Augenbrauen ziehen sich zusammen. »Ja, ich gehe auf Dates und ja, meistens endet die Sache ziemlich schnell danach. Das bedeutet aber nicht, dass ich mit jedem ins Bett springe. Oft geht es über einen harmlosen Kuss nicht hinaus, auf den ich in den meisten Fällen auch gut verzichten könnte. Aber es gehört halt irgendwie dazu.« Sie atmet durch, als wäre ihr mit ihren Worten eine Last von den Schultern gefallen.

»Wer sagt das? Die Kerle, mit denen du dich getroffen hast?«

»Meine Studien zum Thema.« Liza schaut mit einem schiefen Lächeln zu mir hoch und zwinkert. »Und *so* schlimm sind die Küsse meistens auch wieder nicht.«

Ich könnte ihr jetzt erklären, dass ich mir letztens tatsächlich nur deshalb eine Uber-Fahrt mit ihr teilen wollte, weil ich keinen Bock mehr hatte zu bleiben – verflucht, ich hatte schon keinen Bock darauf, überhaupt hinzugehen. Das würde sie mir allerdings glauben oder eben nicht.

Sie schnaubt. »Können wir jetzt mal über etwas Normales, Belangloses reden? Hobbys zum Beispiel?«

Jetzt?! Hier?! Ja, sie ist wirklich etwas seltsam.

Lächelnd beuge ich mich runter, um Balu die Leine abzunehmen, der gleich zu Liza trottet und sich direkt vor sie setzt. Und ich spiele mit, weil die Gespräche mit ihr amüsant sind.

»Was sind deine Hobbys?«

Sie spitzt die Lippen und überlegt, nur um dann die Nase kraus zu ziehen. »Ich habe keine.«

Ich verkneife mir eine Reaktion. Sie ist süß.

»Man hat mir gesagt, ich könne gut pokern, aber ich hasse Casinos wie die Pest. Ich bin gerne an der frischen Luft, allerdings beherrsche ich keine einzige Sportart.« Ihr Daumen kratzt an ihrem Kinn, bis sie schnippt. »Kino. Zählt das als Hobby?«

Ich nicke, amüsiert von ihrem zerknautschten Gesicht.

»Ich schiebe alles auf meine Eltern. Die waren ziemlich heikel, was die meisten Dinge anbelangt. Kannst du dir zum Beispiel vorstellen, dass ich noch nie einen Schneemann gebaut habe?«

Ich ziehe die Brauen zusammen. »Im Ernst? Ich meine, ich habe auch eher Sandmänner gebaut, aber aus anderen Gründen.«

Sie lacht. »Ja, was soll ich sagen. Als ich im Schneemannbaualter war, wurden wir zu Hause unterrichtet. Und danach … hat es sich eben auch nicht ergeben.« Sie zuckt mit den Schultern. »Jetzt du!«

Habe zwar noch nie in der Lobby meines Apartments darüber nachgedacht, meine Freizeitaktivitäten zu teilen, aber warum nicht?!

»In der Schule habe ich sehr gern Eishockey gespielt. In New South Wales gibt es außerdem verdammt gute Surfplätze. Eigentlich mag ich alles, was mit Wasser zu tun hat. Klippenspringen, Wildwasserkanu.«

Liza zieht die Augenbrauen so hoch, wie sie kann, und blinzelt mehrmals. »Ah. Ein Adrenalinjunkie.«

»Nicht unbedingt. Ich gehe auch gerne fischen.«

»Wonach?«, schnurrt sie. »Nach Haien, die Feuer speien können, oder was auch immer ihr dort auf dem roten Kontinent habt?«

Ihr Magen knurrt lautstark. Als wäre es mir nicht aufgefallen, schlendere ich an ihr vorbei und lehne mich an den Lift.

»Ich werde mir jetzt etwas zu essen bestellen. Hast du Hunger?«, frage ich, obwohl die Antwort offensichtlich ist.

Trotzdem schüttelt sie schwach den Kopf. »Ich verspreche, dass meine Absichten ehrenwert sind.«

Mit gehobener Augenbraue sieht sie zu mir auf, als würde ich mich über sie lustig machen. Aber das tue ich nicht. Ich habe gehört, was sie vorhin zu mir gesagt hat. Balu legt seinen Kopf auf ihren Schoß zwischen den Ellbogen. Das bringt sie zum Lächeln und sie krault seine Ohren.

»Und was?«

Ich schmunzle. »Worauf hast du Lust?«

»Ich bin nicht wählerisch.«

»Okay, also dann mexikanisch?«

Liza zieht die Nase kraus. »Hm, das ist ziemlich schwer für die Uhrzeit, findest du nicht?«

»Chinesisch?«

»Meh.«

Dieses Mädchen ist unglaublich. Amüsiert sehe ich zu Boden. »Italienisch?«

Sie summt einverstanden. »Ein paar Nudeln wären ganz okay, denke ich.«

»Ruhig, Junge!«, ermahne ich Balu, der Liza schon im Aufzug ständig um die Beine herumläuft und ihre Schuhe beschnüffelt. An meiner Tür drückt er sich so gegen sie, dass er sie praktisch in die Wohnung schiebt.

Liza lacht und beugt sich zu ihm runter, um ihn zu streicheln. »Du bist ja aufgeregt.«

»Er bekommt nicht so viel Besuch.«

Liza linst einen Moment lang zu mir, als hätte sie mich missverstanden, und schaut sich dann in der Wohnung um. Viel gibt es nicht zu entdecken. Eine Menge Bücher sind verstreut über Küche und Esstisch. Auf meiner dunkelgrauen Couch liegt eine Decke für Balu, weil das Tier an einem Tag mehr Haare verliert als ein Schaf beim Scheren. An den Wänden hängen keine Familienfotos oder Kunstwerke, sondern mein Wakeboard, Surfbrett und Eishockeyschläger. Sie dienen als stilles Versprechen, dass ich sie irgendwann verwenden kann, wenn ich wieder so etwas wie ein Leben habe.

»Ist es okay, wenn ich duschen gehe, während wir warten?« Balu rollt sich auf den Rücken und hält ihr seinen Bauch zum Kraulen hin. Kichernd schlüpft sie aus ihren High Heels und kniet sich wie selbstverständlich auf den Boden.

»Mhm«, murmelt sie, so beschäftigt mit Balu, dass ich nicht weiß, ob sie mich eigentlich gehört hat. Einen Augenblick länger als nötig beobachte ich sie mit meinem Hund, fühle praktisch, wie die Anspannung, die man ihr vorhin noch angemerkt hat, von ihr abfällt. Als sie ihm in Babysprache erklärt, welch hübscher Hund und wie brav er sei, verdrehe ich lachend die Augen und gehe ins Bad.

»Hattest wohl echt keinen Hunger, hm?«, necke ich sie später, während ich belustigt zu meinem letzten Stück Pizza greife.

Liza isst, als hätte sie die Befürchtung, ihre Pasta hätte eine Selbstzerstörungsfunktion. Jetzt blickt sie auf und kaut absichtlich langsam. »Das ist kein Hunger. Ich will einfach keine Reste übrig lassen.«

»Liza, ich habe Dinosaurier gesehen, die kleinere Bissen genommen haben.«

Sie kneift die Augen zusammen und rollt schmunzelnd ihre Lippen ein. »Ja? Wow! Und das von jemandem, der sich Weintrauben auf seine Pizza bestellt.«

Ich grinse und verdrücke den Rest meiner Severus-Grape-Pizza. Eine Hommage meiner Lieblingspizzeria an den großartigen Alan Rickman alias Snape aus »Harry Potter«. »Was war das für ein Job-Interview?«

Liza zieht ihre Beine auf den Stuhl und setzt sich darauf. »Bei einer popeligen Zeitung. Wahrscheinlich würde ich dort sowieso bloß als Briefbeschwerer verwendet werden, aber irgendwo muss man ja einen Fuß in die Tür kriegen, oder?

Und Dad macht sich ein bisschen Sorgen, ob ich ein Studium gewählt habe, mit dem ich auf Dauer nicht glücklich werde.«

»Und was denkst du?«

»Dass er recht haben könnte.« Sie zuckt mit den Schultern. »Dass ich es allerdings zumindest versuchen muss. Ich habe meiner Schwester versprochen, irgendwann als Motivationsrednerin auf einer Bühne zu stehen und unseren Senf bei der Welt abzugeben. Vermutlich werde ich auf dem Weg die Stufen hinauf noch kotzen und vor Nervosität sterben, aber ich werde dort sein.«

»Ich glaube nicht daran, dass es im Leben eine bestimmte Sache gibt, die uns glücklich machen kann. Und vor allem nicht auf Dauer. *Wenn ich erst mal die Prüfung bestanden habe und an der MedUni aufgenommen werde, dann bin ich glücklich. Wenn ich die richtige Facharztausbildung für mich gefunden habe, den richtigen Job … dann werde ich richtig glücklich sein.* Ich glaube, dass es wichtig ist, zuerst glücklich zu sein und seine Leistung damit erheblich zu erhöhen.«

Liza neigt den Kopf zur Seite, sanfte Bewunderung in ihrem Gesicht, die meinen Atem kurz zum Stocken bringt. »So was Ähnliches sagt meine Schwester auch oft.«

»Du und deine Schwester – ihr steht euch nahe?«

»Ja. Ziemlich.« Liza formt mit der Gabel aus ihren restlichen Nudeln ein Smiley. »Was ist mit dir? Hast du noch mehr Geschwister?«, will sie wissen, den Kopf schief gelegt, während sie lächelnd ihr Nudelkunstwerk bewundert.

»Insgesamt sind wir fünf. Grundsätzlich verstehe ich mich mit all meinen Geschwistern. Besonders nahe stehen wir uns aber alle nicht.« Vielleicht ein Understatement. Wenn wir zweimal im Jahr telefonieren, dann ist es viel.

»Warum nicht?«

Ich hebe ein Bein auf meinen Stuhl und stütze den Arm darauf ab. »Ich würde es gerne auf den Zeitfaktor schieben.

Insbesondere, was meine jüngeren Halbgeschwister in Australien angeht. Zeitverschiebung und all das. Allerdings wäre es ehrlicher zu sagen, dass wohl jeder von uns seine Prioritäten anderswo gesetzt hat.«

Mit jedem meiner Sätze werden ihre Augenbrauen höher. Sie sieht traurig aus. Für mich? »Stört dich das?«

»Eigentlich nicht«, gebe ich ehrlich zu. Ich kenne es ja auch nicht anders. Wir sind nicht unbedingt zum Zusammenhalt erzogen worden. Insbesondere mit zweien meiner Brüder war es oft ein indirekter Konkurrenzkampf, wenn mein Vater es für eine gute Idee hielt, uns aufzustacheln, um damit unsere Leistung zu erhöhen. Egal, ob beim Sport oder bei den Noten. Ist aber auch nicht so, dass ich je das Bedürfnis hatte, unser Verhältnis zu verbessern. Ich hatte nie einen Mangel an Freunden, und die konnte ich mir aussuchen. »Bemitleidest du mich jetzt?« Ich grinse über Lizas betroffenen Gesichtsausdruck.

Sie blinzelt. »Nein.«

»Die Unterlippe, die dir gerade bis zum Bauchnabel hängt, verrät etwas anderes.«

Lachend zerknüllt sie ihre Serviette und bewirft mich damit. »Nein, ich bemitleide dich nicht. Ich kann es mir einfach nur nicht so gut vorstellen. Meine Schwester ist meine beste Freundin und ich bin ihre. Bis auf den Kater, der oft glaubt, mir meinen Posten abspenstig machen zu können.«

»Ach, das war ein Kater!« Ich räuspere mich. »Und ich hatte mich schon gefragt, seit wann es legal ist, Gremlins zu halten.«

Liza reißt die Augen weit auf und hält die Hände hoch. »Sag ich doch! Ich meine, warum sind diese Katzen nackt? Vor allem sehen sie ständig so aus, als wären sie selbst überrascht, weil sie nackt sind.«

Balu, der schon zu Lizas Füßen eingeschlafen war, steht auf und bohrt seine Schnauze in ihre Seite. Zum Abschied, tippe ich, denn dann trottet er zu seinem Hundekissen und kollabiert dort schnarchend. Meine Müdigkeit ist indessen verflogen.

»Warum möchtest du Arzt werden?«, Lizas studierender Blick ruht auf mir.

Ich zucke mit den Schultern, als wäre es keine große Sache für mich, obwohl das Thema seit Jahren mein Leben bestimmt. »Normalerweise hat man beruflich eine Verantwortung einer Firma gegenüber oder einem Klienten, als Vorstandsmitglied zum Beispiel. Da ist es immer recht leicht, Masken aufzusetzen und jemand zu sein, der man nicht ist. In der Medizin geht es um den Menschen selbst, der dir gegenübersitzt und dir sein *Leben* praktisch in die Hand legt. Nichts ist echter als das.«

Liza nickt und wickelt ihren offenen Dreiviertelarmblazer enger um sich. »Ich glaube, ich könnte mit dem Druck gar nicht umgehen.«

Tja, man wird sehen, ob ich das kann. Langfristig. Inzwischen kenne ich verdammt viele Ärzte, und insbesondere Chirurgen haben oft eine extrem negative Sicht auf das Leben. Kommt wahrscheinlich nicht von ungefähr, wenn du mit schwerwiegenderen Misserfolgen konfrontiert bist als einem geplatzten Firmendeal.

»Wirst du auch Transplantationschirurg werden?«

»Nein. Das ist nicht so meins. Ich interessiere mich für die Unfall- und Traumachirurgie.«

»Warum?«

»Hauptsächlich, weil ich es spannend und abwechslungs-reich finde. Kein Tag ist vorhersehbar, keine Operation gleich. Du wirst um drei Uhr morgens geweckt und marschierst in ein potenzielles Desaster. Das erfordert nicht nur Gelassenheit und Leidenschaft für den Job, sondern auch charismatische Führungsqualitäten, weil in diesem Bereich alles vom Team ins-gesamt abhängt.«

Liza nickt bedächtig. »Klingt nach einer Menge persönlicher Opfer und Selbstbeherrschung, die man dafür aufbringen muss. Aber ich stelle mir auch vor, dass es das großartigste Gefühl auf der Welt ist, wenn jemand komplett zerbrochen und in seiner dunkelsten Stunde zu dir kommt und du mitverantwortlich bist, dass er wieder rausspazieren kann. Ich meine, das ist doch *die* Definition von ›Leben retten‹.« Alleine, wie ihre Augen dabei leuchten, als sie über meinen Job spricht, berührt mich. Es erinnert mich daran, wie egal es mir ist, was meine Familie von diesem Arbeitsfeld halten mag.

Liza möchte mehr über die unterschiedlichen Felder hören, die mir jetzt im vierten Jahr des Studiums begegnen, während wir Gläser, Besteck und Müll in die Küche tragen. Sie erzählt mir auch in ihrer anfixenden Art von ihrem Vorhaben, Motivationsrednerin zu werden.

Letztlich sitzt sie mit einem Glas Wein und schaukelnden Beinen auf meinem Küchentresen, ich stehe gegenüber und leere meinen Espresso, weil ich gar keine Lust habe, dass der Abend mit ihr endet. Was soll's, vielleicht pfeife ich morgen einfach auf die erste Vorlesung.

»Nicht, dass ich glaube, das Rad neu erfunden zu haben. Ich habe der Welt nicht unbedingt etwas Neues mitzugeben, aber ich möchte einfach teilen, was mir wichtig ist. Was mein Leben verändert. Was mich begeistert. Und hoffe halt, dass es ansteckt.«

»Schätze, das ist der Punkt, der einen guten oder schlechten Redner ausmacht. Wenn es dich nicht begeistert, wird es wohl auch sonst niemanden berühren. Diese Angst brauchst du definitiv nicht zu haben.«

Liza schüttelt fragend den Kopf. »Ach nein? Du hast mich doch noch nie vor Publikum reden hören.«

Schmunzelnd stelle ich meine Tasse ab und hole Liza die Decke von der Couch. Mit beiden Händen umarmt sie sich inzwischen selbst und trotzdem erkenne ich die Gänsehaut auf ihren Armen. Das überraschte Lächeln, das sie mir für die simple Geste schenkt, als ich ihr die Decke reiche, lässt mich kurz schlucken. »Ich habe bisher kaum jemanden getroffen, der so viele Emotionen und Gesichtsausdrücke in einem Gespräch zeigt wie du.« Wenn sie redet, arbeitet jeder Muskel ihres Gesichts mit. »Man kann nicht anders, als komplett in den Sog einer Unterhaltung mit dir zu geraten. Es ist faszinierend und mitreißend. Deswegen wirst du dir keine Sorgen machen müssen, ob du deine Zuhörer bewegen kannst oder nicht.«

Liza starrt mich ein paar Sekunden lediglich an, ihre Brauen zucken ebenso wie ihre Mundwinkel. Im nächsten Augenblick rutscht sie vom Tresen, schlingt die Decke um sich und überbrückt die kurze Distanz zwischen uns, bis sie direkt vor mir stehen bleibt. »Ich glaube, das ist der Moment, an dem du mich küssen würdest.«

Mein Herz pocht etwas schneller, während sie mit ihren lodernden, braunen Augen zu mir hoch und zwischen meinen Pupillen hin- und hersieht, als würde sie dort etwas suchen. Nichts lieber als das. Aber das ist nicht der Grund fürs Herzklopfen. Es ist, weil sie zwar die Worte ausspricht, ihr Gesichtsausdruck jedoch nicht damit übereinstimmt. Es ist, als ob sie mich praktisch anfleht, es nicht zu tun, obwohl sie mich dazu auffordert. Es ist der gleiche Ausdruck, den ich Samstagnacht in ihren Augen bemerkt habe.

»Laut deinen Studien zum Thema?«, wiederhole ich leise das, was sie unten in der Lobby zu mir gesagt hat, um ihre Reaktion auszutesten. Und wie erwartet senkt sie schluckend den Blick, nur um anschließend zustimmend zu summen. Deswegen schüttle ich den Kopf, versuche zu ignorieren, wo ihr Körper meinen berührt, wie sie riecht, wie schön sie aussieht. »Ich sag dir was: Ich werde deine Dates durcheinanderbringen und dich heute Nacht nicht küssen. Ich bin keiner dieser anderen Kerle, Liza.« Wenn ich dich küsse, wird es nicht bei dem einen Mal bleiben.

»Und das ist auch nicht der Grund, warum ich dich raufgebeten habe. Ich bin nicht auf der Suche nach einem One-Night-Stand.«

Und da ist es. Dieses lautlose Aufatmen, während sie den Kopf schief legt, wie in Dankbarkeit, weil ich nicht auf ihre Worte gehört habe.

»Wonach suchst du dann?«

»Bis vor Kurzem war mir gar nicht bewusst, *dass* ich auf der Suche nach irgendetwas bin.« Ich nehme meine Augen nicht von ihren, beobachte einfach, wie sie reagiert, wie sanft sie lächelt, bevor sie sich die Decke von den Schultern zieht und mir gegen die Brust drückt.

»In dem Fall werde ich jetzt verschwinden«, murmelt sie, strahlt mich allerdings an, als hätte ich sie nicht gerade abgewiesen, sondern ihren Tag gerettet. »Das nächste Mal geht das Essen auf mich, Hudson River.«

KAPITEL 6

Liza

»Also, deine Dates kannst du in Zukunft behalten, Liza«, beschwert sich Steph, während sie sich die Fingernägel in einem Rostrot lackiert. »Er hat buchstäblich meine Wange abgeleckt.«

Mit angewidertem Gesicht sehe ich von meinem Laptop auf. Ich muss diese eine Arbeit morgen Mittag abgeben und bin nicht einmal ansatzweise fertig. Könnte an der Absage liegen, die ich vorgestern von der kleinen Zeitung bekommen habe, bei der ich mich beworben hatte. Das ist Mist! Vor allem für meine Eltern, die sich jetzt wieder Sorgen um meine Zukunft machen werden. Andererseits tue ich nur meinen Job als Tochter und sorge dafür, dass die beiden dauerhaft Gesprächsstoff finden, über den sie sich den Kopf zerbrechen können. Meine Unproduktivität könnte aber natürlich auch mit dem gut aussehenden Nachbarn zusammenhängen, der mich gedanklich ein bisschen mehr beschäftigt. Wie oft wollte ich Becca in den letzten paar Tagen seit dem Abend in seiner Wohnung schon erzählen, dass ich jemanden kennengelernt habe, den ich wirklich, *wirklich* mag. Und nicht nur wegen der offensichtlichen Gründe, zum Beispiel, weil er gut aussieht oder wegen seines Humors oder seines Hundes, von dem sich Merlot ruhig mal ein paar Charaktereigenschaften abschauen könnte. Vielmehr hängt es damit zusammen, wie gerne ich ihm zuhöre. Ich glaube nicht, dass ich je bei einem meiner anderen Dates oder auch Nicht-Dates über so tief gehende Themen gesprochen hätte wie mit River. Ich hatte nie das Bedürfnis, viel von mir preiszugeben, weil ich wusste, wohin die Dates führen würden. Ins Leere. Aber River weckt in mir den Wunsch, ihm mehr zu erzählen, weil ich seine Meinung, seine Ansicht zu den Themen hören möchte. Er wirkt so klug – und das meine ich nicht in einer Schulmädchen-bewundert-ihren-Lehrer-Art, sondern auf gesetzte, weise … Weise. *Wow, welch philosophischer Satz, Liza.*

Wie auch immer – letztlich war ich sowieso wieder der Feigling, der ich bin, und habe Becca nichts von ihm berichtet. Erstens, weil ich noch gar nicht weiß, ob und in welche Richtung sich etwas zwischen uns entwickeln könnte, und zweitens, weil sich nichts an den Gründen geändert hat, die mich daran hindern, an etwas Ernstes zu denken. Ganz im Gegenteil: Becca geht es körperlich schlechter denn je. Eigentlich war das genau die Ursache, warum ich überhaupt erst mit in seine Wohnung gegangen bin. Warum ich all meinen Mut zusammengenommen und mich ihm praktisch an den Hals geworfen habe, während er die Rolle des perfekten Gentlemans gespielt hat. Ich würde das niemandem beichten, aber ich wollte es einfach hinter mich bringen. Wollte, dass er eben doch genau so ist wie die anderen. Wollte, dass es mir leichtfällt, mit diesem obligatorischen ersten und einzigen Kuss alles, was an Potenzial und Anziehung da war, ausradieren zu können. So wäre es einfacher gewesen. Jetzt bekomme ich ihn nicht mehr aus dem Kopf, und das ist nicht gut.

»O mein Gott, das will ich gar nicht hören!« Becca kichert aufgrund Stephs Kommentar und steckt sich die Zeigefinger in die Ohren.

»Doch, willst du, glaub mir. Es sollte ein Gutenachtkuss sein. Der Typ hat sich einfach zu mir rübergelehnt und mir die Wange abgeschleckt.«

»*Warum*?«, frage ich fassungslos. Wer kommt denn beim ersten Date auf so eine Idee, der kein Vierbeiner ist? Jetzt bereue ich umso weniger, nicht selbst hingegangen zu sein. Ich wollte gestern kurzfristig absagen, weil es sich nach dem Abend davor mit River nicht richtig angefühlt hat. Als Steph Wind davon bekommen hat, hat sie mir ein Stück des Cafeteriakuchens an den Kopf geworfen und mich gezwungen, sie zu opfern. Und na ja, scheinbar war mein Studienkollege dann ein bisschen *zu* interessiert an Steph.

»Keine Ahnung, aber es war *nicht* heiß.«

Becca schüttelt den Kopf. »Ich kann mir nicht wirklich vorstellen, dass Gesicht lecken jemals heiß wäre.«

»Also, wenn ich die Chance hätte, von deinem Doktor abgeleckt zu werden …« Steph kippt den Kopf nach hinten und fächert sich mit der Hand. »Verdammt, dann würde ich mich als Eiswaffel verkleiden.«

»Welcher Doktor?«, will ich wissen und kann gar nicht erklären, warum mein Herz bei den Worten etwas ungeduldig schlägt.

Becca sammelt sich indessen nach dem Lach-Schrägstrich-Hustenkrampf, den Stephs Beschreibung ihr beschert hat. »Weißt du das noch gar nicht? Doktor McHottie ist euer süßer Nachbar mit dem Hund.«

Steph zwinkert, aber mir ist irgendwie nicht so gut. *Mach bloß keine große Sache daraus!* Ich weiß auch nicht, warum ich überrascht bin. Ist ja nicht umsonst, dass Becca und ich uns eine Wohnung in der Nähe des Krankenhauses gesucht haben. Ging ihm wohl genauso. Natürlich arbeitet er hier.

Becca wischt sich die Augen trocken. »Noch ist er kein Arzt, ich nehme an, er ist Student. Ist nicht so, als wären wir besonders intensiv zum Plaudern gekommen, als wir uns im Gang begegnet sind.«

Steph grinst. »Ist das erste Mal, dass ich unsere kleine Becca hier mit Herzchen in den Augen gesehen habe.« Und da ist es ... das, was ich nicht hören wollte.

»Du übertreibst mal wieder *komplett*«, klärt meine Schwester uns alle auf und verdreht kichernd die Augen. »Alles, was ich sagte, war, dass er süß ist. Und das auch nur, weil du mich dazu genötigt hast.«

»Wer ist süß?«, erkundigt sich Schwester Jasmine, die nach kurzem Klopfen in Begleitung der Assistenzärztin, die Becca schon seit drei Jahren betreut, das Zimmer betritt. Und wen haben die beiden im Schlepptau? Natürlich *ihn*. Weil Gott entschieden hat, seinen Sinn für Humor in diesem Augenblick zu präsentieren.

Steph räuspert sich und grinst verlegen. »Unser Dozent«, lügt sie und packt mich am Oberschenkel, obwohl ich eigentlich gar nicht Teil dieser Unterhaltung sein möchte. Stattdessen versuche ich, mich hinter meinen offenen Haaren zu verstecken, und blicke extrem interessiert aus dem Fenster. *Hm, ist die Skyline New Yorks über Nacht etwa gewachsen? Krass!* Nur geht mein erbärmlicher Versuch nicht auf.

»Liza! Hi!«

Ich hebe den Blick, heuchele tiefe Überraschung, ihn zu sehen. »River? Wow! Was machst du denn hier?«

Er hebt eine Augenbraue, zupft mit zwei Fingern am blauen Shirt seiner Krankenhauskleidung.

»Kennt ihr euch?«, will Monica, die Assistenzärztin, wissen. Wäre das ein Problem? Darf er Becca dann nicht behandeln? Kann er das überhaupt?

»Flüchtig«, erkläre ich schnell, bevor River etwas anderes erwidern kann. Eine kleine Falte legt sich zwischen seine

Augenbrauen, bevor er sich wieder zu Monica dreht, als diese Becca anspricht.

»Okay, also, Mr Hudson ist Medizinstudent im vierten Jahr und macht die nächsten drei Wochen bei uns noch sein klinisches Fachpraktikum in der Inneren. Er wird dich ein paar Mal täglich besuchen und dich betreuen, wo du ihn brauchst, Becca. Natürlich werden Doktor Gayle und ich alles genau überwachen. Wenn du Fragen hast, bei denen Mr Hudson vielleicht nicht weiterhelfen kann, sind wir wie gewohnt bei der Visite für dich da.«

Als Steph mir schmunzelnd ihren Ellbogen in die Seite haut, nehme ich das als mein Stichwort aufzustehen. »Ich muss zur Uni, Leute. Habe einen langen Tag vor mir.« Ich drücke meiner Schwester einen Kuss auf die Wange und winke Steph zu. »Wir sehen uns später, Babe.« Dann verabschiede ich mich freundlich von den anderen und flüchte zum inzwischen zweiten Mal wie ein Angsthase vor River und dem Drama, das ich mir schon wieder selbst fabriziert habe.

Kopfschüttelnd stürze ich beinahe vom Laufband, weil meine Beine sich weigern, mit dieser Playlist zusammenzuarbeiten. Ich meine, wer kann zu »Circles« von Post Malone joggen? Eine Schnecke? Das Lied ist verflixt gut, aber ungeeignet, um dazu im Takt dieses Gerät zu malträtieren. Deswegen haue ich »Never really over« von Katy Perry rein, nur um nach den drei Minuten und vierundvierzig Sekunden mit heraushängender Zunge im Schneidersitz auf dem Laufband zu sitzen, weil man so wohl kein effektives Kardio-Workout startet. Warum muss dieses Teil noch mal in unserem Wohnzimmer stehen? Ach ja, weil Mom und Dad ungefähr jedes existierende Sportgerät auf dem Planeten gekauft haben, als es hieß, Becca müsse regelmäßig in Maßen Ausdauersport treiben. Nachdem das Laufband sich für sie als nicht geeignet erwies, haben sie es mir geschenkt. *Wäre vielleicht gar keine so schlechte Idee für dich, Schätzchen, oder? Ein paar der Weihnachtskekse wieder abzutrainieren?* Ein Problem, das Becca nie haben wird. Sie muss essen wie ein Sumoringer, sonst wird sie so dünn, dass sie in der Dusche im Kreis laufen muss, um überhaupt nass zu werden.

Ich rolle mich seitlich von dem Ding und versetze ihm mit einem der Turnschuhe, die ich mir von Becca gestohlen habe, einen Tritt. Es klingelt an der Tür, und ich versuche, mich aufzuraffen. Wirklich! Ich gebe mir die größte Mühe, aber es geht nicht. Also lasse ich mich stöhnend nach hinten fallen und lege mich flach auf den Boden. »Komm einfach rein! Meine Beine sind abgestorben.«

»Was ist passiert?«, fragt da eine tiefere Stimme als die meiner besten Freundin, die ich eigentlich erwartet hatte. Männlicher vor allem. Unter Schock hebe ich den Kopf und beobachte, wie River neben mir auf ein Knie geht. Ja ... nein, das war nicht der Plan.

»Nichts. Alles gut. Ich hatte einfach keine Lust, Steph aufzumachen.«

»Bist du sicher?«, fragt er und lässt seinen Blick über meinen Körper wandern. Nicht lüstern, sondern wie auf der Suche nach einer visuellen Diagnose.

O nein, Hudson. Ich spiele nicht Doktor mit dir. Ich stütze mich auf die Ellbogen und rutsche ein Stück von ihm weg, bis ich wieder etwas anderes einatme als sein blödes Parfüm.

»Ja!« Ich bin mir *sicher*, dass mein Gesicht dem einer Tomate gleicht – im Moment aus mehreren Gründen – und dass er ungefähr der Letzte ist, den ich bei meinen kläglichen Versuchen, meinen Body-Mass-Index zu reduzieren, sehen will. Ich zerre an meinem Pferdeschwanz, der sich etwas gelockert hat, und stelle mich wieder auf das Laufband. »Wolltest du dir ein Ei ausleihen? Oder Mehl?«

River schmunzelt. »Eier habe ich selber und Mehl brauche ich auch nicht, danke.« Blödmann! Ich stelle das Gerät auf moderates Tempo ein, damit ich nicht klinge wie ein Traktor, wenn ich beim Joggen mit ihm quatsche. »Deine Schwester hat mich gebeten, dir den hier zu bringen«, sagt er und hält meinen Laptop hoch. Wow! Ich hatte es so eilig, heute Vormittag aus Beccas Zimmer zu stürmen, dass ich die Hälfte meines Lebens dort liegen gelassen habe. Und da ich heute nicht wirklich an der Uni war, wie ich vorhin in meiner Erklärungsnot behauptet habe, sondern den ganzen Tag Vorstellungsgespräche hatte, fiel mir die Mangelerscheinung nicht einmal auf. Ich greife nach meinem Liebling und halte ihn in die Luft, wie der Affe Baby Simba in »König der Löwen« präsentiert.

»O mein Gott! Danke. Ich würde meine rechte Brust für das Ding opfern, wenn es darauf ankäme. Und ich mag die rechte eigentlich am liebsten.« Als mir klar wird, was ich gerade von mir gegeben habe, ist es schon zu spät, und ich höre River auf die Weise lachen, die die Blamage beinahe wettmacht. Aber mal ehrlich? Was ist los mit mir? Ich schiebe es auf den Sport und darauf, dass sich alles Blut in meinen Beinen befindet statt in meinem Hirn.

»Hallo?«, meldet sich Steph nun von der Tür. Meine Rettung. Wenn es noch etwas zu retten gibt. »*Hallo*«, wiederholt sie etwas höher, als sie die Situation abcheckt.

River nickt ihr zu, als ich mit meinem Laptop demonstrativ vor mir herumwedle. »Hatte ich vergessen.« Wobei ich im selben Augenblick überlege, warum Steph ihn nicht einfach mitgenommen hat.

»Liza, was ich dich noch fragen wollte: Ein paar Freunde und ich gehen diesen Samstag am Esopus Creek fischen. Nur als Tagesausflug, weil ich Freitag und Sonntag Schicht habe. Balu wäre auch dabei. Wenn du Lust hast …«

»Ich glaube, das wäre keine so gute Idee«, gehe ich dazwischen, bevor er die Frage ausformuliert hat. Dabei wäre es eine enorm *gute* Idee. Eine extrem aufmerksame noch dazu, nachdem ich doch gerade erst vor wenigen Tagen erklärt hatte, dass ich keine Hobbys habe. »Du bist einer von Beccas Ärzten und alles …« Nicht wirklich. Und in drei Wochen ist er auf einer anderen Station. Sein Blick verrät mir, dass er die Ausrede durchschaut hat. Trotzdem nickt er. »Außerdem habe ich Samstagabend ein Date«, setze ich einen obendrauf, weil er mir da nicht widersprechen kann. Allerdings bereue ich meine Lüge sofort, nachdem sie ausgesprochen ist, weil Rivers braune Augen plötzlich nicht mehr so warm wirken wie normalerweise. Eher distanziert und ernüchtert. Gut gemacht, Liza! Du bist ihn erfolgreich losgeworden. Und das sogar *vor* dem ersten offiziellen Date.

»Alles klar. Kein Problem«, bestätigt er und wendet sich zur Tür. »Dann wünsche ich den Ladys noch einen schönen Abend.«

Steph fühlt sich sichtlich unbehaglich, aber hebt die Hand, schließt die Tür hinter ihm und dreht sich zurück zu mir. Ihr Zeigefinger schießt anklagend in meine Richtung. »Du stehst auf ihn!«, bezichtigt sie mich.

»Blödsinn!«, streite ich sofort ab und erhöhe die Geschwindigkeit, bis mein Workout locker als Sprint durchgehen könnte.

»Was machst du da?«

»Ich laufe vor der mir bevorstehenden Unterhaltung weg.«

Steph marschiert zu mir und drückt die »Aus«-Taste. »Was war das denn eben?«

»Er hat mir meinen Laptop vorbeigebracht«, weiche ich aus.

»Mhm. Und das andere?«

Stöhnend stampfe ich in die Küche und hole mir ein Glas Wasser. »Er ist einer ihrer Ärzte, Steph.«

Meine Freundin schiebt einige dramatische Sekunden in Stille ein, über die ich die Augen verdrehe. »Na *und?*«, betont sie genervt. Keine Ahnung, warum ich das überhaupt gesagt habe. Steph liebt meine Schwester heiß. Dadurch, dass wir drei innerhalb eines Jahres geboren wurden, haben wir das Meiste immer zusammen gemacht. Steph hat öfter als einmal die Schule geschwänzt, damit Becca nicht alleine im Krankenhaus sein musste. Ihre Eltern dachten, das wäre eine lahme Ausrede, um nicht in die Schule zu gehen, aber ich weiß, wie viel Extra-Arbeit sie das gekostet hat und wie oft sie nachsitzen musste. Was ich damit ausdrücken will, ist: Steph kennt mich und meine Schwester gut und lange. Sie kennt bestimmte Mechanismen und hat öfter hinter die Fassade geblickt als jeder andere Mensch in unserem Umfeld. Doch gewisse Themen wird sie nie nachvollziehen können. »Heißt das, du kannst auch mit keinem von der Uni was anfangen, weil es einer ihrer Mitstudenten sein könnte? Oder mit keinem McDonalds-Verkäufer, weil er sie vielleicht mal bedient hat?«

Frustriert setze ich das Glas ab und zwinge mich stehen zu bleiben, statt herumzuwirbeln. »Zieh das nicht ins Lächerliche!«

»Tue ich nicht, Liza, aber du weißt, dass es eine Ausrede ist. Ich bin etwas beleidigt, dass du denkst, ich wüsste nicht, was wirklich dahintersteckt. Du lehnst nie ein Date ab.«

Ich atme tief durch und halte mich mit geschlossenen Augen an der Theke fest. »Sie hat gesagt, er sei ihr Typ …«

»Nein, *ich* habe gesagt, er sei ihr Typ«, kontert sie. »Du weißt genauso gut wie ich, dass Becca nicht einmal im Traum daran denken würde, sich im Moment auf irgendetwas Romantisches einzulassen.«

»Eben!« Das Wort kommt lauter als geplant. Weil sie darauf wartet, ob sie ihre Transplantation überlebt. »Und da soll ich glücklich mit ihm in den Sonnenuntergang reiten?«

»Er hat dir keinen Antrag gemacht, Babe. Alles, was er wollte, war *ein* …« Sie überlegt. »Ausflug?« Sie rümpft die Nase und lacht. »Fischen … Man merkt, der Gute kennt dich noch nicht besonders gut.« Ich strecke ihr die Zunge raus und sie bleckt belustigt ihre Zähne. »Aber wie auch immer, wenn River derjenige wäre, der deine Serie an Einzeldates bricht, dann wäre Becca die Erste, die ihn in der Familie willkommen heißt.«

Und genau das ist der Punkt, an dem Steph irrt.

KAPITEL 7

River

»Ich gebe dir zweiundsiebzig Stunden. Dann rufe *ich* an«, erklärt Jake mit vollem Mund, während wir bewaffnet mit Bier und Junkfood vom Parkplatz zu meiner Wohnung latschen. Dabei klopft er demonstrativ auf die Telefonnummer, die die hübsche Verkäuferin für mich notiert hat, nachdem Walker ihr erzählen musste, dass ich Geburtstag habe.

Rowan, der Kerl, den ich von allen am längsten kenne, nimmt Jake den Pappkübel weg, an dem er sich bereits kräftig bedient hat. »Alter! Wenn du die Chickenwings alle schon gefressen hast, bis wir oben ankommen, trete ich dir in den Arsch. Mit Dienstmarke oder nicht. Da mache ich keinen Unterschied.«

»Hey! Du sprichst?«, tönt Jake lachend. »Ich glaube, ich höre deine Stimme zum ersten Mal.«

»Wenn es ums Essen geht, hat er immer etwas zu sagen«, scherzt Walker, mein Freund von der Uni, und grunzt. »Außerdem … Drei Tage? Er hat bis morgen«, setzt er nach und klopft mir auf die Schulter. »Du kannst es als *mein* Geburtstagsgeschenk ansehen, dass ich der Kleinen nicht gleich im Auto geschrieben habe.«

Lachend zeige ich ihm den Mittelfinger und sperre dann die Haustür auf. Walker schubst mich als Retourkutsche aus dem Weg und schiebt sich vor mir in die Lobby. »Oh! Ha-*llo*!«, murmelt er mit der tiefen Stimme, die er jedes Mal einsetzt, sobald er ein weibliches Wesen sieht. Grinsend folge ich seinem Blick zu der Glücklichen, die seiner Aufmerksamkeit für die nächsten dreißig Sekunden sicher sein darf. Länger hält es bei ihm sowieso nicht. Aber das Grinsen verwandelt sich in etwas anderes, weil Liza dort auf einem der Sessel sitzt.

Als sie mich bemerkt, zieht sie ihre eben noch herunterbaumelnden Beine an und macht sich etwas kleiner. Ihre Lippen sind zusammengepresst und sie fährt sich durch die Haare. Was macht sie hier unten? In dicken Socken und Pyjama. Balu bellt einmal zur Begrüßung und zieht an der Leine, um zu ihr zu kommen. Sofort wird ihr Gesichtsausdruck weicher und sie winkt ihm zu, als wäre er ein Kind und kein Hund. Weil ich weiß, dass das Tier ohnehin gewinnt, lasse ich die Leine los und beobachte, wie er sich seine Streicheleinheiten abholt.

»Sexy Schlafanzug«, kommentiert Jake amüsiert.

»*Oder?!*«, gibt sie schmunzelnd zurück. »Wie lange warte ich heute Abend schon darauf, dass jemand die Ponys zu schätzen weiß … Hi«, begrüßt sie dann mich. Leiser, mit einem Hauch Unsicherheit.

»Hey!« Ist ein paar Tage her, seit wir uns das letzte Mal gesehen haben und sie mir die lahme Ausrede gesteckt hat, sie könne mit einem Arzt ihrer Schwester nichts unternehmen. Ich bin noch nicht einmal wirklich Arzt. Alle paar Tage werden mir neue Patienten zugeteilt. Das bedeutet, nächste Woche sehe ich Rebecca wahrscheinlich gar nicht mehr. Keine Ahnung, was also wirklich los war. Mein Verstand sagt: Sie spielt mit mir. Mein Herz sagt etwas anderes. Und während ich im Rest meines Lebens ein Kopfmensch durch und durch bin, will es mir in diesem Fall nicht so gelingen, das lästige Organ zu überhören.

»Geht schon mal rauf, ich komme gleich!«, erkläre ich meinen Freunden und werfe Rowan die Schlüssel zu. »Und lass mir was übrig, Jake, sonst sorge ich dafür, dass du bei deinem nächsten Fitnesstest durchfällst.«

Zur Antwort hebt er grinsend sein Shirt und klopft sich auf den Bauch. »Ich glaube nicht, dass ich mir darüber Sorgen machen muss.«

»Vielleicht hättest du einen Grund suchen sollen, der Kleinen im Wings-Laden deine Bauchmuskeln zu zeigen«, verarscht ihn Walker. »Hättest unter Umständen bessere Chancen auf ihre Nummer gehabt.«

Die Clowns verschwinden im Lift und ich stecke die Hände in die Hosentaschen. »Hast du dich ausgesperrt?«

»Eigentlich hat Merlot mich ausgesperrt, dieser Gauner«, erklärt Liza, den Blick auf Balu gerichtet. »Ich habe mir Pizza bestellt, und als ich bezahlt habe, ist er geflüchtet. Brave Schwester, die ich bin, bin ich ihm sofort nach, anstatt zu feiern, dass ich mal fernsehen kann, ohne sein meckerndes Miauen zu hören, weil es ihm zu laut ist. Wir haben uns eine Verfolgungsjagd durch den Gang geliefert. Schließlich ist er wieder durch die Tür gehuscht, die ich einen Spaltbreit offen gelassen hatte.« Sie hält einen Zeigefinger hoch. »Und ich schwöre dir, er hat diabolisch gegrinst, bevor er die Tür mit seinem Hinterbein zugetreten hat.« Ich schmunzle über die Art, wie sie den Kater immer beschreibt, so, als wäre er Mensch statt Tier. »Jedenfalls lässt er sich jetzt wahrscheinlich gerade meine Pizza schmecken.«

»Konntest du den Schlüsseldienst rufen?«

Sie seufzt erschöpft und lehnt sich zurück. »Ja. Eine Nachbarin hat mir ihr Handy geliehen. Er wollte vor knapp einer Stunde hier sein.« Typisch. Und wenn sie Pech hat, dann ist es einer dieser Abzocker, die am Ende horrende Summen verlangen, weil sie es können. »Deswegen dachte ich, ich warte lieber hier unten, damit ich ihn nicht verpasse.«

»Wir haben an die zehn Kilo Chickenwings dabei. Wenn du hungrig bist …« Ich kann es einfach nicht lassen. Vielleicht macht es mich zum Masochisten. Oder einfach zu einem Idioten, aber es geht mir verflucht gegen den Strich, dass sie hier alleine sitzt und wartet. Ich weiß auch nicht, warum. Eigentlich genieße ich bei Frauen das Einfache, Unkomplizierte. Frauen, die selbstständig sind, nicht flatterhaft oder übermäßig emotional. Liza ist genau das Gegenteil davon. Sie wirkt so tough und gleichzeitig verletzlich. Sie bietet viel Einblick in ihre Gefühle und weckt einen Beschützerinstinkt, auf den ich bisher gerne verzichtet habe. Auf der anderen Seite kommt es mir vor, als würde sie lieber über heiße Asche laufen, als Hilfe anzunehmen, ganz egal, ob sie sie nun braucht, will oder nicht. Das ist irgendwie süß.

Sie schlingt die Arme um ihre Beine und lächelt schüchtern. Ich spüre es als unangenehmen Druck in meiner Brust. Vielleicht sollte ich mir einfach ein Mittel gegen Sodbrennen reinziehen oder so, anstatt alles zu überanalysieren. »Ich trage noch nicht einmal Make-up, weil ich den ganzen Tag nur auf meiner Couch gegammelt habe. Bald verwechselt man mich mit einem der Zombies aus ›The Walking Dead‹. Also nein, keine Sorge. Dauert bestimmt nicht mehr lange, bis der Schlüsseldienst aufkreuzt. Außerdem habe ich ja ein paar Reserven, von denen ich unterdessen zehren kann.«

Sie zwinkert. Wie erwartet … Auch, wenn ich keine Ahnung habe, von welchen Reserven sie genau spricht.

»Okay.« Und dabei belasse ich es. Ich wünsche ihr eine gute Nacht und drehe mich um, um mit den Jungs beim Footballspiel meine Wings zu futtern. Ich habe keine Zeit für kompliziert. »Balu, komm!«

Widerwillig schnaubt der Hund, bevor er sich in Bewegung setzt.

»Wer war denn die Kleine?«, ist das Erste, was Walker mich fragt, als ich meine Wohnung betrete. Sofort sträuben sich meine Nackenhaare.

»Vergiss es, Walker! Das wird nicht passieren.«

»Whoa, okay!« Er lacht mich aus und hebt gleich die Hände in Abwehrhaltung. »Du hast das Revier markiert? In dem Fall können wir uns ja darauf einigen, dass die Telefonnummer von der Chicken-Wings-Lady mir gehört.« Die hätte er sowieso haben können. Ich bin im letzten Jahr eines Studiums, das ich ganz bestimmt wegen nichts und niemandem verlängern will. Aber ich lasse ihn mal in dem Glauben, er hätte damit etwas gewonnen.

»Wo willst du hin?«, will Jake wissen, als ich nach einem unberührten Kübel Fast Food greife und zurück zur Tür marschiere.

»Bin gleich wieder da«, umgehe ich die eigentliche Frage, was Jake mit einem wissenden Grinsen kommentiert. Ausgerechnet Rowan macht ein kitschiges Geräusch und formt seine Hände zu einem Herzen. Wieder einmal lasse ich meinen Mittelfinger antworten. Gerade er, der mit seiner Freundin sogar abspricht, wann er kacken gehen darf.

Der Lift bimmelt, als ich das Erdgeschoss wieder erreiche, und Lizas Augen weiten sich. »Was machst du?«

»Ich setze mich hier hin«, erkläre ich das Offensichtliche, stopfe mir einen Chickenwing in den Mund und halte ihr den Kübel hin.

Etwas zögerlich greift ihre zierliche Hand in den übergroßen Behälter. Es ist das dritte Mal, seit ich sie kenne, dass ich eine Leere fühle, die mir nicht vertraut ist, als sie wegsieht.

»River, du musst nicht mit mir warten.« Ihre Stimme ist weich, bewegt.

»Ich weiß«, bestätige ich, mache aber keine Anstalten zu gehen.

»Werden deine Freunde nicht sauer sein?«

»Phh. Die haben Wings, Bier und Football. Die merken nicht einmal, dass ich weg bin.«

»Warte mal! Ist das da …« Lachend lehnt sie sich näher an mich heran. Sie riecht gut. Nach irgendeiner fruchtigen Creme. »Eine Telefonnummer? Du *Filou*!«, neckt sie mich und schlägt mit ihrer Faust spielerisch auf meinen Oberarm. Lautlos lachend beobachte ich, wie sie ihre Hand danach mit verzogenem Gesicht ausschüttelt. »Happy B-Day. Herzchen. Herzchen. Stern«, liest Liza die Zeile drunter und sieht dann ruckartig zu mir. »Du hast Geburtstag? Heute? Wow! Alles Gute! Welchen Kuchen hast du gegessen?«

Ich hebe eine Augenbraue, amüsiert über ihre Aufregung, als wäre ich fünf und nicht sechsundzwanzig. »Keinen. Ich bin ein großer Junge.«

Lizas Schultern sacken ab und sie schüttelt verständnislos den Kopf. »Jeder braucht Kuchen an seinem Geburtstag. Mit Kerzen. Mindestens einer. Und einem Ballon. Wenn du mit mir feierst, brauchst du auch einen Partyhut und eine Tröte.«

»Ich lege nicht viel Wert auf Geburtstage im Allgemeinen. Meine ganze Familie tut das nicht.« Habe SMS von den meisten bekommen. »Alles Gute«, lautete der kreative Inhalt. Einer meiner Brüder hat sich noch gar nicht gemeldet und Mom hat mich angerufen. Nach einer Minute und fünf Sekunden hatten wir uns nicht mehr viel zu erzählen und haben aufgelegt.

»Wieso nicht?«

Jetzt muss ich lachen. Ich kann mir nicht helfen, ich strecke die Hand aus und streiche mit dem Daumen kurz über ihr Kinn. »Liza, du siehst mich an, als hätte ich dir eben erzählt, dass ich ein Häschen getreten habe.«

»Tue ich nicht«, streitet sie ab und mampft endlich an ihrem Wing.

»Weil mein Dad üblicherweise nicht da war oder weggerufen wurde, während wir gefeiert haben. Und meine Mom ist kein Fan von Geburtstagen, weil es bedeutet, dass sie altert.«

Betroffen beobachtet sie mich einige Momente, als würde sie darauf warten, dass ich doch noch in Tränen darüber ausbreche oder so. Aber warum sollte ich? Als Kind mag es mich vielleicht ein paar Jahre lang gestört haben, ja. In Wahrheit kann ich mich allerdings selbst daran nicht mehr erinnern. Es war eben so.

»Ja, dann kann sie ihren ja ignorieren, aber Kindern sollte man trotzdem zeigen, dass ihr Geburtstag etwas Besonderes ist. Dass sie und ihre Geburt ein besonderes Ereignis waren.« Liza legt ihr Kinn auf ein Knie. »Ich meine, ist das nicht genau der Sinn eines Geburtstages? Dass man gewachsen ist? Älter geworden? Dass man die Chance dazu bekommen hat?« Sie hält ihren Mund mit einer Hand zu, sucht meinen Blick.

Irgendwie habe ich den Eindruck, bei dem letzten Teil ging es nicht zwangsläufig um mich.

»Sorry. Geht mich überhaupt nichts an, wie deine Familie das handhabt. Ich bin nur leider ein zertifizierter Freak, wenn es um Geburtstage geht. Weihnachten auch. All diese Feste im Grunde. Becca und ich, beide. Wir verwandeln uns in so was wie die Zahnfee und gehen allen damit auf den Keks. Haben wir immer schon.« Sie zieht eine Schulter hoch. »Schätze, das ist irgendwie das Resultat davon, wenn man ein Weihnachten, einen Geburtstag mehr feiern darf, als ursprünglich vorausgesagt.«

Während sie die Worte ausspricht, kommt es mir vor, als würde sie gerade durch mich hindurchsehen, ihre Augen wirken trauriger, als ich sie je gesehen habe, bevor sie blinzelt und schnell nach einem weiteren Chickenwing greift. »Auch das wollte ich eigentlich jetzt nicht sagen, sorry.«

»Warum nicht?«

»Keine Ahnung. Manchmal fühlt es sich nicht richtig an, von ihr zu reden. Zumindest dann nicht, wenn das Gespräch auf ihre Krankheit kommt, weil sie es hasst, darauf reduziert zu werden. Du bist seit Stan eigentlich der erste Mann, dem ich erzähle, dass sie krank ist. Andererseits fühlt es sich mindestens genauso falsch an, nicht von ihr zu reden, und na ja …« Sie schnaubt und wedelt mit einer Hand. »Vergiss es! Was ich labere, ergibt keinen Sinn.«

Doch, das tut es schon. Ich kenne die Krankenakte ihrer Schwester. Ich weiß, dass sie schon zwei Mal auf dem Operationstisch klinisch tot war und reanimiert werden musste. Ich weiß über Mukoviszidose Bescheid und auch darüber, wie viel Zeit und Energie und Geld diese Krankheit kostet. Und ich weiß, dass Rebecca auf der Liste für eine neue Lunge steht und nicht mehr viel Zeit hat, bis ihr Körper zu schwach sein wird, um die potenzielle neue Lunge positiv aufnehmen zu können. Ich weiß, dass sie witzig ist, wie Liza auch, allerdings mit einem ganz anderen Sinn für Humor. Und ich weiß, dass Rebecca ebenso oft von Liza spricht wie umgekehrt.

»Erzähl mir etwas von Becca, das absolut nichts mit CF zu tun hat.«

Liza beißt sich auf die Unterlippe, lehnt sich im Sessel zurück. Sie vermittelt zum ersten Mal, seit ich sie hier unten angetroffen habe, einen entspannten Eindruck. Plötzlich lacht sie und ich starre wie ein Vollpfosten auf die Fältchen um ihre Augen herum, die mir auf unerklärliche und bescheuerte Weise etwas bedeuten.

»Becca liebt Seifenblasen. Und ich kenne niemanden, der so große Seifenblasen pusten konnte wie sie früher. Sie meinte, sie hätte durch die Atemtests genug Übung darin. Im Laufe der Jahre zerplatzten die Seifenblasen immer öfter, bevor sie sie zum Fliegen bringen konnte, weil sie nicht mehr genug Luft hatte. In dem Sommer, als Becca ihre Sauerstoffflasche bekam, haben wir unsere Eltern wahrscheinlich einen Jahresvorrat an Seifenlauge gekostet, weil wir an einem Rezept gebastelt haben, wodurch sie stabiler würden.«

»Und?«, hake ich nach. Inzwischen wäre ein solches Rezept lediglich einen Mausklick entfernt.

»Flüssiger Maissirup hat geholfen. Sie sind natürlich trotzdem zerplatzt. Aber zusammen haben wir riesige Monsterseifenblasen gepustet.« Liza zieht die Mundwinkel zur Seite. »Und irgendwie hatte das jetzt doch wieder mit CF zu tun.«

Jemand klopft von außen mit der Faust an die Haustür.

Liza zuckt sichtlich zusammen. Sie starrt zum Eingang, als würde sie einen Außerirdischen erwarten. Hat sie vergessen, warum wir hier sitzen?

»Ich glaube, das ist er«, sage ich, weil sie nicht wirkt, als würde sie in nächster Zeit aufstehen.

»Ja.« Sie nickt nachdenklich, gestikuliert wild, zeigt wie beiläufig auf die Wings-Box. »Und? Wirst du anrufen?«

Ich folge ihren Augen zu der Telefonnummer darauf. Sie versucht, die Frage cool und gelassen zu stellen, während sie gleichzeitig ihre Arme um ihren Oberkörper schlingt, als würde sie sich für die Antwort wappnen. Und plötzlich habe ich das Gefühl, bei einem Spiel mitzuspielen, von dem ich die Regeln nicht kenne. »Wahrscheinlich nicht«, antworte ich schließlich, auch wenn es eigentlich null Sinn macht, es nicht zu tun.

Nickend atmet sie leise aus, bevor ihre Augenbrauen sich zusammenziehen. »Ich habe heute ein Date.«

»Hast du erwähnt, ja.« Fragt sich gerade nur, ob sie mich daran erinnern will oder sich selbst.

Der Schlüsselmann hält beide Hände ans Glas der Eingangstür und bemüht sich reinzusehen. Wenn sie ihm nicht bald öffnet, haut er wahrscheinlich wieder ab. Aber irgendwie habe ich im Moment den Eindruck, dass Liza das vielleicht gar nicht so stören würde. »Wir gehen ins Casino.«

»Warum?«, platzt es aus mir heraus.

Verwirrt zuckt sie mit den Achseln. »Weil er gerne ins Casino geht.«

»Du aber nicht.« Für jemanden, der früh gelernt hat, seine Worte kontrolliert zu wählen, scheine ich bei ihr einfach nicht die Klappe halten zu können. Kann mir doch egal sein, was sie mit dem Typen veranstaltet.

Ihre honigfarbenen Augen treffen meine mit einem Reh-im-Scheinwerfer-Blick. »Ja, aber das kann er ja nicht wissen.« Jetzt bin ich es, der die Augenbrauen zusammenzieht. Warum hat sie es ihm dann nicht einfach mitgeteilt?

»Hallo!«, ruft der Mann vor der Tür genervt, und Liza springt endlich vom Sessel. Mit der Hand auf der Türklinke wendet sie sich noch einmal zu mir. »Ich werde dir einen Kuchen backen, Hudson River.«

KAPITEL 8

Liza

Notiz an mich selbst: Kopfhörer kaufen, die maximale Geräuschminderung versprechen, denn momentan fühle ich mich, als säße ich im Inneren einer Trommel. Jedes Schuhknirschen kommt mir vor, als würde jemand ein paar Takte draufhauen. Ich habe den größten Kater, seit ich mit achtzehn zwei Malibu Orange getrunken und daraufhin dem harten Alkohol abgeschworen habe.

Gestern Nacht habe ich den Schwur gebrochen und drei Wodka Martinis gekippt, weil *man* das beim Pokern im Casino wohl so macht. Diesem »man« werde ich bei Gelegenheit noch in den Hintern treten müssen, denn beim Gewinnen hat es nicht geholfen. Keinem von uns. Und ich wurde wieder erinnert, warum ich die Stimmung in Spielhallen nicht aushalte. Das ständige Klingeln der einarmigen Banditen soll Glücksgefühle wecken, doch wenn man sich die Gesichter derjenigen ansieht, die bloß noch leblos drüberhängen und frei von Hoffnung darauf warten, dass beim siebenundsiebzigtausendsten Versuch endlich der große Gewinn kommen müsste, für den sie an nur einem Abend ihr gesamtes Monatsgehalt verspielt haben, weckt es bei mir nur Wut. Außerdem verliere ich nicht gerne, also spiele ich nicht gerne. Vor allem nicht Glücksspiele. Mein Date hingegen, Black Jack – seine eigene Namensgebung, nicht meine –, konnte letzte Nacht gar nicht genug davon bekommen. Zwischendrin hatte ich das Gefühl, er hätte fast vergessen, dass ich auch da war.

Daher mag der erste Wodka Martini Gruppenzwang gewesen sein. Der dritte war die Alternative zu meiner heimlichen Frage, wie viel Jahre Knast man wohl für Autodiebstahl bekommen würde. Denn ein Uber aus Queens hätte mich wahrscheinlich mehr gekostet, als Black Jack gestern verloren hat.

»Nette Sonnenbrille«, kommentiert der, dessen Akzent unter Hunderten hier heraussticht. Ich verfluche die warme Gänsehaut, die mir seine Stimme bereitet, als er sich neben mich an den Kaffeeautomaten stellt, auf dem ein »Außer Betrieb«-Schild klebt. Eine Tatsache, die meine abgestorbenen Gehirnzellen wohl noch nicht ganz verarbeitet haben, weil ich unermüdlich versuche, meine Dollarscheine in den Schlitz zu quetschen.

»Glaub mir, die Alternative ist nicht besser. Bin mir gar nicht sicher, ob man meine Augen überhaupt finden würde, wenn ich die Brille abnehme.« Er lacht und ich frage mich, wo meine Trommel wohl abgeblieben ist, denn das Geräusch stört mich nicht im Geringsten.

River greift in seine Hosentasche und kramt etwas Kleingeld hervor. Das wirft er in den anderen Getränkeautomaten und drückt ein paar Knöpfe. »Harte Nacht?«

Ich gebe den Versuch auf, mich mit Koffein zu versorgen, und lasse mich mit dem Rücken gegen die Wand sinken. »Kann man so sagen«, seufze ich, schüttle aber den Kopf. »So schlimm war es nicht, aber …«

»Aber?«, hakt er nach, diese Falte zwischen den Augenbrauen, die mich inzwischen irgendwie heimsucht. Entschlossen greift er in die Lade des Automaten und reicht mir die Flasche Wasser, die er wohl eben für mich gekauft hat. »Wasser hilft, die Symptome zu lindern.«

Nickend bedanke ich mich und grinse doof über die Geste. Ich versuche, die Flasche zu öffnen, aber meine Arme fühlen sich an wie Nudeln.

Nachdem er mir einige Sekunden beim Kampf mit dem Schraubverschluss zugesehen hat, legt er seine Hand auf meine und öffnet den Deckel für mich.

Schluckend weigere ich mich anzuerkennen, wie meine Haut an der Stelle kribbelt, die er berührt hat. Wahrscheinlich sind das einfach Krankenhauskeime, die jetzt auf meiner Hand eine Party feiern. Das ist alles! Immerhin ist er ja Arzt.

»Was ›aber‹?«, erinnert er mich an unser Gespräch, während ich gierig ein paar Schlucke trinke.

»Keine Ahnung.« Sein Name war nicht River … »Schätze, die Chemie hat einfach nicht gestimmt.«

Und ich habe ihm auch nicht unbedingt eine Chance gegeben, wenn ich ehrlich bin. Seine Stimme war zu laut und seine Aussprache zu … typisch amerikanisch eben. Außerdem mag er die Big-Mac-Soße nicht, was an sich schon ein Sakrileg ist. *Wenn* Black Jack mit mir geredet hat, dann über oberflächliche Dinge. Im Grunde hat er mich sogar mehrmals das Gleiche gefragt, weil er beim ersten Mal nicht aufgepasst hat. River hat das Gedächtnis eines Elefanten. Wenn ich mich mit ihm unterhalte, habe ich das Gefühl, eine Bombe könnte neben uns explodieren und er würde mich trotzdem bitten, den Satz zu Ende zu sprechen.

Ja, toll, ich fühle mich zu ihm hingezogen. Viele Menschen fühlen sich zu anderen hingezogen. Ich werde darüber hinwegkommen. Vor allem, wenn er aufhört, so niedliche Sachen zu machen, wie an seinem Geburtstag mit mir rumzuhocken und Chickenwings zu essen, während seine Freunde ihn oben feiern. Oder irgendwie ständig genau die richtigen Worte zur richtigen Zeit zu finden.

»Hm …«, summt er, sein Gesichtsausdruck so merkwürdig, wie ich ihn bisher noch nicht wahrgenommen habe. Andererseits war ich heute Morgen in der U-Bahn auch zu achtundneunzig Prozent sicher, Marilyn Monroe und Trump beim Knutschen gesehen zu haben, also bilde ich es mir vielleicht auch nur ein.

»Elizabeth!«, ruft meine Mom vom anderen Ende des Krankenhauses, als wären wir die Einzigen in diesem Gebäude, und ich halte mir zwei Finger an die pochende Schläfe. »Wir warten auf dich!«

Ausdruckslos starre ich River an. »Sonntag ist Familienspieltag und keiner von uns kann verlieren. Mom ist die Schlimmste, also tu mir bitte den Gefallen und erinnere eine der Schwestern daran, regelmäßig nachzusehen, ob sie Becca und mich nicht an den Stuhl gefesselt hat.« Sein Grinsen wird breit und steckt mich an. »Bis dann, River!«

»Herrgott, Ma! Stutz mal deine Klauen! Das grenzt an Kindesmisshandlung«, beschwere ich mich und reibe über die zerkratzten Stellen an meinem Unterarm. Selbstzufrieden verstaut sie die Karten und den Totempfahl wieder in dem Säckchen. Dad ist nicht da. Er kommt erst am Nachmittag zu Becca. So machen unsere Eltern es schon ziemlich lange. Sie wechseln sich ab. Sie sagen, es sei, weil beide berufstätig seien und gelernt hätten, ökonomisch mit ihrer Zeit umzugehen. Ich bin mir allerdings nicht sicher, ob das der eigentliche Grund ist.

»Komm schon, Ma! Hätte Liza gestern nicht getrunken, hätte sie uns locker geschlagen.«

Mom versteift sich. »Du trinkst?«

Ich werfe Becca einen bösen Blick zu, den sie mit unschuldiger Miene quittiert.

»Nur warme Milch, Ma, und den Brei, den ich mir im Mixer püriere, damit ich mich nicht verschlucke.«

Ihre blauen Laseraugen hinterlassen mich mit Verbrennungen dritten Grades, bevor sie mir den Finger in den Oberarm schnalzt. »Seit wann trinkst du überhaupt Alkohol? Und dann auch noch so viel, dass es dich jetzt noch beeinflusst?«

Lachend werfe ich die Hände in die Luft. Ich bin dreiundzwanzig. Sie benimmt sich, als würde ich etwas Verbotenes tun. »Seit er hilft, unangenehme Situationen erträglicher zu machen.«

»War das Date so schlecht?«, will Becca wissen und schmeißt mich damit unbewusst wieder in ein Schlagloch.

»Schon *wieder* ein Date?«

Ich verdrehe die Augen. Heute ist nicht mein Glückstag.

»Ja, Ma. Schon wieder. Die Dinger sind wie Pickel. Vermehren sich einfach.«

Becca kichert, erntet dafür wenigstens auch einen Beschuss aus Moms Laseraugen, woraufhin sie sich räuspert und zurück ins Bett legt.

»Es war ganz okay«, rudere ich zurück, weil die Geschichten meiner Dates meine Schwester zum Lachen bringen sollen und nicht zum Grübeln. »Ich habe zehn Dollar gewonnen. Er hat dafür dreihundert verloren, also habe ich ihm danach ein McMenü spendiert.«

»Ihr wart im Casino?«, mischt sich Mom schon wieder ein, und ich bin kurz davor, mir ein Schild mit den Worten »Tret mich« auf den Rücken zu kleben. »Du *hasst* Casinos.«

»Meine Güte. Ja! Und?« Ich lasse den Kopf theatralisch auf den kleinen Tisch sinken. »Warum ist das für alle anderen ein weit größeres Problem als für mich?«

»Weil deine Interessen zählen, Baby«, gibt Becca jetzt ihren Senf dazu. »Weil du nicht dauernd machen musst, was andere wollen, wenn du etwas nicht willst.«

»Mann! Es war *ein* Date. Sonst nichts. Ich muss dort nicht einziehen«, nuschle ich, meine Wange vom Holz platt gedrückt.

»Sei einfach vorsichtig, okay? Babys entstehen schneller, als man denkt.« Ich lache meine Mom aus, weil das ausgerechnet von der Frau kommt, die praktisch schon wieder schwanger war, bevor das Erste überhaupt komplett draußen war. Damit habe ich Mom tatsächlich jahrelang aufgezogen, *insbesondere*, wenn sie uns Aufklärungsunterricht verabreichen wollte. Als ich fünfzehn war, ist Becca beinahe gestorben. In einem Moment der Unachtsamkeit hat Mom mir da gestanden, dass ich ein Unfall war. Nachdem sie bereits ein Kind mit CF hatten, wollten sie kein zweites mehr. Nicht unbedingt ein Ego-Booster, auch wenn ich den Gedanken dahinter verstehen kann.

»Ach komm schon, du würdest dich doch in Granny Gaga verwandeln, wenn Liza dir ein Enkelkind schenken würde«, lacht Becca, aber es klingt nicht richtig und ich schließe die Augen.

»Ja, aber nicht durch einen One-Night-Stand.«

»Sicher?«, funke ich wieder dazwischen, im letzten Versuch, sie abzulenken. »Denn wenn wir jetzt mal ganz ehrlich miteinander sind, sehe ich weder dir noch Daddy wirklich ähnlich. Was soll ein Mädchen da denken?«

»Du bist nicht lustig, Elizabeth.«

»Warum sagt ihr das dauernd? Ich bin die Lustigste in dieser Familie.«

»Du bist auch richtig gut darin, das Thema zu wechseln«, ergänzt Becca und zwinkert mir zu.

»Elizabeth, ich will nicht, dass du solche Dinge sagst. Du kommst total nach mir.«

»Wirklich? Vielleicht, wenn man dir die Unterschenkel abnehmen und ich dir ein paar Kilos von mir schenken würde.«

Becca prustet los und auch Mom kann nicht verhehlen, dass ich wirklich die Lustigste hier bin.

»Liza … wiesooo machst du das?«, flüstere ich mir selbst zu, während ich Stunden später vor Rivers Türe stehe und mit klopfendem Herzen überlege, ob ich die Kokos-Schoko-Kuchenwürfel hier nicht doch einfach abstellen, klopfen und dann die Beine in die Hand nehmen sollte, damit ich weg bin, bevor er öffnet. Ich weiß, dass er da ist, weil ich gedämpft höre, wie er mit Balu redet und der Hund mit unterschiedlichsten Lauten antwortet. Die Unterhaltung bringt mich zum Schmunzeln. Muss nett sein, ein Tier in der Wohnung zu haben, das einen tatsächlich mag und nicht die Augen verdreht, wenn man nach Hause kommt.

Na ja, wie auch immer. Ich habe River gestern einen Kuchen versprochen, da ich traurig für ihn war. Nicht, weil ich unbedingt einen Grund gesucht habe, ihn wiederzusehen. Es hat mich traurig gemacht, wie er von seinem Geburtstag gesprochen hat. Nicht, dass er verbittert klang oder auf der Suche nach Mitleid war. Ganz im Gegenteil. Er sagte es völlig frei von Emotionen. Fast klang es wie ein Statement über das Wetter. Das hat mich so beschäftigt, dass ich als Erstes, nachdem meine Wohnung wieder aufgesperrt war und ich Merlot erklärt hatte, dass ich ihn nach Kanada deportiere, wenn er so eine Show noch einmal abzieht, besagte Würfel gebacken habe. Ich setzte mich zwar zwanzig Minuten später als abgemacht in Black Jacks Auto, aber die waren es wert.

Deshalb schüttle ich den Kopf über meinen inneren Disput und platziere die Tortenplatte auf seiner Fußmatte. Doch noch bevor ich wieder aufstehen kann, winselt Balu auch schon und kratzt mit einer Pfote an der Tür.

»Wen hörst du denn, Kumpel?«

Wie gelähmt lausche ich den schweren Schritten, die sich nähern. Ich beschließe, einfach hier zu kauern, damit er mich im Türspion nicht sieht.

Natürlich scheitert mein Plan kläglich. »Liza? Was machst du da?«

»Heeeey!« *So ein Zufall, dass ich hier vor deiner Tür hocke, nicht wahr? Nein, keine Sorge, ich bin kein Stalker.* Ich richte mich wieder auf, werfe die Haare zurück und konzentriere mich fest darauf, nicht zu bemerken, dass ich ihn das erste Mal in einem kurzärmeligen T-Shirt sehe. Und ich dachte, die Unterarme wären mein größtes Problem. »Happy Birthday nachträglich«, wünsche ich ihm, während Balu mich zum Lachen bringt, weil er sich schon wieder auf meine Schuhe setzt und sein gesamtes Gewicht gegen meine Beine lehnt. »Ich verspreche dir, dass auch dein Geburtstag würdig gefeiert wird, wenn dein Herrchen mir verrät, wann er ist.«

»Ich weiß ihn nicht«, meint River, pfeift den Hund zurück in die Wohnung und öffnet die Tür als Einladung für mich. »Balu ist aus dem Tierheim und die hatten keine Informationen über ihn.« Meine Unterlippe schiebt sich vor. Eigentlich wollte ich Rückzug melden, aber jetzt kann ich erst recht nicht gehen. Herrchen und Hund passen wirklich verdammt gut zusammen.

»In dem Fall erfinden wir eben einen. Du sollst einen Geburtstag haben«, beschließe ich, streife meine Pumps ab und marschiere in die Küche, um mich an die Arbeit zu machen. Ich nehme die Tortenglocke ab, krame in meiner Handtasche nach der musikalischen Kerze, die ich ihm gekauft habe, und stecke sie in eines der Kuchenwürfelchen. Als Nächstes schnappe ich mir den blauen Ballon, blase ihn auf und werfe ihn ins Wohnzimmer. »Das sind Lamingtons, falls man es nicht

91

erkennen kann. Ihr Australier seid ja angeblich verrückt danach, habe ich gelesen. Ich hoffe, es schmeckt dir, denn sie zu backen, hat mir schon zwanzig Extrakilo beschert.«

River grinst zur Antwort lediglich, stellt sich auf die andere Seite der Küche und stützt die Ellbogen am Tresen ab. Wie er mich von da unten durch seine dichten Wimpern, für die ich töten würde, anvisiert, erinnert mich daran, warum ich so nervös war, hier raufzukommen. Ich brauche Ablenkung.

»Hey! Mrs Dämonenhund hat mich eben zurechtgewiesen, weil ich gestern Nacht zu laut Musik gehört hätte, als ich endlich zu Hause war. Die wohnt zwei Stockwerke unter mir. Hast du meine Musik auch gehört?« Er wohnt zwei über mir.

River legt den Kopf schief, ein neckisches Schmunzeln in seinen Mundwinkeln, das seine Augen nicht vollständig erreicht. »Du meinst Bruno Mars' ›Gorilla‹ in Dauerschleife? Ich glaube, du hast ganz Brooklyn damit in Stimmung gebracht.« Weil es eigentlich ein Sexlied ist …

»Oh!« Wunderbar. Das heißt, River und alle im Haus glauben zu wissen, was ich währenddessen getrieben habe.

Ich lecke mir über die Lippen und drehe mich von River weg, tue so, als hätte ich irgendetwas in meiner Handtasche vergessen. Wie hieß das Ding noch gleich? Ach ja … Würde. Und ich finde keine inmitten all der anderen Sachen, die ich da drinnen sammle. Was ich allerdings finde, sind Partyhut und Tröte, die mich kurz ausblenden lassen, wie sehr ich wünschte, nicht gefragt zu haben. Dummheit macht selig, oder?

Ich umrunde also die Kücheninsel und setze River den Partyhut auf den Kopf, während er sich zu seiner vollen Größe aufrichtet. Das Jungenhafte, das er ausgestrahlt hat, als er die Wangen in die Hände gestützt hielt, weicht. Ich trete einen Schritt zurück, weil es mir plötzlich schwerfällt, normal weiterzuatmen. Hektisch drehe ich an der Kerze, die »Happy Birthday« spielt, und zünde sie an.

»Singen werde ich für dich nicht, weil das hier nicht zu einem Albtraum werden soll«, nuschle ich an der Tröte in meinem Mund vorbei und puste hinein.

Sein Lachen vibriert in meinem Körper nach, bis er nach meiner Hand greift und diese an seine Lippen führt. Etwas zögerlich berührt er die sensible Haut dort über meiner Pulsader und ich erschaudere. »Danke, Liza!«

Mhm, ja … jederzeit … River lässt meine Hand sinken und die Finger aus seinen gleiten. Sofort forme ich eine Faust, als könnte ich die Berührung dadurch irgendwie festhalten. River dreht sich zu den Würfeln, hält sich am Tresen fest, um die Kerze auszublasen. Dabei bleibt mir nichts anderes übrig, als das Spiel der Muskeln in seinen Armen zu beobachten.

Als er sich mir danach wieder zuwendet, schießen meine Augen so schnell an die Decke, dass ich mir wahrscheinlich dabei irgendetwas zerre.

»O-kay, also dann … lass sie dir schmecken!«

Winkend stakse ich rückwärts zur Tür, stolpere kurz, wahrscheinlich über ein Staubkorn, so eilig, wie ich es gerade habe. Der Mann verwirrt mich ungemein. Ich fühle mich absolut wohl mit ihm, und gleichzeitig habe ich das Bedürfnis, so viele Meter wie möglich zwischen uns zu bringen. Vor allem aber verwirre ich mich selbst, weil ich nicht mehr sicher sagen kann, warum ich so krampfhaft versuche, mich zu distanzieren.

Zuerst dachte ich wirklich, es sei wegen Becca. Weil ich mich ganz genau an ihr Gesicht erinnern kann, damals, als ich ihr Wochen nach Stans Antrag davon erzählt habe. Mom und Dad hatten mich gebeten zu warten. Worauf genau, weiß ich bis heute nicht. Ist ja nicht so, als wäre ihr nicht aufgefallen, dass ich plötzlich überall ohne den siamesischen Zwilling an meiner Seite aufkreuzte. Nach zwei Wochen rutschte es mir schließlich heraus.

Becca war sprachlos, wusste absolut nicht, was sie darauf sagen sollte, und das kommt wirklich selten vor. Aber ich war auch später in ihrem Zimmer, in der Nacht, und da hat sie bitterlich geweint. Sie weiß nicht, dass ich es mitgekriegt habe, aber ich werde es nie vergessen. Und ich habe mir in jener Nacht geschworen, auf sie zu warten. Zu warten, bis sie ihre neue Lunge bekommt, die ihr eine zweite Chance auf ein Leben ohne größere Einschränkungen geben könnte.

Noch hat sie die Lunge nicht. Und ursprünglich störte es mich auch nicht. Himmel, ich bin dreiundzwanzig. Mir läuft nichts davon.

Aber inzwischen weiß ich nicht mehr, ob Becca der Hauptgrund dafür ist, dass ich mich bei River so seltsam verhalte. Denn ja, ich habe gerne Spaß. Wie ich ihm sagte, genieße ich die gelegentlichen Schmetterlinge im Bauch, wenn ein Date richtig gut läuft. Ich mag das kurzfristige Investment und ebenso gerne mag ich es, loslassen zu können, weil das Gefühl nie länger als einen Abend andauert, und nach neuen Schmetterlingen zu suchen. River bringt das System durcheinander. Bei ihm fühlt sich alles anders an, und das verwirrt mich.

»Hey, Liza?«, fragt er nun mit schief gelegtem Kopf.

»Hm?«

»Wirst du jemals *nicht* vor mir weglaufen?« Erwischt. Aber er sagt es nicht lächelnd, nicht neckisch, nicht so, als würde es ihn reizen. Er sagt es, als wäre ihm wirklich wichtig dahinterzukommen, was das zwischen uns ist und warum ich mich so dagegen wehre.

Und da ich keine passende Antwort auf die Frage habe, nichts Sarkastisches oder Geistreiches, vor allem nichts Endgültiges, was ihn von mir fernhalten würde wie die anderen, zucke ich einfach mit den Schultern. Vor allem gegen Letzteres wehrt sich nämlich alles in mir, auch wenn es nicht meine Absicht ist, ihm irgendetwas vorzumachen.

»Was sollte ich sonst machen?«

»Geh mit uns spazieren«, bietet er an und klopft sich an den Oberschenkel, sodass sein treuer Hund sofort an seine Seite wandert. »Wir müssen gar nicht reden«, ergänzt er irgendwie unbeholfen, was dem Bild, das ich von ihm habe, nicht wirklich nahekommt. »Geh heute einfach nicht so weg.«

Und wie könnte ich das jetzt tun? Also klappe ich den Mund zu und nicke.

River lässt mich Balu führen, obwohl es sich eher so anfühlt, als würde er mich führen. Es ist unendlich entspannter, als ich es mir je vorgestellt hätte. Ich glaube, ich hatte vergessen, wie es ist, mit jemandem zu schweigen. Schweigsamkeit ist der Tod jedes ersten Dates. Schweigt man zu lange am Stück, ist es nicht nur unangenehm, sondern vermittelt den Eindruck, man wäre nicht interessant genug, um eine lange Konversation füllen zu können. Stattdessen stellt man Fragen, deren Antworten einen nicht interessieren.

Mit River zu schweigen fühlt sich natürlich an. Ungezwungen. Und mit jeder verstreichenden Minute, in der wir in angenehmer Ruhe nebeneinander hergehen, wird mir bewusster, wie sehr mir diese Natürlichkeit gefehlt hat.

»Wie lange ist Balu schon bei dir?«, unterbreche ich dann doch irgendwann die Stille, als wir fast wieder zu Hause sind, weil mich die Antwort auf jeden Fall interessiert. Als er seinen Namen hört, dreht sich der Riesenhund kurz zu uns um, und ich schenke ihm ein breites Lächeln.

»Seit zwei Jahren. War ein Glücksgriff für mich, weil ich eigentlich gar nicht vorhatte, mir einen Hund zu holen. Ich war mit einem Kumpel im Tierheim, der ein ganzes Arsenal an geretteten Vierbeinern hat.«

»Warum dann Balu?« Ich lasse meine Augen über das große, langhaarige Tier mit dem kräftigen Körperbau und dem weichen Kern wandern. Im Licht der Straßenlaternen wirkt sein Fell viel dunkler, als es in Wahrheit ist. Nur sein buschiger Schwanz und die Pfoten sind beinahe weiß.

»Sie haben Rowan ein paar Tiere vorgestellt, darunter ihn. Es gab wie gesagt keine Infos über ihn, weil er ausgesetzt wurde. Allerdings vermuten sie, dass seine Besitzer einfach keine Verwendung für ihn hatten. Hirtenhunde werden wegen ihres extremen Verteidigungsverhaltens gerne als Schutz- und Wachhunde eingesetzt. Normalerweise sind sie sehr misstrauisch Fremden gegenüber und können schnell aggressiv werden.«

»Balu wirkt nicht misstrauisch«, werfe ich ein, denke daran, wie der Hund sich mir gegenüber gleich zu Beginn verhalten hat, als würde er mich schon ewig kennen.

»Eben. Bietet sich nicht so gut an als Wachhund, wenn er sich Einbrechern an die Beine schmiegt. Ich habe auch seine aggressive Seite bereits erlebt, wenn er bedroht wird, aber grundsätzlich ist seine Natur anders als beim Rest seiner Rasse.«

Macht Sinn ... Und ich bin froh, dass er jemanden gefunden hat, der diese Eigenschaft an ihm zu schätzen weiß.

River schließt die Tür zu unserem Haus auf und hält sie, bis ich drin bin. Im Lift drückt er den Knopf für mein Stockwerk und seines.

Ich atme auf, weil er versteht, dass der Abend hier endet. »Das war schön«, sage ich und drücke dem Bären an meinem Bein einen Kuss auf die Stirn. »Manchmal habe ich das Gefühl, dass ich gar nicht mehr weiß, wie Alleinsein geht.« Warte! Was? Eigentlich wollte ich etwas ganz anderes sagen. Schluckend richte ich mich auf und kämme meine Haare hinters Ohr. »Das heißt nicht, dass ich lieber alleine gewesen wäre.«

River lehnt sich gegen den Spiegel im Lift und studiert mich.

»Sollte aber auch nicht heißen, dass ich nicht gerne alleine bin.« *Sondern?* »Ich habe nächstes Wochenende wieder ein Date«, wechsle ich schnell das Thema, weil ich unbedingt will, dass er das weiß. Um die Fronten zwischen uns noch einmal zu klären.

»Okay«, antwortet er, als würde ihn das einen Dreck interessieren.

Ich könnte mir selbst in den Hintern treten, weil mich das stört. Das dezente Klingeln des Lifts signalisiert, dass wir mein Stockwerk erreicht haben, und ich bin froh und gleichzeitig nicht. Mit zusammengepressten Lippen winke ich zum Abschied, bevor noch irgendetwas Blödes meinen Mund verlassen kann.

»Liza!«, murmelt er, als ich aussteige, und ich hole Luft, ehe ich mich noch einmal umdrehe. River drückt seine Hand vor die Lichtschranke und legt den Kopf seitlich an die Fahrstuhltür.

»Morgen selbe Uhrzeit?«

Nickend stehe ich da wie ein Schulmädchen und frage mich, was eigentlich mit mir los ist, während River zufrieden seine Hand von der Schranke nimmt und mir zuzwinkert, bevor die Lifttür sich zwischen uns schließt.

KAPITEL 9

River

Rebecca lacht herzhaft ins Telefon, als ich ihr Zimmer betrete. Doch sie gestikuliert wild, dass ich hereinkommen soll, und hält entschuldigend einen Zeigefinger hoch.

»Sie ist sauer, weil ich gerade keine Zeit habe, mit ihr Fußball zu spielen. Wenn das Baby schreit, lautet Leonas Kommentar: ›Viel Glück, Mommy!‹ Danach läuft sie lachend in ihr Zimmer.«

Wer auch immer spricht, ist auf Lautsprecher und bringt mich zum Schmunzeln, obwohl ich gar nicht weiß, um wen es geht.

»Ich habe drei Jahre lang ein Monster erzogen, Becca!« Die Frau am anderen Ende kichert.

Ich setze mich in den Besuchersessel, nachdem ich heute nicht viel zum Sitzen gekommen bin, und warte.

»Dieses Kind hat Feuer unterm Hintern. Das gefällt mir so an ihr. Also gib dem Baby einen Kuss von mir und sag Leona, ich spiele auf jeden Fall mit ihr Fußball, wenn ich das nächste Mal komme. Dafür reicht meine Puste allemal.«

Sie verabschieden sich und Becca atmet einmal tief durch, bevor sie das Handy senkt und mich lächelnd ansieht. »Meine

Freundin ist gerade zum zweiten Mal Mutter geworden«, erklärt sie mir und faltet neugierig die Hände auf ihrem Schoß zusammen. »Also, was gibt es?«

»Willst du zuerst die gute oder die schlechte Nachricht?«, frage ich mit gespielt ernster Miene.

»Ich habe nur noch wenige Monate zu leben?« Becca legt den Kopf schief und grinst frech. »Keine Sorge. Das hat mir schon jemand anders ausgerichtet.«

Kopfschüttelnd verschränke ich die Arme vor der Brust. »Du und deine Mischpoke, ihr habt wirklich einen sehr eigenartigen Sinn für Humor. Eigentlich wollte ich dich bloß auf den Arm nehmen und Bescheid sagen, dass du ab morgen keinen Spezialkaffee mehr von mir bekommst, weil mir andere Patienten zugeteilt wurden. Aber jetzt ist irgendwie die Luft raus«, schmolle ich scherzhaft.

Becca zieht die Oberlippe hoch. »Das *sind* schlechte Nachrichten. Wie soll ich denn jetzt morgens in die Gänge kommen?«

»Ich mache gleich Feierabend. Danach bin ich nicht mehr für dich zuständig. Ich könnte dir offiziell eine Flasche Whiskey bringen, dann mixt du ihn dir einfach selbst.«

Becca schnalzt mit der Zunge. »Kein ordentlicher Service in diesem Krankenhaus. Man könnte meinen, ihr wollt uns so schnell wie möglich loswerden. Wie auch immer … Das müssen jetzt aber *richtig gute* Neuigkeiten sein, Doktor Hudson.«

»Ich finde schon. Die Entzündungswerte sind endlich gefallen und das Lungenröntgen war in Ordnung. So, wie es aussieht, kannst du dir morgen oder übermorgen deinen eigenen Kaffee zubereiten.«

Rebecca formt mit den Lippen ein *Yes* und führt auf ihrem Bett einen kleinen Siegestanz auf, und ich schmunzle. Ich mag Rebecca. Sie ist definitiv eine der Patientinnen hier, zu der jeder Arzt und jede Schwester am liebsten geht. Wenn man reinkommt, hat man das Gefühl, eher als Besucher begrüßt zu werden, denn als Personal. Sie hat diese Art, die einen einlädt zu bleiben, sofern die Möglichkeit besteht. Und heute Abend war nicht viel los, also bleibe ich noch sitzen. Gleich ist Übergabe.

»Du wirst mich vermissen, habe ich recht?«, fragt Rebecca grinsend und legt ihr Handy wieder auf den Schoß, um mir ihre volle Aufmerksamkeit zu schenken.

Ich ziehe einen Nasenflügel hoch und zucke mit den Schultern. »Dein Zimmer ist größer als unser Bereitschaftsraum. Außerdem kann man sich hier gut verstecken.«

Becca verzieht das Gesicht. »Hat Mrs Nichols dich wieder mit einem Waschlappen und ohne Top empfangen und gebeten, ihr den Rücken zu waschen?« Lachend frage ich mich, ob sie das weiß, weil die alte Dame die Nummer vermutlich bei so gut wie jedem Medizinstudenten abzieht, oder ob sie mit Mrs Nichols befreundet ist, so wie gefühlt mit dem Rest des Krankenhauses.

»Ein Gentleman schweigt und genießt.«

Becca kichert, bevor sie auf ihr vibrierendes Handy sieht. Sofort verändert sich ihre Miene und ihr Rücken wird rund. »Oh, Baby!«

»Was ist?«

»Liza wartet seit einer halben Stunde auf einen Typen, der ihr kontinuierlich schreibt, dass er sich um weitere paar Minuten verspäten wird.«

Ihr obligatorisches Date diese Woche. Um mich – oder sich selbst – daran zu erinnern, dass wir nur Freunde sind. Denn *das* sind wir auf alle Fälle. Nach dieser Nacht, in der sie das erste Mal mit uns spazieren gegangen ist, hat sie es jeden weiteren Tag wieder getan. Manchmal nicht nachts, weil ich Schicht hatte oder sie sich mit ihren Freundinnen getroffen hat. Dann morgens oder während meiner Mittagspause. Jedes Mal wurden die Spaziergänge eine Spur länger. Manchmal zeige ich ihr neue Routen. Manchmal gehen wir einfach Runde um Runde um den Block. Wir reden oft. Manchmal reden wir gar nicht. Mit ihr zusammen zu sein, ist so anders als alles, was ich bisher mit Frauen erlebt habe. Ich will sie in meinem engsten Kreis haben, mit dem ich so viel Zeit verbringe, wie ich in meiner derzeitigen Situation irgendwie geben kann. Ich will mit ihr reden, wenn Reden am Ende einer Achtundvierzig-Stunden-Schicht eigentlich das Letzte ist, was ich normalerweise tun will. Wahrscheinlich stempelt mich das zu einem Vollidioten ab, aber irgendwie dachte ich, ich hätte ihr inzwischen gezeigt, dass ich mehr von ihr möchte als *ein* Date. *Einen* Kuss. Ein Was-auch-immer. Ich will eine ganze Reihe davon. Schon klar, dass es nach den paar Wochen viel zu früh ist, um zu wissen, was aus uns werden könnte. Aber ich bin verdammt bereit dazu, es herauszufinden.

Sie scheinbar nicht. Gestern Abend hat sie mich daran erinnert, dass sie heute nicht mit Balu und mir rausgehen würde. Ich habe ihr viel Spaß bei ihrem Date gewünscht und kein Wort davon tatsächlich gemeint. Später habe ich zugesehen, wie sie in ihrem Stockwerk ausgestiegen ist und mir dieses Lächeln über ihre Schulter geschenkt hat, das erbärmlicherweise zur besten Sache meines Tages geworden ist. Das und besagter Kaffee, von dem Rebecca gesprochen hat. Nur, dass es nicht wirklich Irish Coffee mit Whiskeyschuss ist, sondern ein einfacher Long Black, wie wir ihn in Australien trinken.

»Warum sagt sie ihm nicht einfach ab?«, erkundige ich mich mit Blick auf mein Klemmbrett, als würde es mich nicht wirklich jucken.

»Er steckt im Stau aus Jersey. Ich glaube, sie will nicht, dass er umsonst gefahren ist.« Phh. Stau aus Jersey nach New York? Nie gehört. Aber die Uhrzeit ist falsch. Abends fahren alle in die andere Richtung. »Doktor Hudson ...«, beginnt Rebecca und schwingt ihre Beine über das Bett. »River? Darf ich dich so nennen, jetzt, wo du in dreiundzwanzig Minuten lediglich mein neuer Nachbar bist?« Sie beißt sich auf die Unterlippe und ich bin verflucht gespannt, was jetzt kommt. »Würdest du einer Sterbenden einen letzten Gefallen tun?«

Mit gelangweiltem Blick hebe ich eine Augenbraue. »Wirklich? Die Karte willst du ausgerechnet vor mir ausspielen?«

»Würde es funktionieren?«, fragt sie hoffnungsvoll. Ich schüttle prononciert den Kopf und sie verdreht die Augen. »Einen Versuch war's wert. Ich frage trotzdem und entledige dich damit von deiner Bringschuld, mir den Whiskey reinzuschmuggeln.«

Ich stoße ein ungläubiges Lachen aus, weil ich überzeugt davon bin, dass der Whiskey mich weniger kosten würde. Und das meine ich nicht in Dollar.

»Kannst du sie abholen?«

Mit zusammengezogenen Brauen lehne ich mich zurück. »Liza?!«

»Nein, meine neue Lunge …« Rebecca stöhnt dramatisch.

»*Natürlich* Liza. Ich kenne meine Schwester. Sie wird dort alleine rumhocken und so lange warten, bis der Kerl am Ende tatsächlich absagt. Und wenn ich sie morgen frage, wird sie einen Scherz machen und so tun, als hätte es sie nicht gestört. Ich werde so tun, als würde ich ihr glauben, und mich innerlich tierisch darüber ärgern, dass sie sich von Kerlen wie ihm kostbare Zeit rauben lässt.«

Es ist das erste Mal, dass ich Rebecca nicht witzig, sarkastisch oder heiter erlebe. Sie wirkt wirklich aufgebracht, während sie die letzten Worte mühsam durch einen Hustenanfall herauskämpft.

»Darfst du mir das alles überhaupt erzählen?«, wende ich skeptisch ein, als sie sich erschöpft zurücklehnt.

»Natürlich nicht. Aber …« Sie fasst sich an die Brust und räuspert sich, weil ihre Stimme nach dem Husten bricht. »Ich bin eine zertifiziert sterbende Frau, Doktor Hudson. Zu irgendetwas muss das doch gut sein.« Und in diesem Moment macht Becca das gleiche Gesicht wie ihre kleine Schwester, wenn sie einen Witz über etwas reißt, was ihr in Wahrheit das Herz bricht.

Ich stöhne innerlich noch immer über die schwachsinnige Idee herzukommen, als ich mich neben Liza an die Kinobar setze. Ihre Wange in eine Hand gestützt, schwenkt sie ihr Weinglas mit der anderen. Ich habe mir auf dem Weg hierher den Kopf darüber zerbrochen, auf welche unauffällige Weise ich das erledigen könnte, aber die Sache ist: Egal, wie ich es drehe und wende, es ist *nicht* unauffällig, als ich mir einen Energydrink bestelle, weil ich komplett k. o. bin, und Lizas Blick damit auf mich ziehe. Ich lasse mir einen Augenblick Zeit, jedes Detail von ihr aufzusaugen. Ihre dunkelroten Lippen, die zu einem O geformt sind, Locken, die sie über eine Schulter zusammengebunden hat. Sie trägt eine beige Hose, ihre schwarzen High Heels und eine Bluse passend zu ihrem Lippenstift. Ihr Make-up unterstreicht vor allem ihre großen honigbraunen Augen; ihre Wangen sind ein wenig gerötet. Sie sieht wunderschön aus. Wie immer. Selbst ohne Make-up, wenn sie dicke Socken und einen Ponypyjama trägt.

»Hey!«, grüße ich tonlos, versuche gar nicht, so zu tun, als wäre ich verwundert, sie zu treffen. Wie automatisch beugt sich Liza ein Stück näher zu mir, ihr mir inzwischen schon vertrauter Geruch wird verstärkt durch ein blumiges, warm riechendes Parfüm. Der Wein, den ich an ihr rieche, ist hingegen nicht vertraut, und ich ärgere mich umso mehr über den Trottel, der sie versetzt.

Das strahlende Lächeln, das ich bekomme, wirft die Frage auf, ob mein Herkommen vielleicht doch keine schwachsinnige Idee war. »Was machst du denn hier?« Jap. Doch.

»War zufällig in der Gegend«, lüge ich, weil ich ihre Schwester nicht verpfeifen will.

Trotzdem verändern sich Lizas Gesichtszüge von Überraschung zu enttäuschtem Genervtsein, während sie wahrscheinlich zwei und zwei zusammenzählt. »Becca hat dich geschickt, richtig?« Sie wartet gar nicht auf meine Bestätigung, bevor sie kurz auflacht und stöhnend den Kopf zurückwirft. »Siehst du? Genau das ist der Grund, warum ich nie solche Dinge mit ihr berede, weil sie grundsätzlich alles missinterpretiert.« Liza atmet tief durch und leert mit einem großen Schluck ihr Weinglas. Anschließend wirft sie mir einen Seitenblick zu, bevor sie ihre Nachos zu mir rüberschiebt. Ich nehme es als Friedensangebot und dippe einen davon in die Salsa. »Du hättest nicht herkommen müssen«, sagt sie zu ihrem leeren Weinglas. »Ich *kann* alleine warten.«

»Da bin ich sicher. Aber jetzt bin ich hier, Liza, und Jake leiht sich meinen Hund zum nächtlichen Joggen. Also, was hältst du davon, wenn wir das Beste daraus machen und uns einen Film ansehen?«

Liza linst auf ihr Handy. »Er könnte noch kommen, weißt du?« Warum ist ihr das so verdammt wichtig?

»In dem Fall verlassen wir sofort den Kinosaal, du gehst zu deinem Date und ich esse als Kompensation deine Nachos auf.« Sie schmunzelt und ich zwinkere ihr zu, was ich nur tun kann, weil ich mir sicher bin, dass der Schwachkopf nicht mehr auftaucht. Ich habe die Verkehrs-App abgesucht. Kein Stau von Jersey in diese Richtung. »Also, was meinst du?«

KAPITEL 10

Liza

Ich sage Ja, denn es ist River. Und ich hasse es, das Mädchen zu sein, das seit eineinhalb Stunden alleine an der Bar hockt. Carter hat sich seit einer halben Stunde nicht mehr gemeldet, und langsam bezweifle ich, dass er noch auf dem Weg ist. Da ich meine Drinks direkt nach jeder Bestellung bezahlt habe, rutsche ich vom Hocker und wundere mich selbst ein wenig darüber, wie der Raum sich einen Moment zu lange dreht. Ich kneife ein Auge zusammen und halte mich kurz an der Theke fest. »Mein Gleichgewichtssinn dachte vermutlich nach dem langen Sitzen, es wäre Schlafenszeit«, versuche ich, es zu überspielen. River glaubt mir kein Wort. Allerdings hat er den Anstand, meine Ansage nicht infrage zu stellen. So viele Gläser Wein hatte ich doch gar nicht. Oder?

»Also, welchen Film sehen wir uns an?«, will ich von River wissen, als mein Gehirn beschließt, nicht mehr in meinem Kopf Karussell zu fahren.

»Welchen Film hättest du dir mit Schwachkopf angeschaut?« Der Spitzname bringt mich unerwartet zum Grunzen, bis ich mir die Hand vor den Mund halte, weil ich gar nicht darüber lachen will.

»Sein Name ist Carter und er studiert in Princeton. Eine Elitehochschule, soweit ich weiß.«

River zuckt unverfroren mit der Schulter. »Du bist hier. Er nicht. Macht ihn in meinen Augen zum Idioten.« Ich will irgendetwas Schnippisches entgegnen, weil das hier peinlich genug ist. Sobald ich kann, schreibe ich mir eine Erinnerung, Becca qualvoll zu töten. Vielleicht zwinge ich sie auch, ein paar Folgen »Gilmore Girls« mit mir zu gucken. Die kann sie nämlich nicht leiden. Aber die Worte bleiben mir im Hals stecken, weil die Message ankommt. Und auf einmal fühle ich mich nicht mehr ganz so doof. River ist nicht hier, weil er mich bemitleidet. Er ist hier, weil er gerne Zeit mit mir verbringt, selbst wenn ich weiß, dass er direkt aus dem Krankenhaus hergekommen sein muss. »Zurück zum Film …«, beginnt er, wartet noch auf meine Antwort.

Mit einer wegwerfenden Handbewegung stopfe ich mir einen weiteren Nacho in den Mund. »Hätte ich Carter entscheiden lassen. Ich bin da nicht so wählerisch.«

River überrascht mich mit seinem Lachen. »So wie beim Essen? Komm schon, Liza! Was möchtest *du* gerne sehen?«

Entweder er drückt heute die richtigen Knöpfe oder genau die falschen. Je nachdem. Aber meine Brust fühlt sich ein bisschen zu eng an. »Ich habe zwei Film-Universen, die ich mir Tag und Nacht reinziehen könnte. Da läuft momentan aber nichts im Kino, sonst hätte ich ihn schon gesehen. Deswegen ist es mir *wirklich* egal«, betone ich, mein Ton vielleicht etwas schärfer, weil River nicht immer so aufmerksam sein müsste. Oder seine Funde wenigstens für sich behalten könnte.

»Disney und DC Comics?«

Ich ziehe meine Augenbrauen so weit hoch, wie ich kann. »DC? O nein, Bro.«

»Bro?«, lacht er mich aus, während ich unverdrossen den Kopf schüttle.

»Die machen so Filme wie ›Aquaman‹! Hilfe, ich stehe eher auf *echte* Männer. Der Typ hat Schuppen auf seinem Anzug.« Ich mache eine würgende Geste und River presst belustigt die Lippen aufeinander. »Lass uns einfach den Film nehmen, der als Nächstes startet«, schlage ich vor und befürworte, dass River mich klarstellen lässt, dass wir getrennt zahlen. Das hier ist kein Date. Er soll meine Karte nicht blechen und ich kann mir seine leider gerade nicht leisten.

Mein Vorschlag ist jedenfalls der Grund dafür, dass wir jetzt in einem Horrorfilm namens »Monster Death Train« sitzen. Ich kann Horrorfilme nicht leiden, aber nachdem ich River gerade erklärt habe, dass es mir egal ist, musste ich ja wohl oder übel die Klappe halten und es durchziehen. Doch schon die Vorschau für ähnliche Filme lässt mich unentspannt auf dem Sitz herumrutschen.

»Alles gut?«, will River wissen, und ich kneife die Augen zusammen über sein blödes, schiefes Grinsen, weil er mich wieder einmal durchschaut hat. Es wird mucksmäuschenstill im Saal. Ich beobachte, wie die paar Mädchen rund um mich herum sich schon prophylaktisch unterm Arm ihrer Begleitung vergraben haben, während alle mit großen Augen und voller Erwartung auf die Leinwand starren. Dabei sind wir erst beim Vorspann und gefühlte dreihundert Namen werden zusammen mit einem in der verschneiten Dunkelheit fahrenden Zug aufgeblendet. Ganz leise eintönige Musik im Hintergrund. Ich rutsche tiefer in meinen Sitz und halte mir den Mund zu.

»Was machst du da?«, murmelt River leise in mein Ohr. Ich schiebe die Gänsehaut auf die Filmwahl.

»Ich halte mir den Mund zu«, nuschle ich durch meine Hand.

»Ja, so viel wusste ich bereits.« Er lacht leise. »Aber weshalb?«

»Kennst du das, wenn man eine Szene in seinem Kopf durchspielt, was passieren würde, wenn …?« Mit einer gehobenen Braue schüttelt er den Kopf. Ich kenne dieses Spiel verdammt gut. In meiner Fantasie habe ich schon in Flugzeugen das Kommando übernommen, bin singend zu »Wake Me Up Before You Go-Go« durch den Supermarkt getanzt. Ach ja, und ich habe meiner fiesen Physiklehrerin aus der Highschool gesagt, sie hätte so viele Lücken zwischen den Zähnen, dass ihre Zunge aussähe, als säße sie im Gefängnis. »Ich wollte schon immer mal beim Vorspann in die Stille schreien und allen einen Herzinfarkt verpassen. Wo wäre es berechtigter als bei einem Horrorfilm?«

Rivers Gesicht hellt sich auf und er presst eine Faust an seine Lippen, wie er es oft tut, wenn er nicht weiß, ob er über mich lachen darf. Aber ich will, dass er lacht.

»Ich mache es!«

Er legt den Kopf schief, glaubt mir nicht, was mich nur noch mehr anspornt.

»Ich glaube, ich habe ein Glas zu viel getrunken. River. Ich kann es nicht stoppen.« Ich mache eine Show daraus, mein Gesicht zu verziehen, als wäre ich besessen.

»Du tust es nicht!«

Ich hebe eine Braue. »Pass gut auf!«

»Ich werde den Cops erklären, dass ich dich noch nie in meinem Leben gesehen habe.«

Ich kichere. »Nein, wirst du nicht«, flüstert der mutige Teil von mir voller Überzeugung, denn wenn ich in den letzten Wochen etwas über River gelernt habe, dann, dass er einer der Guten ist. Und da ist dieser Moment, in dem wir einander einfach nur ansehen und ich mich in der Wärme seiner Augen verliere.

Vielleicht schreie ich genau deswegen in die Stille. Vielleicht auch einfach, weil ich ihm jetzt etwas beweisen muss. Aber sobald das Geräusch draußen ist, reiße ich die Augen weit auf, weil Rivers Mund offen hängt und mir klar wird, dass ich es tatsächlich getan habe. Aber ich will verdammt sein, wenn er nicht ein kleines bisschen beeindruckt aussieht. Neben mir kreischt jemand und springt vom Sessel hoch. Und *jetzt* wird mir bewusst, warum das Ganze eine Schnapsidee war. River hatte recht. Die Cops werden mich holen …

»Um Gottes willen!«, ruft ein Mädchen und versteckt sich hinter ihrem Freund.

»Was zur Hölle war das denn?«, will irgendein Typ wissen, und ich starre River lediglich mit Hilfe suchendem Blick an, weil ich keine Ahnung habe, wie ich aus dieser Nummer raus-kommen soll.

Und Gott sei Dank erbarmt er sich meiner, rutscht von sei-nem Sessel und kniet sich vor mir hin. »Ich bin Arzt«, erklärt River, nimmt mein Gesicht in seine Hände und tut so, als würde er mich nach Anzeichen eines Anfalls oder was auch immer absuchen. Dabei entgeht mir das dezente Kopfschütteln und gleichzeitig amüsierte Blitzen in seinen Augen nicht, während er meine Lider hebt und seine Rolle perfekt inszeniert.

Ich lasse mich in den Sessel fallen und schließe die Augen, weil ich auch mitspielen sollte.

»Was ist mit ihr? Sollten wir Hilfe holen?«, erkundigt sich die Frau neben uns besorgt, tritt an seine Seite und legt mir eine Hand aufs Knie.

Jetzt fühle ich mich ein bisschen mies, weil ich eher mit verärgerten Reaktionen gerechnet hätte, nicht mit Sorge.

»Ich bringe sie raus.« Plötzlich schieben sich Arme unter meine Kniekehlen und meinen Rücken, und ich werde vom Sitz gehoben.

Instinktiv schlinge ich meine Arme um Rivers Hals und lege den Kopf auf seine Schulter. Dieser Abend ist vielleicht doch gar nicht so übel.

River entschuldigt sich bei jedem, der für uns aufstehen muss, damit wir aus unserer Reihe rauskommen. Dann trägt er mich die Treppe runter.

»Ich wusste, du würdest mich nicht im Stich lassen«, flüstere ich.

»Du bist gestört. Total Banane«, murrt er, und ich unterdrücke ein peinliches Kichern, das mich auffliegen lassen würde.

»Stimmt. Aber das wusstest du schon, also sag nicht, ich hätte dich nicht gewarnt.« Und lediglich für eine Sekunde erlaube ich mir, die Entschuldigung zu nutzen, mein Gesicht in seiner Halsbeuge zu verstecken und dort Schutz zu suchen, wie die anderen Mädchen es im Kinosaal getan haben.

Sobald wir den Ausgang erreicht haben, stellt River mich ab, damit nicht auch noch die Leute hier draußen auf mich aufmerksam werden. Wir bleiben nicht stehen, bis wir das Gebäude verlassen haben. Die frische Luft wirkt wie ein Glas Wasser, das mir über den Kopf geleert wird, und nervöses Lachen blubbert aus mir heraus.

»Ich kann nicht glauben, dass du mich gerade aus dem Kino getragen hast«, gluckse ich.

»Ja, weil *das* das Komische in dieser Geschichte ist.« Grinsend über meine Reaktion steckt River die Hände in die Hosentaschen und schüttelt nach wie vor den Kopf. »Ich glaube, das waren die teuersten zehn Sekunden meines Lebens.«

Mein Lachen verebbt langsam, als ich darüber nachdenke, dass River den Film vielleicht *wirklich* hätte sehen wollen. »Tut mir leid«, murmle ich und trete mit der Spitze meines Schuhs einen alten Zigarettenstummel weg. »Ich zahle es dir zurück.«

Rivers Sneaker kommen näher. Ich hebe den Kopf, als er mir seine dünne Jacke über die Schultern legt und freundlich zwinkert. »Habe nicht behauptet, dass es das Geld nicht wert war.« Mit seinen Händen hält er die Jacke vor meinem Körper zu und zieht mich damit ein Stück zu sich. »Also. Jake ist mit

Sicherheit gerade erst mit Balu losgelaufen. Das gibt mir noch etwa …« Er sieht auf seine Uhr und wackelt mit dem Kopf. »Zweieinhalb Stunden, bis er ihn wieder rausrückt, weil er auf anderem Level ähnlich verrückt ist wie du. Was hältst du davon, noch woanders hinzugehen?«

»Solange du mich nicht wieder nötigst zu entscheiden, wohin, denn wir haben ja gerade erlebt, dass das nicht optimal endet.«

Mit schelmischem Grinsen streckt River seine Hand nach mir aus, während ich kopfschüttelnd zum wahrscheinlich fünfzigsten Mal heute Abend auf dem Hintern lande. Vielleicht sollte ich einfach unten bleiben. »Das ist deine Schuld«, meckere ich. »Du hast mich zu schnell fahren lassen.«

»Zu schnell?« River lacht sein niedliches Lachen, das meine Knie weich werden lässt. Gut, dass ich schon sitze. »Liza, eine Großmutter, die sich an einer Eislauflernhilfe festhielt, ist dreimal an uns vorbeigefahren.« Er greift unter meine Arme und zieht mich zurück in eine stehende Position.

Mit beiden Händen halte ich mich an der Bande fest, als würde mein Leben davon abhängen. Wenigstens ist hier nicht viel los, da wir erst Oktober haben. Sonst müsste ich auch noch Angst haben, ständig über den Haufen gefahren zu werden.

»Du hast recht. Das liegt daran, dass ich die Koordination eines Pizzakartons besitze. Was ich wieder auf meine Eltern schiebe, weil sie uns nie coole Sachen erlaubt haben. Ballett durfte ich mal ausprobieren, bis es nicht mehr ging, weil sie mich nicht ständig hinbringen und abholen konnten. Macht aber nichts, denn ich hatte null Talent.«

Schmunzelnd legt River seine Hände auf meine Taille und zieht mich mit, während er rückwärtsläuft.

»Ich glaube, Becca würde das hier gefallen. Vielleicht nehme ich sie mal mit. Vorher besorge ich mir aber meine eigene Eislauflernhilfe, denn du bist ganz klar nur hier, um anzugeben.« Meine Kufe rumpelt über eine Delle im Eis und ich kippe nach hinten, doch River hält mich sicher und führt mich weiter mit Leichtigkeit über die Bahn.

»Funktioniert es?«

»Ein bisschen«, gebe ich zu. »Es sorgt aber auch dafür, dass ich aussehe, als hätte ich es nicht rechtzeitig auf die Toilette geschafft.« Sein Lächeln ist selbstsicher, voller Stolz und steckt mich an. »Du liebst es«, stelle ich fest.

»Hier lebe ich.« Auf einmal umarmt er mich, dreht sich mit mir auf dem Eis, bevor er uns beide stoppt und mich abstellt. Im nächsten Moment entfernt er sich rückwärts von mir und fliegt über das Eis mit einer Leichtigkeit, die ich nicht einmal mit normalem Boden unter den Füßen habe. Bisher habe ich River eher als in sich ruhenden, über den Dingen stehenden erwachsenen Mann kennengelernt. Eigenschaften, die mir so oft fehlen. Aber hier ist er wie ein kleiner Junge, frei und lebendig. Es macht mich glücklich, ihn so zu sehen. So glücklich, dass mir mein nasser Hintern ziemlich egal wird.

River schießt in einer Geschwindigkeit so dicht an der Bande entlang, dass ich die Luft anhalte, bis er sich dreht und vorwärts zurück zu mir fetzt. Abrupt bleibt er vor mir stehen. »Sorry«, sagt er etwas atemlos und greift nach meinen Fingern, weil ich Gefahr laufe, sogar im Stehen umzufallen. »Es fühlt sich an, als wäre ich ewig nicht auf dem Eis gewesen.«

»Alles gut«, versichere ich ihm, als er mich an der Hand nimmt und diesmal ganz langsam neben mir herfährt. »Wolltest du in die Profiliga?«

»Welcher Junge will das nicht, der sich für den Besten in dieser Sportart hält?« Er lacht leise. »Aber nein. Medizin ist nicht Plan B oder so. Außerdem durfte ich erst mit zwölf das erste Mal auf Kufen stehen, womit ich ungefähr sieben Jahre zu spät war, um eine Chance in der Profiliga zu haben. Eishockey ist keine Sportart mit hoher Bedeutung in Australien, deshalb war mein Vater anfangs nicht besonders begeistert davon. Aber er sah, dass ich Talent hatte, und ließ mich schließlich einem Team beitreten. Ich musste mir den Arsch aufreißen, um so gut zu werden wie der Rest der Mannschaft, die mit drei oder so eiszulaufen gelernt hatten, aber das war es wert.«

»Du vermisst es«, stelle ich fest.

River zuckt mit den Schultern. »Gibt 'ne Menge Dinge, die in den letzten Jahren auf der Strecke geblieben sind.« Das tut mir leid für ihn. »Aber langsam komme ich zu dem Schluss, dass man bestimmte Sachen einfach trotzdem machen muss, selbst wenn die Vernunft dagegenspricht.« Er wirft mir einen kurzen Blick zu, bevor er uns an einem etwa fünfjährigen Knirps vorbeisteuert. »Weißt du, was mich am Eis immer am meisten fasziniert hat? Wenn du von weit weg draufsiehst, wirkt es glatt, glänzend, einladend. Aber je näher du kommst, umso mehr Risse, Dellen und Kufenspuren fallen dir auf.«

Ich hebe den Blick, studiere sein Profil. »Das ist sehr poetisch. Denkst du dabei an dich selbst?«

»Nein!« Er sieht mich an, als wäre der Vorschlag verrückt. »Ich bin perfekt.«

Das bringt mich zum Lachen und ich gebe ein wackeliges Summen von mir. »Na ja. Weiß nicht, ob ich das unterschreiben kann. Du isst Pizza mit Weintrauben und Honig. Wenn das kein Makel ist …«

Schnurrend führt River uns zurück zur Bande, obwohl ich gerade das Gefühl hatte, eine halbwegs gute Runde hingelegt zu haben. »Ist das alles?«, fordert er mich heraus.

»Bestimmt nicht. Ich bin überzeugt, dass es da noch eine Menge gibt. Mir fällt nur im Augenblick nicht so viel ein, aber das kommt sicherlich noch.«

Eigentlich scherze ich bloß, doch River nickt nachdenklich. »Du hast recht. Ich habe eine Menge Kufenspuren. Und ich bin sicher, dass du sie erkennen wirst. Aber weißt du was?« Mein Rücken stößt sanft an die Bande, doch ich greife an Rivers Unterarme, weil ich mich inzwischen ehrlich gesagt lieber an ihm festhalten würde. »Es stört mich nicht so, wenn du es bist.«

KAPITEL 11

Liza

Becca ist seit knapp zwei Wochen zu Hause. Ich genieße jede Sekunde davon. Ich genieße es zu sehen, wie sie in ihrem Online-Studium aufblüht. Genieße, dass ständig was in unserer Wohnung los ist, weil Becca eben zwei Milliarden Freunde hat, die sie gerne besuchen. Und am meisten liebe ich es, dass sie meine Unordnung so schön beseitigt hat. Deswegen habe ich sogar damit aufgehört, sie mit den »Gilmore Girls« zu quälen.

Tatsächlich habe ich komplett davon abgesehen, sie auf jenen Abend anzusprechen, an dem sie River zu mir geschickt hat. Denn das hätte bedeutet, auch alles andere zum Thema zu machen, was an dem Abend passiert ist. Oder nicht passiert ist. Wie zum Beispiel dieser Kuss, der sich andauernd zwischen uns aufbaut. Genauso wie in einem dieser blöden, romantischen Filme, wo er und sie ständig durch irgendetwas kurz vor dem großen Moment unterbrochen werden, während wir alle schon vor dem Bildschirm kleben und ihn schütteln, weil das Warten unerträglich ist. So fühlt es sich mit River an. Ganz ehrlich, als er mich dieses Mal direkt vor meiner Tür abgesetzt und mir eine gute Nacht gewünscht hat, wollte ich diesen Kuss so unbedingt, dass ich ihm um ein Haar nachgejagt wäre, um ihn mit meiner Handtasche zu verprügeln, als er mich einfach stehen ließ und zur Treppe ging. Wirklich! Langsam entwickle ich posttraumatische Belastungsstörungen. Einerseits liebe ich es, dass er mich ernst nimmt und seit dem Tag, an dem ich ihn in meiner Wohnung abgeschossen habe, kein einziges Mal versucht hat, mich umzustimmen. Obwohl ihm klar sein müsste, wie gerne ich Zeit mit ihm verbringe. Ich liebe es, dass er mich respektiert und mir die Zügel in die Hand gibt. Auf der anderen Seite hasse ich das, was irgendwo entlang des Weges passiert ist: dass ich ihn wirklich mehr mag, als ich vorhatte. Dass ich mich mit ihm so wohlfühle und auf der Eisfläche fast zu Pudding geworden wäre, als er gesagt hat, er habe keine Angst, in meiner Gegenwart vollkommen er selbst zu sein. Ich meine … wer würde sich nicht gerne mit solch einer Aussage – solch einem Mann – einwickeln wie in eine warme Decke? Aber ich hasse es, weil ich inzwischen so gerne mit ihm zusammen bin, dass es wehtut, wenn ich es nicht bin. Und das geht nicht.

Also hoffe ich, dass River entweder ganz schnell das Interesse verliert, oder aber einen verflixt langen Atem hat, um auf den Tag zu warten, an dem meine Schwester eine Chance auf *ihre* Träume bekommt.

Deswegen habe ich beschlossen, mit Becca nicht über jenen Kinoabend zu reden. Damit erspare ich uns beiden unnötigen Herzschmerz.

Ein weiterer Vorteil, dass meine Schwester zu Hause ist, ist, dass ich mich nicht mehr um ihre Teufelsbrut kümmern muss, die wie ausgewechselt wirkt, seit Becca in der Nähe ist. Als ich gestylt für den Abend aus dem Badezimmer komme, streicht Merlot sogar um meine Beine, als wären wir die besten Freunde. Kein Wunder, dass Becca mir nie glaubt, dass das Tier zwei Gesichter hat. Ich starre mit zusammengekniffenen Augen auf die haarlose Katze. »Das kannst du dir schenken. Ich werde ihr schonungslos die Wahrheit über dich sagen. Vielleicht stelle ich nächstes Mal eine Kamera auf, wenn sie nicht da ist.«

Merlot hebt selbstgefällig eine Augenbraue und gibt ein krächzendes Miauen von sich. *Mach dir keine Mühe, du Bäuerin. Hier bin* ich *der Boss.* Er reibt seinen Hintern an meinem Bein und ich fühle mich wie Klopapier.

»Wisch dich woanders ab! Die Hose ist frisch gewaschen. Deinetwegen ziehe ich mich bestimmt nicht noch mal um.« Vorsichtig schiebe ich ihn von mir weg, bevor ich wieder von Becca zurechtgewiesen werde, die von der Couch aus alles mitbekommt.

Aber sie gibt lediglich ein eigenartiges Geräusch von sich, während sie mit eher geschlossenen als offenen Augen vor dem Fernseher liegt und ihre abendliche Inhalationssession hinter sich bringt.

»Alles okay, Becca?« Ich setze mich zu ihr, lege meine Hand auf ihren nackten Oberschenkel und bin sofort alarmiert, weil sie schwitzt, obwohl es bei uns ganz bestimmt nicht warm ist. Ich fasse an ihre Stirn und meine Schultern sacken ab. »Becca. Du hast Fieber. Hast du schon gemessen?«

Meine Schwester schüttelt den Kopf. Ihr Gesichtsausdruck ist beinahe angewidert, bevor sie das Mundstück fallen lässt und sich stöhnend an den Bauch fasst. Ich drücke ihre Beine, will sie aus ihrer fetalen Position schieben, damit ich mir ihren Bauch ansehen kann, aber sie kämpft gegen mich. »Becca! Sag mir, was los ist! Habe ich einfach schlecht gekocht oder müssen wir ins Krankenhaus?«

»War wirklich nicht dein bester Kartoffelauflauf, Baby«, entgegnet sie unter Anstrengung, dreht ihr Gesicht ruckartig weg von mir, drückt es stattdessen in die Armlehne. Endlich gelingt es mir, ihr Shirt ein Stück hochzuziehen. Unter Schock schnappe ich nach Luft, als ich die blaugrünen Flecken an ihrer Seite entdecke.

»Verdammt noch mal, Becca! Wie lange sind die schon da?«
Sie schüttelt den Kopf, ihre Mimik schmerzverzogen, und
zieht die Beine wieder dicht heran.

Tränen schießen mir in die Augen, weil ich nicht wirklich
weiß, was gerade mit ihr passiert, aber ich kann nicht weinen. Ich
greife nach meinem Handy und wähle den Notruf, während ich
zeitgleich die Wohnungstür aufreiße und die zwei Stockwerke
nach oben sprinte. Keine Ahnung, ob und wie er helfen könnte,
aber ich brauche River. Bisher waren immer meine Eltern dafür
zuständig, cool zu bleiben und Entscheidungen zu treffen, wenn
es Becca schlecht ging. Jetzt soll ich das machen.

»911. Welchen Notfall möchten Sie melden?«

»Meine Schwester braucht einen Krankenwagen. Sie hat
Mukoviszidose, akute Schmerzen im Bauch und Blutergüsse an
den Seiten«, schildere ich, während ich an Rivers Tür hämmere.
Balu bellt auf der anderen Seite. Ich bete, dass River nur schläft
und sich deswegen Zeit lässt. Die Dame in der Leitstelle stellt
mir einen Haufen weiterer Fragen, bis ich das Klopfen aufgebe
und die Treppen wieder runterspringe. Vor meiner Tür renne
ich um ein Haar Carter um, der gerade vorsichtig durch den
offenen Spalt lugt. Shit, den hatte ich jetzt ganz vergessen! Er ist
hier, um unser Kinodate nachzuholen.

»Alles okay?«, fragt er, als er mein Gesicht sieht, aber ich
habe keine Zeit zu antworten.

Also schüttle ich nur den Kopf, drücke die Tür auf und
hocke mich wieder neben Becca.

»Der Krankenwagen wird gleich da sein.« Becca sieht aus,
als würde sie gleich heulen. Ich frage mich, ob es wegen der
Schmerzen ist oder weil sie schon wieder ins Krankenhaus muss.
Beim Versuch, sich aufzusetzen, wird sie schlagartig blass, beugt
sich würgend über die Couch und übergibt sich. Schnell greife
ich nach ihren Haaren und stütze mit der anderen Hand ihren
Oberkörper, während Carter hinter mir irgendein angeekeltes

Geräusch von sich gibt. Ein Teil von mir wünscht sich, dass er einfach abhaut, weil ich weiß, dass ich ihm jetzt Dinge erklären müsste, über die ich nicht sprechen möchte. Der andere will aber in dieser Situation nicht allein gelassen werden.

»Carter, ich brauche eine Schüssel, einen Topf, ganz egal«, kommandiere ich und applaudiere mir selbst für meine gelassen klingende Stimme, während ich ihn anweise, in welchem Küchenschrank er suchen soll.

Becca wird auch die übrigen Reste meines Auflaufs los und es wundert mich wirklich, dass Carter noch bei der Tür steht, als die Sanitäter meine Wohnung betreten, Becca auf die Trage schnallen und mir ein paar Fragen stellen.

»Fahren Sie mit?«, will der Ältere von beiden wissen, doch Becca greift schwach nach meinem Arm.

»Meine Sachen, Liza«, krächzt sie. »Fürchte, das wird ein längerer Ausflug.«

Zögerlich sehe ich zu den Sanitätern, die bestimmt nicht warten werden, bis ich unsere Krankenhauskiste gepackt habe.

»Ich kann dich fahren«, bietet Carter schließlich an. Dankbar nicke ich, weil das definitiv besser ist, als alles per U-Bahn zu transportieren, und sehe meiner Schwester nach, bis sie durch die Tür gerollt wurde. Danach flitze ich durch die Wohnung, werfe ihre notwendigen persönlichen Sachen in eine Tasche und zumindest mal ein paar ihrer Lieblingsdekoartikel in eine Schachtel.

Zum Glück ist die Autofahrt kurz, weil die Rushhour schon vorbei ist, was Carter nur wenig Zeit gibt, sich zur Krankheit zu äußern. Denn als ich ihm sage, dass Becca CF hat, hält er es für angebracht, mich an *seinem* Wissen darüber teilzuhaben zu lassen, als wäre es nicht *meine* Schwester, von der wir hier sprechen. Dabei wusste ich schon mehr über Mukoviszidose, bevor ich den Zahlenraum Zehn gelernt hatte.

Dadurch, dass Becca mit dem Krankenwagen hereingebracht wurde und vermutlich auch aufgrund ihrer Krankengeschichte, hat sie schon ein Zimmer auf der Station, als wir das Krankenhaus erreichen. An einem Arm wird ihr Blut abgenommen, während man bereits ihren Portkatheter für die erste Infusion ansticht.

Ich bleibe im Türrahmen stehen und schließe schluckend die Augen, weil es ganz egal ist, wie oft ich das sehe. Die Vorstellung, dass meine Schwester dieses Ding in ihrem Schlüsselbein hat, füttert meine Phobie – wie auch immer sie nun heißen mag – unaufhörlich mit schrecklichen Bildern.

»Krass, sie hat einen Port!«, ruft mir Carter etwas zu begeistert aus. »Die Dinger finde ich so interessant.«

Ich ziehe die Augenbrauen zusammen, weil er Becca anvisiert, als würde er sie gerne sezieren.

»Medizintechniker«, stellt er klar, als er meinen Blick bemerkt, und klopft sich auf die Brust wie Tarzan. »Sind ja gar nicht so ausgereift.«

Irgendwie fühle ich mich wie im falschen Film. »Für jemanden, der sich ansonsten bei einer zehntägigen intravenösen Therapie acht neue Zugänge stechen lassen müsste, ist der Port ein Segen«, erkläre ich, was er mit einem Nicken kommentiert, während sein Blick weiter auf Becca ruht, als würde er mich gar nicht wahrnehmen.

Becca hat den Katheter, der unter der Haut beim Schlüsselbein eingesetzt wird und einen direkten Zugang zum venösen Blutkreislauf ermöglicht, mit fünf Jahren bekommen. Ihre Venen waren schwer zu finden, zerstochen oder zu dünn. Jeder Krankenhausaufenthalt wurde zur größeren Qual als ohnehin. In der Zwischenzeit wurde der Port schon fünf Mal entfernt und ausgewechselt, was ich Carter aber nicht erzähle, weil ich keine Lust habe, darüber mit ihm zu diskutieren, wenn er nur die Theorie kennt. Genervt schiebe ich mich an ihm vorbei, als der Assistenzarzt auf einer Seite fertig ist, und nehme Beccas Hand. »Haben sie schon etwas gesagt?«

»Sieht nach Bauchspeicheldrüsenentzündung aus. Nichts Neues.« Sie zwinkert und klingt so schwach, aber wenigstens kann sie wieder reden. Und Becca hat recht. An sich ist das nichts Neues. Meine Schwester ist schon mit einem Darmverschluss zur Welt gekommen und musste sofort notoperiert werden, weil die Darminhalte viel zu dickflüssig und klebrig waren und alles verstopft haben. Anstatt zu weinen, hat sie sich als Neugeborenes als Erstes übergeben. Das war das erste Anzeichen auf CF. Sie wird seit Jahren mit Insulin behandelt, weil ihre Bauchspeicheldrüse nicht ordentlich arbeitet und sich in Schüben weiter verschlechtert. Alleine die Anzahl an Operationen, die sie am Verdauungstrakt inklusive besagter Bauchspeicheldrüse über sich hat ergehen lassen müssen, ist absurd, aber sie ist wie immer tapfer. Neu sind allerdings die Blutergüsse. Die hatte sie noch nie, und ich bin sicher, dass auch Becca klar ist, dass das ein verdammt schlechtes Zeichen ist. »Jetzt sehen sie sich die Werte an. Ultraschall und Röntgen werden wohl auch noch heute gemacht und morgen Vormittag dann ein CT.«

»Okay.« Ich nicke, stelle mich auf eine längere Nacht ein. »Willst du, dass ich Mom und Dad Bescheid gebe?«

Becca schüttelt den Kopf. »Das reicht morgen immer noch. Und du musst auch nicht bleiben, Baby. Geh zu deinem Date!« Sie meint es ernst, weswegen ich ihr einen Vogel zeige. Ich marschiere zu Carter, der wenigstens den Anstand hat, weiterhin Abstand zu halten, während er auf seinem Handy herumtippt.

»Hey, tut mir leid, aber wie du dir wahrscheinlich schon gedacht hast, wird das heute nichts.«

»Kein Thema. Ich weiß ja jetzt, was du die ganze Zeit durchmachen musst.« Ehe ich michs versehe, nimmt er mich in den Arm und streicht mir über den Rücken, als hätte er gerade ein Todesurteil miterlebt. »Tut mir echt leid für dich, Liza. Jetzt bewundere ich deine fröhliche Art umso mehr. Ich könnte das nicht.« Als er mich endlich loslässt, trete ich einen Schritt zurück. »Meine Schwester hatte mal einen Blinddarmdurchbruch und ich dachte, *das* wäre schlimm.«

»Ja«, sage ich, weil mir ehrlich gesagt kurzzeitig nichts anderes einfällt. »Ähm. Ich glaube nicht, dass es darum geht, wer am schlimmsten dran ist oder war. Das hier ist kein Wettbewerb. Und es wäre cool, wenn du und der Rest der Welt nicht so tun würdet, als wäre mein oder ihr Leben schrecklich. Uns ist es nicht bestimmt, trist und elend zumute zu sein, nur weil sie CF hat.«

»So habe ich es nicht gemeint«, rudert er zurück, doch ich starre ihn nur weiter an. Wie hat er es denn dann gemeint? »Soll ich dich noch nach Hause bringen, oder …«

»Danke für das Angebot. Aber ich bleibe.«

»Okay. Also …« Ich habe ihn ganz klar in Verlegenheit gebracht, deswegen sieht er mich kaum an, aber es tut mir eigentlich gar nicht leid. »Bis dann!«, meint er unbeholfen und beeilt sich, von mir wegzukommen.

Ja. So viel dazu. Ich atme noch einmal tief durch, bevor ich mich zu Becca drehe. Es ist mir peinlich, dass sie das mitbekommen hat, weil ich nicht will, dass sie sich schlecht fühlt.

Allerdings überrascht sie mich mit einem stolzen Schmunzeln. »Komm her, mein kleiner Tiger! Deswegen wäre ich dafür gestorben, dich früher in der Schule im Debattierklub zu sehen.«

Ich verdrehe die Augen, als ich beschwingt zu ihr latsche und ihr einen Kuss auf die Stirn drücke. »Funktioniert nur bei Themen, die mir ausreichend auf den Keks gehen.« Denn eigentlich ist es absolut nicht mein Ding, bockig zu sein.

Becca zieht mich zu sich aufs Bett, während ihre andere Hand auf ihrem Bauch liegt. Wahrscheinlich wirken die

Schmerzmittel inzwischen. »Ärgere dich nicht zu sehr, Baby. Im Grunde können wir Leuten nicht böse sein, die nicht verstehen, dass ein Leben, das von Krankheit gezeichnet ist, trotzdem lebenswert ist.«

»Doch, ich finde durchaus, dass man ihnen dafür böse sein kann.« Wie oft haben Becca und ich darüber geredet, wie verwirrend es insbesondere als Kind für sie war, dass etliche Bekannte, Freunde, Verwandte, die zu Besuch kamen, sie ständig bedauert haben. Manche haben geweint, wenn sie einen Hustenanfall hatte oder wenn sie sie mit ihrer Vibrationsweste gesehen haben. Und wir konnten es absolut nicht einordnen, weil Becca doch eigentlich *glücklich* war. Es war gar nicht die Absicht dieser Menschen, aber was sie damit bewirkten, war, Becca das Gefühl zu geben, dass sie und die anderen kranken Kinder auf der Station zum Sterben bestimmt waren und sonst zu nichts. Einen traurigen, bemitleidenswerten Tod. Während ich innerlich gekocht habe, hat Becca mit ihren neun Jahren dann begonnen, alle vom Gegenteil zu überzeugen. Als wäre es ihr Job, andere aufzuheitern.

»Becca, meine Lieblingspatientin«, begrüßt Schwester Jasmine sie strahlend, als wäre sie hier, um Kaffee mit ihr zu trinken. Jasmine streicht mir im Vorbeigehen liebevoll über den Rücken, bevor sie Beccas Bett entsichert. »Ich bringe dich jetzt zum Ultraschall, gut? Mit dem Röntgen werden wir noch kurz warten, bis dein Zaubertrank hier leer ist«, meint sie und deutet auf das Infusionsfläschchen.

Stunden später liegen wir wieder in Beccas Zimmer. Sie sowieso in ihrem Bett und ich seitlich neben ihr auf etwa zwanzig Zentimetern Platz. Meinen Kopf auf den Arm gestützt, streiche ich mit der anderen Hand zärtlich über ihre Haare, während sie endlich versucht zu schlafen.

»Was, wenn sie sie entfernen?«, murmelt sie benebelt von ihren Drogen.

Ich lasse mir einen Augenblick Zeit, bevor ich eine Antwort finde. »Dann wirst du allen zeigen, wie gut du ohne Bauchspeicheldrüse leben kannst.«

Müde lässt Becca den Kopf auf die Seite kippen und seufzt.

Und ich weiß, es geht nicht nur darum, ob sie das Organ behalten kann. Es geht darum, dass jede Operation ein Risiko für sie birgt. Dass ihr Körper nicht mehr stark genug für die Menge an OPs ist, die sie über sich ergehen lassen muss. Dass die Operation, die sie am dringendsten braucht, die wahrscheinlich heftigste ihres Lebens sein wird, und sie all ihre Kraft dafür benötigen wird, die neue Lunge gut anzunehmen. Ich höre auf, Beccas Haare zu streicheln, und verdecke stattdessen meine Augen. Denn auch, wenn ich es hasse: In Momenten wie diesen bedaure auch ich meine Schwester. Nicht, weil ihr Leben nicht lebenswert wäre, sondern weil sie ständig darum kämpfen muss, es leben zu dürfen.

Ich werde von einer Hand geweckt, die meine Schulter vorsichtig rüttelt. Sofort reiße ich die Augen auf, weil ich gar nicht einschlafen wollte. »Spätzchen, du kannst nicht hierbleiben«, flüstert Schwester Jasmine, und ich löse mich vorsichtig von Becca, um vom Bett zu steigen.

Ein Blick auf die Uhr über der Tür verrät mir, dass ich nur etwa eine halbe Stunde geschlafen habe, aber es ist halb zwölf Uhr nachts.

»Geh nach Hause und schlaf eine Runde! Rebecca macht das jetzt auch.«

KAPITEL 12

River

Das muss das härteste Praktikum sein, das ich je gemacht habe. Nicht nur, weil die Gynäkologie wirklich kein Spaziergang ist. Klar ist das Gefühl immer wieder aufs Neue genial, ein Baby sicher und gesund zur Welt gebracht zu haben. Aber der Weg dorthin kann verdammt steinig sein. Letzte Nacht hatten wir allein zwei Notkaiserschnitte. Einen davon nach einem Gebärmutterriss durch einen Autounfall und einen aufgrund einer Herpes-Simplex-Infektion. Beides tödlich für Kind und/oder Mutter, wenn man nicht schnell genug handelt. Und das war nur die Nacht. Fünf Spontangeburten und eine eingeleitete im Laufe des Tages heute. Nachdem ich dann endlich auch alle bürokratischen Dinge erledigt hatte, konnte ich kaum noch den Stift halten. Mein Körper sollte den ständigen Schichtwechsel inzwischen langsam gewöhnt sein, aber es ist immer wieder verflucht herausfordernd, nach einem Neunundzwanzig-Stunden-Tag nach Hause zu kommen, um dann im Bett an die Decke zu starren, weil der Körper das Memo nicht bekommen hat, dass Schlafenszeit ist. Und prinzipiell wäre es kein Thema, wenn das *einmal* passiert. Aber nach zwei Wochen ohne richtige Pause geht es langsam an die Substanz. Ich weiß, dass ich nicht der Einzige in meinem Studium bin, dem es so ergeht. Manche haben keine Schwierigkeiten damit, sich in jeder freien Minute aufs Ohr zu hauen. Andere brauchen Jahre, bis sie sich daran gewöhnt haben. Ich frage mich, wie diejenigen überleben, die Kinder haben. Oder ein Leben – Gott bewahre!

Umso genervter bin ich, als ich das unterschwellige Dröhnen lauter Musik höre. Ich greife nach meinem Handy und kratze mir fahrig den Kopf, als ich sehe, dass es schon Mitternacht ist. Stöhnend werfe ich das Handy beiseite und drehe mich auf den Bauch.

Ich weiß, dass Liza abends ihr Ersatzdate mit Schwachkopf hatte. Ich habe nicht den geringsten Schimmer warum, aber heute stört es mich, dass sie schon wieder Bruno Mars hört. Es stört mich tierisch, dass sie ausgerechnet diesen Typen mit nach Hause genommen hat, und umso mehr stört mich die Vorstellung, was sie da unten mit ihm treibt. Es macht mich sogar verflucht sauer. Ja, wahrscheinlich weil ich eifersüchtig bin und es mir scheißegal ist, ob ich das Recht dazu habe. Es regt mich auf, dass sie mir eine Sache sagt und dann etwas ganz anderes tut. Es ärgert mich, dass sie mir keine Chance gibt, aber dem Saftsack, der sie versetzt und angelogen hat, eine zweite Chance gewährt. Mein Puls hämmert mir in den Ohren, als ich fluchend die Decke zur Seite trete. Ich werfe mir ein frisches T-Shirt über und beschließe, ihr zu sagen, dass sie die verdammte Musik leiser drehen soll. Verstehe sowieso nicht, warum das noch keiner getan hat.

Mein verwirrter Hund hebt seinen schläfrigen Kopf, während ich nach meinen Schlüsseln greife. Ich erkläre ihm, dass ich gleich wieder zurück bin. Schneller als nötig haste ich die Treppen runter, mein Adrenalinspiegel höher, als er nach null Schlaf wahrscheinlich sein sollte. Ich klopfe und klingele gleichzeitig an ihrer Tür. Wahrscheinlich hört sie es gar nicht. Traumhaft!

Die Musik verstummt letztlich aber doch, bevor die Tür vorsichtig geöffnet wird und Liza mit verzogener Mimik hervorlugt. Überrascht lasse ich meine Augen über ihren schlampigen Dutt wandern, aus dem sich etliche wilde Strähnen gelöst haben, die seitlich zu Berge stehen. Sie ist ungeschminkt und trägt wieder diese Ponyhose und die dicken Socken. Diesmal blau. Etwas außer Atem hält sie eine Haarbürste verkehrt herum in der Hand. Ihre Wangen sind gerötet.

Auf einmal komme ich mir ziemlich blöd vor, weil sich langsam, aber sicher ein anderes Bild in meinem Kopf formt, was Liza hier unten treibt, wenn die Musik so laut ist.

»Ich hab dich geweckt, oder? Mist. Manchmal vergesse ich, dass ich nicht mehr im Studentenwohnheim bin.« Liza beißt sich auf die Unterlippe und fasst sich an den Kopf. »Es tut mir echt leid. Ich werde mir Kopfhörer kaufen.«

Ich will etwas sagen, doch an dem klebrigen Klumpen, der sich auf dem Weg nach unten in meinem Hals zusammengeballt hat, kommt kein Geräusch vorbei. Stattdessen habe ich das Gefühl, der Raum würde sich drehen. Ich klammere mich am Türrahmen fest.

Zwischen Lizas Augenbrauen bildet sich eine kleine Sorgenfalte, bevor sie mich an den Armen ergreift. »Hey! Du siehst aus, als würdest du gleich zusammenklappen. Setz dich!«, befiehlt sie in sanftem Ton und dirigiert mich Richtung Couch.

Es stimmt. Genauso fühlt es sich an. Die kleinen, schwarzen Punkte der Erschöpfung werden stetig mehr und kriechen über jeden Winkel meiner Augen, bis sich mein Gesichtsfeld auf die Größe einer Stecknadel beschränkt. Ich fühle Hände an meiner Brust, meinem Hals, während ich die Lider zukneife und versuche, mich in den Griff zu kriegen.

»River! Ist alles in Ordnung?«, höre ich Liza fragen, obwohl ihre Stimme klingt, als würde sie unter Wasser mit mir reden.

Ich will mich zusammenreißen, aber es klappt verdammt noch mal nicht. Mein Schädel explodiert gleich und es fällt mir verflucht schwer, durch den Schmerz zu atmen, den das verursacht. Und während ich medizinisch genau weiß, dass ich einfach nur kurz vor einem simplen Kreislaufkollaps stehe, versetzt mich das beengte Gefühl dennoch in einen Zustand der Panik, den ich nicht von mir kenne. Lediglich ihre kühlen Hände an meinen Wangen halten mich bei Bewusstsein.

Und plötzlich bin ich es, der nach ihrer Taille greift, und ziehe sie näher zu mir. »Alles gut. Ich bin da.« Im Moment ist genau das tatsächlich alles, was ich brauche. Ich lege meinen Kopf auf ihre Schulter und atme ihren Duft ein, zähle bewusst die Sekunden dazwischen, bis ich wieder halbwegs klar denken kann. Ich fühle, wie Liza ihre Arme um mich legt und sanfte Kreise auf meinen Rücken zeichnet. Sie verharrt in dieser Position, bis ich den Eindruck habe, die Ohnmacht überwunden zu haben.

Vorsichtig hebe ich den Kopf ein Stück von ihrer Schulter, der Schwindel ist immer noch vorhanden. Als ich die Augen langsam öffne, ist Lizas Gesicht nur wenige Zentimeter von meinem entfernt. Ihr heißer Atem trifft meine Nasenspitze. Sie riecht nach Cola und Minze und der erfrischende Geruch tut gerade ganz gut. Meine Hände sind nach wie vor an ihrer Taille, als Lizas Augen kurz zu meinen Lippen fallen.

Sie biegt sich ein Stück in meine Richtung. Das tut sie oft, so, als würde sie der magnetischen Anziehung zwischen uns nachgeben, auch wenn ich mir sicher bin, dass sie es nicht bewusst macht. Doch heute Nacht ist mein Wille nicht so stark wie bisher, mein Hirn nicht klar genug, um lange nachzudenken.

Stattdessen neige ich meinen Kopf um die paar Millimeter, die es benötigt, bis ich ihre Unterlippe hauchzart berühren kann. Bei dem Kontakt schnappt sie scharf nach Luft. Ich spüre, wie sie mein Shirt umklammert. Mein Herz klopft lächerlich schnell in meiner Brust, meinen Ohren, meinen Lippen. Als ob ich noch nie eine Frau geküsst hätte.

»River«, flüstert sie atemlos, und für einen kurzen Augenblick habe ich keine Ahnung, ob sie meinen Namen so bittend ausspricht, damit ich aufhöre oder damit ich endlich das tue, worauf wir beide seit dem Abend in meiner Küche warten. Da ich das unter keinen Umständen sicher sagen kann, ziehe ich mich schluckend zurück.

»Tut mir leid«, krächze ich, meine Stimme ist heiser.

Ihre Hände fallen von meinem Rücken. »Schon okay.« Liza räuspert sich und bringt etwas Abstand zwischen uns. »Bist du krank?«, fragt sie, ihr wunderschönes Gesicht voller Sorgen. Um mich?

»Übermüdet. War kein leichter Tag. Und so süß Babys auch sind …« Ich hebe eine Augenbraue. »Geburten sind es nicht zwangsläufig. Da verzichtet man manchmal zu lange aufs Essen.«

Nickend rümpft Liza die Nase. »Ich habe mich immer schon gefragt, warum Männer in dieses Feld gehen wollen. Ich meine, wer will sich das den ganzen Tag ansehen?«, wirft sie in den Raum und marschiert in die Küche. »Und damit meine ich nicht die Babys.«

Schmunzelnd nehme ich Handy und Schlüssel aus meiner Jogginghosentasche und schleudere beides auf den Couchtisch. Anschließend stütze ich den Kopf in die Hände und ziehe an meinen Haaren, um mich wieder zu erden. Muss nämlich an meiner derzeitigen Verfassung liegen, dass meine Lippen auch jetzt noch kribbeln; dass mein Herz sich wohl nicht ganz erholt hat.

Ich höre sie bereits in ihrer Küche hantieren, bevor sie weiterspricht. »Ich mache dir jetzt etwas zu essen. Danach fühlst du dich bestimmt besser.«

Das bezweifle ich. Denn es ist kein Essen, was ich gerade am nötigsten habe. Nicht einmal Schlaf. Und das, obwohl ich zwei Zahnstocher gebrauchen könnte, damit mir die Lider nicht zufallen. Trotzdem freue ich mich über ihr Angebot.

Ich reibe mir die Augen und starre plötzlich der haarlosen Katze ins Gesicht, von der ich so viele Geschichten gehört habe. »Deine Ratte sieht nicht besonders glücklich aus, mich wiederzusehen.« Entweder hat Liza mich schon mit ihrer Fantasie über das Tier angesteckt, oder ich habe tatsächlich Halluzinationen. Ich könnte nämlich schwören, dass die Sphinx die Augen zusammenkneift, als ich das ausspreche.

Liza lacht. »*Beccas* Ratte. Und keine Sorge. Es liegt nicht an dir.« Das Geklimper verstummt langsam in der Küche. »Eier und Truthahn enthalten angeblich irgendeinen Wirkstoff, der schlaffördernd wirken soll, habe ich gehört. Ich hoffe, es schmeckt dir.« Sie reicht mir das lecker riechende Omelett, bevor sie rückwärts zurück in die Küche tapst. »Warum war dein Tag schwer? Du kannst es mir gerne erzählen.« Sie setzt sich auf den Küchentresen, während ich meinen ersten Bissen schlucke und darüber staune, wie gut sich die warme Mahlzeit anfühlt. »Es sei denn, dass ein Baby es nicht geschafft hat. Dann will ich es nicht hören«, fügt sie eilig hinzu.

»Allen Babys geht es blendend.« Das Essen schmeckt richtig gut und ich frage mich, wie ich es noch die zwei Stockwerke hoch schaffen soll, wenn es mir mit jedem Bissen schwerer fällt, den nächsten Satz rauszubringen. »Denkst du denn, dass du mich überhaupt hörst? Du weißt schon, weil du etwa einen Kilometer von mir entfernt sitzt?« Ich deute auf die übergroße Couch, auf der ich sitze. »Neben mir scheint genug Platz zu sein.«

Sie unterdrückt ein Lächeln, lässt die Beine baumeln. »Ist erstaunlich bequem hier. Alles gut.«

Ich kommentiere ihre Entscheidung nicht, weil wir beide genau wissen, warum sie so weit weg von mir sitzt. Und auch, wenn ich dieses Katz-und-Maus-Spiel langsam leid bin, bin ich zu kaputt, um es heute weiter herauszufordern. Also spiele ich wieder einmal mit und gebe ihr eine Kurzfassung meines Tages. Das Letzte, an das ich mich erinnere, ist, dass ich den leeren Teller auf den Tisch stelle, ein Bein auf die Couch ziehe und mich gemütlicher in die Lehne fallen lasse, bevor ich mir selbst verspreche, nur für einen kurzen Moment dem Brennen in meinen Augen nachzugeben.

Das Läuten an der Tür weckt mich, und ich reiße die Augen auf, um sie dann wieder zu schließen. Ich habe das Gefühl, ein Bus hätte mich überfahren. Stöhnend reibe ich mir die Schläfe, als es noch einmal klingelt und klopft. Ich setze mich gähnend auf.

Wo zur Hölle bin ich? Das ist nicht mein Wohnzimmer. Verwirrt sehe ich mich um, versuche, mir einen Reim aus den Spinnweben in meinem Kopf zu machen, die mein Bewusstsein noch trüben. Mein Blick fällt auf die Küche. Den Tresen, auf dem Liza gestern gesessen hat, während ich ihr von meiner ersten Zwillingsultraschalluntersuchung erzählt habe. Sie hatte die Augen weit aufgerissen und die Hände gegen ihre Wangen gedrückt, während sie aufmerksam jedes Wort aufgesaugt hat. Ich bin in ihrer Wohnung eingepennt. Schläft sie noch?

Das Klopfen an der Tür wird regelmäßiger, konstant, bis es plötzlich von mehreren Stimmen im Treppenhaus abgelöst wird. »Und jetzt seid ihr extra hergefahren, um mich zu lynchen, bevor ihr ins Krankenhaus fahrt?«

»Becca hat uns gebeten, dich mitzunehmen«, antwortet eine mir unbekannte Stimme auf Lizas Frage. Jemand schließt auf und auf einmal glotzen mich drei Augenpaare an. Liza ist die Einzige, die lächelt, als sie meinen Hund von der Leine nimmt und zusieht, wie er an mir hochspringt.

»Wir waren schon mal eine kleine Runde spazieren, weil ich weiß, wie voll *meine* Blase morgens immer ist. Ich habe mir erlaubt, mir deinen Schlüssel auszuleihen. Hoffe, das war okay.«

»Danke!«, betone ich und schaue mich nach einer Uhr um, während ich meinen Hund kraule, weil ich keinen Plan habe, wie spät es ist.

»Halb zehn. Du hast mir im Halbschlaf noch verraten, dass du heute frei hast«, klärt sie mich auf und erstaunt mich damit, weil sie so für mich mitgedacht hat. Alter! Ich muss gepennt haben wie eine Leiche.

»Sind Sie nicht einer der Ärzte meiner Tochter?«, will die Dame wissen, die zu dem Tumult am Wohnungseingang gehört, und kommt hoffnungsvoll einen Schritt auf mich zu.

»Hat er hier geschlafen?«, fragt der Mann, der vermutlich Lizas und Beccas Vater ist. Schlagartig komme ich mir vor wie ein Teenager, der erwischt wurde, als er unerlaubt durch das Fenster seiner Angebeteten geklettert ist. Er kassiert von seiner Frau einen Klaps auf den Arm und schnalzt missbilligend mit der Zunge.

»Ja, Daddy. Hat er. Wäre das ein Problem?«

»Ja, wenn du eine deiner Männergeschichten herbringst, drei Minuten, nachdem du deine Schwester ins Krankenhaus befördert hast, dann ist das für mich durchaus ein Problem.«

Was er sagt, stößt mir in mehrerlei Hinsicht sauer auf, allerdings bleibe ich an einer Sache im Speziellen hängen. »Was ist mit Becca?« Vergangene Nacht war ich so hinüber, dass ich nicht einmal gecheckt habe, dass sie nicht zu Hause war. Verdammt!

Liza schluckt, drückt mir die Leine in die Hand und wirft mir einen verzweifelten Blick zu, während ihre Mutter für sie antwortet. »Scheinbar wurde sie mit einer akuten Pankreatitis ins Krankenhaus gebracht, und wir sind die Letzten, die davon erfahren.«

Liza schlingt die Arme um sich, dreht sich von mir weg und stapft in die Küche. »Becca liegt nicht im Koma, Ma. Sie hat gesagt, dass sie euch selbst Bescheid gibt, wenn sie so weit ist.« Was zur Hölle?! Warum hat sie gestern keinen Ton von sich gegeben? »Und könntet ihr vielleicht warten, bis wir im Auto sitzen, bevor ihr mich in den Boden stampft?«

Lizas Mom schnalzt mit der Zunge, während der Vater die Arme vor der Brust verschränkt. »Findest du das Ganze hier *lustig*, Elizabeth?«

»Nein, Dad! Ich finde das absolut nicht lustig. Ich hätte gestern fast einen Herzinfarkt bekommen, als ich die Blutergüsse auf meiner Schwester gefunden habe. Das war nicht lustig. Auch nicht, dass sie im Schwall in unser Wohnzimmer gekotzt hat, in dem sie nicht einmal zwei Wochen lang gewohnt hat, bevor sie wieder abtransportiert wurde. Ist schon okay, dass ihr sauer auf mich seid, weil ich den Krankenwagen gerufen habe und nicht euch. Tut mir leid. Aber bitte hebt euch euren Ärger auf, bis wir gleich bei Becca sind, denn sie ist alt genug, zu entscheiden, wann sie euch anruft.« Liza holt zittrig Luft und lässt die Schultern hängen, als sie mit ihrer Rede fertig ist und verunsichert zu mir sieht. Und alles in mir sträubt sich dagegen, jetzt wegzugehen, wenn ich weiß, dass sie für etwas attackiert wird, was ihr vermutlich das Herz rausgerissen hat. Aber ich habe hier nichts zu suchen.

»Danke, dass ich auf deiner Couch schlafen durfte. Tut mir leid, dass ich eingepennt bin«, sage ich zum Abschied, auch weil es mir wichtig ist, die Tatsachen vor ihren Eltern klarzustellen. Sie nickt kaum merklich und atmet tief durch, bevor ich mich etwas linkisch von den Donovans verabschiede und mit Balu im Schlepptau aus der Wohnung verschwinde.

Kapitel 13

Liza

Nach dem zwanzigsten Versuch, meinen Schlüssel ins Schlüsselloch zu bringen, fällt er mir aus der Hand und auf die Fußmatte, die mir heute irgendwie dunkler vorkommt als sonst. Frustriert gebe ich auf, puste mir die lästigen Haarsträhnen aus den Augen und trete zurück, bis mein Rücken an die Wand kracht. Seufzend sinke ich zu Boden und glotze im Schneidersitz auf die Wohnungstür. Ich wette, Merlot hat heimlich das Schloss austauschen lassen, während ich weg war. Anders kann ich mir nicht erklären, warum mein Schlüssel plötzlich nicht passen sollte. Betrunken oder nicht … mein Schlüsselloch habe ich bisher immer noch gefunden. Aber ich bin müde und will heute Nacht nicht hier draußen campen, also fische ich mein Handy aus der Hosentasche und gehe in meine Kontakte. Mit dem Mittelfinger scrolle ich beschwingt durch die Namen und hake alle mit einem mentalen *Nein* ab, weil ich im Moment mit keinem von denen sprechen möchte. Nicht, dass sich einer davon darum reißen würde, mir zu dieser Uhrzeit den Hintern zu retten. Oder generell …

Eigentlich dachte ich bisher, ich hätte viele Freunde, fühlte mich zumindest ständig umringt von Leuten. Aber irgendwie merke ich immer mehr – vor allem, je länger ich in dieser Wohnung lebe –, dass das irgendwie nicht stimmt. Im Wohnheim war dauernd etwas los, weil wir uns zu dritt ein Zimmer geteilt haben. Davor waren es Schulfreunde, die sich verlaufen haben, sobald wir den Abschluss in der Tasche hatten. Und dann gab es natürlich immer Beccas Freunde. Und Stans. Aber das ist eben der Punkt. Das waren nie *meine*.

Blöder Alkohol! Das ist alles seine Schuld. Normalerweise würde ich über so etwas nämlich gar nicht nachdenken. Und Merlot. Es ist ganz sicher auch seine Schuld. Rotwein ist ja auch Alkohol. *Becca* ist meine beste Freundin, obgleich sie im Krankenhaus ist und nicht zu meiner Rettung eilen kann. Und ich habe Steph. Die allerdings gerade mit dem Nightfever-Typ schmust, wenn es gut für sie läuft. Nachdem der fünfte Kerl mir im Klub auf den Hintern gegriffen, seine Lenden beim Tanzen praktisch an meine geklebt hat oder mir nachgepfiffen hat wie einem Hund, habe ich beschlossen, dass es wohl einfach nicht mein Abend ist, und Steph und ihre Freundinnen alleine zurückgelassen. Normalerweise tut es gut rauszukommen, die Nacht durchzufeiern, das eine oder andere Glas zu kippen und auf alles zu pfeifen, während ich Telefonnummern sammle. Heute fühlte es sich so an, als hätte ich mich damit nur daran erinnert, was alles gerade nicht so toll in meinem Leben klappt.

Über Rivers Namen stolpert mein Finger und ich starre auf die fünf Buchstaben, frage mich, ob er wohl schläft oder unterwegs ist. Oder im Krankenhaus. Oder alles gleichzeitig. Meine Augen brennen, also kneife ich sie kurz zusammen, bevor ich weitermache.

Verwirrt suche ich nach meinem Finger, der doch eigentlich scrollen sollte. Aber er ist nicht mehr dort unten. Der Schlingel berührt inzwischen nämlich meine Unterlippe und erinnert mich an den Fast-Kuss letzte Nacht in meiner Wohnung. Ein Fast-Kuss, der mehr Gefühle in mir geweckt hat als alle richtigen Küsse der vergangenen Monate. Irgendwie eine traurige Bilanz.

»Liza?!«

Vor Schreck lasse ich beinahe das Handy fallen. Shit! Shit! Shit! Wann habe ich auf seinen Namen geklickt? Mit nervösen Händen halte ich mein Telefon ans Ohr. »Tut mir leid. Ich habe dich geweckt, nicht wahr?«

»Ist schon gut«, murmelt er verschlafen, und ich lache wie eine Verrückte. Aber seine Stimme löst schon wieder Schmetterlinge in meinem Bauch aus. Wenn das nicht lustig ist, dann ist es auf jeden Fall lächerlich.

»Es ist drei Uhr morgens. Natürlich habe ich dich geweckt.« Eigentlich sollte mir das leidtun, weil der arme Kerl gestern beim Reden auf meiner Couch eingepennt ist. Aber es tut mir nicht leid. *Ich liebe es, wenn deine Haare aussehen, als würdest du in deinem eigenen kleinen Tornado stecken*, hat er gestern genuschelt, nachdem ich ihn gefragt hatte, ob ich für ihn einen Wecker stellen soll. Keine Ahnung, ob er sich noch daran erinnern kann oder im Delirium gesprochen hat, aber das werde ich ihn bestimmt nicht fragen. Doch ich werde die Worte nie vergessen, vor allem nicht das Gefühl, dass sie in mir ausgelöst haben. Aber dann tauchten heute Morgen meine Eltern auf und haben jegliche positiven Gefühle in die Luft gesprengt.

»Baby, wir haben ein bisschen Sorge, dass du die Schwere der Situation nicht wirklich erkennst«, beginnt meine Mom, als wir im Auto sitzen, und ich überlege schon, wie ich Becca am besten ins Ohr flüstern und mich für ihren tollen Vorschlag, dass die

beiden mich abholen, bedanken kann. »Du nimmst die Dinge eben gerne auf die leichte Schulter. Bist jemand, der lieber einen Witz aus allem macht, statt dich dem Ernst der Lage zu stellen.«

»Ihr denkt, ich nehme meine todkranke Schwester nicht ernst?« Ich schnaube, als sie nicht widersprechen. »Wow! Also, ich bin unendlich froh, dass ihr mich scheinbar so gut kennt.«

»Wir sehen einfach, dass du dich nicht gerne zu etwas verpflichtest«, versucht es wieder mein Vater, weil Mom schnieft. »Sei es bei deinen Jobs, deinen Beziehungen, eurer Wohnung ...«

»Ich bin sicher, du hast in deinem Zimmer noch eine Reihe unausgepackter Umzugskartons«, übernimmt wieder Mom. »Und für dich allein wäre das auch völlig in Ordnung. Aber mit deiner Schwester zusammenzuleben erfordert Verpflichtungen. Zum Beispiel eine sauberere Atmosphäre. Becca hat die Kraft nicht, selbst auf diese Dinge zu achten, aber du solltest eigentlich wissen, dass es ein absolutes No-Go ist, Geschirr und Essensreste herumstehen zu lassen.« Sie spielt auf die Pfanne und Rivers Teller im Waschbecken an, die ich letzte Nacht ungespült stehen gelassen habe. Spielt keine Rolle, dass ich das nur gemacht habe, weil River schon geschlafen hat und ich nicht laut sein wollte.

»Vor zwei Wochen habe ich dich gebeten, deinen Vermieter zu kontaktieren, weil ihr leichten Schimmel im Bad habt. Hast du das getan?«, fragt Dad, und die Antwort ist JA! Habe ich! Und er war da und erklärte mir, dass er Chemikalien draufsprühen müsse, um den Schimmel zu beseitigen. Weil Becca die nicht einatmen darf, kann ich ihn aber erst jetzt bitten zu kommen, wenn ich allein bin und genügend Zeit habe, tagelang zu lüften. Aber so, wie mich meine Eltern über den Rückspiegel betrachten, mit einer Mischung aus Strenge und schlechtem Gewissen, weil sie mich eigentlich nicht an den Pranger stellen wollen, behalte ich das für mich. Sie haben sowieso ihre Meinung bereits fertig.

»Ist alles in Ordnung?«, fragt River am anderen Ende und holt mich aus den Gedanken zurück, die mich dazu gebracht hatten, heute Nacht mit Steph und den anderen einen draufzumachen.

Ich schließe die Augen und verfluche das Kribbeln in meiner Nase. »Hast du schon mal etwas gemacht, was du eigentlich gar nicht machen wolltest? Du weißt ganz genau, dass du damit aufhören solltest, aber du tust es trotzdem?« Ich höre ein Rascheln am anderen Ende der Leitung. Eine Bettdecke, die weggeschoben wird? Doch er antwortet nicht und ich ärgere mich über meine doofen, alkoholgetränkten Gedanken. »Manchmal bin ich einfach so müde.«

»Wovon?«, erkundigt sich River da sanft, und ich drehe den Kopf an der Wand hin und her.

»Von allem«, gebe ich zu und wünsche mir, dass ich nicht mehr erklären muss.

»Liza. Wo bist du?«

»Ich sitze vor meiner Tür. Der Schlüssel passt nicht und ich will nicht wieder den Schlüsseldienst anrufen. Hat mich mehr gekostet als meine Valentinos.«

Auf der anderen Seite des Stockwerks geht die Tür auf und River kommt raus. Barfuß und in Jogginghose. Er ist gerade erst dabei, sich ein Shirt anzuziehen, deswegen erhasche ich den Hauch seiner Bauchmuskeln. Mein Mund klappt auf, bevor ich die Augenbrauen zusammenziehe. *Hm …*

»Du bist im falschen Stockwerk!«, erkläre ich ihm überzeugt, während Balu bereits durch den Gang trottet. Er ist größer als ich, wenn ich sitze, und bringt mich zum Lachen, weil er mich mit seinen Pfoten anstupst und mein Gesicht mit seiner nassen Schnauze beschnüffelt. Es ist ein bisschen eklig, aber es ist auch genau das, was ich gerade gebraucht habe.

River geht vor mir in die Hocke und legt den Arm über Balu, damit er ihn von mir wegziehen kann. »Du musst dich im Aufzug verdrückt haben, Bubby.«

»Wie hast du mich eben genannt?« Er hat es ausgesprochen wie *Barbie*, aber ich bin nicht blond, und um mich verarschen zu wollen, war sein Ton zu weich.

»Bubby … Bub … Sagen wir in Australien manchmal … Nicht so wichtig!« River nimmt mein Kinn zwischen seine Finger und dreht meinen Kopf ein wenig. Der Ausdruck in seinem Gesicht ist dabei nicht mehr weich, sondern finster. »Wer hat dich zum Weinen gebracht?«

»Niemand«, antworte ich und meine es ernst. Ich weine nie. Nur wenn Bambis Mutter erschossen wird oder ich versehentlich meinen Lieblingsmorgenmantel an der Herdplatte versenge wie letzte Woche. »Warum?«

»Also geht es dir gut?«

»Es geht mir immer gut.« Er mustert mich ungläubig und macht mich damit nervös. »Ich habe vielleicht ein oder zwei Getränke zu viel zu mir genommen. Aber da ich noch in der Lage bin, mir Pros und Kontras zu überlegen, ob ich mir den Magen auspumpen lassen sollte, kann es nicht so dramatisch sein, nicht wahr?« Ich lache über meinen eigenen Witz und ärgere mich gleichzeitig trotz Nebel in meinem Hirn, dass River *nicht* lacht. »Schau mich nicht so an!«

»Wie?« Die Furche auf seiner Stirn, von der ich mittlerweile irgendwie besessen bin, taucht wieder auf, während seine Pupillen über mein Gesicht wandern.

»Mit diesem Arztblick.«

»Haben Ärzte denn einen bestimmten Blick?«

»Dieser hier auf jeden Fall. Du wertest gerade gedanklich aus, ob ich einen Schaden habe oder nicht.« Er schmunzelt und senkt dabei den Blick. *Das weiß ich doch schon lange, Liza*, denkt er sich vermutlich heimlich. Aber er sagt es nicht. Ich folge seinem Blick zu meiner Hand, die sich am Saum seines Shirts festklammert, als könnte ich sonst in einer sitzenden Position umfallen. Wann ist das denn passiert?

River seufzt leise, ehe seine schönen Augen wieder meine treffen. »Liza, ich sehe dich nur an wie ein Typ, der einem Mädchen gegenübersitzt, das sein Herz ein bisschen schneller schlagen lässt.«

Ich halte den Atem an, möchte ihn näher zu mir ziehen und gleichzeitig wegschieben, weil das wirklich nicht der geeignete Zeitpunkt für ein Gespräch wie dieses ist. Zu hoch ist die Wahrscheinlichkeit, dass ich etwas sage, was ich später bereuen könnte.

»Sag nicht solche Sachen!«, bitte ich ihn daher schluckend und zupfe an seinem Shirt, bevor ich meine Hand fallen lasse.

»Warum nicht?«

»Weil ich nicht mitmachen kann.«

»Wobei?«

Ich lasse den Kopf zurück an die Wand kippen und schließe erneut die Augen. »Ich muss nach Hause, River.«

»Okay!« Ohne mich zu drängen, wischt er etwas von meiner Wange weg und hilft mir auf. Nachdem er kurz seine Wohnung abgeschlossen hat, bringt er mich wortlos runter in mein Stockwerk, sperrt das Schloss auf und hält die Tür für mich, bis ich drinnen bin und mitten im Wohnzimmer stehen bleibe wie ein Blödmann, weil ich nichts anderes mit mir anzufangen weiß.

»Was brauchst du, Liza?« River stellt sich vor mich, nimmt mein Gesicht in seine Hände.

Und schon wieder überfällt mich sein Geruch. Ich will ihn fragen, welcher Duft es ist, sodass ich jedes Fläschchen davon kaufen und im Waschbecken ausleeren kann, damit er mich nicht mehr heimsucht.

»Dich?«, flüstere ich, während mein Herz Purzelbäume schlägt. River sieht nicht überrascht aus, als er eine Haarsträhne hinter mein Ohr streicht. Keine Ahnung, warum ich es als Frage formuliere, wenn ich genau weiß, dass das die ehrliche Antwort

141

ist. Zumindest für den Moment. Was genau der Grund ist, warum ich ihn nicht haben kann. Weil mir der Moment nicht reichen würde. »Als Freund? Also platonisch. So was könnte ich irgendwie gut gebrauchen.«

Ganz langsam macht River einen tiefen Atemzug und ich schlinge die Arme um mich, weil ich keine Ahnung habe, was mich gleich erwartet. Irgendwie macht mir das Angst. Ich trete einen Schritt aus seiner Berührung zurück. »Ich glaube, es wäre besser, wenn du gehst. Bin nicht wirklich in der Verfassung zu reden.«

Rivers Hände fallen an seine Seiten. Nach ein paar Sekunden nickt er endlich und schüttelt zwei Sekunden später den Kopf. »Gut, Liza. Einverstanden. Ich gehe.« Ich lasse meine Schultern hängen, ein Gefühl der tiefen Leere in mir. »Lass uns morgen reden. Aber reden sollten wir unbedingt.« Er verschränkt die Hände im Nacken. »Denn ich mag dich, Liza. Sehr. Und eine platonische Freundschaft ist bestimmt nicht alles, was ich will.«

»Ich habe immer mit offenen Karten gespielt«, sage ich, als River an mir vorbei und Richtung Tür marschiert. »Ich bin nicht der Typ für etwas Ernstes. Mein Ex-Freund hat dir das verraten, schon vergessen?« Ein verzweifeltes Lachen entfährt mir. »Auch meine Eltern denken, ich nehme gar nichts ernst. Glauben, ich würde Beccas CF auf die leichte Schulter nehmen. Und sie haben recht: Ich *habe* noch immer Umzugskartons in meinem Zimmer, die ich nicht ausgepackt habe. Ich weiß nicht einmal, was da drinnen ist. Vielleicht liegt mir einfach nichts an all diesen Dingen, River. Oder nicht genug. Vielleicht …«

Ich muss abbrechen, weil sich ein Kloß in meinem Hals gebildet hat, der verdächtig brennt, und es tut verflucht weh, daran vorbeizuatmen oder gar zu reden. Wieso erzähle ich ihm das jetzt überhaupt alles? Ich war doch diejenige, die wollte, dass er geht. Ich wage es nicht, mich umzudrehen und zu sehen, ob River überhaupt noch da ist. Schließlich spüre ich, wie er ganz leicht an der hinteren Schlaufe meiner Hose zieht. Zaghaft drehe ich mich um, schaffe es allerdings nicht, ihm ins Gesicht zu schauen.

»Liza. Ich habe selten jemanden getroffen, dem so viel an *allem* liegt wie dir. Ich bin sicher, du würdest Becca deine eigene Lunge spenden, wenn es möglich wäre. Und diese vertrocknete Pflanze in unserer Lobby? Wie oft hast du schon versucht, sie zu gießen, seit du hier wohnst?«

Das hat er bemerkt?

»Du bist nicht der Typ für halbe Sachen. Wenn dir eine Sache oder jemand etwas bedeutet, dann bist du mit ganzer Seele drin. Und das macht dir Angst, weil die Gefahr groß ist, es wieder zu verlieren.«

Ich beiße mir auf die Unterlippe und halte den Atem an, bin mir sicher, er meint seine Worte gut, dennoch tut er mir damit eher weh.

»Ich weiß nicht, warum deine Eltern nicht vorbeisehen an diesem Lächeln, das du perfektioniert hast, wenn dir etwas zu nahe gehen könnte. Aber, Liza ... *manche* tun es.«

Etwas Nasses fällt auf den Boden, auf den ich glotze, und ich zucke zusammen, perplex über den kleinen Tropfen Wasser, der dort nicht hingehört. Automatisch blicke ich an die Decke, weil die einzige logische Erklärung wäre, dass ich einen Wasserschaden habe oder so. Aber da ist nichts. Also fasse ich mir an die Wange, ertaste die Feuchtigkeit dort. Ich heule. Und jetzt, wo mir das bewusst ist, kann ich gar nicht mehr aufhören. Im Grunde weiß ich nicht einmal, wann ich damit begonnen habe. Alles, was ich weiß, ist, dass ich eine Flut ausgelöst habe. Entsetzt schaue ich zu River, dessen Gesichtsausdruck zerrissen ist.

Ein paar Sekunden lang starren wir uns einfach nur an, bevor er langsam, vorsichtig einen Schritt nach dem anderen auf mich zu macht, als wäre ich ein Reh, das er nicht verschrecken möchte. Mit einer Hand greift er nach meinen Fingern, die andere legt er in meinen Nacken. River tritt so nah an mich heran, bis sein Oberkörper meinen berührt. An dem Punkt hört er auf und ich weiß ganz genau, was er tut. Er gibt mir die Möglichkeit zu entscheiden, wie es weitergeht. Ich könnte ihn abschütteln, mich zurückziehen – und er würde mich lassen.

Vielleicht gebe ich genau deswegen nach und lehne meine Stirn an seine Schulter. Vielleicht ergreife ich deswegen sein Shirt an seiner Taille, weil er einer der wenigen ist, der mir den Eindruck vermittelt, meine Gefühle, meine Wünsche würden eine Rolle spielen. Und es fühlt sich so gut an. So gut, dass es noch mehr wehtut, als seine Hand von meinem Nacken über meinen Rücken wandert. Ein Schluchzer, der wie eine Naturgewalt durch meinen Körper rollt, entfährt mir, bevor ich mich von ihm losreiße und ein paar Zentimeter zurücktaumele. Fahrig reibe ich mir die Handflächen über das nasse Gesicht und benutze die Handrücken, als das nicht mehr ausreicht. »Tut mir leid.« Ich räuspere mich, weil meine Stimme erbärmlich klingt. »Wie gesagt, ich bin nicht in der richtigen Verfassung.«

River steckt die Hände in die Taschen seiner Jogginghose, neigt den Kopf, bis er an die Decke sieht und schüttelt leicht den Kopf. »Liza. Ich will dich nicht so zurücklassen«, sagt er ganz leise. Es macht mich wütend.

»Warum kannst du es nicht einfach gut sein lassen, River? Du kennst mich doch gar nicht. Hör auf, so zu tun, als wäre ich eine zerbrechliche Vase! Ich bin nicht schwach.«

»Das weiß ich. Du bist eine Kämpferin. Aber du musst nicht ständig kämpfen.«

»Doch, das muss ich eben schon!«, schreie ich ihn an und fahre selbst etwas erschrocken von der Lautstärke zusammen. Ich höre das erhitzte Blut in meinen Ohren rauschen, während die Augenblicke verstreichen.

»Warum?«, fragt er sanft, und ich muss mich hinsetzen.

»Weil niemand hören will, was ich wirklich fühle. Wie es mir geht. Weil es nie um mich geht.« Ging es nie. Und das sage ich nicht als eifersüchtige kleine Schwester, sondern einfach, weil es von jeher so war. Es ist eine Tatsache, die es mit sich bringt, die Schwester derjenigen zu sein, die ihr ganzes Leben lang um ihr Leben kämpft. »Ich musste immer die Starke sein. Die, die sich im Griff hat. Die, die keine Probleme in der Schule oder an der Uni macht, den perfekten Job findet und später die perfekten Kinder in die Welt setzt, die im Übrigen gesund sind. All das, was Becca perfekt hinkriegen würde, wenn sie nur könnte. Aber ich bin nicht sie!« Ich kann buchstäblich nicht atmen, schiebe es auf den ärmellosen Rollkragenpulli, den ich trage. Ich zupfe daran, doch es wird nicht besser.

»Und du glaubst, dass das jemand von dir erwartet?«

»Ja! Vor allem ich selbst. Auch wenn keiner von uns ehrlich genug ist, es auszusprechen.« Das Adrenalin der letzten paar Minuten verlässt mich schneller, als mir lieb ist. Mit zitternden Händen zerre ich an dem Pullover, der mich stranguliert. Ich halte das nicht aus.

»Und du? Was willst du, Liza?«, fragt die sanfte Stimme neben mir, während sich die Couch auf meiner anderen Seite senkt und River sich zu mir setzt. Alleine nur sein Atem löst die übliche Gänsehaut bei mir aus, die dafür sorgt, dass ich mich einfach zurück in seine Arme sinken lassen möchte.

»Natürlich will ich das auch alles. Aber eben nicht ohne sie. Nicht an ihrer Stelle«, erkläre ich erschöpft, vergrabe mein Gesicht in meinen Händen, weil ich nicht mehr kann. Ich wollte es, solange sie es auch konnte. Doch dann ist Chester gestorben und ich habe mit Stan Schluss gemacht. Und seither geht es nun einmal nicht mehr. »Es fühlt sich einfach nicht richtig an.«

KAPITEL 14

River

»Läufst du deswegen ständig weg?«, folgere ich endlich, worum es hier *wirklich* geht. Wahrscheinlich sollte ich einfach nachgeben, sie in Ruhe lassen, ihr Kopfschmerztabletten und ein Glas Wasser in die Hand drücken und dann abhauen. Aber mein Herz bricht mit ihrem, während sie leise in ihre Hände weint. Ich habe schon viele Patienten weinen sehen oder deren Angehörige, doch Lizas Tränen fühlen sich an wie ein K.-o.-Schlag. Ich frage mich, vor wem sie das letzte Mal die Maske fallen gelassen hat. Denn nach dem, was ich beobachtet habe, ist es zumindest niemand aus ihrer Familie.

»Du bist der Einzige, vor dem ich im Moment weglaufe, River. Denn ich mag dich auch. Vielleicht etwas zu sehr und es ist absolut nicht meine Absicht, mit dir zu spielen, aber ich …« Sie hält inne, zerrt sich frustriert stöhnend den Rollkragenpullover über den Kopf und pfeffert ihn ins Eck.

Mit Mühe fokussiere ich mich auf ihr Gesicht, weil alles andere gerade unangebracht erscheint. »Was, Liza?«

Liza schlingt die Arme um sich. »Becca hat mir beigebracht, dass man sein Leben so leben sollte, dass man darauf stolz sein

146

kann. Aber wie könnte ich auf etwas stolz sein, was sich falsch anfühlt?«

Der Satz stößt mir auf. »Was meinst du? Es ist falsch, wenn du glücklich bist?«

»Wenn ich dabei alle ihre Träume stehle, dann ja«, antwortet sie leise.

Ich fühle Wut in mir aufsteigen, weil sie das wirklich glaubt. Ich verstehe, dass es hart für Becca ist, ihre Zukunft nicht zu kennen, aber verdammt, keiner kennt die. Niemand von uns weiß, wann er sein geborgtes Leben wieder hergeben muss. Und Rebecca hat ihre Träume nicht patentiert. Warum zur Hölle sollte Liza kein Recht auf Glück und Zukunft haben?

»Mir ist klar, dass sich das für dich wahrscheinlich anhört wie eine lahme Ausrede, aber das ist eben das, was ich fühle.« Sie wischt noch einmal an ihrem Gesicht herum und schnieft. »Jetzt weißt du, warum es besser für dich ist, wenn du mich weglaufen *lässt*, so wie die anderen vor dir auch.« Sie bemüht sich, ihre Worte zynisch rüberzubringen, aber ihr Ton erzählt eine andere Geschichte.

»Ich bin nicht wie die anderen Typen, Liza. Ich gehe so schnell nirgendwohin und will auch nicht, dass du vor mir wegläufst.« Ihr Blick wandert über mein Gesicht, bevor sie aufsteht und sich mit ihren Fingern in den Haaren festkrallt. Sie glaubt mir nicht. Oder sie glaubt mir doch – und genau das macht ihr Angst. »Da ist etwas zwischen uns, und ich bin nicht blind oder blöd genug, das einfach vorbeiziehen zu lassen. Auch wenn das vorerst nur Freundschaft sein kann.« Schluckend blinzelt sie mich an und ich hoffe, ihr rüberzubringen, worauf ich hier hinauswill. »Du bist mir wichtig, Liza. Ich glaube, du weißt das. Wenn du also etwas – jemanden – was auch immer – brauchst, dann werde ich das gerne für dich sein.«

Lizas Lippen zucken kurz, während ihre Brust sich rasend schnell hebt und senkt. Schließlich steht sie auf und ich folge ihr mit meinem Blick. Fragend. »Wenn ich aber nicht weiß, was ich brauche?«, flüstert sie.

Ich zucke mit den Schultern. »Wir werden es herausfinden. Ohne Zeitdruck oder Bedingungen.«

Sie tritt so dicht an mich heran, dass ich den Kopf neigen muss.

Mein Herz klopft schmerzhaft, als sie nur im BH vor mir steht, während ich übermenschliche Kräfte nutze, um ihr weiterhin in die Augen zu sehen. Ihre Atmung kommt stockend, ihre Brauen zucken, und wieder einmal befinde ich mich vor dem Punkt, an dem ich keine Ahnung habe, was dieses Mädchen von mir will. »Liza«, murmle ich rau.

»Und wenn ich eigentlich weiß, was ich gerade brauche, aber es vielleicht nie haben kann?«, stellt sie in den Raum – unsicher.

Meine Hände ballen sich neben mir zu Fäusten, damit ich sie nicht zu mir runterziehe und das tue, was ich seit dem ersten Abend in meiner Wohnung machen will. Denn das, was sie gerade zu brauchen meint, kann ich ihr unter keinen Umständen *jetzt* geben.

»Berühr mich bitte, River!«, fleht sie und bringt mich damit um, wie ihre Stimme verdächtig wackelt.

Wider besseres Wissen öffnen sich meine Fäuste und landen an ihrer Taille, weil es definitiv nicht meine Zurückweisung ist, die sie in diesem sensiblen Moment braucht.

Seufzend schließt Liza die Augen und stolpert einen Schritt näher, als meine Hände an ihre Lenden wandern und dort leichten Druck erzeugen. Als meine Lippen ihren Bauch berühren, landen ihre Finger in meinen Haaren und ich fühle die Resonanz ihres zustimmenden Summens in jeder Faser meines Körpers.

Ich schiebe Liza ein Stück zurück, sodass ich mich aufrichten kann. Auf meinem Weg nach oben küsse ich ihre Schulter, ihr Schlüsselbein, dann ihren Hals. Liza lässt den Kopf in den

Nacken fallen und bietet mir damit jeden Zentimeter ihrer Haut an. Ein Geschenk, das ich zu gerne annehme. Meine Lippen finden die Stelle unter ihrem Ohrläppchen. Gänsehaut überzieht ihre Haut, bevor ihre Knie nachgeben. Ich bringe meine Hände an ihren Hintern und hebe sie hoch. Liza verschränkt ihre Beine hinter meinem Rücken und klammert sich an mir fest, als würde ihr Leben davon abhängen. In diesem Augenblick bin ich ihre Rettungsboje. Die Hoffnung, ihre Einsamkeit wenigstens für eine Nacht vergessen zu können.

Ich trage Liza in ihr Schlafzimmer, während ich Küsse auf ihr Gesicht regnen lasse und sie ins Bett lege. Mit meiner Stirn auf ihrer verharre ich über ihr. Verwirrt reißt sie die Augen auf und streichelt sanft meinen Hals. Unser heißer Atem vermischt sich, so nahe sind wir einander.

Ich zermartere mir das Hirn, wie ich ihr erklären soll, dass nichts passieren wird – obwohl ich an nichts anderes denken kann als daran, ob ihre Lippen so süß schmecken wie der Rest von ihr. Liza denkt wohl, ich warte auf ihre Initiative, und fährt mit ihrer Hand meine Brust entlang über meine Bauchmuskeln zum Bund meiner Jogginghose. Zischend sauge ich alle Luft ein, die ich kriegen kann, fühle mich wie ein unerfahrener Teenager, der kurz vor der Explosion steht. Ich greife nach ihrem Handgelenk, bringe es an meinen Mund und küsse ihre Finger.

»Liza, ich kann nicht.« Ich zwinge die Worte hervor, obwohl sie beinahe wehtun, und gratuliere mir gleichzeitig zu der Entschlossenheit darin.

Ihr Gesicht verzieht sich. Sie hält sich die freie Hand wieder vor den Mund, als wäre ihr Atem das Problem. »Du kannst nicht? Oder du willst nicht?«

Schnaubend schüttle ich den Kopf, stütze mich neben ihr auf den Ellbogen und streiche verirrte einzelne Härchen von ihren Wangen. Ich nehme auch ihre zweite Hand in meine, bevor meine Lippen sich auf ihren Mundwinkel legen. »Bubby, wenn du morgen früh aufwachst und das hier immer noch willst, dann werde ich jede Minute damit verbringen, dir zu zeigen, wie sehr ich alles von dir will.« Aber ganz egal, wie lange ich gleich eiskalt duschen muss: Nie im Leben würde ich eine Situation wie diese ausnutzen. »Was ich *nicht* will, ist, dass du mich morgen früh hasst, weil zwischen uns etwas nur passiert ist, weil du nicht nüchtern warst.«

Sie schluckt, schüttelt den Kopf, um zu protestieren.

»Noch weniger will ich, dass du dich deswegen selbst hasst ...«

Lizas Arme fallen resigniert auf die Matratze und sie beißt sich auf die Unterlippe. Sie weiß, dass ich recht habe. Und trotzdem sieht sie verletzt aus und es bricht mir das verdammte Herz.

Ich lege meine Hand um Liza und ziehe sie an mich, bemühe mich, mein eindeutiges Verlangen nach ihr von ihr fernzuhalten. Rasch ziehe ich ihre Decke über uns und hauche ihr einen letzten Kuss auf die nackte Schulter. »Ich will dich, Liza. Ich will uns. Aber erst dann, wenn es dabei alleine um uns geht und du begreifst, dass dein Glück kein Fehler ist«, murmle ich und fühle, wie sie sich unter meinem Arm langsam entspannt.

»Und bis dahin?«, nuschelt sie leise.

Meine Finger streichen ihre samtige Bauchdecke auf und ab. Das Licht im Wohnzimmer ist noch an, aber keine zehn Pferde könnten mich dazu bringen, noch einmal aufstehen. »Bis dahin bin ich dein Freund.«

»Das reicht dir?«

Ich bin sicher, dass ihre Augen bereits geschlossen sind. »Vorerst ...«, antworte ich leise.

Mit einem Lächeln auf den Lippen dreht sie ihren Kopf etwas zu mir und gibt der Erschöpfung endlich nach. Nur wenige Sekunden später schläft sie tief und fest ihren Rausch aus. Aber ich kann nicht einschlafen. Ich vermisse sie irgendwie.

Als ich mich am nächsten Morgen mit Bagels, Muffins und Kaffee wieder in ihre Wohnung reinlasse, überrascht sie mich damit, dass sie angezogen und geschminkt am Küchentisch sitzt. Den Kopf in die Hände gestützt wirkt sie wie ein Häuflein Elend. Perplex hebt sie den Blick und blinzelt wie aus dem Konzept gebracht. »Ich dachte, du wärst geflüchtet, bevor ich mich noch mal zur Idiotin machen kann.«

Alles klar, sie erinnert sich also. Darüber bin ich verdammt froh. »Ich war mit Balu draußen und habe Frühstück mitgebracht.« Ich stelle die Papiertüte und die heißen Becher vor sie hin. »Ich bin nicht sicher, ob du morgens lieber süß oder salzig isst, deswegen die Auswahl.«

Sie sieht mich an, als wäre ich eine noch nicht erforschte Spezies, und leckt beim Anblick des Blaubeermuffins ihre trockenen, roten Lippen. Jap, das hier wird eine bittersüße Art der Folter.

»Und du hast dich nicht zur Idiotin gemacht, Liza. Nicht eine Sekunde lang habe ich so über dich gedacht.« Vor allem nicht, als ich neben ihr aufgewacht bin und mich metaphorisch selbst aus dem Bett treten musste, um den Moment nicht länger auszukosten. Wie ein kleiner Ball lag sie zusammengerollt an meinem Körper. Ihr Kopf eingebettet unter meinem Kinn, ihre Hände an meinem Bauch, ihre Schienbeine an meinen Oberschenkeln. Ihre Haare lagen breit gefächert über dem Kissen und sie hat die süßesten kleinen Schnarchgeräusche von sich gegeben, die ich je gehört habe. Ich wollte eigentlich zurück sein, *bevor* sie wach wird, für den Fall, dass sie einen Filmriss gehabt hätte.

»Habe ich mein Rollkragenshirt vor dir vom Leib gerissen wie Tarzan oder nicht?«, grummelt sie mit verzogenem Gesicht und scheint zu hoffen, dass sie das Ganze lediglich geträumt hat.

»Ja, aber ich war ein Gentleman und habe so getan, als hätte ich nicht hingesehen.«

Das bringt sie zum Lachen, doch plötzlich lässt sie die Stirn auf den Tisch fallen und aus dem fröhlichen Lachen wird ein verzweifeltes. »Ich habe mich vor dich hingestellt wie ein saftiger Braten, gebettet auf Salat mit einem Apfel im Mund.«

Ich erlaube mir nur heimlich, über diese Beschreibung zu grinsen, bevor ich vor ihr in die Hocke gehe. »Hey! Liza! Sieh mich an!« Sie schüttelt den Kopf, weshalb ich ihr Kinn zwischen meine Finger nehme und ihr Gesicht zu mir drehe. »Ich werde nicht zulassen, dass es irgendwie komisch zwischen uns ist. Dazu mag ich dich zu sehr.« Sie saugt ihre Oberlippe ein und ich wünschte, ich könnte dasselbe tun. »Wenn ich mir eine Sache von dir wünschen darf, dann, dass du mir jetzt nicht aus dem Weg gehst oder wieder zumachst. Bitte denk nicht, dass ich nicht mit allem, was dich betrifft, umgehen könnte.«

Seufzend legt sie den Kopf wieder auf das Holz. Diesmal versteckt sie sich allerdings wenigstens nicht.

»Kannst du mir das versprechen?«, hake ich nach.

Nach einigen Sekunden nickt sie.

Ich kann nicht anders, als darüber zu lächeln, wie fertig und gleichzeitig wunderschön sie in diesem Augenblick aussieht. Sanft streiche ich ihr ein paar Haarsträhnen hinters Ohr. »Willst du, dass ich das Thema wechsle?«

»Unbedingt«, brummt sie.

»Okay!« Ich denke, die Zeit wird zeigen, ob sie ihr Versprechen halten kann. Ich für meinen Teil habe nicht vor, die weiße Flagge zu schwingen. »Dein Handy vibriert übrigens andauernd in deiner Tasche.«

Mit geweiteten Augen setzt sie sich auf. »Becca?!«

»Ich weiß nicht. Ich habe ja nicht nachgeschaut.« Geht mich auch nichts an.

Sichtlich schwindelig springt sie vom Stuhl und stolpert zu ihrer Tasche. Nachdem sie ihr Handy gefunden und die Nachrichten abgehört hat, lehnt sie sich schwankend an die Wand. »Sie wird heute operiert«, berichtete Liza schließlich mit tiefen Falten auf der Stirn. »Die Ärzte wollen versuchen, die Zysten und das abgestorbene Gewebe zu entfernen, ohne die ganze Bauchspeicheldrüse entnehmen zu müssen.«

»Das ist gut, Liza. Ein gutes Zeichen.« Bei meinen Worten atmet sie tief durch und nickt.

»Okay!«, ächzt sie. »Dann fahre ich jetzt besser mal ins Krankenhaus.«

»Möchtest du, dass ich dich begleite?«, biete ich an.

»Ja«, antwortet sie.

Ich ziehe die Augenbrauen hoch, weil ich mit allem gerechnet hätte, nur damit nicht.

»Aber ich fahre trotzdem lieber alleine hin.« Sie hängt sich ihre Tasche um. »Danke. Für alles, River. Auch für das, was ich lieber totschweigen möchte.«

Ich zwinkere ihr zu, bevor ich ihr den Muffin und den Becher Kaffee hinhalte.

Lächelnd holt sie sich die Sachen ab und bleibt schluckend vor mir stehen. Dabei blinzelt sie mich an, als wüsste sie nicht, wie sie sich von mir verabschieden soll.

Ich nehme ihr die Entscheidung ab, lege die Hand auf ihren Hinterkopf und presse meine Lippen auf ihre Stirn. »Bis bald, Liza«, sage ich und verlasse als Erster ihre Wohnung.

KAPITEL 15

Liza

Ich kann gar nicht glauben, dass schon Weihnachten ist. Sechs Wochen sind seit Beccas Bauchspeicheldrüsen-OP vergangen. Der Heilungsprozess war zäh und sie musste drei lange Wochen im Krankenhaus bleiben. Dafür ist sie nun seit gut einem Monat hier in der Wohnung. Obwohl ich ständig fürchte, dass sich das wieder ändern könnte, ist es ein unbeschreiblich tolles Gefühl, meine Schwester zum ersten Mal seit Jahren so intensiv für mich zu haben. Klar, sie ist noch schwach, und die achtundfünfzig Tabletten, die sie täglich schluckt, zeigen manchmal subtiler, manchmal stärker ihre Nebenwirkungen, aber grundsätzlich ist sie stabil. Sie lädt wieder Freunde ein und belegt Kurse im Fernstudium, um irgendwann ihr Ziel zu erreichen und Grundschullehrerin zu werden. Und wenn sie sich stark genug fühlt, schnappt sie sich Balu, den Beschützer, und geht mit Mundschutzmaske eine Runde an die Luft.

Seit ich neben dem Studium ein paar Stunden die Woche den Social-Media-Bereich der Uni mitbetreue, geht mir mein Dad ein bisschen weniger auf den Keks. Gleichzeitig scheint allerdings Mom unzufrieden damit zu sein, weil ich jetzt weniger zu Hause bin. Wie man es macht, ist es verkehrt.

Aber jetzt ist erst mal Weihnachten und alles andere ist zweitrangig. Beinahe jeder Zentimeter unserer Wohnung ist geschmückt mit Kerzen, Kugeln, Weihnachtsmännern, Lichterketten, Schneemännern, Tannenzapfen, passenden Tischläufern, Zierkissen und Servietten. Schneeflocken zieren die Fensterscheiben und an diversen Stellen haben wir weihnachtliche Girlanden aufgehängt. Das Beste an diesem Jahr ist allerdings, dass wir die Tradition unserer Kindheit wieder aufgenommen haben, aufeinander abgestimmte Pyjamas zu kaufen. Becca trägt einen Ganzkörper-Santa-Claus-Schlafanzug, während ich Rudolf, das Rentier, mime. Ich bin sogar so engagiert, dass ich die rote Nase aufgesetzt lasse. Zumindest dann, wenn ich nicht gerade unseren hausgemachten Eierlikör koste.

»Oh, sorry! Falsche Station. Ich wollte in die Wohnung meiner Töchter, nicht in die Werkstatt der Weihnachtselfen«, kommentiert Daddy unseren Wahnsinn, als er sich umsieht.

Becca kichert und nimmt ihm die fünf Weihnachtsstrümpfe ab, die er dabeihat.

Als Merlot in unsere Familie kam, beschloss Becca, dass wir neue, personalisierte bräuchten, und der Kater bekam auch einen. Da wir allerdings keinen Kamin haben, hängen wir die Strümpfe an die Tür. Wir feiern dieses Jahr hier in der Wohnung und nicht bei Mom und Dad, weil es in ganz New York seit einer Woche durchgehend schneit und man zu Eiszapfen mutiert, wenn man das Haus verlässt. Becca hat Sorge, sich wieder zu verkühlen, wenn sie es darauf anlegt. Ich freue mich, dass wir hier sind, denn vielleicht fällt Mom auf, dass meine Umzugskartons weg sind, und Dad, dass das Badezimmer frei von Schimmel ist.

»Lasst mich ein Foto von euch machen. Ihr seht so süß aus!«, meint Mom mit gezückter Kamera und verbringt die nächste halbe Stunde damit, Posen auf Pinterest zu suchen, zu denen sie uns dann verbiegt.

»Das muss der hässlichste Baum sein, den ich je gesehen habe«, ruft Daddy lachend, der seit zehn Minuten vor unserem Schmuckstück steht und dieses mit schief gelegtem Kopf betrachtet. Und er hat recht. Schön ist der Baum nicht. Er ist hoch, aber alles andere als dicht. Oben hat er lange Zweige, dafür mittig fast gar keine, der Rest ist für die Größe viel zu kurz geraten. Der Stamm ist schief und die Seiten asymmetrisch. Genau deswegen habe ich ihn ausgesucht.

Mom streckt den Arm nach mir aus und zieht mich an sich. »Ihr zwei hattet immer schon ein großes Herz für die Bäume, die keiner wollte.« Sie drückt mir einen feuchten Kuss auf die Stirn, den ich theatralisch wegwische, bevor sie rührselig wird.

Der Abend verläuft total nett. Ich helfe Mom in der Küche, während Daddy und Becca ihre diesjährige Weihnachtsplaylist am Laptop erstellen und wie jedes Jahr wahrscheinlich die Hälfte davon mit Michael Bublé befüllen, weil dem Mann einfach Weihnachten gehört. Beim Essen lassen wir uns Zeit. Becca liest die wahre Weihnachtsgeschichte aus der Bibel, danach verteilen wir unsere Wichtelgeschenke. Dieses Jahr habe ich Daddy gezogen.

»Hey! Also, das nenne ich mal ein nützliches Geschenk«, sagt er und hält sich vor Lachen den Bauch, als er die große Kiste mit dem Jahresvorrat an Klobürstenaufsätzen auspackt. Mein Dad hat nämlich den kleinen Tick, dass er eine Klobürste nicht länger als eine Woche verwenden kann, bevor er sie wegschmeißt und eine neue kauft. Und da soll sich noch mal jemand fragen, woher meine gestörte Ader stammt. Ich bekomme von Becca eine übergroße Kaffeetasse, auf der vorne zwei Mädchen mit unseren Frisuren und Haarfarben abgebildet sind und hinten der Satz steht: *You're my person!* Eben! Ob im Krankenhaus oder nicht – Becca und ich sind einfach Seelenverwandte.

Nach der Bescherung spielen wir Spiele und futtern Kekse. Alles fühlt sich erstaunlich normal an. Schön.

Mit einem Lächeln kuschle ich mich zu Becca auf die Couch, nachdem ich meine Eltern zur Tür gebracht habe.

»›König der Löwen‹ oder ›Eiskönigin‹?«, fragt sie, und ich tue so, als würde ich angestrengt nachdenken, obwohl wir beide genau wissen, wofür ich mich entscheiden werde. »König der Löwen« ist einfach ein Klassiker. Obwohl ich da echt kritisch bin, hat mir die neue, computeranimierte Version mindestens genauso gut gefallen wie das Original. Grinsend klopft Becca mir auf den Oberschenkel, bevor sie die Blu-Ray aus unserer Disneysammlung in den Player schiebt.

Ich nutze die Gelegenheit, um ein paar Weihnachtswünsche am Handy zu beantworten. Doch vorher ...

Ich: Merry Christmas!

Bevor ich überhaupt aussteigen kann, sehe ich in der App, dass er zurückschreibt, und warte.

River: Merry Christmas, Weihnachts-Zahnfee!

Ich grinse über den Spitznamen.

Ich: Was machst du heute?

»Wem schreibst du?«, will Becca vom Boden aus wissen. »Ich habe dich noch nie so schnell tippen sehen.«

»Niemandem«, erkläre ich beiläufig und rümpfe verlegen die Nase über meine Lüge. »Nicht so wichtig.«

Ich sehe ihre Reaktion nicht, weil meine Augen auf dem Display kleben, um seine Antwort zu lesen. Allerdings höre ich ihr amüsiertes Schnauben.

»Mhm. *Niemandem.*«

River: Nichts. Bin gerade von der ersten Schicht auf der Intensiv nach Hause gekommen.

Ich ziehe die Augenbrauen zusammen. Das macht mich traurig. Warum lädt seine Familie ihn nicht ein?

Ich: Das klingt nicht sehr weihnachtlich.

River: Doch. Sie haben sogar Zipfelmützen an jeden von uns verteilt. Und Mistelzweige aufgehängt.

Ich: Wow! Und? Hast du einen Kuss abgesahnt?

Bitte sag Nein! Bitte sag Nein! Bitte sag Nein!

River: Nein.

River: Ich habe darauf geachtet, nie darunter stehen zu bleiben.

Ich drücke meine Lippen in meinen Arm, als könnte ich damit mein blödes Schmunzeln verstecken. Seit der Nacht, in der ich zu betrunken war, um mein eigenes Stockwerk zu finden, hat sich zwischen River und mir etwas verändert. Blöderweise kann ich mich nicht zu hundert Prozent erinnern, was ich zu ihm gesagt habe. Noch mehr nervt mich, dass ich nicht mehr genau weiß, was er zu mir gesagt hat. Auf jeden Fall habe ich ziemlich viel tiefes Zeug herausposaunt, was ich nüchtern lieber für mich behalten hätte. Ein Teil von mir ist froh, dass es raus ist. Irgendwie habe ich das Gefühl, seitdem ein stilles Abkommen mit ihm getroffen zu haben. Ich gehe auf keine sinnlosen Dates mehr und er akzeptiert, dass ich noch nicht bereit bin für mehr als diese Freundschaft, die ich so zu schätzen gelernt habe.

Das Lockere, Unschuldige zwischen uns ist aber in dieser Nacht ein bisschen verloren gegangen. Ich kann ihm nichts mehr vormachen, auch wenn mir das manchmal lieber wäre. Zum Beispiel, weil seine Küsse noch heute auf meiner Haut brennen, wenn ich daran denke, welches Feuer sie in mir verursacht haben. Etwas, das ich nie verstanden habe, wenn jemand davon gesprochen hat. Denn ja, Küssen ist nett und alles, aber in Flammen aufzugehen, obwohl seine Lippen meine nicht einmal berührt haben – das kannte ich bisher nie.

Noch am selben Morgen habe ich in der U-Bahn diesen Spitznamen gegoogelt. *Bubby* ist ein Kosename, der tiefe Zuneigung ausdrücken soll und statt *Baby* verwendet wird. Und ich bin hungrig danach, diesen Kosenamen wieder aus seinem Mund zu hören.

Ich: Komm doch runter, wenn du nicht zu kaputt bist.

Ich: Wir haben Reste vom Weihnachtsbraten. Und Eierlikör.

River: Wer könnte da Nein sagen?!

Ich: Bring Balu mit!

River: Gib es zu! Du tolerierst mich nur wegen meinem Hund.

Ich: Hihi. So was würde ich nie laut aussprechen. Vor allem nicht an Weihnachten …

Ich kichere, als Becca sich mit interessiertem Grinsen neben mich pflanzt und erwartungsvoll blinzelt.

Oh, *shit*! Das muss ich ja jetzt erklären. Äääääähm. »River kommt runter. Seine Familienmitglieder sind Abkömmlinge des Grinch und feiern Weihnachten nicht.« War doch gar nicht so schlecht …

»Ah, River war also dieser Niemand. Verstehe.«

Mist …

»Ich freu mich, dass er kommt.« Sie drückt auf *Play*. »Bei seinem Parfüm bekomme ich wenigstens keinen Hustenanfall wie damals bei Stan.«

Becca starrt schmunzelnd auf den Bildschirm, während ich sie anglotze. Bevor ich allerdings etwas Großartiges in ihre Worte hineininterpretieren kann, klopft es an der Tür und Merlot versteckt sich unter der Couch.

Ich kann das Lächeln gar nicht stoppen, das mit River auftaucht. Zu süß ist es, wie sich die Falten rund um seine Augenwinkel bilden, als er mich in meinem Pyjama betrachtet.

»Hey, River!«, ruft Becca belustigt. »Machst du jetzt auch Hausbesuche?«

»Ich finde, eure Pyjamas erinnern schon sehr an einen medizinischen Notfall.« Damit bringt er sie zum Lachen und ich liebe es, dass er ihren Humor teilt. Sie hält ihm die ausgestreckte Faust entgegen, die er abschlägt.

Balu bellt, weil ich ihn bisher nicht richtig gewürdigt habe, also knie ich mich auf den Boden.

»Hey, Hübscher! Ich hab etwas für dich!« Ich greife nach der Papiertüte mit dem Knochen, den ich ihm gekauft und sogar mit Schleife umwickelt habe. Dankbar stupst er mich mit der Schnauze an, bevor er sich mit seinem Geschenk in die Küche legt.

»Ja? Ich warte?!«, äußert River mit gespielt ungeduldigem Tonfall, und ich gebe ihm einen Klaps, bevor er mir aufhilft.

»Sorry, du warst nicht gemeint. Aber du kannst dir die Essensreste warm machen, wenn du möchtest.«

Er schnurrt strahlend, nimmt mir meine Rudolph-Nase ab und tut so, als würde er sie mir in den Mund stecken.

»Komm, setz dich und werde Zeuge, wie meine kleine Schwester beim Intro von ›König der Löwen‹ Gänsehaut bekommt«, ruft Becca und klopft aufs Sofa neben sich.

»Stimmt. Ich enttäusche euch nicht«, pflichte ich ihr bei, als er sich setzt. »Es funktioniert sogar, nachdem man kurz auf *Pause* gedrückt hat. Schau!« Ich präsentiere meinen Arm, und zu dritt beobachten wir wie Wissenschaftler, wie meine Haut auf bestimmte Stellen und Töne im Lied reagiert. Beim letzten Trommelschlag am Schluss schüttelt es mich und die Härchen stehen noch einmal kerzengerade.

Lachend greift Becca nach meinem Arm und reibt daran, während River amüsiert den Kopf schüttelt.

»Eigentlich müsste ›Der ewige Kreis‹ die Titelmelodie der Erde sein«, erklärt meine Schwester, bevor sie auf normale Lautstärke herunterdreht. »So, und jetzt pst! Bei Filmen wird nicht gequasselt.« River macht es sich neben mir bequem. Ich komme mir vor wie ein Teenager, der darauf wartet, dass sein Knie meines versehentlich berührt. Spoiler: Es passiert nicht, und es ist wohl das erste Mal, dass ich zu abgelenkt bin, um jedes Lied mitzusingen.

Nach dem Film macht Becca ein Schauspiel daraus, laut zu gähnen, und verabschiedet sich ins Bett, was ich mit Augenrollen kommentiere.

O Mann! Ehrlich gesagt bin ich jetzt schon nervös, ob wir wohl morgen darüber sprechen oder doch lieber schweigen werden. River und ich schauen uns einen Augenblick wortlos an.

»Ich habe noch eine Kleinigkeit für dich«, verrate ich ihm schließlich und hole sein Weihnachtsgeschenk aus der Küche. Grinsend beiße ich mir auf die Unterlippe, während er es öffnet, und ich weiß, dass es jeden Penny wert war, als seine Augen aufleuchten. Es ist ein Zehnerblock für Open Hockey im Sky Rink direkt am Hudson River. Dort kann er wochentags hingehen, wann immer er möchte, und sich mit seinem Können, seiner Ausrüstung und elf anderen Kerlen auspowern. »Ich weiß, es ist nicht dasselbe, wie in einem Team zu spielen, aber ich dachte mir, es wäre zumindest ein Trostpreis.«

»Das kann ich nicht annehmen, Liza. Das ist zu teuer.«

»Ich arbeite jetzt, schon vergessen? Kein Problem für eine Großverdienerin wie mich.«

Kopfschüttelnd starrt er auf die Tickets. »Ich habe aber nichts für dich, Liza. Ich wollte dir Kopfhörer kaufen, habe mich aber dagegen entschieden. Wenn du das nächste Mal so laut Musik hörst, nehme ich es einfach wieder als Einladung.«

Schmunzelnd senke ich den Blick. »Danke für das Kompliment. Glaube ich.« Ich zwinkere. »Und so funktionieren Geschenke nicht, River. Wer schenkt, weil er etwas dafür erwartet, macht es falsch. Übrigens, ich habe dir auch die Termine ins Kuvert gelegt, damit du sie mit deinen Diensten abstimmen kannst.«

River holt tief Luft. Seine Augen wandern über mein Gesicht, bevor wieder mal die Furche auf seiner Stirn erscheint und er einen Vorhang vor diese warmen, braunen Augen hängt. Im nächsten Moment tritt er einen Schritt näher, neigt den Kopf und legt seine weichen Lippen auf meine Schläfe. Seine freie Hand fasst mir in die Haare und streicht an einer Strähne entlang. »Danke, Liza! Auch für diesen Abend.« Meine Brust fühlt sich enger an, als sie sollte, während River mich loslässt und mir eine gute Nacht wünscht. Erst als er zur Tür raus ist, lasse ich meine Lider fallen und verstecke das Gesicht in den Händen.

»Baby!«, murmelt jemand am nächsten Morgen sanft in mein Ohr. Ich zucke zusammen und sitze sofort kerzengerade im Bett, als ich begreife, dass es Becca ist, die an meinem Bett kniet.

»Was ist los?«, frage ich benebelt. Es ist ja noch dunkel. »Müssen wir ins Krankenhaus?« Ich suche sie ab nach Anzeichen eines Notfalls, doch sie lächelt nur nervös.

»Ja, aber keine Panik! Das hier hast du dir gewünscht, Baby, und jetzt geht dein Wunsch in Erfüllung. Also ... Frohe Weihnachten!« Ich verstehe gar nichts. Kopfschüttelnd beobachte ich, wie sie aufsteht und sich ihre Krankenhaustasche über die Schulter wirft. »Das Krankenhaus hat angerufen. Ich darf mir meine neue Lunge abholen.«

TEIL 2

10 Monate später

KAPITEL 16

River

»Also, ich muss dir sagen – das ist wirklich eine bescheidene Art, seinen Geburtstag zu verbringen.«

Jake schüttelt den Kopf, während er sich Schweiß von der Stirn in seinen Shirtärmel reibt.

»Echt? Ich finde das hier eigentlich ganz gut.«

»Mit mir in der Dusche? Mein Freund, du musst mehr rausgehen. Andererseits kennen wir uns jetzt schon bald einein-halb Jahre, und es ist das erste Mal, dass wir zusammen in der Dusche stehen. Vielleicht bist du einfach jemand, der die Dinge langsam angeht.«

Lachend stoße ich seine Hand weg, als er mir einen Klaps auf den Hintern gibt, und greife dann nach der nächsten Platte. Dabei hatte ich das gar nicht als Scherz gemeint. Ich finde wirk-lich, dass dieser Geburtstag im Vergleich zu manch anderem zuvor kein Reinfall ist. Klar, auch deshalb, weil ich momentan so gut wie nie dazu komme, Zeit mit Jake oder anderen Freunden zu verbringen. Wenn ich dachte, die Unizeit wäre der reinste Wahnsinn gewesen, dann nur, weil ich keinen Plan hatte, was mich in meinem ersten Jahr als Assistenzarzt erwarten würde.

Längere Schichten. Mehr Verantwortung. Workload. Man ist de facto der Depp vom Dienst, der all jene Aufgaben übernehmen muss, die die älteren Assistenzärzte abwälzen wollen. Und denen ist es scheißegal, ob ich dafür noch zwei oder fünf Stunden anhängen muss. Sie haben das Gleiche durchgemacht. Nicht umsonst ist der Fachausdruck dafür *Resident*. Übersetzt bedeutet das Wort *Bewohner*, weil die Assistenzärzte früher tatsächlich im Krankenhaus gelebt haben, nachdem sie das verfluchte Gebäude sowieso nie verlassen konnten.

Die letzten vier Tage habe ich auf jeden Fall wieder einmal sehr intensiv Zeit mit Jake verbracht. Zuerst mussten wir bei Liza und Becca die alten Fliesen samt Rigips-Rückwand in und um die Dusche entfernen, was gar nicht so lange gedauert hat, wie ich befürchtet hatte. Anschließend haben wir die Nasszelle abgedichtet, weil es ja darum geht, den Schimmel dauerhaft zu beseitigen. Jetzt sind wir dabei, die Wände mit den neuen XXL-Platten, die eine große Anzahl Fugen verhindern sollen, zu verkleiden.

Ich mache die Arbeit auch deswegen gerne, weil ich das Ziel vor Augen habe. Wenn das Bad nicht erneuert wird, bedeutet das, dass Becca und Liza umziehen müssen. Wollen sie aber nicht, weil die Wohnung günstig ist, und vor allem, weil sie dem Krankenhaus, in dem Becca behandelt wird, so nahe liegt. Und ich will das auch nicht.

Seit Beccas Lungentransplantation vor zehn Monaten ist einiges passiert. Direkt nach der neunstündigen OP sah alles extrem gut aus. Sie war stabil, stand bereits am nächsten Tag auf, um ein paar Schritte zu gehen, und begann schneller als viele andere mit ihrer Rehabilitation. Ihre Medikamente mussten häufig umgestellt werden, weil der Schaden an ihren anderen Organen teilweise schon so weit fortgeschritten war, dass einige Nebenwirkungen der Immunsuppressiva nicht vertretbar waren. Nach zwei Monaten kam es fatalerweise zur ersten akuten Abstoßungsreaktion mit leichtem Fieber und Husten. Da sie allerdings sowieso alle zwei Wochen zur Kontrolle ins Krankenhaus musste, konnte diese schnell mit Kortison behandelt werden. Prinzipiell ist das auch nicht ungewöhnlich – gerade in den ersten Monaten nach der Transplantation. Deswegen wird man ja so engmaschig betreut. Der Körper reagiert auf den Fremdkörper und versucht, den eigenen Organismus zu schützen. Die Immunsuppressiva sollen verhindern, dass das Immunsystem das neue Organ bekämpft und abstößt. Doch manchmal greifen die Medikamente nicht so, wie sie sollen, und aus vielen akuten Abstoßungsreaktionen wird ein chronisches Transplantatversagen. Bei der Lungentransplantation geschieht dies häufiger als bei allen anderen Organen. Die Furcht jedes Patienten und jedes Arztes. Und diese Diagnose ist bei Rebecca leider vor drei Monaten endgültig gestellt worden. Das Beschissene daran ist: Es gibt keine Heilung, nur die Möglichkeit, das Fortschreiten zu verhindern, bevor das Gewebe der neuen Lunge weiter in diesem Tempo vernarbt. Alles in allem geht es Becca wirklich nicht gut. Wenn man sie nicht bald auf die Liste für eine zweite Transplantation setzt, sieht es verflucht schlecht für sie aus.

»Wenn ich du wäre, würde ich meine eigene Dusche auch gleich auf Vordermann bringen. Ich habe schon viele ekelhafte Dinge in meinem Leben gesehen, aber das hier toppt wirklich alles«, nuschelt Jake mit dem Bleistift im Mund, mit dem er eingezeichnet hat, was wir aus der XXL-Wand gleich herausschneiden müssen. Und er hat recht. Wir wussten, dass es eine Drecksarbeit werden würde, die Fliesen rauszureißen. Wie verschimmelt und porös es dahinter allerdings aussehen würde, hatten wir nicht erwartet. Ich habe einen Haufen Fotos gemacht, die ich dem Vermieter unter die Nase reiben werde. Vielleicht rückt er als Konsequenz den einen oder anderen Dollar mehr heraus.

Schimmelpilze sind ein verfluchtes Todesurteil nach einer Transplantation. Seit einem halben Jahr, als der Schimmel im Bad wieder verstärkt durchkam, putzt Becca sich in der Küche die Zähne, duscht in meiner Wohnung, wenn ich zur Arbeit bin, und geht nur mit Mundschutz aufs WC. Aber das sind keine Zustände. Wir haben versucht, die Fugen auszufräsen und neu zu machen, doch das hat das Grundproblem nicht gelöst. Daher gab es bloß noch diese Möglichkeit.

»Das hier toppt sogar das zuckersüße Getue von Walker, wenn seine Freundin in der Nähe ist. Und das ist schon wirklich zum Kotzen«, schiebt Jake nach und erschaudert theatralisch.

Lachend greife ich nach der Stichsäge und setze die Schutzbrille auf. »Ungewohnt ist es mit Walker, das muss ich dir lassen.«

»Ungewohnt«, schnaubt Jake und klopft mir auf die Schulter. »Du kannst ruhig diplomatisch sein, wenn du willst. Ich sage die Wahrheit für uns beide. Die Mädels tragen die Eier unserer Freunde in ihren Handtaschen als Souvenir mit sich herum. Erst Rowan, dann die Hälfte meines Teams und jetzt auch noch Walker. Alter, die fallen alle wie die Fliegen.«

»Wenn das nicht die schönste Beschreibung einer Beziehung ist, die ich je gehört habe.«

Jake bedenkt mich mit einem Was-soll-ich-machen-Blick und bringt den Kleber für die Platte an der Wand an, während ich schneide. Gemeinsam platzieren wir sie und stemmen uns mit unserem Gewicht dagegen, damit sie gleichmäßig hält.

Mein Handy klingelt mit einer hereinkommenden Nachricht, und ich könnte mich selbst für die Reaktion auslachen, die das Geräusch in mir auslöst. Mein Puls beschleunigt sich. Ich halte den Atem an und muss wirklich hart daran arbeiten, nicht vorfreudig zu grinsen. Dem FBI-Agenten entgeht meine veränderte Haltung natürlich nicht und er verdreht die Augen.

»Mach schon! Dann setze ich dich eben auch auf die Liste der Personen mit den vermissten Eiern«, spottet er, ist jedoch an meiner Seite, als ich die Nachricht von Liza öffne, auf die ich ehrlich gesagt seit sechsundzwanzig Tagen warte. Jake weiß, was kommt. Er war Tag eins.

»Happy Tag siebenundzwanzig!«, ruft Liza in die Kamera, steckt sich eine Tröte in den Mund und pustet. »Heute ist dein großer Tag, River. Ich hoffe, du verbringst ihn inzwischen außerhalb der Krankenhausmauern oder lässt dich zumindest darin hochleben.« Sie hebt eine Augenbraue. »PS: Ich weiß von mindestens drei Schwestern, die dir heute etwas gebacken haben. Womit ich auch gleich zum Punkt komme, weil ich mich in Videos nicht leiden kann und hier keine Reden schwingen werde … Als ich den Gedanken mit diesen Geburtstags-Videobotschaften hatte, wusste ich genau, dass ich locker fünfundzwanzig Leute finden würde, die bereit wären mitzumachen. Weil du vielen eine Menge bedeutest. Du wirst geliebt, River. Du wirst wertgeschätzt und respektiert. Du bist wichtig für so viele Menschen.«

Ich habe mich wirklich auf jeden Tag gefreut, seit diese Sache begonnen hat. Und das, obwohl mir mein Geburtstag eigentlich egal ist. Aber diese Videobotschaften waren schon etwas Besonderes. Einerseits, weil Liza tatsächlich so viele Leute zusammengetrommelt hat. Becca war dabei. Leute vom Krankenhaus. Auch die Reinigungsdamen haben ein Video gemacht. Selbst meine Eltern und Geschwister, meine Kumpels, die Typen, mit denen ich auch wegen Liza seit Januar Hockey spiele. Sie hat sogar Freunde und Teamspieler aus meiner Schulzeit in Australien aufgetrieben. Andererseits, weil es mir verdammt viel bedeutet, dass sie sich die Mühe gemacht hat, all das auf die Beine zu stellen, während sie ganz andere Sorgen hat.

»Und natürlich für deinen Hund. Der selbstverständlich seinen eigenen Videotag bekommen hat, auch wenn Balu etwas schweigsam ist und ich mein Handy danach von viel Sabber befreien musste.«

Leise lachend erinnere ich mich, wie sie ihr Telefon an einem Abend in ein Reisbad gelegt hatte, um es zu trocknen. Im Video holt Liza tief Luft und linst zum Himmel.

»Na gut. Jetzt zu mir: Ich bin total froh, dich zu kennen. Du bist einer meiner besten Freunde. Du inspirierst mich, forderst mich heraus, selbst wenn ich keine Lust dazu habe. Du hilfst mir, das große Ganze zu sehen, wenn ich wieder einmal im Detail ertrinke. Also, danke für deine Geduld mit mir. Für deine Freundschaft und für dein Verständnis dafür, dass deine Lieblingspizza wohl leider nie meine Lippen berühren wird. Ich sehe in so vielen verschiedenen Weisen zu dir auf und bin froh, dass du immer noch mit mir sprichst, obwohl ich undiagnostiziert gestört bin.«

Wow! Ich bin berührt und lache gleichzeitig.

Ich: Undiagnostiziert? Liza, ich bin Arzt …

Ich hänge ein paar Smileys hintendran, bevor ich noch eine Nachricht tippe.

Ich: Du bist schuld, dass ich jetzt jedes Jahr etwas in dieser Art erwarte.

Ihre Antwort kommt sofort.

Liza: Sollst du kriegen, River.

»Jap! Du kommst auch auf die Liste«, beschließt Jake grunzend, nachdem ich wohl einen Moment zu lange wie ein Idiot grinsend aufs Display starre. Ich muss zugeben, die letzten Monate waren für mich alles andere als einfach. Nachdem Liza mir im betrunkenen Zustand ihr Herz ausgeschüttet hat, war mir klar, dass ich Geduld haben musste. Und dann kam die Transplantation und die Lage wurde von Monat zu Monat irgendwie ständig beschissener. Liza machte wie immer gute Miene zum bösen Spiel, verwendete alle Energien, die sie aufbringen konnte, um positiv zu bleiben. Bis heute begleitet sie Becca zu jedem Termin, jeder Therapie. Außerdem engagiert sie sich seit ein paar Monaten auf Beccas Wunsch in der CF-Stiftung hier in New York, da Becca sich zurzeit nicht selbst einbringen kann. Ehrlich gesagt: Besonders begeistert war ich erst nicht von der Idee. Es ist eine Sache mehr, die Liza für ihre Schwester macht, anstatt für sich selbst. Doch inzwischen habe ich das Gefühl, dass es Liza wirklich guttut. Sie nimmt immer mal wieder an Veranstaltungen außerhalb von New York teil, was sie zwingt, zumindest kurzzeitig den Stuhl am Bett ihrer Schwester zu verlassen. Ich frage mich nämlich schon manchmal, ob sie überhaupt mal schläft.

Was soll ich also machen? Sie jetzt im Stich lassen, nur weil es mich langsam, aber sicher umbringt, in ihrer Nähe zu sein und sie gleichzeitig nicht haben zu können? Liza ist schon so lange stark und tapfer und ein Licht für alle um sie herum. Doch wenn wir alleine sind, wenn sie denkt, dass alle auf Becca achten, achte ich auf sie. Und es sind diese Momente, in denen ich das Gefühl habe, dass Liza selbst dringend jemanden braucht, der für sie stark und tapfer und ein Licht sein kann, wenn ihres mal schwächer leuchtet. Und wenn das alles ist, was ich für sie sein kann, dann nehme ich das in Kauf. Auch wenn ich selbst nach zehn Monaten immer noch nicht vergessen kann, wie es sich anfühlt, sie zu berühren. Ihre Haut zu küssen, ihren Körper an meinem zu spüren. Diese eine Nacht hat mich so durcheinandergebracht, dass ich seither kein anderes Mädchen angesehen habe. Also, ja, ich schätze, Jake hat recht. Ich gehöre auf seine Liste.

»Ich hole mir ein Bier«, tönt da Jakes Stimme durch meine Gedanken. »Willst du auch eines?« Ich schüttle den Kopf, weil ich weitermachen möchte. Wir müssen noch den Vinylboden über den Bodenfliesen verlegen, die Wände neu streichen, die Edelstahlzierleisten befestigen und haben nurmehr zwei Tage Zeit.

Jake klopft mir auf die Schulter und geht gerade aus der Tür, als ein Kampfschrei ertönt. Ein rotbrauner Wirbelwind hält einen Kochtopf über dem Kopf und versucht, Jake damit eins überzuziehen. Im letzten Augenblick hebt er den Arm und wehrt den Angriff ab. Seine eine Hand greift nach dem Topf, mit der anderen packt er die Angreiferin, dreht sie und drückt sie gegen die Wand. Verdammt, das ging schnell! Und es wäre fast amüsant, wäre es nicht Liza, die er da halb platt drückt.

Mein Puls rast aus ganz anderen Gründen als noch vor einer Sekunde, als ich Jake von ihr wegstoße, der sofort die Hände in Abwehrhaltung von sich hält und zurückgeht.

Liza starrt Jake in blankem Horror an, während sie den Arm nach mir ausstreckt.

Sofort ziehe ich sie an mich.

»Um Gottes willen! Ich hätte dich fast umgebracht«, sagt sie mit den Händen vor dem Mund zu Jake.

»Mit einem Kochtopf?«, fragt er amüsiert und inspiziert die Waffe.

»Die Pfanne ist vermutlich noch im Geschirrspüler.« Mit Augen so groß wie Teller blickt sie zu mir auf. »Ich dachte, ihr wärt Einbrecher. Was macht ihr …« Weiter kommt sie nicht, späht an mir vorbei und ihr Mund klappt auf. »O mein Gott!«, haucht sie und macht vorsichtig ein paar Schritte Richtung

Dusche. »Das sind … Ihr habt … Die sind wunderschön«, stammelt sie, streckt eine Hand aus, zieht sie jedoch sofort zurück, als hätte sie sich verbrannt. »Darf ich die berühren?«

Ich nicke, woraufhin sie mit einem Finger über die Fliesen fährt, bevor sie einen extrem hohen Ton von sich gibt und mit strahlendem Gesicht herumtänzelt. Und ich kann nicht anders, als Jake anzugrinsen, weil ihre Reaktion die Stunden, die ich mit dieser Arbeit verbracht habe, obwohl ich vielleicht mal hätte schlafen sollen, so was von wettmacht.

Mein bester Freund verdreht schmunzelnd die Augen. »Langsam glaube ich, du bist schon lange auf der Liste«, spielt er schon wieder auf das vorherige Thema an, und ich zeige ihm den Mittelfinger. »Ich brauche ein Bier.«

Lizas Gesicht bewölkt sich sorgenvoll, während sie sich die Platten genau ansieht. »River … wer … die sind doch bestimmt teuer?«

»Ich habe alles in Absprache mit dem Vermieter gemacht. Sie waren bereit, einen Teil der Kosten zu übernehmen.« Keine Lüge. Aber ich muss ihr auch nicht auf die Nase binden, dass dieser Teil ziemlich überschaubar ist.

»Und der Rest?«

»Mach dir darüber keine Gedanken.«

Missbilligend legt sie den Kopf schief. »River …«

»Liza …«, imitiere ich ihren Ton und zwinkere dann. »Hätte ich es nicht gerne gemacht, hätte ich es gar nicht gemacht.« Kopfschüttelnd schließt sie die Augen, woraufhin ich ihr die Hände auf die Schultern lege und ihren Blick suche. »Okay?!«

Seufzend beißt sie sich auf die Unterlippe.

»Unser Plan war eigentlich, fertig zu sein, bevor du wiederkommst. Jetzt wirst du uns noch ein oder zwei Tage in deinem Bad ertragen müssen.«

Ein Lächeln zieht an ihren Mundwinkeln. »Ja … ich habe einen früheren Flug genommen. Wollte dich überraschen«, schmunzelt sie und streckt überschwänglich die Arme aus. »Also – Überraschung! Happy Birthday!«

Mein Herz setzt einen Takt aus. Es bedeutet mir viel, dass ihr mein Geburtstag wichtig genug ist, um zwei Veranstaltungen in Florida sausen zu lassen, bei deren Planung sie geholfen hat.

Ich ziehe Liza in eine Umarmung und spüre, wie mein Körper sich entspannt, sobald ich ihr Herz an meiner Brust schlagen fühle. Sie hat mir gefehlt. »Wie war deine Woche?«

»Also, das Begräbnis war hart.« Der Bruder eines verstorbenen Freundes von Becca, der ebenfalls CF hatte, ist letzte Woche umgekommen. Nachdem Becca in ihrem derzeitigen Zustand unmöglich hinfliegen konnte, hatte Liza ihr versprochen, auf dem Weg nach Florida einen Zwischenstopp in Indiana zu machen. Auch, wenn das der totale Umweg war. »Die Gala war interessant. Etwas trocken, aber es wurden rund zweihunderttausend Dollar gespendet, und das Frühstück für CF-Angehörige war klasse. Ich bin so froh, dass es gut angelaufen ist. Fast fünfzig Leute waren da, die Stimmung war gut und sie wollen unbedingt weitermachen.«

Mit ihrem Eintritt in die Foundation brachte Liza neues Leben in die Treffen der Familien und Freunde von Menschen mit zystischer Fibrose, vernetzte sich mit Ehrenamtlichen quer durch das Land und entwickelte Ideen, die auf interessierte Ohren stießen.

»Und weißt du, was das Krasseste war? Die Organisatorin der CF-Läufe an der Ostküste war dort und hat die Mini-Begrüßungsrede gehört, die ich beim Frühstück geschwungen habe. Da hat sie mich allen Ernstes gefragt, ob ich Lust hätte, beim Lauf in New York im Frühjahr zu sprechen.« Sie reißt die Augen auf und fasst sich an den Kopf. »Kannst du dir das vorstellen?«

»Ja«, antworte ich sachlich, weil es lediglich eine Frage der Zeit war, bis man auf ihr Talent aufmerksam werden würde.

»Das wäre dann schon deine zweite große Rede.«

Vor einer Weile hat ausgerechnet Carter, dieser dämliche Princeton-Typ, Liza gefragt, ob sie Lust hätte, vor Studenten zu sprechen. Sie war sofort Feuer und Flamme, weil das Publikum exakt Beccas Zielgruppe entspricht. Junge Medizintechniker, die manchmal Gefahr laufen, nur die Technik zu sehen, und nicht den, der sie benötigt. Demnächst ist es so weit.

Liza holt tief Luft. »Dein Geschenk!«, ruft sie aus und zieht mich aus dem Badezimmer in ihr Schlafzimmer. »Ich bin fast gestorben, weil ich es dir noch nicht eher zeigen konnte. Dabei hängt es schon seit Wochen bei mir rum.«

Ich verkneife mir ein Grinsen über das blanke Chaos in Lizas Zimmer, in dem BHs über Büchern hängen, vermutlich jedes andere Kleidungsstück, das sie besitzt, auf ihrem Bett liegt und aus jeder geöffneten Schublade irgendetwas hervorlugt. Würde ich sie nicht besser kennen, würde ich annehmen, sie hätte es einfach eilig gehabt, den Flug zu erwischen. Aber diese Eigenschaft gehört ebenso zu Liza wie alles andere an ihr.

Sie platziert mich vor einer Wand, an der eigentlich ein Spiegel hängt, der jedoch nun auf dem Boden steht. Stattdessen starre ich auf ein schwarzes Tuch. Stolz klopft Liza darauf. »Bitte schön. Das habe ich dir anfertigen lassen.«

»Wow. Ich liebe es. Du kennst einfach meinen Stil.« Liza kichert und tut so, als würde sie mich verprügeln. Lachend fange ich ihre Fäuste ein. »Ich wollte gerade fragen, ob das in Wahrheit ein Fenster ist, hinter der eine Faust auf mich wartet, wenn ich das Tuch hebe.«

Nachdenklich nickt sie. »Hm. Gute Idee. Ich denke, das schreibe ich mir mal für nächstes Jahr auf.« Sie streckt mir die Zunge raus und stellt sich dann neben das Etwas. »Bereit?«

Auch ohne meine Antwort zieht sie das Tuch weg. Zum Vorschein kommt das wohl persönlichste Geschenk, das ich in meinem Leben bisher bekommen habe. Vor mir hängt eine Platte aus Holz, in die das Bild eines Eishockeyspielers, der aus geschriebenen Wörtern zusammengesetzt ist, eingraviert ist. Seine Brust ziert eine große weiße Acht – meine Jerseynummer im Highschool-Team damals –, umrandet von der blutroten Farbe meines Trikots. Meine Hand wandert an die Brust, als ich näher herangehe und sehe, dass Hose, Schuhe, Puck und Schläger aus typischen Hockey-Terminologien bestehen wie »Face off«, »Checking« oder »Clipping«, Trikot und Helm jedoch Eigenschaften beinhalten.

Intelligent, zuverlässig, ehrlich, offenes Ohr, aufmerksam, witzig, geduldig, abenteuerlustig, talentiert, bester Freund, selbstbewusst, großherzig, integer, engagiert.

»Das bist du«, erklärt Liza leise, während ich jedes Wort auf mich einwirken lasse. »Damit du nie vergisst, wie dich deine Mitmenschen sehen.«

KAPITEL 17

Liza

Seit ich mich erinnern kann, hatte ich ein etwas eigenartiges
Verhältnis zum Tod. Nicht nur ich. Meine ganze Familie. Alle auf
ihre eigene Weise, aber dennoch. Schätze, das passiert, wenn das
geliebte Kind von der ersten Minute seines Lebens bis zur letzten ein Damoklesschwert über dem Kopf hängen hat. Da bleibt
einem nichts anderes übrig, als sich intensiv mit dem Thema
zu beschäftigen, das der Rest der Menschheit gut und gern aus-
blendet. Ich meine, Becca wurde mit einem Darmverschluss geboren, um Himmels willen. Der ist tödlich. Man gab ihr wie
erwähnt fünf solide Jahre zu leben, weil ihre Organe echt nicht
gut aussahen. Sie hatte viele Operationen, die für »gesunde«
Menschen kein Problem wären, für CF-Patienten jedoch jederzeit tödlich enden können. So viele Blutvergiftungen, die Gott
sei Dank alle rechtzeitig behandelt werden konnten. So viele
Thrombosen vom Herumliegen. In unserer Familie war der Tod
nie etwas, das man unsichtbar machen oder vertagen konnte.
Irgendwie war er dauernd präsent. Am Esstisch, wenn Becca
ganz sachlich überlegte, wie sie sich statt eines Begräbnisses ein
Fest des Lebens wünscht. Oder wenn wir nachts im Bett lagen
und einen geistigen Spaziergang durch den Moment unseres

Todes gemacht haben. Becca war überzeugt davon, dass es dem Tod den Stachel nehmen würde, wenn wir das Thema nur oft genug ansprachen. Ich hingegen war mir sicher, dass Becca CF ultimativ besiegen würde. Sie würde diejenige sein, die dem Tod in den Arsch treten und ihn alt und grau auslachen würde, nachdem sie allen gezeigt hätte, dass sie mit den Prognosen über ihr Leben unrecht hatten.

Ich war dabei, als die Ärzte das erste Mal über die Möglichkeit einer Lungentransplantation gesprochen haben. Damals war Becca fünfzehn. Ich weiß noch, wie ich die ganze Nacht ihrem Sauerstoffgerät zugehört habe, das sie zu dem Zeitpunkt schon seit Jahren mit sich herumschleppen musste, wie es sie beim Atmen unterstützte. Wie ich im gedimmten Licht beobachtete, wie die Sondennahrung ganz langsam über den Schlauch in ihren Bauch wanderte, weil sie tagsüber nicht genug essen konnte. In meinem Kopf habe ich die Stunden gezählt, die Becca an einem einzigen Tag mit Behandlungen und Therapien verbrachte. Die Vibrationsweste. Das Inhalieren. Dutzende Tabletten und Enzyme auszählen. Jene Tabletten schneiden, die geschnitten werden müssen. Blutzucker messen. Insulinpumpe aufladen. Noch mal inhalieren. Atemübungen. Muskelaufbau. Futtern, was das Zeug hält. Noch mal Tabletten schlucken. Eine Runde schlafen, weil sie zu Mittag schon absolut k. o. ist. Noch mal inhalieren. Noch mal die Weste. Rausgehen an die frische Luft, bevor abends noch einmal Inhalieren ansteht und Tabletten geschluckt werden müssen. Und wie ich darüber nachgedacht habe, dass sich all das mit einem fremden Organ, das einer klinisch toten Person entnommen wurde, ändern könnte. Von dem Moment an war ich wie besessen von der Idee, dass sie sich auf die Liste setzen lassen sollte, denn aus meiner Sicht war das die eindeutig beste Lösung.

Ich werde jedoch auch nie die Minuten vergessen, als das Taxi uns ins Krankenhaus brachte, nachdem Becca den Anruf wegen der Lungenspende bekommen hatte. Denn sie veränderten mein Bild dieser Transplantation.

»Ich weiß nicht, ob ich bereit bin für diese OP, Liza.«

»Was? Natürlich bist du bereit. Du bist gesund, fit, stark.«

»Nein, so meine ich es nicht.«

»Sondern?«

Sie seufzt und streicht mir lächelnd eine Haarsträhne hinters Ohr. »Ich wollte diese Transplantation nicht machen, wenn ich in Todesangst bin. Verstehst du? In einem Zustand, in dem ich mich verzweifelt an mein Leben klammere und dafür alles in Kauf nehme. Ich wollte zuerst mit der Idee klarkommen zu sterben. Endgültig und unwiderruflich. Um schließlich vielleicht festzustellen, dass mir ein paar Jahre mehr geschenkt wurden. Nicht mit der Angst, dass diese Erwartungen sich nicht erfüllen würden und ich am Ende mit weniger dastehen könnte. Ich wollte mit der Idee leben *können zu sterben.«*

»Und das ist nicht der Fall?«, hake ich nach, obwohl mein Herz wehtut und ich nicht sicher bin, ob mir ihre Gedanken so kurz vor dieser OP gefallen.

»Ich bin nicht sicher«, sagt sie. »Ich wollte vor allem am Ende mit Chester dastehen. Jetzt erscheint es umso gruseliger, alleine von vorne anzufangen.« Sanft streichelt sie meine Wange und starrt den Rest der Fahrt aus dem Fenster. Und das ist der Moment, an dem ich zum ersten Mal spüre, dass ich nicht den leisesten Schimmer habe, wie es meiner Schwester tatsächlich geht. Ich kann lediglich dasitzen und hören, was sie sagt. Es jedoch wirklich nachvollziehen werde ich nie können.

Vielleicht war das der Grund, warum ich begann, mich in der CF-Community zu engagieren. Nicht, weil ich so viel zu geben habe, sondern weil ich hoffe, viel lernen zu können. Die Dinge aus anderen Perspektiven und von anderen Standpunkten zu betrachten, als ich sie bisher sehen wollte oder für richtig hielt. Ich fühle mich ignorant, weil ich die ganze Zeit dachte, neben jemandem mit CF zu leben, mache mich zu einem Experten. Dabei habe ich keinen Schimmer.

»Du hast wieder diesen Blick«, murmelt Becca, die wohl gerade aus ihrem Erschöpfungsschlaf erwacht ist, nachdem das nächste Infusionsfläschchen seinen Weg in ihren Körper gefunden hat.

Lächelnd drücke ich mich aus meinem Stuhl und setze mich auf ihr Bett. »Welchen Blick? Den Mist-ich-hätte-gestern-nicht-die-ganze-letzte-Staffel-›Suits‹-schauen-sollen-Blick?«

Noch etwas benebelt schüttelt sie den Kopf und hebt eine Hand zu meinem Mund, wie sie es stets macht, wenn sie weiß, dass ich bluffe.

Ich verdrehe die Augen. »Also, wenn du es unbedingt wissen willst: Ich überlege angestrengt, wie schnell man sich wohl mit dem Pica-Syndrom oder mit Krätze anstecken kann.«

Sie lacht leise. »Bist du nervös wegen morgen?«

»Überhaupt nicht«, lüge ich nur ein bisschen. »Aber hast du mal mein Gesicht gesehen? Ich wette, wenn ich es richtig schminke, denkt jeder, ich hätte die Krätze, so übersät wie ich mit Pickeln bin.« Ich präsentiere ihr meine Haut. »Ich habe das Gefühl, ich hätte eine Zeitreise gemacht und wäre plötzlich wieder vierzehn.«

»Ist wahrscheinlich der Stress, Baby. Schläfst du genug?«

Natürlich nicht. »Na klar. So kann ich jedenfalls nicht auf die Bühne gehen. Kein Make-up der Welt kann dieses Einhorn-Horn abdecken.« Ich deute auf die Stelle an meiner Stirn, die sich wohl extra ein Schild anfertigen ließ, auf dem in roten Großbuchstaben steht: *Pickel!* »Und die Scheinwerfer werden es auch noch beleuchten und zum Glitzern bringen.«

Schwerfällig setzt sich meine Schwester auf und gibt sich Mühe, mich nicht merken zu lassen, wie oft sie innerhalb eines Satzes inzwischen Luft holen muss. »Dann trag dein Einhorn-Horn mit Stolz!« Becca zieht meine Hand von der Stirn. »Soll ich dir ein Geheimnis verraten? Niemand interessiert sich mehr für deine Unsicherheiten als du selbst. Die starren dich nicht an, die haben genug mit sich selbst zu tun.«

Ja. Vielleicht. Kann sein. »Das kann bloß jemand sagen, dessen Haut so fein ist wie die einer Porzellanpuppe. Zurück zur ursprünglichen Frage: Pica oder Krätze?«

Becca verdreht die Augen. »Ist Pica nicht das, wo man plötzlich Bock hat, Asche, Holz, Kreide und solche Sachen zu essen?«

Ich zucke mit den Schultern, weil das die einzigen zwei absurden Dinge waren, die mir auf die Schnelle eingefallen sind.

»Also, wenn du nicht vorhast, auf der Bühne eins dieser Dinge zu naschen, dann zieht die Krankheit wohl leider nicht so.«

Am nächsten Abend stehe ich hinter der Bühne und stelle mir die Frage, warum zur Hölle ich mir das antue. Ich kann es doch gar nicht leiden, vor Leuten zu reden. Ich schreibe meinen Senf gerne auf, ja. *Formuliere* Reden in der Theorie, die ich danach zu den Akten legen kann. Ich poste sogar hier und da kleine Weisheiten für die Universität, die dann gelikt werden können oder eben nicht. Wen interessiert das? Aber vor einem Publikum zu stehen und diesen Senf abzugeben ist etwas ganz anderes. Vor allem, wenn das Publikum zum Teil gleich alt ist wie ich. Manche jünger. Interessiert die überhaupt, was ich hier gleich labern werde? Die Blaskapelle, die gerade das Eröffnungsgebläse zelebriert, interessiert die meisten jedenfalls nicht, soweit ich das von hier erkennen kann. Unten ist es dunkel genug, um all die leuchtenden Handydisplays zu erkennen, auf denen vermutlich im Augenblick kollektiv auf Social-Media-Kanälen geteilt wird, wie nervig diese Pflichtveranstaltung ist. O Mann! Ich muss aufs Klo.

Mein Mund ist so trocken, dass sich jede Bewegung meiner Zunge anfühlt, als würde ich Schleifpapier lutschen. Also bete ich, dass das Waschbeckenwasser hier Trinkwasser ist, und sorge gleichzeitig dafür, dass ich in zehn Minuten noch einmal meine Blase entleeren muss. Ein Blick in den Spiegel und meine ungewollten Smokey Eyes, und eines ist sicher: Ich will dort nicht rauf!

Ich: Wie hoch ist die Wahrscheinlichkeit, dass wir noch mal dieses Ding abziehen können, was wir letztes Jahr im Kino gemacht haben? Erinnerst du dich noch? Bräuchte einen schnellen Fluchtweg.

River: Wie könnte ich das vergessen? ;-)

River: Aber die Chancen stehen ziemlich gut. Diesmal bin ich sogar mit Krankenhauskleidung ausgestattet.

Ich lese die Worte noch drei Mal, ehe ich antworte.

Ich: Warte … du bist hier?

River: Letzte Reihe. Dachte, das könnte meinem Intro etwas mehr Dramatik verleihen.

Er ist gekommen? Wie? Ich weiß, dass er heute Dienst hat. Und bloß, um kurz vorbeizuschauen, ist New Jersey definitiv zu weit entfernt. Dennoch spült augenblicklich eine Woge der

Erleichterung über mich hinweg, jetzt, wo ich weiß, dass er da ist.

River: Wo bist du?

Ich presse die Lippen zusammen. Ich verstecke mich wie ein kleines Mädchen vor einer Schularbeit im Klo.

Ich: ...

River: Liza!!!

Zur Antwort schicke ich ihm ein Foto von der Damentoilette und stecke mein Handy anschließend zurück in die Tasche, weil ich dringend mein Gesicht waschen muss. Oder es abkratzen. Oder ich wickle es in Toilettenpapier ein und schiebe mein Aussehen dann doch auf Krätze.

Vorerst für die erste Variante entschieden tupfe ich mich gerade mit Papierhandtüchern ab, als es leise an die Tür klopft. »Liza!«

Ich begegne den weit aufgerissenen Augen meines Spiegelbildes und überlege, ob ich wohl damit durchkomme, so zu tun, als wäre ich nicht da.

»Du weißt, dass ich kein Problem damit habe, einfach reinzukommen, stimmt's?«

Ich verdrehe die Augen, weil ich *eigentlich* weiß, dass er *nie* irgendetwas machen würde, was ich absolut nicht will. Dazu respektiert er mich zu sehr und es bedeutet mir die Welt. Also öffne ich die Tür und erwidere automatisch das sanfte Lächeln, mit dem er mich begrüßt.

Er lässt die Tür hinter sich zufallen und lehnt sich dagegen. »Bist du okay?«

Ich schüttle den Kopf und deute auf mein Gesicht.

»Du bist wunderschön«, erwidert er und klingt dabei auch noch überzeugt.

Ich stemme die Hände in die Hüften. »Wie kannst du das sagen? Mein Make-up ist buchstäblich vor mir weggelaufen, das Horn auf meiner Stirn ist bald schwerer als mein Kopf und mein Kleid sieht aus wie das von Aschenputtel, nachdem ihre fiesen Stiefschwestern mit ihr fertig sind. Sieh mich an!«

»Das tue ich, Liza!« Er meint das wirklich ernst. Sein Blick landet auf meinen Lippen.

Ich vergesse prompt, worüber ich mich als Nächstes beschweren wollte.

River kommt ein Stück näher, hält dann inne und schüttelt ganz leicht den Kopf, als wolle er ihn freikriegen. Letztlich schließt er kurz die Augen und macht wieder einen Schritt zurück.

Meine Hand klammert sich ans Waschbecken, damit ich ihm nicht nachgehe.

So ist es jetzt ständig zwischen uns. Wir sind wie zwei Pole, die voneinander angezogen werden, sobald wir denselben Raum betreten, gleichzeitig aber wie an einer Leine festgebunden scheinen, sodass wir einander nie vollständig treffen können. Und ich weiß, das liegt alleine an mir. Ich weiß, ich könnte uns aus unserer Misere befreien. Ich schwinge nicht zum ersten Mal tolle Reden über das Leben und wie wichtig es ist, das Beste daraus zu machen, weiß aber selbst verdammt noch mal nicht, *wie* das geht. Ich weiß nicht, wie ich glücklich sein könnte, wenn meine Schwester *immer wieder* stirbt. Wenn *ich* so besessen war von dem Gedanken an diese Lunge, weil ich egoistisch darauf gebaut habe, durch sie endlich die *Play*-Taste meines eigenen Lebens drücken zu können. Und wenn jetzt genau das eingetroffen ist, was Beccas größte Sorge war. Sie raubt ihr Zeit. Vielleicht nicht unbedingt Lebenszeit. Aber Zeit zum Leben.

Wie zur Hölle sollte es sich richtig anfühlen, auf Wolke sieben dahinzuschweben, während Beccas Seifenblasen unter ihrem Gewicht ständig dünner werden?

»Scheiß auf dein Make-up! Wenn es dein Gesicht nicht zu schätzen weiß, hat es dich sowieso nicht verdient«, geht River auf mich ein. »Was dein sogenanntes Horn angeht: Das hier sind Princeton-Studenten. Die meisten haben vermutlich eine Klasse übersprungen. Oder fünf. Also kann dabei jeder mitfühlen. Und Aschenputtel hat mit dem Kleid den One-Shoulder-Look zum Trend gemacht, also hör auf, dir Sorgen zu machen!«

Ich kichere über seine Worte und wundere mich, wie er es jedes Mal schafft, mich aus der Reserve zu locken, obwohl ich gerade noch kurz vorm Heulen war.

Draußen hört man die Menge mäßig applaudieren. Ich verschränke schützend die Arme vor der Brust. »Ich kann mich nicht mehr an meine Rede erinnern. Ich habe ein Blackout.«

»Deswegen hast du sie dir ja auch aufgeschrieben. Und wenn du erst mal angefangen hast, läuft es von selbst.«

»Trotzdem … Ich glaube nicht, dass das alles eine gute Idee ist.« Mir fällt nichts Konkretes mehr ein. »Aus … anderen Gründen«, erkläre ich ihm und drücke die Handballen gegen meine Schläfen.

Er zuckt mit den Schultern und lehnt sich erneut entspannt an die Tür. »Dann lass es halt«, empfiehlt er mir lässig und sieht auf die Uhr. »Holen wir uns eine Pizza? Könnte 'nen Happen vertragen, und nachdem ich meine Schicht getauscht habe, habe ich Zeit.«

Warte mal! Eigentlich sollte er mich davon überzeugen, dass es *doch* eine gute Idee war, mich hierfür bereit zu erklären … Bei der Vorstellung, mich zu drücken, klopft mein Herz noch schneller als vorher. »Ich dachte eigentlich, wir würden hier diese kleine Nummer abziehen, wo ich mich ziere, du mich überredest und ich dich später dafür verantwortlich machen kann, wenn es als absolutes Desaster endet.«

River lacht herzhaft und schüttelt schließlich den Kopf. »Es ist normal, nervös zu sein, aber du wirst sehen: Schon bei deinem ›Hallo‹ wird dir der ganze Raum an den Lippen hängen.«

Ich kann nicht anders, als zu lächeln. Energisch straffe ich die Schultern und atme tief durch. »Insofern sollte ich die Rede noch schnell umschreiben, denn sie beginnt nicht mit *Hallo*.«

KAPITEL 18

River

Ich setze mich zurück in die letzte Reihe, auch wenn überall vereinzelt Plätze frei sind. Als Liza angekündigt wird, fühle ich, wie sich meine Mundwinkel hochziehen. Gleichzeitig lege ich eine Hand auf mein Herz, weil ich auf einmal nervös bin. Und ich bin nie nervös. War ich nicht mal vor der verdammt harten Abschlussprüfung, für die ich monatelang gelernt hatte. Oder als wir öffentlich unsere Zeugnisse überreicht bekommen haben. Und das, obwohl sogar meine Eltern anwesend waren, auch wenn mein Vater nur exakt die ersten zehn Minuten erlebt hat, ehe er wegmusste. Meine Mutter war extra aus Australien angereist. Sie hat mir das auch dementsprechend lange vorgehalten, weil die Verleihung ihrer Meinung nach nicht speziell genug war. Und Willow hat Liza am Arm zurück auf den Klappstuhl gezogen, als sie bei der Nennung meines Namens gejubelt und gepfiffen hat.

Liza lächelt ins Publikum, während wir applaudieren. Sie ist so beschäftigt damit zu winken, dass sie gleich über die erste Stufe stolpert. Ich bin nicht der Einzige, der sich im Reflex erhebt, um zu helfen, auch wenn ich von hier hinten sowieso keine Chance hätte. Ein paar Säcke kichern und zücken ihr Handy.

Doch Lizas Schultern zucken selbst vor Lachen, und in einer dramatischen Geste, in der sie ihr Kleid so weit wie möglich hochrafft, nimmt sie die weiteren drei Stufen in Angriff.

Ich sinke zurück in den Stuhl und bewundere wenig überrascht ihre Fähigkeit, das Beste aus der Situation zu machen, indem sie sich auf der Bühne verbeugt.

»Wenigstens habe ich gleich das Eis gebrochen. Und mein Knie. Au!«

Wie ich sagte: Sofort hat sie die Leute für sich gewonnen. Ich grinse.

»Na ja. Vielleicht kennt ihr die Geschichte aus der Bibel, wo Gott Moses beruft, mit dem Pharao zu reden, um das Volk Israel aus der Sklaverei in Ägypten zu befreien? Moses Antwort darauf war in etwa so was wie: *Nope! Sicher nicht. Ich kann nicht gut reden. Schick jemand anderen.* Und Gott war nicht sonderlich begeistert, aber er hatte ein weiches Herz und erlaubte Moses, seinen Bruder Aaron als Fürsprecher mitzuschleppen.« Liza macht eine Pause für den Effekt und winkt dann grinsend. »Hi! Mein Name ist Elizabeth und – Spoiler – ich bin leider nicht hier, um euch von der Sklaverei eurer Professoren zu befreien. Sorry für all diejenigen, die schon heimlich begonnen haben, Konfetti aus ihren Programmheften zu machen.« Ein Lachen geht durch die Reihen und ich beobachte, wie immer mehr Studenten ihr Handy senken und den Blick zu Liza heben. Sie hat sie.

»In Wahrheit bin ich heute hier, um euch von meiner Schwester Rebecca zu erzählen. Sie wurde vor fünfundzwanzig Jahren als sehr hässliches Baby geboren. Überall Falten im Gesicht. Kein Haar auf dem Kopf. Viel zu große Ohren. Alles in allem eine gewisse Ähnlichkeit mit Harry Potters Hauselfen. Übrigens sagen die meisten, wir sähen aus wie Zwillinge, also …« Sie zieht für den Effekt ihre gelockten Haare über die Ohren und strahlt, als gelacht wird. »Jedenfalls konnte man es ihr nachsehen, weil sie irgendwie trotzdem extrem süß war.«

Ein Bild von Becca als Säugling mit diversen Schläuchen und Elektroden in und um ihren kleinen Körper erscheint auf der Leinwand. Ein kollektives Luftanhalten geht durch die Reihen. Sie trägt eine kleine Sauerstoffbrille, die mit Klebeband befestigt werden musste, aber ihr Lächeln ist breit und ihre Augen strahlen. Liza erklärt kurz das Krankheitsbild der Mukoviszidose und zeigt danach auf Beccas Foto hinter sich. »Wer wünscht sich so was schon für ein unschuldiges Baby? Oder für ein kleines Mädchen, das bereits vor ihrer Einschulung öfter operiert wurde als die meisten von uns bis heute. Und für einen Teenager, der für ein Leben kämpft, das alle anderen irgendwie bemitleiden. Ich erinnere mich an eine Situation, als eine Freundin meiner Mom Becca im Krankenhaus besucht hat, während ich ebenfalls dort war. Sie war schwanger und erzählte, dass das Baby auch in der sechsunddreißigsten Woche noch nicht sein Geschlecht verraten wollte. Dann sagte sie: ›Na ja, egal, Hauptsache, es ist gesund.‹ Wahrscheinlich hat sie gar nicht begriffen, zu wem sie das in dem Moment gesagt hat, aber ich war so sauer, dass ich am liebsten meine Krallen ausgefahren hätte. Becca, die frustrierend sanfte Seele, antwortete allerdings: ›Ich wünsche deinem Baby, dass es ein Leben führen wird, auf das es von der ersten bis zur letzten Minute stolz sein kann.‹

Und das wäre doch schön, oder? Wenn jeder von uns nicht erst am Ende seiner Zeit sagen könnte, im Großen und Ganzen stolz auf sein Leben gewesen zu sein, sondern in jeder Phase. Doch wenn wir Bilder wie das von Becca als Baby sehen, dann kann man sich schwer vorstellen, wie das möglich sein kann. Mit all den Krankenhausaufenthalten, all den Operationen, den fünf Stunden Therapie täglich, der Sauerstoffflasche, die sie überall mit sich herumschleppen muss. Vergangenes Jahr hat

Becca eine neue Lunge bekommen, doch sie stößt sie ab. So fiel ihre Lungenfunktion von den anfänglichen fünfundneunzig Prozent innerhalb weniger Monate auf dreiundsechzig Prozent. Achtzehn Termine beim Lungenfacharzt, mehr wochenlange stationäre Aufnahmen als jemals in einem Jahr zuvor, sechs Wochen Antibiotika-, zwei Immunglobulin-Infusionen, Steroid-Boli, zwei Bronchoskopien, zwei Katheter-OPs, fünf Photopherese-Therapien, bei denen eine aus mindestens zwei Zyklen besteht, und rund fünftausend Tabletten später ist sie heute bei zweiundzwanzig Prozent und neunundvierzig Kilo.«

Ich senke den Blick. Standardprozedere bei einer Abstoßung. Becca kämpft um diese Lunge, ebenso wie die Ärzte. Ich habe sie dieses Jahr auch schon im Turnus auf der Internen betreut. Ich weiß, dass der Fokus inzwischen darauf liegt, sie stabil zu halten, die Lunge zu *erhalten*, bis Becca wieder vor das Transplantationskomitee treten kann. Es ist ihre einzige Chance.

»Ich glaube, die wenigsten von uns würden sich das Leben wünschen, das meine Schwester hat. Sie tut uns leid. Aber was genau tut uns eigentlich leid? Dass sie stirbt? Sorry, wenn ich das so frei heraus sage, aber das werden wir alle. Tut es uns leid, dass sie weit früher stirbt als die meisten von uns? Jünger, als sie sollte? Klar, das ist furchtbar. Aber darf ich euch ein Geheimnis verraten? Becca hat mehr Angst davor, die Miete nicht bezahlen zu können, als vor dem Tod. Und das ist nicht einmal ihr schwarzer Humor, der da spricht. Es ist eine bizarre Tatsache. Warum? Weil ihr ganzes Leben von dem Wissen bestimmt war, dass sie die meisten Dinge nie erleben wird. Nicht nur, weil immer wieder über ihre Lebenserwartung diskutiert wird. Sondern eher wegen der alltäglichen Dinge: Niemand hat sie je gefragt, auf welche Uni sie vielleicht gerne gehen würde. Wenn sie erzählt hat, dass sie gern Lehrerin werden würde, hat man schnell das Thema gewechselt. Ich habe Becca auch oft davon sprechen hören, welche Länder sie bereisen möchte, *gefragt* wurde sie allerdings nie. Und ich sehe noch dieses traurige Lächeln von all denen vor mir, die ihr zugehört haben, wenn sie von ihren Träumen berichtet hat. Wisst ihr, welches ich meine?«

Sie macht es vor.

»Dieses Lächeln, das automatisch kommt, wenn du weißt, dass etwas nie passieren kann. So was bleibt hängen. Und *das* degradiert den Menschen. Nicht die Krankheit selbst, sondern die Art und Weise, wie damit umgegangen wird. Und ganz ehrlich?! Verratet es ihr bloß nicht, denn dann wird sie mich skalpieren, aber auch ich habe oft ein schlechtes Gewissen, weil Becca nicht von der fünfundsiebzigprozentigen Wahrscheinlichkeit profitieren durfte, das Gen *nicht* vererbt zu kriegen, ich hingegen schon.«

Ich beiße mir auf die Wangeninnenseite. Diese Tatsache frisst sie auf, auch wenn sie absolut gar keinen Einfluss darauf hatte.

»Natürlich hat es mir auch etwas ausgemacht, meine Eltern, meine Freizeit, meine gesamte Kindheit nicht nur mit meiner Schwester zu teilen, sondern mit einer verflucht pflegeaufwendigen Krankheit. Mit ihren Behandlungen, ihrem Schmerz, den Kriegsnarben, die CF sie bereits gekostet hat, oder damit, dass sie sich jeden Morgen erst einmal zwanzig Minuten die Lunge aus dem Leib hustet, weil es nach der Nacht immer am schlimmsten ist. Das alles ist wirklich nichts, worum ich sie beneide. Wofür ich Becca aber unendlich beneide und bewundere, ist, wie sie es schafft, das Beste aus allem herauszuholen. Sie ist Meisterin darin, jeden Augenblick bewusst zu leben. Becca verwandelt sich nicht in die kranke Seele, sobald sie ins Krankenhaus geht. Vielmehr bringt sie trotz ihrer Krankheit – oder vielleicht genau deswegen – mehr Licht an den Ort, an dem es leicht ist zu vergessen, dass zum Leben nicht nur die Höhen und das Glück der Gesundheit gehören.«

Jemand setzt sich neben mich und berührt meinen Oberschenkel. »River?«

Ungern reiße ich meinen Blick von Liza los und sehe von der manikürten Hand hoch ins überraschte Gesicht einer Frau, die meinen Puls letztes Jahr definitiv in die Höhe hätte schießen lassen. Heute schlägt er für jemand anderen.

»Ich wollte mir auf keinen Fall die Chance entgehen lassen, Hallo zu sagen.«

»Ruby!«, brumme ich und nicke ihr zu. Ich will nicht unhöflich sein, wenngleich ich nicht bereit bin, meine Aufmerksamkeit zu teilen.

»Wer hätte gedacht, dass wir uns je wiedersehen. Und dann auch noch auf einer trockenen Veranstaltung wie dieser.« Ihre langen, schwarzen Haare streichen über mein Knie, als sie sich lachend vorbeugt. Es lässt mich kalt, insbesondere, weil es mich stört, dass es sie offensichtlich nicht interessiert, was Liza sagt, und sie ihr auch nicht zuhört. Denn ihre Rede ist alles andere als trocken. »Was führt dich ausgerechnet hierher?«, hakt Ruby nach, ihr Atem inzwischen heiß auf meiner Wange, weil sie mir so nah ist.

»Sie«, antworte ich und deute zu Liza.

Ruby lehnt sich ein Stück zurück. »Oh. Du kennst sie?«

Ein Lächeln zieht an meinen Mundwinkeln. »Ja!«, erkläre ich mit Überzeugung und stütze mich auf meine Knie. »Lass uns gleich reden, okay?«

»Cool, ähm. Klar«, murmelt sie. Ich will sie nicht kränken, nur meine Intentionen klarmachen. Letztlich nimmt Ruby ihre Hand weg und mein Körper entspannt sich wieder.

»Also, vielleicht gelingt es uns, darüber nachzudenken, wie wir kranken Menschen zukünftig begegnen. Wie wir von ihnen sprechen. Ob wir sie mit dem Gefühl hinterlassen, etwas aus ihrer Situation, ihren Gaben, ihrer Zeit machen zu können. Keiner von uns sollte darauf warten müssen, dass uns jemand sagt, wir wären endlich gut genug, gesund genug, alt genug, um etwas von uns selbst geben zu können. Ein Leben zu führen, das wir leben wollen. Wenn ihr euch also gleich eine Sache mit an die Bar nehmt –«, Liza zwinkert übertrieben, »– dann bitte das: Wenn ich von der Welt respektiert werden will, wenn *ich mich selbst* respektieren will – wenn *du* das willst –, dann musst du etwas von dir geben, was Wert hat. Und das kannst du in jeder Lebenslage tun. Gesundheit ist ein Werkzeug dafür. Geld ist ein Werkzeug dafür. Es sind aber keine Voraussetzungen. Die Voraussetzung bist du selbst und wie du dein Leben siehst. Was du daraus machst. Man stößt sich leicht am Leben, weil es immer Schmerz, Leid, Krankheit geben wird. Weil immer irgendetwas lauert und auf die Chance wartet, einem den Boden unter den Füßen wegzureißen. Das Geheimnis ist, trotzdem ganz bewusst zu *wählen*, das Leben zu leben. Dieses Leben zu lieben.« Liza schaut etwas verunsichert in die Runde, bevor sie lächelnd die Augenbrauen hebt. »Tja, das war alles. Jetzt könnt ihr eure Programmhefte gerne zu Konfetti verarbeiten.« Das Publikum lacht und klatscht, und ich atme buchstäblich mit Liza auf.

»Komm schon!« Ruby hakt sich bei mir ein. »Was *ich* an die Bar mitnehme, bist du.«

KAPITEL 19

Liza

»Siehst du? Das ›Hallo‹ war überhaupt nicht nötig.« River zwinkert mir zu, als ich an die Bar komme, und zieht den Barhocker ein Stück zurück, damit ich mich hinsetzen kann.

»Stimmt. Wer braucht schon ein Hallo, wenn man sich auch ohne Worte vor Studenten und Lehrkörpern zum Affen machen kann.«

River legt den Kopf schief, sein Blick voller Ernsthaftigkeit. »Glaub mir, Liza. Du hast dort oben alles andere gemacht als dich zum Affen. Wie viele Leute haben dir schon gratuliert, seit du die Bühne verlassen hast?«

»Der eine oder andere«, tue ich die Frage schnell ab. »Einer hat mir mitgeteilt, dass man bei meinem Sturz kurz meine Unterhose gesehen hätte. Er wäre aber bereit, es nicht zu posten, wenn ich ihn auf ein Getränk einladen würde.« Mit dem gleichen perplexen Lachen, mit dem ich auf besagten Typen reagiert habe, werfe ich die Hände in die Luft.

»Lass mich raten – klein, dafür aber geformt wie ein Kleiderschrank und mit diesem Surfer-Dude-Look?«, fragt eine dunkelhaarige Frau auf Rivers anderer Seite, die ich erst jetzt wahrnehme.

»Ja«, antworte ich etwas verwirrt, weil sich diese dunkle Schönheit in unser Gespräch einmischt.

Sie wirft lachend den Kopf zurück und legt ihre Hand auf Rivers Schulter. »Phoenix, unser Phänomen. Er sieht total heiß aus, aber sobald er den Mund aufmacht, läuft jede Frau schreiend vor ihm weg.« Ich bin noch zu beschäftigt mit dem Anblick, wie ihre Hand seinen Arm hinabwandert, um mitzulachen. Die beiden kennen sich. Sie hat sich überhaupt nicht ins Gespräch eingemischt. Das war ich.

»Liza, das ist Ruby«, erklärt River. Sie streckt mir freundlich ihre Hand entgegen und ich schüttle sie. »Wir haben eine Weile zusammen studiert.«

»Bevor ich gemerkt habe, dass ich mit dem IQ dieses Mannes bei Weitem nicht mithalten kann, und gewechselt habe«, wirft sie ein und wirkt dabei frustrierend sympathisch.

»Sagt diejenige, die bald ihren Abschluss in Princeton macht«, kontert River und verdreht amüsiert die Augen. Gebeutelt von diesem hässlichen und ungerechtfertigten Gefühl der Eifersucht, das mich auf einmal überkommt, zwinge ich mich, mich zur Bar zu drehen, und schnappe mir die Karte.

»Touché. Aber da sieht man eben wieder, dass jeder dem nachgehen sollte, worin er gut ist. Mir liegt die Technik hinter der Medizin mehr, du warst schon immer gut mit deinen Händen.« Okay, ich brauche einen Shot. Du warst gut mit deinen Händen? Was soll das denn heißen? »Hast du heute noch Pläne, oder würdest du mit mir essen gehen? Ist ja 'ne Weile her, seit wir uns das letzte Mal gesehen haben«, fragt sie höflich. Es ärgert mich, dass sie mich einfach ausschließt. Ich krame mein Handy aus der Tasche hervor und beschließe, dass ich heute mehr als einen Shot brauche.

»Wie sehen deine Pläne aus, Liza?«, wendet sich River an mich. Meine Pläne ... Nicht *unsere*, weil ich keinen Anspruch darauf habe. Ich bin nicht seine Freundin und Ruby ist ganz klar nicht abgeneigt.

Ich kippe meinen Shot und begrüße den bitteren Geschmack, den er hinterlässt. Dann rutsche ich lächelnd vom Hocker. Mein Blick trifft Rivers Augen, die prüfend von meinem Glas zurück zu mir wandern. »Ich bin heute mit Steph unterwegs. Club Night ist angesagt«, erzähle ich eine Halbwahrheit, weil ich weiß, dass Steph immer für Club Nights zu haben ist. »Muss mich aber noch fertig machen«, füge ich bei Rivers durchdringendem Blick hinzu. Schon klar, dass es zu früh für die Klubs ist. Aber hier bleibe ich auf keinen Fall. Und River muss meinetwegen nicht im Zölibat leben. Wer weiß, was er in seiner begrenzten Freizeit oder im Krankenhaus sonst so treibt. Verflucht, in jeder Arztserie haben die Ärzte in irgendwelchen Kämmerchen mehr Sex pro Staffel als ich bisher in meinem gesamten Leben. Verdammt noch mal! Was ist los mit mir?

»Brauchen wir alle manchmal, nicht wahr? Zu viel Make-up, zu wenige Klamotten und eine Nacht unter uns Mädels«, ergänzt Ruby.

Ich lache mit, obwohl ich mich frage, ob sie das gerade auf sich selbst bezieht oder mich eher anspornt, mich aus dem Staub zu machen.

»Bist du sicher?«, will River wissen. Ich weiß, er hat mich durchschaut. Keine Ahnung, wann ich das letzte Mal in einem Klub war. Noch dazu an einem Wochentag. Ist auch nicht so, dass ich die Energie dazu hätte. »Steht morgen früh dann trotzdem noch?« Joggen mit River … am liebsten würde ich gerade absagen. Was, wenn ich dann noch Rubys Parfüm an ihm riechen kann? *Grr! Liza!*

»Na klar!«, antworte ich. »Bis morgen. Bye, Ruby.« Sie winkt nett und ich erlaube mir erst, als ich genügend Abstand zwischen mich und die beiden gebracht habe, mein Lächeln verrutschen zu lassen.

Stunden später muss ich mich an der Wand festhalten, um zur Damentoilette zu gelangen, weil ich schon den einen oder anderen Erdbeershot zu viel getrunken habe. Becca hat mir eine Sprachnachricht hinterlassen. Auf der Tanzfläche, umgeben von Flo Rida und »Low«, höre ich leider nichts. Also stolpere ich vorbei an den anderen Betrunkenen, an denen, die vielleicht vergessen haben, dass sie noch im Klub und nicht im Hotelzimmer sind, während sie sich gegenseitig auffressen. Ich halte mir eine Hand an den Bauch, als ich am WC noch den Beat von draußen spüre. Ich schließe den Deckel der verdreckten Kloschüssel und verspreche mir selbst, meine Klamotten im Anschluss zu verbrennen.

Nach dieser Tortur bringe ich mein Handy dicht an das rechte Ohr und halte mir das linke zu, damit ich inmitten des Gequassels rund um mich etwas verstehe.

»Hey, Baby. Sorry, dass ich jetzt erst antworten kann. Heute war ziemlich viel los. Aber egal – ich bin so stolz auf dich, Liza! Und ich will unbedingt einen Mitschnitt haben. Bin mir sicher, du hast das Ding gerockt.« Becca beginnt zu husten und die Sprachnachricht endet abrupt.

Schluckend stütze ich meine Ellbogen auf den Knien ab und klicke auf die zweite.

»Ach ja, und nein, leider hat der Lungenfunktionstest keine Verbesserung gezeigt.« Ich schließe die Augen und drücke meine Handballen fester gegen den Kopf. »Aber diese Dinge brauchen Zeit und ich bin zuversichtlich. Hab dich lieb, Baby. Wir sehen uns morgen.«

Obwohl ich weiß, dass nichts mehr kommt, verharre ich in meiner Position. Wie kann sie zuversichtlich sein? Das vergangene Jahr war körperlich schmerzhafter für sie als all die Jahre zuvor, und das heißt was, denn Becca ist Schmerzen gewöhnt. Sie hat mehr Gift in sich hineingepumpt und mehr Nebenwirkungen durchstehen müssen als je zuvor. Wie kann man da zuversichtlich sein, wenn man weiß, dass alles umsonst war?

Ich erinnere mich an den Tag wenige Monate nach der Transplantation, als wir die Familie der Spenderin getroffen haben, von der Becca die Lunge erhalten hat. Jeder von uns hat geheult. Die einundzwanzigjährige Irene war vom Pferd gestürzt und hatte ein schweres Schädel-Hirn-Trauma erlitten. Der Familie wurde klargemacht, dass sie für den Rest ihres Lebens an den Maschinen hängen müsste. Der einzige Trost, den sie in ihrem Leid verspürten, war, dass Irenes Organe Leben retten konnten. Und jetzt? Ich beiße mir auf die Lippe, bis ich Blut schmecke. Jetzt braucht Becca einen zweiten toten Menschen, um weiterleben zu können. Und das ist nicht alles – was, wenn ihr Körper die zweite Lunge auch kaputt macht? Manchmal wirkt alles einfach so sinnlos und unfair. Mit der Spitze meines Schuhs trete ich gegen die Klotür, woraufhin es draußen für einen Moment sehr ruhig wird.

Vorhin auf der Bühne fühlte ich mich wie eine Heldin. Aber jetzt, hier, allein und betrunken in der Klozelle, fühle ich mich wie eine schreckliche Heuchlerin. Weil ich das gesagt habe, von dem ich weiß, dass es anderen Hoffnung gibt. Aber eben auch das, was mein Herz eigentlich nicht so empfinden kann.

Wütend über mich selbst schmeiße ich mein Handy zurück in die Tasche, fahre mir durch die Haare und atme einmal tief durch, bevor ich zurück zu Steph marschiere. Mit spitzen Lippen schlürft sie gerade an einem neuen Cocktail und winkt mit glasigen Augen, als sie mir auch einen reicht.

»Was ist das?«, schreie ich über die Musik.

»Mai Tai. Von den Typen dort drüben.« Sie deutet auf drei Kerle ein paar Hocker weiter und grinst. »Kannst du dir das vorstellen? Das liegt sicher an meinem Outfit. Es gibt Studien dazu, dass man eher beglückt wird, wenn man Rot trägt. Wusstest du das?«

»Dein Kleid ist durch und durch rot.«

Sie wackelt mit den Augenbrauen. »Die Absätze auch. Wer weiß, vielleicht schaffe ich es, morgen schwanger zu sein.« Meine Freundin macht eine Show daraus, die Kirsche mit den Zähnen vom Stängel zu befreien, und ich verdrehe kichernd die Augen. Danach rieche ich an dem verflucht stark nach Alkohol duftenden Getränk und zögere, obwohl ich am liebsten den Strohhalm rausschmeißen und das Ding in einem Zug leeren will.

»Keine Angst. Sie haben ihn nur bezahlt, nicht gemixt. Alles gut«, versichert sie mir, und ich hoffe, sie hat recht, denn im nächsten Augenblick stoße ich mit ihr an und trinke, was das Zeug hält.

»Dance Monkey« dröhnt durch die Lautsprecher und Steph dreht durch. »Lass uns tanzen!«, ruft sie und zerrt mich ins blinkende Scheinwerferlicht.

Irgendwo tief in mir ist es mir peinlich, wie ich durch die Gegend torkle, wie ich über Sachen lache, die ich eigentlich gar nicht witzig finde. Wie ich hemmungslos mit Steph tanze und so tue, als würde es mir irgendetwas geben, wenn ein Kerl mich hier und da mal angräbt. Nicht, dass an irgendetwas davon etwas Verwerfliches wäre – aber in Wahrheit will ich nichts dergleichen. Alles, was ich will, ist, dass der Alkohol tut, was seine Aufgabe ist, und mich an den Punkt bringt, an dem ich frei bin. Denn manchmal scheint die Leere, die der Alkohol mir schenkt, der einzige Fluchtweg zu sein, um wenigstens für die paar Stunden dem Rest meines Lebens zu entkommen, das sich mehr denn je um nichts anderes dreht als CF.

Mein lästiger Handywecker bimmelt mich aus dem Schlaf. Die Frage ist nur, wieso?! Ich will nicht aufstehen. Nie. Nicht so, wie ich mich fühle, als ich die Augen öffne. Stöhnend taste ich danach und werfe dabei so gut wie alles andere von meinem Nachtkästchen auf den Boden, bis der Wecker endlich leise ist und ich seufzend zurück in mein Kissen fallen kann. Die nächsten gefühlten zehn Minuten halte ich die Luft an, bis die Welle der Übelkeit überwunden ist, die die Bewegungen ausgelöst haben. Erst danach riskiere ich einen genaueren Blick auf mein Telefon. Es ist halb sechs Uhr morgens. Wieso zur Hölle wollte ich um diese Uhrzeit aufstehen? Vor allem, wenn ich nicht einmal weiß, wann ich ins Bett gekommen bin. Und wie. Zaghaft taste ich an meinem Körper entlang. Warum trage ich nur meinen BH? Höschen ist noch da, trotzdem überfällt mich Panik.

Dass ich überhaupt Kleidung anhabe, ist ein gutes Zeichen, aber wer hat mir den Rest ausgezogen? Habe ich das selbst gemacht? Alter! Wie viel habe ich letzte Nacht wirklich getrunken? Nervös luge ich auf meine andere Seite, um sicherzugehen, dass niemand neben mir liegt. Das Bett ist leer. Gott sei Dank!

Ich presse mir beide Hände auf den Kopf, weil ich das Gefühl habe, er könnte sonst abfallen, wenn ich jetzt aufstehe. Fahrig greife ich nach dem erstbesten Shirt, das über meiner Nachttischlampe hängt, und meinem Handy und schlurfe ins Wohnzimmer, nur um dann versteinert stehen zu bleiben. Da hängt ein Arm über meiner Couch! Ich mag zu viel getrunken haben und es ist dunkel, aber das ist ein menschlicher Arm. Wer auch immer da liegt, hat sich die Decke über den Kopf gezogen.

Mit wild klopfendem Herzen knipse ich die Deckenleuchte an, woraufhin jemand kreischend vom Sofa fällt. Steph. Natürlich. Sie muss mich ins Bett gesteckt haben. Erleichtert beginne ich zu lachen wie eine Verrückte. »Guten Morgen, Sonnenschein!«, trällere ich mit heiserer Stimme, während sie entsetzt aufsieht.

»Morgen? Es ist mitten in der Nacht, Liza«, ächzt sie. »Geh weg!«

Meine Zunge fühlt sich pelzig an. »Warum schläfst du auf dem Sofa, wenn du dir schon extra die Mühe gemacht hast, mir die Kleider vom Leib zu reißen?«

»Du schnarchst, wenn du betrunken bist. Das hält ja keiner aus.«

Ich lache, weil da genau die Richtige spricht.

»Und der einzige Grund, warum ich dich ausgezogen habe, ist, weil du den letzten Tequila neben deine Lippen gekippt hast. Deinetwegen hat mich unser Uber-Fahrer schlecht bewertet«, meckert Steph, und ich grübele über den Tequila nach, an den ich mich nicht erinnern kann. Ich hasse Tequila.

Es klopft leise, und ich starre unbeholfen von der Tür zurück zu Steph, die sich wieder auf die Couch hievt. »Ich erwarte niemanden«, nuschelt Steph ins Kissen.

Mühevoll drücke ich mich vom Boden nach oben, kontrolliere, dass mein Shirt mein süßestes Höschen mit der pinken Masche verdeckt, sehe durch den Spion und grinse doof. River …

River? Ich weite die Augen, als es endlich bei mir klickt, und schlage mir eine Hand gegen die Stirn.

»Wir wollten joggen gehen«, flüstere ich Steph zu, die ganz kurz den Kopf hebt, um mich auszulachen.

»Du läufst nie«, murmelt sie in ihren Arm. »Außer eine Spinne ist hinter dir her oder Zara hat neue Sommermode rausgebracht.«

Ich verdrehe die Augen, weil sie nicht hilfreich ist. Ja. Freiwillig würde ich nicht joggen. Es ist wegen des CF-Laufs. Wenn ich dort reden soll, dann muss ich auch mitlaufen. Damit ich mich dort nicht komplett zum Clown mache, habe ich River gefragt, ob ich ihn und Jake das eine oder andere Mal begleiten dürfte. Das Laufband habe ich vor Monaten auf eBay verkauft, weil ich es sowieso nie benutzt habe. Und als Frau alleine in

New York joggen zu gehen steht auch nicht unbedingt auf meiner Most-wanted-Liste. Deswegen diese grausame Uhrzeit.

Ich öffne die Tür nur so weit, dass ich mit einem Auge durch den Spalt blinzeln kann. »Hallo.«

Seine warmen Augen wandern zu meinen Haaren, die wahrscheinlich preisgeben, wie ich mich heute Morgen fühle, und er schnurrt leise. »Geh zurück ins Bett, Bubby! Ich komme ein anderes Mal wieder.«

Unerwartet versetzen mich diese Worte in Panik. Ich schwinge die Tür auf und greife nach dem Ärmel seines engen Kapuzenpullis. »Nein!«

Diese Furche auf seiner Stirn taucht wieder auf und er tritt näher an mich heran, während Balu mein nacktes Bein mit der Schnauze anstupst.

Aus Angst, dass einer der beiden den Alkohol an mir riecht, löse ich meine Hand von River und gehe ein paar Schritte zurück. Steph pennt bereits wieder hörbar auf der Couch. Ich weiß, dass ich jetzt nie im Leben wieder einschlafen würde. Mit meinen Gedanken alleine sein will ich aber ganz sicher nicht.

»Gib mir fünf Minuten. Höchstens acht ...« Damit ich mir in sieben davon das pelzige Zeug und hoffentlich den Gestank von der Zunge bürsten kann.

Rivers braune Augen wandern meinen Körper hinab und verharren einen Moment länger auf meinen Beinen, bevor er sie etwas schwerfällig wieder auf mein Gesicht richtet.

Und ich spüre die Nachwirkungen seines Blicks, fühle die Wärme praktisch auf meiner Haut und schließe die Augen über die Lächerlichkeit, wie sehr ich mich nach diesen Blicken, seinen Berührungen sehne. Nach ihm. Denn ich weiß, *ich weiß*, dass er mich glücklich machen könnte.

KAPITEL 20

River

»Sind wir ... bald da?«, keucht Liza hinter mir. Sie ist komplett außer Atem, ihre Schritte schwer. Ich bin froh, dass sie mich nicht grinsen sieht, sonst würde ich wahrscheinlich einen Arschtritt kassieren. Bis wir ins Grüne kommen, laufen wir im Gänsemarsch, weil wir nebeneinander nicht genügend Platz hätten.

Jake scheut sich nicht zu lachen. »Wir sind erst vor fünf Minuten los.«

Liza stöhnt. »Kann mich einer von euch ... noch mal kurz aufklären ... warum wir gerne Sport machen?«

»Weil er Kopf und Körper fit hält, Fett verbrennt, Stresshormone abbaut und Glückshormone freisetzt«, meint Jake, und Liza brummt.

»Echt? Dann hat mein Körper was falsch verstanden ... Da ist es gerade eher umgekehrt.« Schmunzelnd luge ich über die Schulter und lache, weil Lizas Gesicht rot ist wie eine Tomate.

»Brauchst du Wasser?«, frage ich, als sie die Augen böse zusammenkneift.

»Und vielleicht ein Aspirin gegen den Kater?«, kommt von Jake, und Liza stolpert überrascht über ihre eigenen Füße.

Dachte sie, wir merken es nicht? Ich wusste von der ersten Sekunde vor ihrer Tür an, dass sie noch nicht im Entferntesten nüchtern war. Nicht nur wegen ihrer Fahne, sondern auch, weil man es ihr einfach ansieht. Deswegen habe ich ihr auch auf dem Weg zur Lobby noch mal angeboten, dass wir die Einheit gerne verschieben können. Denn Sport auf Alkohol ist aus medizinischer Sicht eine verflucht schlechte Idee. Aber für diesen Sturkopf war eine Alternative keine Option.

»Das wäre nett, Mr Spion. Warst du es auch, der mir letztens Gesundheit gewünscht hat, als ich in meine Webcam am Computer geniest habe?«

»Nope. Das war wohl einer der Kollegen. Ich nutze meine übermenschlichen Beobachtungsgaben eher im Außendienst«, antwortet Jake ohne zu zögern, als wir den Gehweg verlassen und nebeneinander herlaufen.

Verzweifelt lachend schiebt Liza Jake ein Stück von sich weg. »Was ist überhaupt los mit euch? Warum schwitzt ihr nicht?«

»Wir laufen doch erst seit sechs Minuten«, erkläre ich amüsiert, einfach um ihr auf den Keks zu gehen. Denn Gott weiß, Liza schwitzt, seit sie ihre Laufschuhe zugeschnürt hat.

Ihr Lachen wird zu einem scherzhaften Weinen. »Tja, das habe ich eben davon, mit einem verflixten FBI-Agenten und dem Superdoc laufen zu gehen. Die Welt ist ungerecht.«

»Superdoc?« Ich grinse und laufe rückwärts weiter, damit ich mehr von ihr habe. »Kriege ich auch ein Cape? Ich wollte schon immer ein Cape.« Ich beobachte Liza, wie sie den Mund öffnet, um zu kontern, doch es kommt nichts.

Stattdessen verzieht sich ihr Gesicht und sie drückt die Handballen fest in ihren Bauch.

»Hey!« Ich stoppe sie, weil sie nicht mehr bloß blass aussieht, sondern bleich. »Bist du okay?«

Jake hält ebenfalls an.

Sie nickt, auch wenn ihre Augen etwas anderes erzählen. Sie hat Schmerzen. »Ja, klar, alles bestens. Ich brauch nur 'ne Sekunde!« Ich bin gerade dabei, ihren Puls am Handgelenk zu ertasten, als Lizas Knie nachgeben und sie seitlich gegen Jake taumelt.

»Whoa! Ich hab dich«, murmelt er, nachdem er sie aufgefangen hat und auf den Beinen hält.

»Sorry«, haucht sie und drückt sich von ihm weg. »Kurzes Blackout. Alles gut.«

Verdammt noch mal, ich wusste, das war eine wirklich schlechte Idee. Ich linse zu Jake, der eine Augenbraue hebt. »Ich bringe Liza nach Hause. Du kannst die Runde gerne fertig laufen.«

Sie schaut mich missbilligend an, bevor sie sich auf ihren Knien abstützt. »Nicht nötig, Ma«, kontert sie und streckt mir die Zunge raus. »Ich sagte ja, ich brauche nur eine Minute.«

Balu winselt und stellt sich dicht neben sie, wie immer, wenn er zu spüren scheint, dass es ihr nicht gut geht.

Sie streckt die Hand nach ihm aus, geht aber in die Hocke und kneift die Augen zusammen. »Vielleicht doch mehr als 'ne Minute. Ich will kotzen. Deponiert mich bitte irgendwo!« Sie bemüht sich, es wie einen Scherz klingen zu lassen, aber langsam werde ich sauer.

»Ich habe eine bessere Idee«, beginnt mein bester Freund und rettet mich damit davor, sie mir wie ein Höhlenmensch über die Schulter zu werfen und nach Hause zu tragen. Er legt seinen Arm um ihre Taille und zieht sie hoch, stützt mehr oder minder ihr ganzes Gewicht. »Wir gehen alle rüber zu Joe's und ich spendiere dir ein Katerfrühstück. Kaffee und ein paar Elektrolyte, und du bist so gut wie neu.« Er zwinkert mir zu und signalisiert mir, meinen Arsch zu bewegen, während Liza beschämt den Boden begutachtet.

Nach all diesen Jahren ist es immer noch unglaublich suchterzeugend, auf dem Eis zu stehen. Hockey ist so anders als alle anderen Sportarten. Während man nämlich bei Football, Fußball und Basketball zwar auch die Komponenten der Schnelligkeit und Beweglichkeit hat, ist es trotzdem kein Vergleich zu den fünfzig Stundenkilometern, die wir oft erreichen, während wir auf scharfkantigem Stahl über das glatte Eis fliegen. Der Puck erzielt beim Spiel manchmal sogar die dreifache Geschwindigkeit. Es ist genau der Ausgleich, den ich brauche, weil ich gefühlt den Rest meines Lebens im Krankenhaus verbringe und meinen Kopf benutze. Hier benutze ich meinen Körper. Und zwar mit vollem Einsatz. Manchmal vielleicht etwas zu extrem, wie jetzt, als ich von einem Kerl, der doppelt so viel wiegt wie ich, so fest in die Bande gestoßen werde, dass es jeden Knochen in mir erschüttert. Wenigstens gelingt mir trotzdem der Pass rüber zu Callahan. Ich schaffe es, die schwarzen Blitze vor meinen Augen so lange wegzublinzeln, bis er den Puck leichthändig ins Tor der gegnerischen Mannschaft gesetzt hat. Triumph pumpt durch meine Venen, als ich auf das Endergebnis sehe. Mag sein, dass ich mich fühle wie eine malträtierte Stoffpuppe, aber das war es so was von wert.

»Alles gut, Hudson?«, erkundigt sich Callahan, als wir vom Eis gehen. »Das sah ziemlich brutal aus.«

»Werd es überleben«, tue ich es ab, nehme mir allerdings trotzdem vor, einen Eisbeutel aus dem Erste-Hilfe-Raum zu klauen.

»Ich glaube, du hast einen Fan, Hudson«, ruft Mentzou und nickt lachend rüber zur Tribüne. Ist nicht so, dass unsere Spiele massenhaft Zuschauer anziehen, was aber völlig egal ist, weil es uns ja um den Spaß geht und nicht um das Publikum. Allerdings bringen die Spieler oft Familienangehörige oder Freunde mit, damit sich auf den Rängen wenigstens ein bisschen was tut. Nachdem ich in den vergangenen Monaten eher sporadisch hier war, habe ich nie in Erwägung gezogen, jemanden zu fragen. Heute sieht es so aus, als wäre ich nicht alleine. Ganz oben sitzt Liza, dick eingemummt in ihren Mantel und mit einer schneeweißen Mütze auf dem Kopf. Sie hält grinsend ein Plakat hoch.

»Hudson! Daddy sagt, wenn du punktest, bekomme ich einen Babyhund«, lese ich und pruste los. Dieses Mädchen hat immer noch einen Dachschaden und ich stehe drauf. Ich fahre rüber zum Strafraum und lehne mich an die Bande. »Und, hat es dir gefallen?«, schreie ich zu ihr hoch.

»Es war definitiv intensiv. Auch wenn ich den Puck die meiste Zeit nicht mehr finden konnte.«

Lachend deute ich auf das Plakat. »Aber ich habe keinen Punkt erzielt.«

»Ist mir auch aufgefallen.« Sie schmunzelt frech.

Ich weiß, dass sie weiß, dass ich heute verdammt gut gespielt habe. Beim Eishockey zählen nämlich nicht nur die Tore selbst, sondern auch die sogenannten Assists, also der eigentliche Pass, der das Tor vorbereitet. Und davon habe ich heute vier auf meiner Rechnung.

»Ich fürchte, ich werde dir bei Gelegenheit noch mal ein paar Tricks auf dem Eis zeigen müssen.«

Mein Lächeln wird breiter, während ich mich von der Bande abstoße und rückwärts Richtung Umkleide fahre. »Wartest du auf mich?«

Sie nickt, und obwohl ich der Letzte auf dem Eis bin, bin ich auch der Erste, der fertig geduscht und angezogen ist.

»Hudson!«, grölt der Kerl mir hinterher, der mich heute mehrmals wie eine Dampfwalze mit der Bande vereinen wollte. Er wirft mir einen Eisbeutel zu. »Nicht, dass du einen Grund hast, nächste Woche scheiße zu spielen.«

Ich hebe eine Augenbraue und schmunzle, bevor ich mich mit einem Salut bedanke und abhaue.

Wie versprochen sitzt Liza noch an derselben Stelle, als ich die Treppen zu ihr hochjogge. Ächzend falle ich in den Sitz neben sie und presse den Kühlbeutel an meine Seite.

»Ist es sehr schlimm?« Sie holt zischend Luft, als ich mein Shirt hebe. Schon beim Duschen konnte man beobachten, wie sich das fette Hämatom formte, wo es mich mehrmals erwischt hat. Jetzt sieht es richtig heftig aus. »O mein Gott!«, japst sie. »Wie kann man da noch weiterspielen? Ich hätte mich heulend zusammengerollt und nach einem Sanitäter verlangt.«

»Glaub mir, die paar Schnitte und blauen Flecken sind nichts, verglichen mit dem Nervenkitzel und dem Gefühl, das man dort auf dem Eis hat.«

Ich spüre ihren Blick auf mir. »Kannst du es mir beschreiben?«

Ich lehne mich zurück. »Ich bin verflucht gerne Arzt, versteh mich nicht falsch. Den Beruf würde ich um nichts in der Welt tauschen wollen. Aber wenn ich auf dem Eis bin, dann lebe ich. Jeder Atemzug ist bedacht. Jeder Richtungswechsel, jeder Muskel in deinem Körper muss funktionieren, und Entscheidungen, die du binnen Millisekunden triffst, entscheiden über den Verlauf des Spiels. Du stehst konstant unter Strom. Eishockey gibt mir Freiheit, Momente, in denen ich alles andere vergesse und hinter mir lasse und einfach *sein* kann.« Alter, was bin ich heute poetisch!

»Das klingt … kraftvoll«, murmelt Liza, und mein Blick trifft ihren. Sie sieht auf einmal so traurig aus, dass ich mich frage, ob ich etwas Falsches gesagt habe. Im nächsten Augenblick schüttelt sie kurz den Kopf und nickt Richtung Eis. »Hast du dir da unten manchmal vorgestellt, der Puck wäre mein Gesicht?«

Ich ziehe die Augenbrauen zusammen. »Warum sollte ich?«

»Na ja, ich glaube, wir wissen beide, dass du nicht der größte Fan von meiner Aktion gestern warst. Schließlich musstet ihr meinetwegen eure Laufstrecke abkürzen.«

Ich betrachte sie, während sie angestrengt lächelnd nach vorne starrt. »Ich war nicht sauer, weil Jake und ich die Runde nicht fertig laufen konnten. Das ist mir scheißegal, Liza.«

Abrupt schaut sie doch zu mir. »Okay?! Sondern?« Jetzt bin ich derjenige, der geradeaus sieht. Ich stütze die Ellbogen auf die Knie und versuche, die nächsten Worte klug zu wählen, doch sie kommt mir zuvor. »Es lag nicht am Alkohol, River.«

Ich lege den Kopf schief. »Ich habe doch noch gar nichts gesagt.«

»Brauchst du auch nicht, Hudson River«, erklärt sie und verschränkt defensiv die Arme vor der Brust. »Aber glaub mir, ich hätte auch nüchtern nach fünf Minuten auf dem Asphalt ein Nickerchen gemacht.«

Das ist Schwachsinn und ich hoffe, sie weiß das. Sie wäre ihren Führerschein los gewesen, wäre sie gestern Morgen in dem Zustand Auto gefahren, und es war Mittwoch, verdammt noch mal. Ein ganz normaler Arbeits- und Unitag für Liza. Sie mag darüber lachen und es abtun. Vielleicht ist es wirklich nichts, aber es ist nicht das erste Mal, dass meine Alarmglocken läuten. Sie hat mich in den letzten zehn Monaten ein paar Mal angerufen und mir erklärt, wie müde sie sei. Jedes Mal war ich mir sicher, dass sie etwas getrunken hatte. Und dass sie müde sei, meinte sie bestimmt nicht nur im wörtlichen Sinne. Zweimal ist sie restalkoholisiert bei Becca auf der Station aufgetaucht. Und einmal habe ich sie sogar dösend vor unserem Hauseingang gefunden, weil sie ihren Schlüssel nicht finden konnte. Sie war halb unterkühlt, als ich sie reingeschleppt habe. Also, ja, vielleicht übertreibe ich hier und interpretiere mehr in ihre Exzesse, als da ist, aber ich bin darauf programmiert, Warnflaggen zu beachten, wenn ich welche bemerke. Und bei Liza weiß ich schon lange, dass es grundsätzlich kein Fehler ist, hinter die Fassade zu blicken.

»Nachdem du nach deiner Rede vor mir weggelaufen bist, hatte ich noch gar keine Chance, dich zu fragen, wie es dir damit ging«, wechsle ich vorerst das Thema.

Ich höre den kleinen, scharfen Atemzug, bevor sie kurz lacht. »Die Rede war okay, denke ich. Ich glaube, es hat den meisten gefallen.«

»Nicht, was ich gefragt habe«, wende ich ein. Ich wollte wissen, wie es *ihr* dabei ging.

»Und außerdem bin ich nicht weggelaufen, Mister«, lenkt sie ab. »Ich wollte nur nicht stören.«

»Wobei?«, hake ich mit zusammengekniffenen Augen nach und ahne, in welch absurde Richtung es hier läuft.

»Bei deinem Date.«

Manchmal frustriert mich dieses Mädchen auf allen Ebenen. »Wenn du Ruby meinst … Das war kein Date. Ich war deinetwegen dort.«

»Oh«, haucht sie etwas kleinlaut und zieht die Beine an. »Aber sie würde sicher Ja sagen, wenn du sie nach einem Date fragst.«

»Weshalb ich nicht vorhabe zu fragen.«

Sie blinzelt einige Male und beißt sich auf die Unterlippe. Schätze, ich war nicht deutlich genug.

»Ich bin nicht daran interessiert, mich zu verabreden, Liza. Weder habe ich die Zeit, noch die Energie dazu. Und selbst wenn ich die hätte, würde ich es nicht tun. Ich weiß, was ich will, und du weißt ebenso, was ich will, also sollten wir die koketten Spielchen lassen und die Dinge beim Namen nennen.«

Mir fällt nichts ein, was ich noch zu dem Thema sagen könnte, was ich nicht schon geäußert habe. Ich lehne mich nach hinten und stiere an die Decke, während ich förmlich höre, wie Liza mit sich kämpft.

»River …« Sie zögert und atmet kräftig aus. »Ich versuche nicht, dich hinzuhalten, und wenn du das von mir brauchst, dass ich dich loslasse, dann werde ich das tun. Ich kann dir leider auch keine Versprechungen machen. Nicht, weil ich dich nicht will, sondern weil ich nicht ertragen würde, wenn du später das Gefühl hättest, ich wollte einfach nicht mehr so einsam sein.«

Mein Herz klopft schneller, als ich darüber nachdenke, wie diese Offenbarung irgendwie das, was zwischen uns ist, in ein neues Licht rückt. »Ist es so?«

»Nein, River. Aber irgendwie habe ich das Gefühl, dass ich gerade gar nichts weiß.« Sie verschränkt die Arme auf ihren Knien und stützt ihr Kinn darauf. »Wenn du mich zum Beispiel fragst, wie die Rede war, lautet die ehrliche Antwort, dass ich es nicht weiß. Ich weiß nicht, ob es das ist, was ich wirklich machen möchte. Und gleichzeitig kam ich mir dort oben wie Superwoman vor. Aber halt mit Kostüm.« Sie schließt die Augen.

»Ich verstehe, was du meinst.« Sie fühlt sich verloren. Ein Gefühl, das ich besser kenne, als mir lieb ist. Die Ironie dahinter ist nur: Für mich hat Liza einen riesigen Teil dazu beigetragen, dass ich mich jetzt viel eher geerdet und angekommen fühle.

»Ja? Ich nämlich nicht.« Sie drückt ihre Handballen in die Augen und seufzt. »Wenn du mich manchmal ansiehst, habe ich das Gefühl, dass du die Teile von mir schon lange gefunden hast, die ich selbst noch verzweifelt suche. Das tut so gut, auch wenn mir bewusst ist, dass ich die Teile selber finden muss. Aber ich komme mir so weit davon weg davon vor.« Kopfschüttelnd schürzt sie die Lippen und schnaubt. »Manchmal hasse ich es, dass ich die bin, die am lautesten lacht, wenn ich lieber weinen würde. Dass ich rede, obwohl ich gar nichts sagen will. Dass ich versuche, meinen Schmerz zu ertränken, der aber gelernt hat zu schwimmen. Ich will dieses Gefühl von Freiheit haben, das du beschrieben hast. Gleichzeitig habe ich den Eindruck, dass ich mir mental schon wieder einen Katalog zu machen versuche, wie das jemals funktionieren sollte.« Stöhnend wirft sie den Kopf in den Nacken und schlägt die Hände vors Gesicht. »Gott, und wenn ich so rede, fühle ich mich umso bescheuerter, weil ich alles dramatisiere und mich anstelle wie der sterbende Schwan. Also bitte, vergiss einfach, was ich eben gelabert habe. Ich glaube, ich kriege meine Tage.«

Ihre Worte eben hatten so viel Gewicht, unter keinen Umständen lasse ich sie jetzt wieder kleinreden, was sie empfindet. Ich ziehe ihr die Hände vom Gesicht und küsse die Innenseite ihres Handgelenks, wo ihr Puls unter meinen Lippen wie eine Horde Schmetterlinge flattert. »Schwäche einzugestehen macht dich nicht schwach, Liza. Meiner Meinung nach macht dich genau das, was du eben gesagt hast, zu Superwoman. Ohne Kostüm.«

Sie verdreht die Augen und schüttelt den Kopf.

»Liza!«, versuche ich es noch mal und hebe eines ihrer Beine über die Bank, bis wir einander frontal gegenübersitzen. Meine Hand wandert wie von selbst über ihren Hals bis hin zu ihrem Nacken, damit sie nicht mehr wegsehen kann. »Ich mag dich so, wie du bist. Nicht die Person, die du sein möchtest, oder von der du denkst, dass ich sie mir vorstelle. Ich mag deine für jeden sichtbaren Teile und auch die versteckten. Und wenn du das mal akzeptieren kannst, machst du uns beiden auf jeden Fall das Leben leichter.« Ich zwinkere, und sie verdreht schmunzelnd die Augen.

»Ich mag dich auch … mehr als das«, haucht sie, als wären die Worte gefährlich, aber ich grinse wie ein Vollidiot und fühle mich wie ein größerer Gewinner als eben noch auf dem Eis, obwohl ich schon lange weiß, dass zwischen uns beiden weit mehr ist als reine Sympathie. Liza presst ihre Stirn gegen meine.

Ich atme sie ein, fühle ihre kühle Haut an meiner überhitzten und spüre, wie sie zittert. »Ist dir kalt?«, will ich wissen und reibe den Stoff ihrer Jacke an ihrem Rücken.

»Ich hab Angst«, gesteht sie, und mein Körper verspannt sich.

Ich bringe etwas Abstand zwischen uns, suche ihren Blick. »Wovor?«

Sie seufzt leise und sieht an die Decke. »Vor einer ganzen Menge.« Dann findet sie meine Augen wieder und lächelt sanft. Sie legt ihre Hand auf meine Stirn, streicht mit dem Daumen darüber. »Vor allem davor, wie sehr ich dich gerade küssen will.« Sie flüstert, doch die Resonanz der Worte hallt durch den gesamten Raum.

»Wäre das etwas Schlechtes?« Sie antwortet nicht, stattdessen wandert ihr Blick zwischen meinen Augen hin und her. Sie studiert mich, als würde sie nach der richtigen Antwort suchen. Ich bin kurz davor, den Bann zu brechen und ihr einen Fluchtweg zu bieten, als sie sich nach vorne lehnt und ihre zarten Lippen über meine streifen. Jede einzelne Nervenfaser vibriert, als würde jemand Strom hindurchjagen. Jeder meiner Sinne füllt sich mit Liza …

»Hey!«, ruft jemand vom anderen Ende der Halle und lässt uns auseinanderfahren. »Turteltäubchen! Ihr müsst euch ein anderes Plätzchen zum Rummachen suchen. Ich mache dicht für heute.« Der Hausmeister senkt seine Arme und wartet ungeduldig, dass wir verschwinden.

Wer hätte gedacht, dass mein Adrenalinspiegel noch mehr durch die Decke gehen könnte als beim Spiel? Nach dem kurzen rauschähnlichen Zustand, als hätte ich eben den Stanley Cup gewonnen, raufe ich mir nun frustriert die Haare und lasse mir eine Sekunde Zeit, um mich wieder zu beruhigen. Ich hebe den Daumen hoch, gebe dem Hausmeister zu verstehen, dass ich es kapiert habe.

Als ich mich wieder zu Liza drehe, hält sie sich breit grinsend eine Hand vor den Mund und lässt den Kopf auf meine

Brust fallen. Zumindest läuft sie nicht weg. Das ist ein Anfang und ich schlinge meine Arme um sie, drücke sie fest gegen mich.

»Beschissenes Timing«, murmle ich in ihre Haare.

»Aber ich finde, es passt zu uns«, nuschelt sie in mein Shirt, und irgendwie ist etwas Wahres dran.

Ein letztes Mal nehme ich Lizas Gesicht in meine Hände, sodass sie mich ansieht, und erlaube mir, mich etwas länger als sonst in ihrer Schönheit zu verlieren. »Mag sein. Aber nicht für immer, Liza. Eines Tages wird unser Timing genau richtig sein.«

KAPITEL 21

Liza

Normalerweise mag ich Regen. Zumindest habe ich kein Problem damit, wenn er warm ist. Regen im November ist nicht meins, wenn er nicht kalt genug ist, um Schnee zu sein. Auf Haut und Klamotten fühlt er sich eisig und grausam an. Er sorgt dafür, dass ich die Treppen zu unserem Haus regelrecht hochsprinte und mich schütteln will wie ein nasser Hund, als die Tür hinter mir zufällt. Der Tag war lang und anstrengend. Ich brauche etwas zu essen. Die Auswahl wird groß sein, nachdem ich eben gefühlt für eine ganze Armee Lebensmittel eingekauft habe, um unseren Kühlschrank aufzustocken. Ehrlich – auf leeren Magen einzukaufen ist für das Portemonnaie nie eine gute Idee. Blinzelnd verharre ich wie eine Statue, als ich meine Eltern in der Lobby sitzen sehe. Ähm.

»Hi!«, grüße ich sie nervös, und ihre Blicke fahren hoch, lösen sich von ihren Handys. »Ist Becca okay?«

Dad nickt. »Alles beim Alten.« Also nicht okay, aber wenigstens auch nicht schlimmer.

»Was macht ihr dann hier?«, schießt es aus mir heraus, weil die Szene mehr an einen schlechten Film erinnert.

Mom zieht verletzt die Brauen zusammen, als wäre die Frage nicht gerechtfertigt. Keine Ahnung, wann ich die beiden zum letzten Mal einfach so zu Besuch hatte. Und dann auch noch im Doppelpack, obwohl ich schon lange das Gefühl habe, dass es einzig Becca ist, die sie zusammenhält und deretwegen sie den Schein wahren. Sie haben es nicht einmal zu meiner Rede in Princeton geschafft, weil Dad keinen Urlaub nehmen konnte und Mom bei Becca im Krankenhaus bleiben wollte.

»Wir haben dich angerufen, aber haben dich nicht erreicht. Aber wir würden gerne mit dir sprechen, wenn das in Ordnung ist.«

O Gott! Das hört sich nicht gut an. Schweigend fahren wir im Lift nach oben. Geduldig warten sie, bis ich die Wohnung aufgesperrt habe, und ich ignoriere die missbilligenden Blicke der beiden, als sie sich im unordentlichen Wohnzimmer umsehen.

»Du siehst gut aus, Baby. Hast du abgenommen?«, bemerkt meine Mutter schließlich.

Ich verdrehe die Augen und stelle die fette Papiertüte mit dem Einkauf vorerst am Küchentresen ab. Einräumen kann ich jetzt nichts, weil ich den Kühlschrank vor ihnen nicht aufmachen will. Zuerst müsste ich einige Flaschen entsorgen, die sich da drinnen angesammelt haben.

»Danke, Mutter!«, sage ich sarkastisch und schüttle den Kopf.

»Ich finde, du siehst müde aus. Schläfst du genug, Elizabeth?« Mein Vater klingt regelrecht besorgt. Wie ungewöhnlich.

»Ja, Daddy«, lüge ich. »Wollt ihr vielleicht ein Glas Wasser oder so?«

»Nicht nötig. Wir bleiben nicht lange.« Natürlich nicht.

Also setze ich mich auf die Couch, weil ich nicht weiß, was ich sonst machen soll.

»Ich mag euer neues Badezimmer«, sagt Mom.

Ist das jetzt Small Talk oder tatsächlich ihre ernst gemeinte Meinung? Ich beschließe, dass es mir egal ist. »Ja, ich auch«, antworte ich. Und das ist noch untertrieben, ich liebe es. Alles daran. Es sieht total edel aus, riecht endlich nicht mehr modrig und erinnert mich jedes Mal an denjenigen, der es möglich gemacht hat.

»Wirklich nett von River und seinem Freund, euch zu helfen«, meint Mom und lächelt sogar ein bisschen. Aber mir reicht es jetzt langsam.

»Mhm.« Ich verschränke die Arme vor der Brust. »Sollen wir auch noch kurz über das Wetter reden, oder wollt ihr zum Punkt kommen? Warum seid ihr hier?«

Mom guckt zu Boden, während Dad trocken schnaubt. »Wie du ja weißt, wird deine Schwester morgen entlassen …«, beginnt Mom. Und ja, natürlich weiß ich das. Daher ja die Einkäufe, viel Obst und Gemüse und andere gesunde Sachen. Extra für sie.

Scheinbar geht es Dad jetzt plötzlich nicht schnell genug. »Wir denken, sie sollte wieder zu uns nach Hause kommen.«

Ich halte den Atem an, unsicher, ob ich mich eventuell nur verhört habe. »Was? Nein, das sollte sie nicht. Wieso denn auch?«

Mom setzt sich an meine Seite und nimmt meine Hand in ihre. »Wir sehen, dass du dir Mühe gibst, dein Leben zu ordnen. Aber wir denken, das hier könnte eine Nummer zu groß für dich werden.«

»Das hier?« Ich reiße meine Hand aus ihrer. »Meint ihr damit meine Schwester?«

»Elizabeth.« Ich hasse es, wenn Dad mit mir spricht wie mit einem seiner Mitarbeiter. »Rebecca wird immer schwächer. Vieles wird ihr bald alleine nicht mehr möglich sein, und du hast dein Studium, deinen Job, die Foundation und deine anderen Aktivitäten. Das ist alles völlig in Ordnung, aber wir sind uns nicht sicher, ob das Arrangement mit euch beiden jetzt noch funktionieren kann.«

Verständnislos gaffe ich ihn an. Wie er das Wort »Aktivitäten« betont, weckt den Drang in mir nachzufragen, worauf er anspielt, aber das kann kurz warten. »Sicher, ich kann nicht ständig da sein. Aber das könnt ihr doch auch nicht. Und Becca braucht keine Vierundzwanzig-Stunden-Pflegekraft.«

Mom fährt sich gestresst durch die Haare, als wäre ich gerade lediglich bockig. »Momentan vielleicht nicht. Aber je näher sie … Je mehr …«

»Sag es einfach!«, spucke ich mit erhobener Stimme aus, weil ich es satthabe, dass sie es nicht aussprechen können, gleichzeitig aber so tun, als gehöre Becca in ein Hospiz. »Je näher es dem Ende zugeht? Willst du das sagen?« Ich drücke mich von der Couch weg, weil ich Abstand brauche.

»Ihr Körper fährt runter, Elizabeth«, geht Dad wieder dazwischen, sein Gesicht schmerzlich verzerrt. »Die Zeit wird kommen, wo sie …«

»Dann gebt ihr die Zeit und nehmt ihr nicht die Mündigkeit und Lebensfreude, für die sie immer so hart gekämpft hat«, unterbreche ich ihn diesmal, während Mom sich Tränen von den Wangen wischt. »Was sagt sie überhaupt dazu?«

Mom schüttelt den Kopf. »Du weißt, dass Becca nie etwas äußern würde, das dich verletzen könnte. Ihr hattet von Anfang an diese ganz tiefe Verbindung. Deshalb tut sie ja auch vor dir so, als hätte sie kein Problem damit, dass dieser Freund von dir so viel von deiner Zeit beansprucht.«

Warte mal! Was?! »Welcher Freund?«

Dad starrt mich an, blickt genervt, als würde ich mich blöd stellen.

»Na, River, der Arzt von oben«, erklärt Mom, und mein Herz klopft unruhig.

Ist das jetzt Schicksal, dass sie ausgerechnet heute von ihm anfangen? Gestern in der Eishalle war ich kurz davor, mich fallen zu lassen und nicht mehr gegen das anzukämpfen, was ich für den Mann empfinde. Gott, dieser Beinahe-Kuss hat mich wahrscheinlich ein Jahr meines Lebens gekostet. Ich war nervöser als vor meinem ersten Kuss mit sechzehn. Unsere Lippen haben sich nicht einmal richtig berührt; trotzdem habe ich mehr gefühlt als bei jedem Kuss, den ich je hatte. Vielleicht, weil es sich schon so lange aufbaut. Vielleicht einfach, weil es River ist. Und ganz egal, wie oft ich seit gestern gegessen, getrunken oder mir die Zähne geputzt habe, es kommt mir vor, als könne ich seine Lippen immer noch spüren. Selbst jetzt ertappe ich mich dabei, wie meine Finger über meine Unterlippe streichen, und ich lasse den Arm sofort fallen.

»Was genau hat Becca zu euch gesagt?«, frage ich leicht geschockt, auch wenn ich gar nicht glauben mag, dass sie mit meinen Eltern über River spricht. Aber der einzige Grund, warum ich so wenig Zeit mit ihm verbringe, ist Becca. Der Hauptgrund, warum ich der Foundation beigetreten bin, ist, dass Becca es sich gewünscht hat. Irgendwie fühle ich mich gerade einfach betrogen.

Dad schüttelt den Kopf. »Das spielt keine Rolle. Der Punkt ist, dass du jetzt schon kaum Zeit für Becca hast. Deine Prioritäten liegen eben woanders, als dich um deine kranke Schwester zu kümmern, und das ist ja auch klar. Wir machen dir da keinen Vorwurf.«

Ich kann nur dasitzen und blinzeln wie eine Unterbelichtete, weil ich nicht glauben kann, wie wenig die beiden mich kennen. Welches Bild sie von mir haben. Welches Bild aber scheinbar auch Becca von mir hat. Wieso hat sie mit mir nie über das Thema geredet?

»Wir verstehen das. Es ist nicht deine Aufgabe, sondern unsere. Aber es wäre für uns alle weitaus leichter, wenn du uns unterstützen würdest. Es ist das Beste für Rebecca, wenn sie bei uns ist.«

Jetzt lache ich. Aus Verzweiflung, allerdings bin ich sicher, dass sie auch das falsch verstehen. »Woher wisst ihr, was das Beste für sie ist?«

»Sie ist unser Kind. Und Eltern wissen es eben doch manchmal besser.«

Mit offenem Mund stoße ich die aufgestaute Luft aus. Kind? Dass ich nicht lache. Becca ist längst erwachsen. »Ich glaube, ihr solltet lieber an das glauben, an das eure Tochter glaubt: nämlich, dass sie es schaffen kann und wird. Egal, ob es die WG mit mir ist oder eine zweite Transplantation. Oder ihren verfluchten Kampf ums Überleben. Wollt ihr mir echt erzählen, dass eine Fünfundzwanzigjährige kein Recht darauf hat, selbst zu entscheiden, wo sie die Zeit verbringen darf, bevor ihr Körper *runterfährt*?«, wiederhole ich Dads Worte bewusst, ohne mir dabei eine Atempause zu gönnen.

Verzweifelt reibt er sich die Stirn, wie früher, wenn wir ihm mit Süßigkeiten oder Haustieren auf die Nerven gegangen sind. »Elizabeth, bitte mach es uns nicht unnötig schwer. Deine Mutter und ich haben schon genug am Hals.«

Meine Kehle brennt und ich schnaube verächtlich. »Ihr habt genug am Hals? Das tut mir aber leid. Ist etwas, was ich bestimmt nicht nachvollziehen kann, also verzeiht, wenn ich es euch noch zusätzlich schwer mache«, erkläre ich ganz langsam, während ich die Arme schützend um mich schlinge. Ich – das Kind, das eigentlich gar nicht hätte da sein sollen, das zwar gesund war, sich aber trotzdem als zusätzliche Belastung entpuppt hat. Ich will vor den beiden nicht weinen.

Dad sieht mich an, in seinem Blick liegt Bedauern. Er steht auf. »Entschuldige, Liza. So habe ich es nicht gemeint.« Als er auf mich zukommen will, halte ich abwehrend eine Hand hoch.

Ich will hier nur noch raus. Hastig greife ich nach meiner Jacke und meiner Tasche, die ich vorhin auf den Küchentisch geworfen habe.

»Elizabeth Patience Donovan«, sagt Mom mit wackeliger Stimme. »Man kann nicht jedes Mal vor der Verantwortung davonlaufen.«

Bitte? Jetzt reicht es endgültig! Mit einer Hand an der Türklinke bleibe ich noch einmal stehen. »Besprecht die ganze Sache mit Becca. Fragt sie einfach, was sie will, und tut mir den Gefallen und nehmt ihre Wünsche ernst!« Ich werfe die Tür hinter mir zu und bewege mich zum Treppenhaus, bevor einer der beiden mir nachrennt und noch eine Predigt hält. Eigentlich weiß ich gar nicht, wo ich jetzt hinsoll. Ich habe keine Lust, eine der traurigen Seelen zu sein, die bei Regen und melancholischer Musik sinnlos durch die Straßen New Yorks geistern. Also nehme ich die Treppe nach oben und nicht in die Lobby. Werde eine traurige Seele, die erbärmlich vor der leeren Wohnung ihres Keine-Ahnung-was-er-genau-ist hockt und auf bessere Zeiten wartet. Ich weiß, dass Rivers Schicht vorbei ist, aber wie viele Überstunden er anhängen muss, weiß ich nicht.

Wie auf Kommando bellt Balu hinter der verschlossenen Tür, als ich mich mit dem Rücken dagegensetze, und ich muss doch grinsen.

»Hi, Kumpel!«

Bei dem regen Verkehr in diesem Komplex kann ich unmöglich sagen, ob meine Eltern nach fünf Minuten oder nach einer Stunde verschwinden. Wahrscheinlich gehen sie sogar getrennt. Während ich hier sitze, kommen und gehen eine Menge Leute. Marschieren an mir vorbei und grüßen mich perplex oder schauen einfach doof. Nach geraumer Zeit beschließe ich, so zu tun, als wäre ich ein zugehöriges Extra auf Rivers Fußmatte, und fummle an meinem Handy herum.

»Liza?« Mein Blick fährt hoch, doch River sinkt bereits vor mir auf ein Knie und studiert mein Gesicht, womit er mich ein bisschen zum Lächeln bringt. Der Arzt in ihm lässt sich eben nicht abschalten. »Was machst du hier draußen?«

»Ich scrolle mich durch meinen Instagram-Feed und frage mich, worin die Faszination besteht, ständig Fotos von seinem Essen zu posten.«

River verzieht die Augenbrauen und schüttelt leicht den Kopf.

»Meine Eltern waren zu Besuch und ich hatte nicht so das Bedürfnis zu bleiben«, erkläre ich ihm, bevor er denkt, ich wäre betrunken oder so.

»Du hast doch einen Schlüssel zu meiner Wohnung.« River steht auf und zieht mich mit. »Warum hast du ihn nicht einfach benutzt?«

»Der ist für Notfälle. Nicht für Momente, in denen ich mich wie ein kleines, bockiges Kind im Kleiderschrank vor meinen Eltern verstecken will.« Was im Endeffekt aber exakt das ist, was ich gerade mache. Ich tue so, als würde ich nicht sehen, dass River genau das mit seinen Augen sagt, ehe er aufschließt und Balu aufgeregt zuerst an ihm, dann an mir hochspringt.

»Willst du etwas trinken?«, ruft River aus der Küche, nachdem er seine Sachen abgelegt hat. Ich hingegen bin noch damit beschäftigt, einen haarigen Bauch zu kraulen.

»Kommt drauf an. Hast du Rum?« Weil ich keine Antwort bekomme, hebe ich den Blick von Balu.

River stützt sich mit beiden Händen am Küchentresen ab. Sein Gesicht ist gezeichnet von Fragen. Fragen, die ich nicht beantworten will. Nicht vor ihm und nicht vor mir selbst.

»Das war ein Witz. Meine Güte. Ich bin keine Alkoholikerin, River, nur weil ich öfter mal was trinke.«

»Das behaupte ich auch gar nicht«, stellt er ruhig in den Raum, und seine Augen sehen tief in mich hinein, weshalb ich mich lieber wieder auf Balu konzentriere. Wenigstens einer, der mich nicht beurteilt. »Aber wie du gestern in der Eishalle darüber gesprochen hast, deinen Schmerz ertränken zu wollen...«, beginnt er, und ich hebe kopfschüttelnd eine Hand.

»Nicht heute, River, okay?«, blocke ich ab. »Ich weiß, du willst mir erklären, wie wiederholter Alkoholkonsum die Gehirnfunktionen verändert, und vor allem, wie ich meine Leber damit kaputt mache und diverse andere Organe, für deren Gesundheit meine Schwester indessen kämpft. All das ist mir bewusst, in Ordnung? Also bitte nicht heute.« Ja, ich höre selbst, wie defensiv, müde und überführt ich klinge, weil mir klar ist, dass er mit seiner Sorge ein kleines bisschen recht hat. Ich übertreibe es langsam. Ich kenne meine Grenzen, aber an manchen Tagen will ich einfach trinken. Ich will dann auch nicht aufhören. Das Gefühl, meine Gedanken abzudrehen, gefällt mir manchmal einfach besser.

»Ich habe Hunger. Isst du mit, wenn ich koche?«

Er klingt völlig neutral, als hätte ich ihn nicht eben angezickt. »Was denn?«

»Hm.« Mit schief gelegtem Kopf starrt er in den Kühlschrank, bevor er die Tür wieder zumacht und sein Handy aus der Hosentasche zieht. »Italienischer Lieferservice.«

Lachend schüttle ich meine Jacke ab, dankbar, dass ich bleiben kann. »Hey! Meine Leibspeise.«

»Möchtest du mir erzählen, was deine Eltern wollten?«

Mit zusammengepressten Lippen umarme ich Balu einmal, bevor ich den kühlen Boden verlasse und Rivers Nähe in der kleinen Küchenhalbinsel suche. »Im Grunde haben sie mich bloß daran erinnert, dass meine Schwester stirbt und ich nicht die Richtige bin, mich bis dahin um sie zu kümmern.« Ich will mehr sagen, will mich auskotzen über die Frechheit, mir zu unterstellen, ich sei nicht reif genug, nicht verantwortungsbewusst und nicht gut genug, um für die Person da zu sein, die ich am meisten liebe. Ich will ihm erzählen, was es mit mir machen würde, wenn sie mir meine Schwester de facto wegnähmen, weil sie sie mir nicht zutrauen. Ich will River das und alles andere berichten, was ausgesprochen werden sollte, doch die Worte kommen nicht. Sie kommen nicht vorbei an dem Kloß in der Größe eines Felsens in meinem Hals. Ich reibe mir die Nase, um davon abzulenken, wie sie kitzelt.

»Ich glaube, da irren sie sich«, meint River nach ein paar Sekunden. »Ich denke, du bist genau die Richtige, um mit Becca zusammen zu sein. Ganz egal, wie alles ausgeht.« Ein kalter Schauer durchfährt mich und ich schlucke. Er streckt die Hand nach meiner Wange aus und streicht mit seinem Daumen darüber. »Weißt du, warum?«

Ich kann nicht antworten, also schüttle ich den Kopf.

»Weil sie nicht noch jemanden braucht, der sich um sie kümmert. Dazu hat sie Ärzte, Krankenschwestern, Therapeuten, und wenn die Zeit kommen sollte, geschultes Personal.«

Meine Fingernägel bohren sich in meine Oberschenkel. Ich senke den Blick wegen der verschiedenen Gefühle, die seine Worte in mir auslösen. »Was Becca braucht, bist du, Liza. Deine Natürlichkeit. Dein Chaos. Deinen Humor. Sie braucht dich, weil du diejenige bist, die ihr dabei hilft, nicht die letzten Tage zu zählen, sondern jeden Tag zählen zu lassen, den sie bekommt.«

Ein schmerzhafter Atemzug durchzieht meine Brust. »Ich will nicht heulen«, flüstere ich beinahe, obwohl meine Lippen schon beben.

»Dann tu es eben nicht«, erwidert er so salopp, dass ich aufgrund seiner Nonchalance grunze und mir anschließend etwas Rotz von der Oberlippe wischen muss. »Aber denk einfach daran, dass du es könntest, Liza, wenn du doch mal das Bedürfnis danach hast. Wie gesagt, ich mag dich so, wie du bist. Und ich komme auch damit klar, wenn du von Zeit zu Zeit kratzbürstig bist. Immerhin hast du mich ja vorgewarnt, dass du deine Tage kriegst.« Er zwinkert mir zu und ich kann mir nicht helfen. Ich lache.

»Ich habe sie aber noch nicht.«

»Macht nichts. Seit meinem ersten Semester an der Uni weiß ich, dass das prämenstruelle Syndrom sehr real ist.«

Ich hebe eine Augenbraue. »Weil ihr so viel darüber gelernt habt?«

Er schmunzelt. »Nein, weil ich davon überzeugt war, dass ich es selbst hatte. Und ich bin Mann genug, das zuzugeben.«

Jetzt pruste ich los und lasse dabei den Kopf in den Nacken fallen. Nur River gelingt es, mich in solchen Momenten zum Lachen zu bringen. Und Becca. Bei dem Gedanken an sie vergeht mir das Lachen relativ zügig und ich starre ernüchtert wieder auf meine Füße.

»Weißt du, was am härtesten an dem Gespräch vorhin war? Bisher dachte ich irgendwie, dass ich die Einzige bin, die mich nicht kennt, verstehst du? Weil ich immer zu beschäftigt bin, vor mir selbst wegzulaufen.« Ich fahre mir durch die Haare und verschränke meine Hände im Nacken. »Aber heute ist mir bewusst geworden, dass nicht einmal meine Familie weiß, wer ich bin. Und ich erinnere mich vage daran, dass du vergangenes Jahr etwas Ähnliches zu mir gesagt hast, als ich zu betrunken war, um meine Tür zu finden«, gebe ich kleinlaut zu. »Aber ich dachte immer, Becca …« Ich kann den Satz nicht beenden, weil er zu wehtut. Vorhin habe ich mich noch so gefreut, dass meine Schwester morgen endlich nach Hause kommt. Jetzt bin ich gerade nicht sicher, wie ich ihr in die Augen sehen soll. »Und ich frage mich, ob ich es ihnen so schwer mache, weil ich die Schotten dichtgemacht habe. Oder ob sie mich gar nicht wirklich sehen wollen, sondern dauernd hoffen, ein Stückchen von Becca in mir zu finden.«

River lässt sich ein wenig Zeit, um mir zu antworten. Das gefällt mir, weil ich weiß, dass er keine 08/15-Floskel von sich geben wird. »Dinge unvoreingenommen zu betrachten und offen für Veränderungen zu sein, ist nicht besonders leicht. In Stresssituationen, Wut oder Trauer kann es umso schwerer sein. Das soll keine Entschuldigung sein, Liza, aber deine Familie befindet sich seit vierundzwanzig Jahren in einer Ausnahmesituation. Trotzdem hoffe ich, dass sie eines Tages genauer hinsehen, weil es sich lohnt, dich kennenzulernen.«

Mit großen Augen suche ich in seinem Blick nach einer Antwort auf eine in mir brennende Frage. »Und was siehst du?«, will ich tonlos wissen, nicht, weil ich nach Komplimenten lechze, sondern weil ich genau weiß, dass ich nichts zu geben habe, bevor ich mich nicht selbst respektiere. Mich selbst liebe. Und vielleicht – vielleicht – ist es gar nicht so verwerflich, mir manchmal dabei helfen zu lassen.

River atmet tief durch und beißt an seiner Lippe herum, als wäre er nicht sicher, wie viel er sagen soll. Schließlich nickt er, vermutlich eher zu sich selbst. »Ich sehe eine Frau, deren Herz für andere so groß ist, dass manchmal nicht genügend Platz für sie selbst übrig bleibt. Eine Frau, deren Leidenschaft und Feuer mich anstecken und hungrig machen, mein eigenes Feuer zu entdecken.«

Unwillkürlich halte ich den Atem an.

»Ich sehe jemanden, der mich inspiriert und mir hilft, auf die kleinen Details zu achten, obwohl ich es gewöhnt bin, nur den offensichtlichen Teil des Eisbergs wahrzunehmen.« River kommt ein Stück näher und nimmt eine meiner Locken zwischen seine Finger. »Ich sehe, dass du schneller erwachsen werden musstest, als es fair war. Dass du auch heute noch deine eigenen Bedürfnisse und Wünsche an die letzte Stelle setzt. Und dass du das mit einer Stärke und Würde tust, die nicht selbstverständlich ist.« Rivers Gesicht verzieht sich ein wenig, als sein

Daumen unter meinem Auge eine oder zwei Tränen auffängt. »Ich sehe die erste Frau, die mein Herz gestohlen hat, und die einzige Frau, von der ich hoffe, dass sie es behalten will.«

Ich habe das dringende Bedürfnis, mich irgendwo festzuhalten, bevor ich dahinschmelze. Vielleicht ist es, weil das hier so viel mehr ist als »Ich will dich« oder »Ich mag dich«. Und gleichzeitig bin ich zum ersten Mal seit Langem stolz auf mich, weil ein Mann wie River anscheinend solch eine Schönheit in mir sieht. Ich will seine Worte festhalten und nie wieder loslassen. Weil er mich in meinen schlechtesten und meinen besten Momenten erlebt hat. Weil er sich die Zeit genommen hat, wirklich hinzuschauen. Nicht, weil er musste, sondern, weil er wollte. Und in diesem Augenblick spüre ich so tief in meiner Seele, was all das bedeutet, dass es mir gar nicht mehr so falsch vorkommt, mich in River zu verlieren.

Ehe ich es mir also wieder ausreden kann, stelle ich mich auf die Zehenspitzen und attackiere ihn förmlich mit meinen Lippen.

River antwortet augenblicklich. Da ist kein Zögern, kein Überlegen. Er küsst mich, als hätte er ebenfalls sein Leben lang nur darauf gewartet.

Sofort fühle ich mich, als hätte mein ganzer Körper Feuer gefangen. Seine Hände landen auf meinem Rücken, als ich seinen Nacken packe und ihn unsanft weiter zu mir runterziehe, denn ich muss mehr von ihm spüren. Er presst mich an sich und ich liebe es, weil ich ihm gerade so nahe sein will wie irgendwie menschenmöglich. Ich will, dass der Kuss nie aufhört. Dass er mich nie loslässt. Ich will für immer in diesem kleinen Kokon bleiben, der mich vor allem anderen schützt und abschirmt. Ich will mich in dem Gefühl baden, wenn seine Zunge meine berührt. Wie seine Fingerspitzen einen Haufen Kummer lindern, während sie die nackte Haut da finden, wo mein Shirt ein Stück hochgerutscht ist. Ein winziges Seufzen entfährt mir bei dem Kontakt. Plötzlich werde ich herumgewirbelt und stoße gegen den Kühlschrank, der ein protestierendes Klirren von sich gibt. Doch ich lächle an Rivers Lippen. Denn genau das will ich. Etwas anderes spüren als diesen nagenden Schmerz, der mich sonst unaufhörlich begleitet. Jetzt gerade ist er weg, auch wenn ich weiß, dass er nachher zurückkehren wird, weil ich gerade genau das tue, was mir von meinen Eltern vorgeworfen wurde. Aber damit kann ich mich später beschäftigen. Dieser Augenblick gehört mir. Uns. Aber gehört er wirklich uns?

Meine Finger verweben sich in Rivers Haaren und ich ziehe daran, was ihm ein leises Stöhnen entlockt. Das macht mich noch mutiger oder hirnloser – je nachdem –, und ich schlinge ein Bein um seine, als würde ich versuchen, an ihm hochzuklettern wie auf einen Baum, während ich mich von seinen Lippen löse, um seine kurzen Bartstoppeln, sein Kinn und schließlich seinen Hals zu kosten. Er erfüllt meinen Wunsch und hebt mich hoch, bis unsere Kleidung nicht verstecken kann, wie sehr auch ihn dieser Kuss antörnt. So viel wie jetzt habe ich mein ganzes Leben noch nicht gefühlt und ich will mehr davon. Ich zerre an seinem Shirt, schiebe es hoch, bis er endlich nachgibt und es sich über den Kopf zieht, während ich mich an seinem Oberkörper festhalte. Das Spiel seiner Muskeln unter meinen Fingern ist unglaublich, die Haut so weich und heiß. Meine Hände wandern seine breiten Schultern entlang über seine starken Arme. Ich bin sicher, dass es kein Wort im Wörterbuch gibt, das beschreiben könnte, wie sexy River ist. Als sich meine Hüften wie automatisch an seinen bewegen, stöhnt er noch einmal, doch dieses Mal klingt es eher verzweifelt, bevor er seine Stirn vorbei an meinem Kopf gegen den Kühlschrank krachen lässt.

»Liza …« Er atmet, als wäre er einen Marathon gelaufen. Das erinnert mich daran, dass ich gerade selbst Sauerstoff gebrauchen könnte.« »Wir sollten aufhören, bevor ich dich in mein Schlafzimmer trage.«

»Damit hätte ich kein Problem.« Ich klinge wie vor Kurzem beim Joggen, während ich ihn an Hals und Nacken weiterküsse, wenn ich schon seine Lippen nicht haben darf.

»Ich schon.«

Ich höre auf, ihn zu küssen, so wie mein Herz scheinbar aufgehört hat, Blut in mein Gehirn zu pumpen, denn ich verstehe gerade gar nichts. »Warum?«

»Weil ich nichts mit dir überstürzen werde.« Er spricht weiterhin in den Kühlschrank, weshalb ich sein Gesicht in meine Hände nehme und ihn dazu bewege, mich direkt anzublicken. Er sieht verkrampft aus, als würde er um Kontrolle ringen.

»Überstürzen?« Zärtlich streife ich durch seine Haare und lächle. »River, wir warten seit einem Jahr auf diesen Moment.«

»Nicht wie ich es meine.« Er rückt vom Kühlschrank ab und setzt mich sanft auf den Küchentresen, aber ich denke gar nicht daran, ihn freizugeben. »Gestern hattest du Angst, mich zu küssen, Liza.«

»Das war vorgestern.«

Er studiert mich, als hätte er einen direkten Einblick in meine Seele. Anschließend nimmt er seine Hände von meiner Taille, stützt sie neben mir ab und senkt den Kopf, als würde er beten. »Eben«, murmelt er wie unter Schmerzen. Er zieht sich zurück … Aber … Nein!

»River, ich mag nicht immer wissen, wer ich bin, aber eine Idiotin bin ich nicht. Ich weiß, was ich will. Und es fühlt sich so an, als säßen wir beide im selben Boot.« Um meine Theorie zu untermauern, rolle ich mein Becken kurz an seinem, woraufhin er knurrt.

»Du weißt, dass das nie das Problem zwischen uns war. Ich will dich immer, Bubby.«

Ich glaube ihm. Das ist der Grund, warum ich noch hier bin. Trotzdem pocht und vibriert alles in mir. Der Gedanke, dass er mich jetzt wegschicken könnte, jagt mir Tränen in die Augen. Ein weiteres Zeichen für mein Gefühlschaos.

»Du hast gesagt, du würdest das für mich sein, was ich brauche«, flüstere ich, bevor ich die Fassung verliere. Mag sein, dass es unfair ist, ihm sein Versprechen jetzt vorzuhalten. Es macht meine nächsten Worte allerdings nicht weniger wahr. »Ich brauche einfach nur dich, River.« Ich hebe meine Arme, fühle mich verwundbarer denn je zuvor, während mein Herz so hart gegen meine Brust klopft, dass es wehtut.

Ich beobachte, wie seine warmen Augen dunkler vor Leidenschaft werden, wie er seinen Kiefer anspannt. »Du bringst mich um, Liza.«

»Gut«, erwidere ich lächelnd und versuche, verführerisch zu wirken, obwohl ich in Wahrheit zittere. Vor Verlangen, aber auch vor Nervosität. Aber es gibt kein Zurück mehr. Es fühlt sich an wie die beste und die schlechteste Idee meines Lebens, während ich hier mit den Armen über dem Kopf sitze und warte, dass er mich auszieht. Während er seinen inneren Kampf mit sich ausficht, presse ich die Lippen zusammen. »River, bitte lass mich nicht betteln. Nicht heute.« Denn wenn er mich jetzt zurückweist, werde ich nie mehr dieselbe sein.

Erleichtert atme ich daher aus, als seine Finger sich endlich im Saum meines Shirts verhaken und er es langsam nach oben zieht.

»Du bist wunderschön«, sagt er atemlos und lässt seine Augen über mich wandern. Nicht River, der Arzt dieses Mal. Sondern River, der Mann. Und gleichzeitig schaut er mich anders an als jeder andere Mann zuvor. Als wäre ich seine erste und einzige Wahl.

Gänsehaut bricht auf meinen Armen, meinem Oberkörper aus, weil ich mich noch nie in meinem Leben so begehrt, so geliebt gefühlt habe.

»Sag mir, dass du das hier wirklich willst, Bubby. Dass du es morgen nicht bereuen wirst«, bittet er mich leise, und ich halte den Atem an, weil mir die Bedeutung dieses Momentes sehr bewusst ist.

»Ich bin mir sicher, River«, versichere ich ihm. Schließlich vergräbt er seine Hand in meinen Haaren und legt seine Lippen endlich wieder auf meine. Ich werfe meine Arme um seinen Nacken und klammere mich fester denn je zuvor an ihn, während er genau das macht, was er versprochen hat: Er trägt mich in sein Schlafzimmer.

KAPITEL 22

Liza

Als ich am nächsten Morgen aufwache, kitzeln grelle Sonnenstrahlen mein Gesicht und blenden meine Augen. Schnell kneife ich sie wieder zu und ziehe die Bettdecke höher. Daran könnte ich mich gewöhnen. Mein Zimmerfenster geht nach Westen. Von Sonne würde ich nur aufwachen, wenn ich ein Vampir wäre und abends aktiv würde.

Erinnerungen daran, wie River mir heute Morgen wortlos einen zärtlichen Kuss auf die Schulter gehaucht hat, bevor er seine Frühschicht angetreten hat, überfluten mich, ebenso wie das Gefühl seiner Finger auf meiner Haut, als er mir gab, was ich gestern gebraucht habe. Ablenkung. Es war überwältigend und wunderschön zugleich, während er mich zu meinem Höhepunkt gestreichelt und sich sanft an meinem Kieferknochen entlanggeküsst hat, als ich seinen Namen geflüstert habe, und er mich dann durch meine innere Explosion hindurch gehalten hat.

Und nur wenige Sekunden später kam dieser kurze Moment, den ich gefürchtet hatte. Den er gefürchtet hatte. Scham brachte meine Finger zum Zittern, während ich versucht habe, seine Hose zu öffnen, weil mein Bedürfnis nach *Ablenkung* nie das sein sollte, was mich zum ersten Mal in

Rivers Arme treibt. Das ist einfach nicht fair. Und auch nicht das, was ich will, wenn ich zum ersten Mal mit ihm schlafe. Und ich wusste, er konnte es sehen, fühlen, egal, wie kurz der Augenblick war. Egal, wie sehr ich ihn maskieren wollte. Seine Reaktion war minimal, wie er den Kiefer anspannte, blinzelte und seine Augenbrauen dabei kurz zuckten, doch Entschlossenheit wob sich in sein Begehren.

»Nicht heute, Bubby! An jedem anderen Tag für den Rest meines Lebens, aber nicht heute«, wiederholte er leise und nahm meine Hände in seine. Und bevor ich überhaupt die Chance hatte, dass es mir peinlich sein könnte, küsste er mich mit der gleichen Entschlossenheit, die seine Worte kommuniziert hatten, und doch anders. Unsere Küsse zuvor waren pure Leidenschaft, Verlangen, Verzweiflung. Dieser war liebevoll und hinterließ mich mit einem Gefühl, als wäre ich … zu Hause. Dann holte er mir eines seiner T-Shirts und zog mich dicht an sich.

Vielleicht bringe ich es deswegen heute Morgen, halb nackt und alleine in diesem Bett, immer noch nicht übers Herz, verlegen zu sein. Stattdessen liebe ich ihn umso mehr dafür, dass er mich so gut kennt, um mich manchmal sogar vor mir selbst zu beschützen. »Ich liebe River«, flüstere ich, um die Worte zu testen, und grinse umso blöder. Ich drücke die verflixt weiche Decke auf mein Gesicht, um den winzigen Schrei zu dämpfen, der meine Kehle verlässt. »Als wäre das eine Neuigkeit«, nuschle ich sarkastisch in den Stoff und verdrehe die Augen. Es auszusprechen fühlt sich trotzdem neu an. Fremd und befreiend.

Zu meinen Füßen bellt Balu, und ich nehme die Decke von meinen Augen und setze mich auf. Der riesige Hund hebt seinen Kopf und legt ihn schief. *Was ist los mit dir?*

»Das ist eine gute Frage, mein Freund«, murmle ich mit belegter Stimme und schwinge meine Beine aus dem Bett, um ihn zu streicheln. »Wie spät ist es, hm?«

Seine Antwort beschränkt sich auf ein feuchtes Hecheln.

»Hast deine morgendliche Toilette hoffentlich schon absolviert? Ich habe geschlafen wie ein Stein.« Und es tat so gut, eingewickelt in die köstliche Wärme des Mannes, der seine Hand wiederholt über meinen Rücken fahren ließ, bis ich in einen traumlosen, erholsamen Schlaf fiel.

Im Begriff, mich aus der Restschläfrigkeit zu strecken, sehe ich mich in seinem Schlafzimmer um und lächle breit über das Bild des Eishockeyspielers, das ich ihm letztes Jahr geschenkt habe. Er hat es über sein Bett gehängt und sogar die Wand dahinter in dem dunklen Rot gestrichen, die das Trikot hat, damit der Kontrast größer ist. Da fällt mein Blick auf seinen Nachttisch, auf dem ich mein zusammengelegtes Shirt finde, das er gestern in eine Ecke der Küche geschmissen hatte, sowie einen zusammengefalteten Zettel, den ich mir sofort schnappe.

Hey, Liza,
kann mich an keinen Morgen meines Lebens erinnern, an dem es mir so schwerfiel, mein Bett zu verlassen. Wobei ich ziemlich positiv bin, dass es nicht am Bett lag. Frühstück steht in der Küche. Zumindest, was davon übrig ist, nachdem du mich gestern um meine Pizza gebracht hast. PS: Jederzeit wieder … ;)
Bis später, Bubby

PPS: Sobald ich übermorgen nach meiner Schicht ein paar Stunden geschlafen habe, gehen wir auf unser erstes Date.

Ich blase die Wangen auf und stoße jegliche Luft aus, die ich beim Lesen angehalten habe, während ich versuche, meine verknoteten Haare mit den Fingern zu kämmen. Balu, der inzwischen zur Tür getrottet ist, legt den Kopf schief. »Dein Herrchen ist ziemlich einzigartig, weißt du das?« Balu bellt und ich grinse. Natürlich weiß er das. Deswegen haben sich die beiden ja gegenseitig ausgesucht. »Und jetzt dreh dich gefälligst um«, gestikuliere ich amüsiert dem Hund. »Ich muss mich anziehen.«

Barfuß – weil ich auf gar keinen Fall getragene Socken ein zweites Mal anziehe – tapse ich in die Küche und grinse über die Papiertüte in der Küche. Mit dem Zeigefinger halte ich sie auf und mein Magen knurrt über die Auswahl an Muffins und Bagels. Süß und salzig. Ich ziehe die Augenbrauen zusammen und lache, als ich den To-go-Becher schüttle. Er ist tatsächlich halb leer, einfach um einen Punkt zu machen. Ich nippe einmal daran. Obwohl ein Warmhalter den Kaffeebecher umarmt, ist der Kaffee schon kalt. Wie spät ist es wirklich?

Mein Handy läutet und ich jogge zu meiner Tasche, die nach wie vor bei meinen Schuhen steht. Mom … O je …

»Jap?« Kann nicht behaupten, nach ihrem gestrigen Besuch scharf auf ein Telefonat mit ihr zu sein.

»Wo steckst du, Elizabeth? Wir warten auf dich. Ich muss zur Arbeit und du hast versprochen, die ersten paar Tage zu Hause zu sein.«

Meine Hand fliegt über meinen Mund. O mein Gott! Ich habe tatsächlich vergessen, dass meine Schwester heute aus dem Krankenhaus entlassen wird. Wurde, wie es scheint. Verdammt!

»Elizabeth!«

»Ja. Tut mir leid. Ich bin sofort da«, stammle ich und lege auf, woraufhin mein Display mich förmlich mit der Uhrzeit anschreit. Es ist schon halb zwölf? Als ich River gestern noch versichert habe, er müsse mir keinen Wecker stellen, hätte ich nie gedacht, dass ich so lange schlafen würde wie zuletzt nach meiner Highschool-Abschlussparty. Und vier Anrufe in Abwesenheit. Drei von Mom, einer von Becca. Ich verziehe das

Gesicht, als ich barfuß in meine Schuhe schlüpfe, mir Mantel und Tasche umwerfe und dem verwirrten Balu eine Kusshand zuwerfe, bevor ich Rivers Wohnung verlasse.

All die positiven Gefühle, die ich letzte Nacht oder heute Morgen hatte, verschwinden mit jeder Stufe, mit jedem schmerzhaften Herzklopfen, weil ich genau weiß, dass meine Eltern jetzt erst recht überzeugt sind, dass ich meine Prioritäten falsch setze.

Ich betrete die Wohnung und begegne widerwillig den Blicken der beiden Augenpaare, die sich auf mich richten. Zuerst Becca, die mit Merlot auf der Couch sitzt. Ihr anfänglich breites Lächeln verrutscht kurz, als sie meinen Gesichtsausdruck registriert. Und weiß Gott was noch. Ich habe oben ja nicht einmal in den Spiegel gesehen.

»Schön, dass du zu Hause bist«, krächze ich, meine verräterische Stimme etwas heiser.

»Schön, dass *du* zu Hause bist«, gibt Mom zynisch zurück, und ich beiße mir auf die Zunge.

Was sie sieht, kann ich mir ganz gut vorstellen. So wie sie mich von oben bis unten mustert, weiß sie ganz genau, dass ich dieselben Klamotten trage wie gestern Abend. Mein Make-up ist vermutlich vom Heulen und Schlafen verschmiert, und meine Haare sind durcheinander. Mehr Infos braucht sie nicht, um sich in dem bestärkt zu fühlen, was sie gestern gesagt haben. Schade nur, dass sie nicht sieht, dass ich in den vergangenen Stunden richtig glücklich war.

»Ich komme zu spät zur Arbeit«, setzt sie nach, legt den Fetzen, mit dem sie wohl gerade irgendwo geputzt hat, in die Spüle und küsst Becca auf die Haare. Dann zeigt sie mit dem Finger auf mich. »Wir unterhalten uns noch darüber«, mahnt sie leise, bevor sie sogar mir einen flüchtigen Kuss auf die Wange drückt, es aber auch nicht lassen kann, die Reste meines Make-ups vorher wegzuwischen.

Auch nachdem sie weg ist, stehe ich nach wie vor an derselben Stelle herum und habe ebenso wie gestern Abend keine Ahnung, was ich jetzt mit mir anfangen soll.

Becca streckt mir den Arm entgegen und winkt mich zu sich auf die Couch. »Geht es dir gut?«

Ich balle die Hände zu Fäusten, weil ich wirklich so gerne ehrlich antworten würde. Ich möchte klären, was gerade zwischen uns ist, und auch alles andere mit ihr teilen. Und doch kommt nichts aus meinem Mund. Aber das ist meine Schwester! Becca, mit der ich immer über alles geredet habe. Na ja, über fast alles … Und auch jetzt ist das, was ich ihr am dringendsten erzählen will, genau das, worüber ich nicht mit ihr sprechen kann. Also mache ich das, was ich inzwischen perfektioniert habe, und setze mich lächelnd neben sie. »Ja, alles bestens. Und bei dir?«

»Alles beim Alten, würde ich sagen«, antwortet sie, und ich starre betroffen auf Merlot, weil mir ihre Antwort bestätigt, dass auch sie nicht ehrlich ist.

Unbeholfen kraule ich die Ohren des Katers mit dem Zeigefinger, um die Zeit zu überbrücken, ziehe ihn jedoch sofort wieder weg, als Merlot katzenartig die Augen verdreht und den Kopf abwendet.

»Hattest du vor Kurzem 'ne Party hier?«, forscht Becca nach der bedeutungsschwangeren Pause, und ich versteife mich.

»Warum fragst du?«

»Weil ich vermutlich jeden Cocktail der Welt mit dem Alkohol im Kühlschrank mixen könnte.«

Verdammt noch mal! Genau das wollte ich vermeiden, indem ich die Flaschen vorher entsorge – zumindest verstaue. Und ja, vermutlich kann ich auch einen Teil des Einkaufs von gestern wiederholen, weil das Zeug die ganze Nacht im Zimmer stand. Extrem verantwortungsbewusst, Liza. Denen hast du es gezeigt.

Becca lacht über ihren Spruch und zum ersten Mal seit ewigen Zeiten ärgert mich das Geräusch. »Eigentlich wollte ich deine Einkäufe verstauen, zumindest das, was davon noch zu retten war. Aber da war kein Platz.«

»Ja, es war so eine Art Party«, antworte ich kurz angebunden auf die eigentliche Frage und drücke mich von der Couch weg. Ich weiß, es ist total unfair von mir, aber es ärgert mich, dass sie lacht, wenn sie ernst bleiben sollte. Dass sie nicht nachhakt, obwohl ich weiß, dass meine Antwort Bullshit war. »Hat Mom die Flaschen auch gesehen?«, frage ich im Versuch, beiläufig zu klingen, während ich nun endlich den Alkohol auf die Theke stelle.

»Nein, sie war zu beschäftigt damit zu putzen.« Und sich über mich zu beschweren, da bin ich sicher. Ich mustere die gesammelten Flaschen vor mir und schlucke über die Menge.

»Liza?«, beginnt Becca, und ich stopfe meine Hände in die hinteren Hosentaschen, bevor ich mich umdrehe und lächle. »Du wirkst ein bisschen durch den Wind.«

»Ja. Nein …« Meine Güte … »Tut mir nur leid, dass ich nicht früher aufgekreuzt bin«, erkläre ich und meine es ernst. »Ich geh mal kurz duschen, okay? Dann koche ich uns etwas und wir quatschen.«

»Klingt gut«, erwidert sie. Im nächsten Augenblick senkt Becca den Kopf und widmet sich wieder ihrem schnurrenden Kater, wahrscheinlich, weil sie genauso spürt wie ich, dass die Worte leer sein werden. Wann ist das denn passiert?

Ich lasse die Flaschen stehen, wo sie sind, und flüchte ins Bad. Was genau ich mit dem Alkohol machen werde, muss ich mir noch überlegen.

KAPITEL 23

Liza

»Ist es wirklich okay, wenn ich gehe?«, frage ich Becca zum dritten Mal, während ich nervös an meinem geflochtenen Zopf herumfummle.

Es ist gerade mal sechs Uhr morgens. Die Sonne ist noch gar nicht aufgegangen, was River extrem wichtig schien. Weil Becca es aus dem Krankenhaus gewöhnt ist, so früh aufzustehen, sitzt sie jetzt im Pyjama auf der Couch und sortiert ihre hunderttausend Tabletten für den Tag. »Na klar.«

»Ich kann sonst absagen.« Obwohl Schmetterlinge seit vorgestern durch meinen Bauch flattern, wenn ich an mein bevorstehendes erstes Date denke, bin ich total unsicher, ob ich gehen soll.

»Liza! Geh!« Becca klingt etwas außer Atem, als sie doch von ihren Tabletten hochsieht. »Ich brauche keine Babysitterin.«

Ich knabbere an meiner Oberlippe. Ich weiß das, aber meine Eltern sehen das ja scheinbar anders. Und ich habe keine Lust, mich schon wieder dafür rechtfertigen zu müssen, warum ich es wage, sie heute Morgen ein paar Stunden alleine zu lassen. Die Wahrheit ist aber auch, dass wir bloß umeinander herumtänzeln, seit sie zu Hause ist, und kaum Gesprächsthemen finden. So sitzen wir eben gemeinsam vor dem Fernseher oder sie liest, während ich irgendetwas anderes mache. Wir sind wie höfliche Mitbewohner und das macht mich krank.

»Und richte River bitte liebe Grüße von mir aus.« Ihre Stimme klingt superfreundlich.

Trotzdem nervt es mich, dass ich weiß, dass da mehr zwischen den Zeilen zu lesen wäre. Ich finde es schrecklich, dass wir nicht ehrlich miteinander sind und uns auf einmal so fremd geworden sind, dass ich nicht einmal weiß, warum sie sich jede Nacht in den Schlaf weint. Vor Schmerzen? Vor Kummer? Ich habe keine Ahnung, weil ich nach all den Jahren den Draht zu ihr verloren habe. Und ich hasse es, dass ich nicht mit ihr teilen kann, wie viel mir dieses Date bedeutet. Trotz, oder vielleicht genau wegen der ungewöhnlichen Uhrzeit. Ich hasse es, dass ich neben der mädchenhaften Aufgeregtheit diesen unangenehmen Beigeschmack von schlechtem Gewissen im Mund habe.

Ich fühle, wie meine Hände zu zittern beginnen und mein Blick zum Kühlschrank wandert, als es an der Tür klopft und ich erleichtert die Augen zufallen lasse. Ich ziehe meine Stiefel an, schnappe mir Schal und Mantel. Ich habe es ziemlich eilig, mich zu verabschieden und River mit meinem Körper von der Tür wegzudrängen, damit ich sie schnell hinter mir schließen kann.

Darüber hebt er eine Augenbraue, scheint allerdings schnell abgelenkt zu sein, während sein Blick Verbrennungen ersten Grades auf meinem Körper hinterlässt, so, wie er ihn daran hinabwandern lässt. Das bringt mich zum Strahlen und ich beiße mir auf die Unterlippe. »Guten Morgen.«

»Hey!«, antwortet er mit rauer Stimme.

»Meine Augen sind hier oben, Kumpel«, necke ich ihn spielerisch, obwohl es mir insgeheim gefällt, dass er mich so ansieht. Er sieht k. o. aus, wie leider häufig, aber gleichzeitig entgeht mir das jungenhafte Schmunzeln auf seinem Gesicht nicht.

Dann schüttelt er allerdings den Kopf. »Das kannst du nicht anlassen.«

Meine Schultern sacken, weil ich mich etwa acht Mal umgezogen und letztlich für ein süßes, knielanges Blusenkleid, Leggins und Boots mit leichten Absätzen entschieden habe. Ich habe mein Gesicht an die fünfzehn Mal im Spiegel betrachtet, um mich zu vergewissern, dass alles noch da ist, wo es hingehört.

»Nicht gut?« Unsicher betrachte ich mein Outfit.

»Doch, Liza. Perfekt. Darum geht es nicht.«

Ich bemühe mich, mich lasziv gegen die Tür zu lehnen. »Du willst, dass ich mich gleich wieder ausziehe? Bin mir nicht sicher, dass Dates so funktionieren.« Ein sexy Grinsen breitet sich auf seinen Lippen aus, während er auf mich zukommt, bis ich letztlich mit dem Rücken an der Tür stehe und das Gefühl habe, ich sollte vielleicht zurückrudern. »Übrigens ist das nicht unser erstes Date, Doktor Hudson. Kino und Eislaufen zählen im Buch der Verabredungen als Date.«

River stützt sich links und rechts von mir am Türrahmen ab und kesselt mich damit ein. Wenn Becca jetzt von innen die Tür aufmacht, lande ich in ihren Armen. »Prinzipiell ja. Und es war mir ein Vergnügen, Ms Donovan. Aber dieses Date passiert *nicht*, weil Schwachkopf nicht auftaucht. Dieses Mal ist es extrem *beabsichtigt*. Und wenn du deine Sachen am Ende ausziehen willst, werde ich dir gerne dabei helfen«, sagt er, seine Augen dunkler als normal, seine Stimme tiefer, während meine Herzfrequenz immer weiter hochklettert. »Aber bis dahin … brauchst du eine Hose.«

Kichernd ziehe ich an dem Stoff meiner Leggins. »Was ist mit dir?! Das *ist* eine Hose.«

Mit dem Handrücken streicht er mir über die Wange, bevor sein Daumen meine Lippen nachzieht. »Das habe ich die letzten zwei Tage vermisst.« Sanft küsst er kurz meine Oberlippe und ich werde schon wieder zu Pudding.

»Meine heißen Küsse?«

Er schmunzelt. »Dein Lächeln. Aber die Küsse sind auch ganz okay.«

»*Ganz okay*?« Lachend kneife ich ihn, fasziniert davon, wie leicht es mit ihm trotz all der Umstände ist. »Ich zeige dir mal *ganz okay*, Mister.« Übertrieben wild packe ich ihn beim Kragen und zerre ihn zu mir runter. Ich hefte mich an seinen Körper, so dicht ich kann, weil ich diesem Mann nach all den Monaten Distanz jetzt nicht nah genug sein kann. Seine Hand landet in meiner Kniekehle, die er an seine Hüfte hebt, sodass er zwischen meine Beine treten kann und den Spieß damit umdreht. Eigentlich wollte ich ihn erst später verführen. Jetzt bin ich kurz davor vorzuschlagen, das Date zu verschieben und einfach länger am Gutenachtkuss zu basteln. Besonders als River von meinem Knie weiter nach oben wandert, bis er gefährliches Territorium erreicht und seine Lippen von meinen löst.

»Liza, ich kann in dieser *Hose* jede deiner Kurven spüren«, haucht er gegen meinen Mund. »Und auch, wenn ich normalerweise kein Problem damit habe: Heute würdest du dir darin deinen sexy Hintern abfrieren.«

»Mhm«, summe ich und lasse die Spitze meiner Zunge über seine Unterlippe wandern. Mir doch egal, dass wir im Treppenhaus stehen. River zu küssen macht mich zu flüssigem Feuer.

»Bubby, wenn ich dich noch einmal so küsse, dann wird es heute kein Date mehr geben.«

»Habe auch schon darüber nachgedacht. Wäre kein Problem für mich.«

»Für mich schon«, erklärt er und reibt sich über das Gesicht. Anschließend hebt er die Hände, als wäre er verhaftet, und geht einen Schritt zurück. »Hose. Jetzt. Am besten über die Leggins.«

Ich kann es mir einfach nicht verkneifen. »Damit du nachher mehr zum Ausziehen hast?«

Kopfschüttelnd lässt River den Kopf hängen und lacht in einer Mischung aus Verzweiflung und Belustigung. »Du spielst mit dem Feuer, Elizabeth Patience.«

Ich pfeife auf den Abstand, den er geschaffen hat, und probiere mein Glück noch einmal, indem ich dicht an ihn herantrete, bis er mich mit einem schnurrenden Lachen an der Taille festhält. »Schätze, meine Küsse sind doch mehr als *ganz okay*«, grinse ich im Triumph, woraufhin er sich ein Stück vorlehnt und mir mit seinem Geruch den Verstand raubt.

Doch anstatt mich zu küssen, greift er hinter mich, öffnet meine Tür und schiebt mich mit leichtem Druck in die Wohnung zurück.

»Ich warte besser hier draußen.«

»So, verrätst du mir jetzt, warum ich gekleidet bin wie ein Inuit?«, frage ich, vermutlich mit lächerlichen Herzchen in den Augen, als River mir meine Kapuze über die Mütze zieht und mich ansieht, als wäre ich das Kostbarste, was er je gehalten hätte.

Zwinkernd verschränkt er seine handschuhbedeckten Finger mit meinen, als wir die U-Bahn-Station verlassen. »Es ist eiskalt.«

»Habe ich bemerkt«, schmunzle ich mit gehobener Braue. »Es hat geschneit.«

»In New South Wales, wo ich herkomme, schneit es hin und wieder in den Bergen, aber nicht genug für Wintersport. Daher gibt es Skigebiete mit Kunstschnee. Was natürlich kein Vergleich zu Naturschnee ist.«

»Vor allem zu dem in New York. Nach dreißig Sekunden am Boden schon schwarz und nach weiteren zehn geschmolzen«, witzle ich, weil sich die meisten Touristen den Winter in

New York City weit romantischer vorstellen, als er tatsächlich ist.

»Stimmt allerdings«, sagt er lachend. »Ich war richtig enttäuscht, als ich herkam, und hoffte, mal einen richtigen Winter zu erleben. Aber es gibt Orte, an denen der Schnee länger liegen bleibt.«

River zieht mich auf eine der schneebedeckten Grünflächen des beleuchteten Central Parks. Rund um uns herum ist noch nicht viel los, bis auf ein paar Jogger, die trotz der Minusgrade ihre Runde laufen. In spätestens drei Stunden wird der Park randvoll sein mit Kindern, Schlitten und Spaziergängern. River schüttelt seinen Rucksack ab und drückt mir lächelnd eine Karotte in die Hände. Blinzelnd starre ich auf das Gemüse, bevor mir ein Licht aufgeht und ich ruckartig den Kopf hebe. »Wir bauen einen Schneemann?« Etwas verlegen darüber, wie schnell mir die Tränen in die Augen schießen, presse ich mir meine Handschuhe gegen das Gesicht.

River legt seine Lippen auf meine Mütze und zieht mich an sich.

»Das ist perfekt, River.«

»Das machen wir aber erst, wenn die Sonne aufgegangen ist. Vorher haben wir noch etwas anderes vor.« Als ich mich wieder so weit unter Kontrolle habe, löse ich mich von ihm und beobachte verwirrt, wie er eine Spiegelreflexkamera aus seinem Rucksack nimmt und sich um den Hals hängt.

»Wir machen Fotos von mir, während ich selbst zum Eiskristall werde?«

»Du nicht.« Als Nächstes zieht er irgendeinen Behälter aus dem Rucksack, den er aufschraubt und einen Strohhalm hineinsteckt. Dann geht er in die Hocke und bläst eine Seifenblase auf den Schnee. Mein Mund klappt auf, während er aus der Hocke zu mir hochsieht und sanft lächelt. »Das Geheimnis ist Kleister. Für das perfekte Seifenblasenrezept. Komm her, Bubby!«

Ich fühle, wie meine Lippen zittern, diesmal nicht vor Kälte, als ich mich aus meiner Starre löse und neben ihm in die Hocke gehe. Lauter kleine Eiskristalle ziehen sich über die Seifenblase. Die Farben schillern im dämmrigen Licht des Sonnenaufgangs, bis die ganze Blase gefroren vor uns liegen bleibt. Dann macht River ein Foto. »Für Becca«, erklärt er bei meinem fragenden Blick, als wäre die Geste eine Selbstverständlichkeit. Ist sie aber nicht. Mir bedeutet sie die Welt.

»Ich liebe dich, River«, flüstere ich, überwältigt von den Emotionen in meiner Brust. Gott, es fühlt sich so gut an, es endlich laut sagen zu können.

River senkt die Kamera und lächelt mich an. »Und ich liebe dich, Bubby.«

Ich lege meine Hände auf seine Wangen und bringe sein Gesicht zu mir, fühle, wie all diese Emotionen in den Kuss fließen, während River mir seine Arme um den Rücken schlingt und sich mit mir erhebt, bevor wir in den Schnee fallen. Meine Füße schweben über dem Boden, während ich mich an ihm festhalte. Ein Bild, das ziemlich genau beschreibt, wie ich mich in seiner Gegenwart fühle.

KAPITEL 24

River

Ich hasse die Notaufnahme. Ich weiß, dass mich der Tod als Arzt ständig begleiten wird. Weiß, dass ich nicht jeden retten kann. Aber in der Notaufnahme warten während einer 24-Stunden-Schicht manchmal bis zu hundertfünfzig Patienten. Und selbst, wenn du dir sicher bist, dass du die Diagnose bereits kennst, weil es der zehnte Patient am Tag mit den gleichen Symptomen ist, darfst du trotzdem nicht müde werden, dich selbst immer wieder zu prüfen. Zu Beginn meiner Schicht gestern ist eine Frau gekommen, die über Taubheitsgefühle und Kopfschmerzen geklagt hat. Sie wurde mit der Diagnose einer starken Migräne nach Hause geschickt. Drei Stunden später wurde sie hirntot wieder eingeliefert, weil es keine Migräne gewesen war, sondern eine Hirnblutung. Was an diesem Fall umso beschissener ist: Die Frau war im achten Monat schwanger. Die Symptome waren nicht eindeutig. Bei Schwangeren wird noch genauer abgewogen, ob man dem Ungeborenen ein CT antut oder nicht, aber trotzdem hätten wir sie nicht wegschicken dürfen. Wir hätten sie zumindest beobachten müssen. Jetzt hat der Mann dieser Frau zwar ein Neugeborenes, früher als erwartet,

248

geht jedoch in ein paar Wochen, wenn der kleine Junge stark genug ist, alleine mit ihm nach Hause.

Ich werfe meine Spindtür zu und setze mich auf die Bank, wo ich mir erst einmal das Gesicht reibe, ehe ich auf mein Handy sehe. Neben einer Nachricht von Liza habe ich einen verpassten Anruf von meinem Vater. Da er nie ohne Grund anruft, bin ich mir in diesem Augenblick nicht sicher, ob ich erfahren möchte, was er von mir will. Also reibe ich mir die müden Augen und öffne stattdessen Lizas Nachricht.

Liza: Melde dich, wenn du das Krankenhaus verlässt, dann bestelle ich dir 'ne Pizza, bevor du dich hinlegst.

Ein winziges Lächeln breitet sich auf meinen Lippen aus. Liza weiß, dass ich weder zum Essen noch zum Hinsetzen komme, wenn ich in der Notaufnahme bin. Da ist es manchmal nicht mal drin, aufs Klo zu gehen, wenn man muss. Umso mehr bedeutet mir ihre Fürsorge. Die letzten zwei Wochen mit ihr waren wunderschön. Ich habe das Gefühl, als hätte mir jemand die schweren Ketten von den Beinen genommen, mit denen ich metaphorisch rumgelaufen bin. Sie in den Armen zu halten, sie zu küssen, sie zu berühren, das ist alles, was ich wollte, und noch mehr. Und doch ist da immer dieser etwas bittere Beigeschmack, wenn ich sie in Momenten erlebe, in denen sie gedanklich nicht bei der Sache ist und mir dann dieses traurige Lächeln schenkt. Wir haben nie mehr als ein paar Stunden miteinander verbracht, weil sie Angst hat, ihre Schwester zu lange alleine zu lassen.

Becca ist jedes Mal total höflich und liebenswert, wenn ich bei ihnen bin, und hat es dennoch ziemlich eilig, den Raum zu verlassen. Ich merke, wie Liza mit sich kämpft. Wie sie versucht, das zu genießen, was wir endlich gefunden haben, und gleichzeitig immer wieder und immer weiter in ihr Schneckenhaus kriecht. Sie schottet sich ab und ich hasse das für sie.

River: Welche?

Liza: Kommt ganz drauf an, ob du mich küssen willst. Wenn ja, dann ist die Severus Grape eventuell nicht die beste Wahl.

River: Und wenn ich dich vorher küsse?

Liza: … denke, das ließe sich machen ☺

Alles, was ich gerade noch wollte, war, es in mein Bett zu schaffen und dort mindestens die nächsten acht Stunden ohnmächtig zu liegen. Jetzt habe ich andere Pläne. Ich wechsle lediglich die Schuhe, werfe meinen Kram in meinen Rucksack und mache mich auf den Weg. Als Liza schon im Pyjama die Tür öffnet, ziehe ich sie sofort an mich und küsse sie mit erneuerter Energie, die nur sie mir geben kann, wenn sie mich so ansieht wie eben. Wenn sie ihre Finger in meinem Shirt vergräbt, sich an mich presst und mir damit zeigt, wie sehr auch sie mich braucht. »Ich hätte dich auch nach der Pizza noch geküsst«, verrät sie mir zwischen zwei Küssen, und ich grinse.

»Ich weiß«, antworte ich selbstgefällig, küsse sie noch ein letztes Mal auf die Lippen, danach auf die Nase und die Stirn, bevor ich sie einfach umarme und mit geschlossenen Augen tief durchatme.

»Alles okay?«, will sie besorgt wissen.

»Bei mir schon.«

»Ist jemand gestorben?«

Ich vergrabe meinen Kopf in ihrer Halsbeuge. »Ja«, antworte ich simpel, weil ich sowieso nicht mehr dazu sagen darf. In den Schuhen der Ärztin mit der falschen Migräne-Diagnose will jetzt niemand stecken, auch wenn es jedem von uns hätte passieren können. Uns Ärzten wird ständig nachgesagt, wir hätten einen Gott-Komplex, aber gerade die, die das behaupten, erwarten von uns Wunder. Dass wir nie müde oder ratlos werden und immer die richtige Entscheidung treffen. Meine Kollegin wird sich jetzt vor mehr als nur sich selbst verantworten müssen. Im blödesten Fall wird sie wegen fahrlässiger Tötung angezeigt. Das ist für jeden im Team ein Rückschlag, weil es uns daran erinnert, dass von uns eben doch Übermenschliches erwartet wird.

»Das tut mir leid, River«, murmelt Liza und hält mich fester, während sich in der Wohnung eine Tür öffnet. Ich spüre, wie sie sich versteift, und lasse sie los.

»Ich wollte nicht stören. Sorry.« Becca hebt den haarlosen Kater in ihre Arme.

»Becca, warte!«, bittet eine zerrissene Liza, bevor ihre Schwester wieder verschwinden kann. »Wir wollten doch ›Exit the room‹ spielen.«

»Spielst du mit?«, erkundigt sich Becca mit Blick auf mich, und ich frage mich, ob sie noch mitspielen würde, wenn ich Ja sage.

»Nein, ich muss ins Bett«, antworte ich, woraufhin sie ausdruckslos nickt.

Im nächsten Moment hält sie sich an der Rückenlehne der Couch fest, lässt den Kater los und reibt sich mit zusammengezogenen Brauen die Brust.

»Was ist los?« Automatisch gehe ich auf sie zu, doch sie lächelt, als ich sie erreiche, und hockt sich auf die Lehne.

»Nichts Dramatisches. Mir ist einfach oft schwindelig. Kommt wahrscheinlich davon, dass ich meine Uhr bald als

Gürtel tragen kann«, scherzt sie und kratzt sich verlegen den Arm. Dabei rutscht ihr dicker Pulli ein paar Zentimeter nach oben, und ehe ich mich stoppen und sie um Erlaubnis fragen kann, hebe ich ihren Arm an und schiebe den Ärmel hoch. Ihre Haut ist schuppig und rissig. An einer Stelle klebt ein Pflaster.

»Was ist da passiert?«

»Da dürfte die Haut vor ein paar Tagen geplatzt sein und verheilt nicht so, wie ich gerne möchte.«

Das macht mich stutzig. »Darf ich mal sehen?« Sie zuckt mit den Schultern und reißt das Pflaster ab. Die ganze Fläche rund um die noch leicht blutende und nässende Wunde ist rot und überwärmt. »Hast du mit deinem Arzt darüber gesprochen?«

»Ja, er sagte, das könnte eine Nebenwirkung von irgendeinem Medikament sein und dass wir nächste Woche mal neu evaluieren sollten.« Liza blickt mich unruhig an.

»Ich weiß nicht. Das sieht für mich aus wie eine Entzündung. Ich glaube nicht, dass ich bis nächste Woche warten würde.«

»Ich bin aber echt nicht scharf darauf, wieder ins Krankenhaus zu düsen, wenn ich nicht muss. Kannst du mich nicht unter der Hand mit der einen oder anderen Droge versorgen?«, fragt sie mich und kassiert dafür einen Rempler von Liza. Lachend tut sie es ab und verdreht die Augen.

»Ich kann dir nichts verschreiben, Becca. Vor allem, wenn andere Ursachen nicht ausgeschlossen sind.«

»Okay, okay«, seufzt sie. »Ich verspreche hoch und heilig, dass ich mich morgen früh darum kümmern werde, in Ordnung?«

Es klingelt. Vermutlich der Pizzalieferant.

»Melde dich, wenn ihr etwas braucht, okay?«, sage ich und küsse Lizas Haare. Dann lasse ich die Frauen alleine und hole mir meine Pizza ab.

Am nächsten Morgen wache ich auf, weil es durchdringend an der Tür klingelt. Inzwischen daran gewöhnt, zu allen Uhrzeiten unsanft geweckt zu werden und sofort einsatzbereit zu sein, springe ich aus dem Bett und haste zur Tür, wo Balu schon hechelnd und mit schief gelegtem Kopf wartet. Liza ist es also nicht. Da wäre er weit aufgeregter.

Stattdessen schiebt sich eine Sekunde später meine Schwester mit gestresstem Blick in meine Wohnung, einen Kleidersack in der einen Hand, das Handy mit der anderen ans Ohr gepresst. »Bin gerade bei River rein. Ja, ich geb ihn dir. Aber macht es bitte kurz. Ich muss gleich zu einer wichtigen Besprechung.« Sie pustet sich eine Haarsträhne aus dem Gesicht und drückt mir ihr Handy in die Hand. Anschließend hängt sie den Kleidersack an den Türrahmen.

»Guten Morgen auch dir, Schwesterherz.« Alles, was ich dafür bekomme, ist ein genervter Blick, während sie wie selbstverständlich in meine Küche marschiert und eine Schranktür nach der anderen öffnet, vermutlich auf der Suche nach einer Kaffeetasse. Ihr zerzauster Look überrascht mich, denn das kenne ich von Willow nicht. Seit sie zehn ist, sieht sie grundsätzlich immer aus, als würde sie im Stehen schlafen. Kein Haar tanzt sonst aus der Reihe.

»Hallo?!«, wende ich mich nun an die ominöse Person am Handy.

»River. Du hast mich nicht zurückgerufen.« Dad – natürlich. Ich werfe einen Blick zu Willow, frage mich, wann sie zur Botin meines Vaters geworden ist.

»Ja, ich habe geschlafen, Dad. Falls du noch weißt, was das ist.«

»Ich möchte dich bitten, nächste Woche nach Sydney zu kommen. Dort findet ein wichtiger Ärztekongress statt, den ich mitveranstalte. Es ist eine große Chance für dich, auf deinen Namen aufmerksam zu machen, nachdem du dein Studium nun abgeschlossen hast. Wer weiß, welche Türen sich dadurch öffnen.« Er meint wohl *seinen* Namen.

Genervt rolle ich den Kopf zur Seite, bis es knackst. »Und lass mich raten – der Anzug ist für mich?«, will ich wissen und deute auf den Sack.

»Für mich ist er jedenfalls nicht«, antwortet Willow beiläufig.

»Weil ich sonst nur Hippiekleidung vorzuweisen habe. Das verstehe ich natürlich.« Mein Armani von der Gala vergangenes Jahr war wohl nicht repräsentabel genug.

Balu hechelt, als er sich neben mich setzt und ebenfalls auf den Anzug starrt.

»Momentan habe ich eher den Eindruck, du besitzt überhaupt keine Klamotten.« Ich hebe eine Augenbraue in Willows Richtung.

»Nächstes Mal werde ich in Hemd und Krawatte schlafen, für den Fall, dass du mich aus dem Bett klingelst, okay?«

»Ich warte nach wie vor auf eine Antwort, River«, meldet sich mein Vater zu Wort, ganz klar kein Fan von meinen Wortgefechten mit Willow.

»Danke, Dad, aber ich glaube, ich kann hier in den Staaten genauso auf meinen Namen aufmerksam machen. Außerdem bin ich Assistenzarzt im ersten Jahr. Bis ich Anspruch auf Urlaub habe, bin ich vierzig.«

»Könnt ihr nicht von deinem Handy aus weitersprechen? Ich muss los.« Willow lehnt sich mit ihrem Kaffee an den Türrahmen und massiert sich mit der freien Hand die Stirn. Was ist mit ihr?

»Lass das mal meine Sorge sein, River«, tut mein Vater ab, was ich gesagt habe. »Jeder muss sich fortbilden.« Ja, aber nicht dort, wo ich schon zwei Tage Urlaub für den Flug verbrauche. »Vielleicht habe ich mich nicht richtig ausgedrückt. Es ist mir wirklich ein großes Anliegen, dass du dabei bist.

Selbstverständlich werde ich mit deinen Oberärzten sprechen. Ich übernehme deinen Flug und die Hotelkosten.« Wenn es so wichtig ist, warum fragt er dann erst jetzt und nicht letztes Jahr, als die Organisation begonnen hat? Er glaubt wirklich, dass ich sofort springe, wenn er mit dem Finger schnippt. Alles in mir sträubt sich. Ich habe meine eigenen Pläne, mein eigenes Leben, einen Job, den ich gerne meinetwegen behalten will und nicht, weil mein Daddy ein gutes Wort für mich einlegt. All das möchte ich ihm am liebsten sagen. Genauso, dass er sich auch künftige Veranstaltungen in den Allerwertesten schieben kann, weil ich lieber für den Rest meines Lebens Studienkredite abbezahlen will, als seine Marionette zu spielen. Doch diese Dinge kann ich ihm nicht am Telefon erklären. Ich will, dass er mich ernst nimmt, und das wird er nicht, wenn ich mich jetzt wie ein bockiger Teenager benehme. Außerdem gibt es da noch eine ganz andere Sache, gegen die ich mich eigentlich sträube, weil ich mich damit erst recht von ihm abhängig machen würde. Aber dabei dreht es sich nicht um mich, es geht um mehr. Also verziehe ich das Gesicht über den Worten, die so bitter schmecken, weil sie mich so viel Überwindung kosten.

»Okay, ich komme. Aber ich bitte dich dafür auch um einen Gefallen.«

KAPITEL 25

Liza

»Und du hast wirklich nichts bemerkt?«, fragt Mom zum wiederholten Mal, sodass ich nur noch verzweifelt die Augen verdrehen kann.

»Sie hat keinen Ultraschallblick, Daria«, springt Dad für mich ein und überrascht mich etwas damit. Wir sind alle frustriert und verzweifelt, dass wir wieder hier sitzen, während Becca untersucht wird. »Außerdem steht momentan nur der Verdacht im Raum.«

»Der Verdacht auf *Nierenversagen*. Wir reden hier nicht von einem Schnupfen.«

»Dessen bin ich mir sehr bewusst, vielen Dank«, antwortet Dad schnippisch, und zum ersten Mal werde ich Zeuge einer offenen Auseinandersetzung.

»Genau deshalb wollte ich, dass sie wieder bei uns wohnt.«

Meine Verzweiflung verwandelt sich in Wut. Jetzt fängt sie schon wieder damit an! »Ma, mehr als sie zwanzig Mal am Tag zu fragen, ob es ihr gut geht, können wir alle nicht. Ich bin nicht ihr Vormund und ihr seid es auch nicht mehr. Ich schleife sie nicht ins Krankenhaus, wenn sie das nicht will. Sogar River hat ihr gestern geraten, sich untersuchen zu lassen, und sie hat es abgelehnt. Und er ist Arzt, also ...« Mir entgeht der Blick nicht, den Mom meinem Vater zuwirft, bevor sie die Arme vor der Brust verschränkt.

»River, hm?« Nur sein Name, gepaart mit dieser Haltung, klingt so vorwurfsvoll, dass ich kotzen könnte.

»Ja. Wir sind zusammen. Er macht mich wirklich glücklich.«

Beide nicken und sehen abrupt wieder in andere Richtungen, als hätte ich gerade eine belanglose Nachricht zum dritten Mal wiedergekäut. Wäre cool, wenn sie wenigstens fürs Protokoll so tun könnten, als wären sie interessiert.

»Vielleicht sollte ich reingehen und bei ihr sein«, überlegt meine Mutter stattdessen laut.

»Du kannst nicht bei der Biopsie dabei sein, Daria.«

Ich verziehe das Gesicht, habe den Eindruck, ich säße im falschen Film. »Habt ihr überhaupt gehört, was ich eben gesagt habe?«

»Mir war nicht klar, dass du auf eine Reaktion gewartet hast«, gibt Dad zurück, und mein Mund klappt auf.

»Nachdem ich euch erzähle, dass ich zum ersten Mal seit Ewigkeiten in einer ernsthaften Beziehung bin? Doch. Hatte ich mir schon irgendwie vorgestellt.« Ich will nicht sarkastisch klingen, aber die Alternative wäre loszuheulen. Und das will ich noch weniger.

»Was willst du denn, das wir sagen?«

Ich blinzle ein paar Mal, während mir etwa eine Milliarde mögliche Antworten durch den Kopf schwirren. »Ähm, ein ›Wir freuen uns für dich, Liza‹ wäre zum Beispiel mal ein Anfang, finde ich.«

Ich weiß nicht, ob mich mehr stört, dass ich es ihnen vorbeten muss, oder dass sie es selbst jetzt nicht über die Lippen kriegen. »Das würde ich gern so empfinden, Liza. Aber ich bin einfach nicht sicher, ob es der geeignete Moment ist, um eine

Beziehung einzugehen«, meint Mom. »Du weißt, wie schwer das für Becca ist.«

Darauf fällt mir gar nichts mehr ein. Alles, was ich machen kann, ist aufzuspringen und ungläubig zwischen den beiden hin- und herzusehen.

»Elizabeth! Setz dich bitte wieder!«, murmelt Dad besorgt, weil er sich wohl vorstellen kann, dass ich gleich durchdrehe.

»Nein, ich setze mich jetzt *nicht*. Es ist nicht der *geeignete Moment* für einen festen Freund? Wann wäre der denn, bitte schön? Als Stan um meine Hand angehalten hat, war es jedenfalls auch falsch. Und kurz darauf seid ihr aus allen Wolken gefallen, als ich mit ihm Schluss gemacht habe. Danach hat es euch nicht gepasst, dass ich auf lockere Dates gegangen bin. Was soll ich also machen?« Mir fehlen einfach die Worte. »Bitte sagt mir, worauf ich warten soll! Wann ist der richtige Zeitpunkt, mich zu verlieben? Wenn Becca es tut? Und falls das nie mehr passiert oder sie nicht die Gelegenheit dazu bekommt – muss ich dann auch verzichten? Oder muss sie erst sterben, damit ich eure Erlaubnis bekomme?«

»Elizabeth!«, sagt Dad streng, während Mom tief Luft holt.

»Was, Dad?! Wie soll ich es in euren Augen denn richtig machen? Muss ich mir auch irgendeine unheilbare Krankheit zulegen, damit ich als eure zweite Tochter ein Leben haben darf?«

»Du gehst zu weit!«, mahnt mein Vater noch einmal, und ich fühle mich, als wäre das hier lediglich eine Fortsetzung unseres letzten Gesprächs.

»Nein! Das tue ich nicht! Eigentlich hätte ich euch all das schon früher unter die Nase reiben sollen, anstatt es so lange in mich hineinzufressen …« Ich drücke mir eine Hand an den Bauch, weil das Folgende auszusprechen so wehtut. »Ja, ihr verliert eure Tochter, und das ist tragisch. Aber *ich* verliere meine Schwester *und* fühle mich oft, als hätte ich meine Mutter *und* meinen Vater schon lange verloren. Ich fühle *mich* verloren und verwirrt und bin ständig nur wütend. Becca hat eine ganze Armee hinter sich, die für sie sorgt und der sie wichtig ist. Und das ist gut so. Aber ich habe das Gefühl, dass ich nicht einmal meine Eltern habe.«

Die beiden starren mich an, als hätte ich ihnen eben einen Pfahl ins Herz gestoßen. Ist ihnen das wirklich völlig neu?

»Ich habe immer verstanden, dass Becca mehr Aufmerksamkeit bekommen hat. Ich mache euch keinen Vorwurf deswegen. Sie hat euch gebraucht. Aber. Ich. Auch«, erkläre ich atemlos. »Ich hatte wegen ihrer Krankheit keine normale Kindheit. Ich habe manche Pläne gar nicht erst gefasst und auf vieles verzichtet. Eigentlich kenne ich meine eigenen Wünsche nicht mal wirklich.« Ich hole tief Luft. »Ja, ich weiß, das ist nicht eure Schuld. Ich bin kein Kind mehr, und ich habe es trotzdem immer weiter zugelassen. Aber wisst ihr, was wehtut? Dass ihr mir kein normales Leben gönnt, nur, weil Becca keins haben kann.«

Ich mache einen Schritt zurück, fühle, wie mein ganzer Körper in sich zusammensackt, weil mich diese Offenbarung mehr gekostet hat, als ich für möglich gehalten hätte. Doch noch immer sitzen die beiden einfach da und glotzen mich an, als wäre ich von einem anderen Planeten. Aber ich habe mich verletzlich genug gemacht. Ich kann nicht mehr. »Sagt Becca, dass ich sie …«, beginne ich, entscheide allerdings schnell anders. Eigentlich will ich gar nicht, dass einer von ihnen heute noch ein Wort über mich verliert. »Ich sage es ihr selber.«

River: Liza! Was zur Hölle ist los bei dir?! Rede mit mir!

»Babe, vielleicht wäre das ein guter Zeitpunkt aufzuhören?!«, meint Steph, als ich mein Handy wieder wegstecke und erneut nach der Getränkekarte greife, obwohl ich kaum noch klar sehen kann.

»Finde ich nicht. Ich finde, es ist genau der richtige Zeitpunkt, um mich zu betrinken«, gebe ich zurück, erstaunt, wie fest meine Stimme klingt, wenn man bedenkt, dass ich eben noch Probleme hatte, in gerader Linie zurück zu meinem Platz zu gelangen. »Was ist überhaupt los mit dir? Normalerweise müsste ich dich nicht zweimal fragen, ob du mitmachst.«

Sie mustert mich. Lange. Und es nervt mich, weshalb ich beschließe, einfach das erste Getränk auf der Seite zu nehmen, damit ich schnell bestellen kann. »Um dabei Spaß zu haben, ja«, antwortet meine Freundin dann etwas leiser. »Nicht, wenn es darum geht, dich zu bestrafen.«

In Zeitlupe verziehe ich das Gesicht. Mein Gehirn braucht ein paar Momente, um zu verarbeiten, was sie gesagt hat. »Was redest du denn da?«

»Liza! Du versteckst dich seit zwei Tagen in meiner Wohnung. An sich wäre das überhaupt kein Problem, aber ab und zu hätte ich gerne nüchtern mit dir gesprochen.«

Ich halte den Atem an, beschämt über das, was sie sagt, egal, ob es stimmt oder nicht.

»Du hast eben zum dritten Mal ins Klo gekotzt, seit du hier bist, und denk gar nicht dran, es zu leugnen, denn ich kann es riechen. Und jetzt willst du weitertrinken. Das ist Irrsinn.«

Aber es geht mir besser. Was sie nicht versteht, ist, dass der Alkohol nur dabei geholfen hat, das loszuwerden, was sowieso rausmusste. Mir ist schon seit dem Krankenhaus zum Kotzen übel. Für die Magenschmerzen von dem Gespräch mit meinen Eltern brauche ich keinen Alkohol.

»Du könntest mir auch einfach erzählen, was los ist. Vielleicht kann ich helfen.«

Galle kriecht in mir hoch, als ich daran denke, was zwischen meinen Eltern und mir gelaufen ist, und dass ich es seither nicht mehr geschafft habe, mich im Krankenhaus blicken zu lassen. Ich klappe die Karte zu und werfe sie auf den Tresen. »Weißt du was? Ich glaube, du hast recht. Ich glaube, ich sollte nach Hause fahren.«

Steph presst seufzend die Lippen zusammen und widmet sich dann ihrem Handy. »Ich besorge uns einen Uber. Wir könnten einen Marvel-Marathon machen.«

»Nicht böse sein, Steph, aber ich glaube, ich will jetzt einfach nur ins Bett. Und zwar in mein eigenes.«

Sie schluckt. »Möchtest du, dass ich heute bei *dir* schlafe?«

»Nein, alles gut«, antworte ich mit klopfendem Herzen, weil sie sicher durchschaut, dass es mir nicht ums Schlafen geht, sondern darum, mich vor niemandem rechtfertigen zu müssen.

Steph bläst die Backen auf und lässt die Luft langsam entweichen, während sie auf ihre ineinander verschränkten Finger stiert. »Weißt du was, Liza? Wir waren mal richtig gut befreundet und ich lieb dich immer noch wie verrückt. Aber ich hoffe, dass du irgendwann aufhörst, mich wegzuschieben. Denn selbst wenn Becca eines Tages nicht mehr da ist, ich werde es trotzdem noch sein.«

KAPITEL 26

River

Unbekannte Nummer: Hey, ähm. Hier ist Steph. Lizas Freundin. Das ist jetzt vielleicht doof, weil ich nicht weiß, ob Liza sich so benimmt, weil ihr gestritten habt oder so. Aber sie ist sturzbetrunken alleine nach Hause gefahren. Ich mache mir Sorgen, dass man sie bald mit einer Alkoholvergiftung zu ihrer Schwester legen muss, wenn sich das noch öfter wiederholt. Sorry, wenn ich dir damit auf den Keks gehe. Solltest du der Grund für ihr Verhalten sein, dann trete ich dir in den Hintern, verstanden?! Liebe Grüße!

Verärgert fahre ich mir durch die Haare. Ich bin wirklich verdammt sauer auf Liza. Bis auf eine einzige SMS, in der sie mir geschrieben hat, dass sie bei Steph übernachtet, ignoriert sie mich seit zwei Tagen. Wenn ich nicht im Krankenhaus arbeiten würde, wüsste ich nicht einmal, dass es ein verfluchtes Nierenversagen war, was sich bei Becca abgezeichnet hatte. Stadium fünf, was heißt, dass die Niere endgültig hinüber ist. Ich verstehe natürlich, dass das Liza mitnimmt, aber ich bin mir sicher, dass das nicht der Grund für ihren Rückzug ist. So scheiße es nämlich auch klingt, nichts kommt wirklich überraschend, wenn es um Beccas Gesundheit geht.

Wahrscheinlich ist es nicht wirklich eine gute Idee, jetzt zu Liza zu gehen. Ich bin frustriert über ihr Verhalten und nach meiner Schicht zudem todmüde, hungrig und aufgewühlt. Und dennoch stehe ich eine halbe Stunde später vor ihrer Tür statt vor meiner eigenen.

Der Alkoholgeruch strömt mir in einer penetranten Welle entgegen, als sie öffnet. Als sie mich sieht, lässt sie die Tür los und taumelt ein paar Schritte zurück. Locker legt sie den Kopf schief und zieht die Augenbrauen hoch, als wäre es überraschend, dass ich hier bin. »Kann ich dir helfen?«

Nicht eine Sekunde lang kaufe ich ihr ihre Coolness ab. Trotzdem prallt sie nicht an mir ab. »Ist das gerade dein Ernst, Liza?«

Sie seufzt resigniert und schaut zu Boden. »Ich bin dir keine Rechenschaft schuldig, River.«

»Darum dreht es sich hier auch gar nicht.«

»Sondern, Herr Doktor? Worum denn sonst?« Die Härte in ihrem Ton ist zurück.

»Das weiß ich nicht, weil du mir seit zwei Tagen aus dem Weg gehst und deine Probleme ertränkst, statt sie mit mir zu besprechen.«

Liza kneift die Augen zusammen und wirft die Hände in die Luft. »Warum meinen gerade eigentlich alle, die Rolle meiner Eltern spielen zu müssen? Es geht mir *gut*.«

Ermattet senke ich den Blick, stütze mich oben am Türrahmen ab und halte mich daran fest. Dieser Satz von Liza wird mich eines Tages zur Weißglut bringen. »Ja, das sehe ich.«

»Deinen Sarkasmus kannst du behalten. Jemals daran gedacht, dass ich einfach Zeit brauche?«

Ich hebe den Kopf und frage mich, ob ihr auffällt, wie sie lallt. Keine Ahnung, warum genau, aber heute – jetzt, in diesem Moment – drückt der verdammte Alkohol die falschen Knöpfe bei mir. Ich kralle mich in den Türrahmen und schiebe mich durch. »Zeit wofür, Liza?«

Sie beißt sich auf die Lippe. »Zum Nachdenken.«

»Worüber?«, frage ich, wappne mich für die Antwort, die ich mir schon ganz gut vorstellen kann.

»Über alles. Über uns.« Ihre Brust hebt und senkt sich weit schneller als sonst. Sie ist nervös. »Darüber, dass das vielleicht keine gute Idee war.«

»*Was* war keine gute Idee?«

»Das hier!«, sagt sie lauter, als kämen die Worte dadurch leichter. »Wir!«

»Du meinst unsere Beziehung?«, fordere ich sie heraus, wenigstens die Eier zu haben, es auszusprechen.

»Ja …«, stammelt sie. »Auch.«

»Und welchen Grund hast du gefunden, dir das einzureden? Nachdem du uns gerade einmal zwei Wochen Zeit gegeben hast, es zu versuchen?«

Sie stemmt die Hände in die Hüften und funkelt mich an. »Hör auf, alles ins Lächerliche zu ziehen, was ich sage!«

Wie erschlagen drücke ich mir die Handballen in die Augen. »Weißt du was? Ich habe diese Unterhaltung satt. Und ich werde es nicht zulassen, dass du für uns beide eine Entscheidung triffst, weil du betrunken bist.« Kopfschüttelnd drehe ich mich zum Gehen um, doch sie zieht an meinem Shirt.

»Aha, bist du jetzt auch einer von denen, die alles besser wissen, wenn es sich um mein Leben handelt?« Ihr Ton bemüht sich darum, kühl rüberzukommen, doch ihre Stimme wackelt verdächtig. »Ich bin sehr wohl in der Lage, klar zu denken.«

»Du riechst wie eine verfluchte Bar, Liza.«

»Ich tue dabei niemandem weh, oder?«

»Doch! Genau das ist der Punkt. Du tust dir selbst weh.« Über ihr Gesicht huschen binnen weniger Sekunden etliche

Emotionen. Zuerst Schock, Überraschung, Demütigung, weil ich den Nagel auf den Kopf getroffen habe. »Und mir tust du auch verdammt noch mal weh.«

Sie lässt mein Shirt los, als hätte ich sie mit den Worten verbrannt. »Aber genau das ist der Punkt, verstehst du denn nicht?« Liza atmet schwer, während sie sich die ersten Tränen von den Wangen wischt. »Egal, was ich mache, irgendjemandem werde ich wehtun. Deswegen ist es besser, es zu beenden, bevor wir zu tief drinstecken.«

Mir entfährt ein trockenes Lachen. »Das ist Schwachsinn, Liza, und du weißt es selbst. Denn, Newsflash: Ich stecke schon drinnen. Du bist in meinem Kopf, in jedem Gedanken, den ich habe. In jedem verfluchten Eck und Winkel meines Herzens.«

Liza schlingt die Arme um sich.

»Und weißt du was? Du bist nicht die Einzige, die verwirrt ist. Nicht die Einzige, die Angst vor diesen Gefühlen hat. Anstatt dich allerdings zu betrinken, hättest du einfach zu mir kommen können.«

Sie zuckt zusammen, ganz klar verletzt.

»Versuch nicht länger, dich davon zu überzeugen, dass wir nicht funktionieren, wenn wir beide genau wissen, dass das eine schlechte Ausrede ist.«

Sie presst die Lippen zusammen und sieht weg, was mich humorlos auflachen lässt.

»Und ich weiß nicht einmal, warum mich das noch überrascht. Wir kommen uns näher und du schiebst mich weg. Ich werde um dich kämpfen, Liza. Für dich. Aber du musst mir das Gefühl geben, dass du das willst. Dass du auch *für uns* zu kämpfen bereit bist. Auch wenn ich mir sicher bin, dass dieses Gespräch von irgendjemandem in deiner Familie ausgeht – du bist es, die es führt.«

»Ich dachte, du hasst diese Serie?«, frage ich Becca am nächsten Abend, als ich sie vor meiner Nachtschicht besuche.

Sie schenkt mir ein breites Lächeln und schaltet den Fernseher ab, der eine alte Folge der »Gilmore Girls« zeigt. »Normalerweise schon. Heute nicht. Liza mag sie.«

»Darf ich reinkommen?«

»Du bist Arzt. Ihr seid stets willkommen.«

»Immer noch nicht genug von dem Blau, hm?«

Schmunzelnd hebt sie den Zeigefinger ans Kinn und überlegt. »Also, wenn du mal den Vorschlag einbringen willst, eure Shirts wegzulassen, werde ich dich nicht daran hindern. Ich bin mir sicher, das käme mindestens so gut an wie die Klinikclowns.«

»Aber dann werden wir Mädels wie dich vielleicht nie los«, ziehe ich sie auf und ertappe mich dabei, wie schwer es mir heute fällt zu lächeln. Ist auch kein Wunder. Ich fühle mich beschissen. Habe keine Ahnung, wo Liza und ich jetzt stehen, und ärgere mich, dass ich letztlich doch all das gesagt habe, was ich eigentlich nicht sagen wollte, wenn sie getrunken hat.

Becca schießt mich mit einem Papierflieger ab, den sie aus einer Krankenhausbroschüre gebastelt hat.

»Wie geht es dir?«, frage ich sie.

Becca spitzt die Lippen. »Hm. Also, Fran hat mir heute Morgen Pancakes mit Sirup aus der Cafeteria gebracht. Ging mir also definitiv schon mal schlechter.« Sie zwinkert mir zu und ich studiere sie einen Moment.

Eines der Dinge, die Liza so an ihrer Schwester bewundert, ist ihre positive Art. Wie sie Witze reißt, obwohl ihr Körper einem brodelnden Vulkan gleicht und man sich nicht sicher sein kann, wo er als Nächstes ausbrechen wird. Beccas Nierenfunktion wird vom Dialysegerät übernommen, mal sehen, ob sie jemals davon loskommt. Der Diabetes ist immer schwerer in den Griff zu kriegen und ihre Leber leidet massiv unter dem Gift, das täglich in sie hineingepumpt wird, um anderen Organen zu helfen. Ganz zu schweigen von den offensichtlichen Problemen mit ihrer Lunge und dem Faktor, dass sie immer öfter nur noch mithilfe des Rollstuhls vorankommt, weil sie nicht mehr stark genug ist, um zu gehen. Ist nicht das erste Mal, dass ich mich frage, ob Becca einfach eine ebenso überzeugende Schauspielerin ist wie Liza selbst.

»Und wie ist es bei Ihnen, Herr Doktor? Du siehst müde aus.«

»Ach, das ist bloß mein Gesicht. Miese Gene, schätze ich.«

Sie lacht kurz, beobachtet mich aber weiterhin, weshalb ich tiefer in den Stuhl sinke und den Nacken so weit zurücklehne, bis ich an die Decke starren kann.

Ich höre sie seufzen. »Du machst dir Sorgen um Liza, habe ich recht?«

Ich antworte erst mal nicht, weil ich nicht sicher bin, wie weit ich mit ihr ins Detail gehen will.

»Ich auch, River«, sagt sie nach ein paar Sekunden. »Aber sie redet nicht mehr mit mir.« Willkommen im Klub.

»Vielleicht beruht das auf Gegenseitigkeit?«, frage ich leise die Decke, weil ich Becca nicht zu nahetreten will.

Es folgen einige Minuten in Schweigen, nur ihr Bettzeug raschelt ab und an. »Ich weiß nicht mehr, was ich sagen soll, River. Denn auch, wenn ich mich wirklich zusammenreiße: Die dunklen Tage kommen jetzt immer häufiger. Mir ist bewusster denn je ...« Sie verharrt, ehe sie weiterspricht. »... wie endgültig mein Körper dahinvegetiert. Aber was Liza braucht, ist Hoffnung. Sie braucht meine Stärke, damit sie auch stark sein kann, nicht meine größte Angst. Dann zerbricht sie.«

Ich glaube, Becca weint, zumindest klingt sie, als hätte sie einen Frosch im Hals.

Trotzdem setze ich mich wieder aufrecht hin und stütze die Ellbogen auf meine Knie. Die beiden müssen echt dringend damit aufhören, ständig zu entscheiden, welche Version von ihnen andere Leute ihrer Meinung nach gerade brauchen. »Liza braucht *dich*. Vielleicht sogar deine Schwäche, Becca, damit sie endlich kapiert, dass auch das in Ordnung ist. Denn glaub mir, sie *wird* brechen, wenn du eines Tages gehst.«

Becca fixiert mich mit ihren tränennassen Augen und lässt ihre Stirn auf die angezogenen Knie sinken.

»Aber sie sollte vorher begreifen, dass sie sich selbst wiederaufrichten kann und muss. Sie sollte erfahren, dass ihre eigene Stärke genügt. Und du darfst im Gegenzug mal aufhören, dir selbst dafür böse zu sein, dass du CF hast. *Mir* hast du mehr beigebracht als so manche meiner Professoren. Ich weiß, das gilt für so gut wie jeden Menschen in deinem Umfeld.« Sie schlingt die Arme um ihre Beine. »Deine dunklen Tage sind immer noch heller als die besten vieler anderer, die ich sehe, Becca, weil du das Beste aus ihnen rausholst. Kehr nicht unter den Teppich, was du von dir selbst gegeben hast. Es zählt!«

Becca wischt sich ihr Gesicht am Ärmel ab, schnieft dann und stöhnt. »Ich bin froh, dass du es für sie bist, River. Die Momente, in denen ich euch zusammen gesehen habe, waren ihre glücklichsten.«

Unsicher, wie ich diese Information aufnehmen soll, schlucke ich einfach und senke den Kopf.

»Wie lange hast du noch, bis deine Schicht beginnt?«

»In etwa zwanzig Minuten sollte ich mich oben blicken lassen.«

Sie greift wieder nach der Fernbedienung. »Siehst du dir diese Folge ›Gilmore Girls‹ fertig mit mir an?«

Ohne zu zögern, werfe ich den Papierflieger zurück auf ihr Bett. »Na klar«, antworte ich und drehe meinen Stuhl so, dass ich zum Fernseher schauen kann.

KAPITEL 27

Liza

Ich fühle mich wie früher, als wir unsere eigenen Getränke und Naschereien in den Kinosaal geschmuggelt haben, weil das Zeug dort zu teuer war. Irgendwann wurde es zu einer Art Sport. Meine Schulfreundinnen und ich haben ständig versucht, das letzte Mal zu übertrumpfen. Zum Schluss habe ich selbst gemachtes Popcorn in einer riesigen Tupperbox reingeschleppt. Natürlich schmeckte das Popcorn dann weniger gut, weil es weder frisch noch warm war, aber da ging es ums Prinzip.

Genauso wie damals schlägt mir das Herz jetzt bis zum Hals, als ich mich an den Schwestern der Station vorbeimogele und meine Tasche an die Brust drücke, als würde sie mir gleich jemand aus der Hand reißen. Ich begrüße alle freundlich, achte aber penibel darauf, nicht zu lange Blickkontakt zu halten und meinen Schritt nicht zu verlangsamen, weil der Geruch, der von mir ausgeht, förmlich nach Verbot schreit.

»Hey, Liza!«, grüßt Schwester Jasmine, die gerade aus Beccas Zimmer kommt, als ich die Türklinke runterdrücken will. Ich stelle mir vor, dass meine Haare zu Berge stehen wie bei einer erschrockenen Katze in einer Zeichentrickserie, als ich förmlich aus dem Weg springe und ertappt grinse. »Alles klar bei dir?«, fragt sie perplex, und ich nicke vehement.

»Ja, bestens. Bei dir auch?« Meine Worte sind fast unverständlich, weil ich so schnell rede, damit ich den Mund so bald wie möglich wieder zuklappen kann. O Mann! Sie muss denken, ich wäre auf Crack oder so. Sie schnüffelt und ich beiße mir auf die Lippe, bevor ich noch weiter zurücktrete.

Streng schüttelt sie den Kopf. Ich zwinkere unschuldig, woraufhin sie die Augen verdreht. »Ich hoffe, es ist ein Cheeseburger, denn die mag ich am liebsten.«

»Natürlich nicht. Normaler Hamburger. Ohne extra Salz«, nuschle ich, sodass uns nicht noch jemand hört.

»Das ist eine Ausnahme, Liza. Verstanden? Und ich möchte, dass du die Essiggurken rausnimmst. Zu viel Natrium und Kalium für die Dialyse.«

Wiederum nicke ich brav und schicke ihr einen Handkuss. Im nächsten Augenblick fetze ich ins Zimmer und schließe die Tür so schnell wie möglich. Atemlos lehne ich mich dagegen und mache kurz die Augen zu. »Alter! Man könnte meinen, ich hätte versucht, *dich* in meiner Handtasche *rauszuschmuggeln*«, schnaufe ich. »Nächstes Mal verstecke ich mich hinter einem Palmenblatt oder so.« Dann werfe ich meiner hoffnungsvollen Schwester mit den riesengroßen, hungrigen Augen ihren ersehnten Burger zu.

Stöhnend fängt sie ihn auf. »Oh, Gott sei Dank! Wenn das mit meiner Diät hier so weitergeht, kann ich mit meinem Arm all diesen Kram von innen reinigen.« Sie zupft an den dicken Schläuchen, an die sie für die Dialyse angeschlossen wurde.

Trotz der nur schwer zu verkraftenden Vorstellung muss ich lachen. Becca und ihre Sprüche!

»Hat dir der gefallen? Ich habe noch einen: Wenn ich noch ein oder zwei Kilo abnehme, reicht es, mich für das nächste Röntgen vor eine Glühbirne zu stellen.«

Ich schlage die Hände vors Gesicht, weil ich eigentlich keine Lust habe, über etwas zu lachen, das gar nicht witzig ist. »Irgendwas stimmt mit dir nicht, Rebecca Mae Donovan. Und du schuldest mir vier Mäuse«, ziehe ich sie auf. »Wer hätte gedacht, dass ein Burger ohne fünf Kilo Salz *mehr* kostet als ohne?«

Sie kichert und stopft sich voll. »So, das war die Vorspeise. Was gibt es jetzt?«, fragt sie noch mit vollem Mund. Amüsiert setze ich mich auf den Stuhl und lehne mich zurück. »Wie war dein Tag, Baby?«, will sie wissen, als sie runtergeschluckt hat.

Ich könnte ihr erzählen, dass ich heute in der Arbeit ermahnt wurde, weil ich zum wiederholten Mal in diesem Monat verschlafen habe. Oder dass ich auf dem Weg zur Arbeit fast von einem Radfahrer über den Haufen gefahren wurde, weil die Sonne mir viel zu grell war, um die Augen richtig aufmachen zu können. Dass ich drei Kilo Concealer unter den Augen habe, weil ich in jeder Minute, in der ich alleine bin, heule. All das erzähle ich ihr aber bestimmt nicht. Sicherlich würde sie auch wie River davon ausgehen, dass ich zu viel trinke. *Dein Absatz ist gestern abgebrochen? Ketchup ist aus deinem Hotdog auf deine Bluse getropft? Das ist nur wegen all dem bösen Alkohol …* Ja, nein, danke! »Ich wurde gefragt, ob ich am Weltgesundheitstag im April beim Symposium zu psychischer Gesundheit einen Vortrag halten möchte.«

Becca weitet die Augen und verschluckt sich, bevor sie hustet und sich auf die Brust klopft. »Wow! Das ist ja der Wahnsinn! Und, *willst* du?«

Ehrlich? Eigentlich nicht. April ist zwei Monate nach Februar, wo die Ethikkommission darüber entscheidet, ob Becca ein zweites Mal auf die Transplantationsliste gesetzt wird. »Im Grunde schon. Ist ja noch ein bisschen Zeit bis dahin, aber ich dachte, ich könnte über deine Bucket-List-Theorie sprechen.«

Sie schmunzelt. »Dass ich diese Listen nicht leiden kann, die man sich macht, bevor man den Löffel abgibt?«

»Richtig. Du weißt schon. À la: Ich will nicht jeden Tag leben, als wäre es mein letzter. Ich will so leben, als hätte ich noch alle Tage meines Lebens vor mir.«

Becca starrt mich einen Moment zu lange komisch an und ich frage mich, ob ich besser die Klappe gehalten hätte. »Ich habe auch vor Kurzem wieder darüber nachgedacht, nachdem mich eine Krebspatientin im Endstadium darauf angesprochen hat. In Wahrheit ist es genauso blödsinnig, was ich zu dem Thema immer sage: Nein, ich muss nicht jeden Tag leben wie meinen letzten, um den Tag genießen zu können. Aber es ist nun mal eine Tatsache, dass ich *nicht* alle Tage der Welt vor mir habe. So zu denken, ist überheblich und ebenso egoistisch wie diese Löffellisten.«

Ich bin verwirrt. Frage mich, was dieser Sinneswandel zu bedeuten hat, und traue mich gleichzeitig nicht nachzufragen, weil ich Angst vor der Antwort habe. »Na ja, dann finden wir eben ein anderes Thema. Ist ja nicht so, als hättest du mir die vergangenen Jahre nicht ausreichend Stoff geliefert.« Ich versuche, die Unterhaltung aufzulockern, aber sie lächelt nicht.

Stattdessen schüttelt sie den Kopf und klopft auf den leeren Teil der Matratze neben sich. »Kannst du dich mal zu mir setzen, Liza?«

Ich spanne den Kiefer an und fühle sofort Schweiß an diversen Körperstellen ausbrechen. »Lieber nicht. Du weißt ja, ich bin nicht so der Fan von den Löchern in deinem Körper. Alleine beim Gedanken daran krabbeln schon wieder Ameisen über meine Haut.« So gesehen ist das ja auch nicht falsch. Es ist nur nicht der Hauptgrund.

»Bitte, Liza. Komm her!« Jeglicher Humor ist aus ihrer Stimme und ihrer Mimik verschwunden, doch ich kann mich nicht von der Stelle rühren.

Ich weiß genau, dass sie es riechen wird, wenn ich zu dicht rangehe. Egal, wie viele Kaugummis ich heute schon gekaut habe. Mein Herz klopft, während ich mir eine andere, bessere Ausrede überlege.

Letztlich lächelt Becca traurig und lehnt sich zurück. »Ist schon gut. Wenn du nicht möchtest, kann ich das verstehen. Aber du sollst wissen, dass ich weder böse auf dich bin noch enttäuscht, Liza.« Sofort schießt mein Blick zu Boden, mein Fluchtinstinkt meldet sich zum Dienst. »Wenn ich könnte, würde ich selbst gerne oft den Schmerz wegtrinken.« Jetzt ziehe ich die Augenbrauen zusammen. Diese Wendung ist das Letzte, was ich erwartet hatte. »Mich aus der Situation trinken und meinem treulosen Körper heimzahlen, dass er versagt. Das Problem ist nur …« Sie zögert und schnaubt amüsiert. »Tja, erstens lassen sie mich nicht. Und zweitens …« Vorsichtig suche ich ihren Blick, der auf ihre Finger gerichtet ist. »Na ja, zweitens wäre ich dann eine noch größere Heuchlerin als ohnehin schon, oder?«

Verständnislos schüttle ich den Kopf, kriege leichte Panik, weil dieses Gespräch sehr untypisch für uns ist. Für sie. Wir reden nicht über ernste Themen. Zumindest seit ihrer Transplantation nicht mehr.

»Weißt du, warum ich damals so lange Nein zu einer neuen Lunge gesagt habe? Ich habe mich sicher gefühlt, solange ich krank war. Auf eine bescheuerte Art und Weise war CF wie meine eigene große Seifenblase, aus der ich raussehen konnte, die mir aber eine grandiose Entschuldigung bot, nichts Besonderes aus meinem Leben zu machen, wenn ich nicht wollte.« Sie seufzt, und ich hänge an ihren Lippen, während mein Herz viel zu schnell schlägt. »Es war okay, dass ich nie wirklich Dates hatte und mich in der Schule nicht so angestrengt habe. Dass ich mir nie einen Job gesucht oder etwas Besonderes für andere getan habe, das mich auch mehr gekostet hätte. Es war einfach,

273

mein Leben auf Sparflamme zu halten. Zu sagen, dass ich etwas nicht tun kann, weil es etwas Großes, Gerechtfertigtes gibt, das mich davon abhält. Aber ich wollte nie diejenige sein, die *dich* von diesen Dingen abhält. Deswegen habe ich dich so vehement genervt, wenn es um deine Ausbildung ging: Karriere, die Foundation. Leider habe ich erst jetzt begriffen, dass das absolut nicht fair von mir war. Und das tut mir leid, Liza. Ebenso tut es mir leid, wenn ich dir das Gefühl eingeimpft habe, dir keine Beziehung zu gönnen. Denn ich gönne sie dir wirklich.«

Bei ihren Worten füllen sich meine Augen automatisch mit Tränen, die schneller überfließen, als mir lieb ist. Sie erinnern mich an alles, was mir zurzeit das Herz bricht.

»Warum hatte ich dann nie das Gefühl, dass du dich ehrlich mit mir gefreut hast? Bei Stan konnte ich es ja noch verstehen. Die ganze Sache mit Chester war noch so frisch und das Timing war einfach nicht gut. Aber jetzt?«, platzt es aus mir heraus, weil es mich schon so lange beschäftigt, dass es sich anfühlt, als laste ein ganzer Berg auf meinen Schultern. »Ich habe seit einem Jahr das Gefühl, dass ich ihn nicht lieben darf. Dass ich mich dafür schlecht fühlen muss. Du bist mir das Wichtigste auf der Welt und ich würde nie …«

»Ich bin nicht eifersüchtig auf dich«, unterbricht Becca mich mit eigenen Tränen in den Augen. »Ich bin auch nicht wütend. Ich trauere einfach, verstehst du? Um die Dinge, die ich gerne erlebt hätte, aber nicht die Chance dazu hatte. Mit Chester und allgemein. Weil ich entweder wirklich nicht konnte, oder aber einfach zu viel Angst davor hatte. Und das liegt an mir. *Nur* an mir. Aber manchmal tut es mehr weh als an anderen Tagen und dann gehe ich eben bescheuert damit um. Als Mom mich über dein Verhältnis zu River ausgequetscht hat, schien sie so hoffnungsvoll zu sein, dass vielleicht doch eine ihrer Töchter sie mit einer eigenen Familie oder so was in der Art glücklich machen könnte. Vielleicht war das auch nur meine Interpretation. Aber mir wurde plötzlich klar, dass ich zwar immer davon gesprochen habe, alles aus dem Leben rauszuholen, in Wahrheit aber mit Chesters Tod damit aufgehört habe. Ich fühlte mich, als hätte ich seinen und auch meinen Tod Entscheidungen über mein Leben treffen lassen. Die Erkenntnis hat mich in dem Moment einfach mitgenommen. Und das hat Mom eben gesehen, schätze ich.«

Schwester Jasmine kommt ins Zimmer. Ich nutze die Chance, Luft zu holen und gleichzeitig mein Gesicht zu verstecken, weil man mir das Heulen immer angesehen hat. »Na, hat der Burger wenigstens geschmeckt?«, fragt sie und checkt das Dialysegerät.

Becca räuspert sich. »Die besten fünfundvierzig Sekunden meines Lebens«, scherzt sie, und Jasmine kichert leise.

Kopfschüttelnd beiße ich mir auf die Wange. Verrückt, wie schnell Becca selbst jetzt umschalten kann. Konnte ich auch mal. Aber langsam bin ich mir gar nicht mehr so sicher, ob ich das eigentlich will.

»Du hast es für die nächsten zwei Tage geschafft«, erklärt Jasmine und befreit meine Schwester von den ekelhaften Schläuchen und Anschlüssen an ihrem Körper.

Becca bedankt sich höflich und wartet, bis Jasmine zur Tür raus ist. Danach steht sie ächzend auf und schlurft so mühevoll zu mir, dass mir die Lippen beben.

Daher springe ich schnell auf, schiebe sie zurück ins Bett und lege mich zu ihr, wie sie es wollte. Ihre Haare fühlen sich so dünn und ausgetrocknet an, wenn ich jetzt hindurchstreiche, und sie schwitzt ein wenig. Doch nicht von der wenigen Bewegung eben, oder?

»Mein Wunsch war immer, zufrieden mit mir selbst zu sein. Draußen in der Welt genauso wie in diesem Krankenzimmer, wenns denn sein muss«, erklärt sie weiter, etwas außer Atem. Sie schließt die Augen. »Ich habe nie geglaubt, dass ich stolzer auf mich oder fundamental glücklicher mit mir sein würde, wenn ich Punkte von meiner Liste streiche oder Träumen nachjage, die selbstsüchtig und rücksichtslos wären. Und was wäre rücksichtsloser, als jemandem meine Liebe zu beteuern und eine Familie zu gründen, wenn ich nicht einmal die nächsten fünf Jahre versprechen könnte? Deswegen habe ich es nach Chester auch nicht mehr versucht.«

Ich weiß … Genauer haben wir darüber nie gesprochen, aber manche Dinge muss man überhaupt nicht aussprechen. »Warum erzählst du mir das alles jetzt?«, flüstere ich aus Angst, meine Stimme könnte versagen. Ich wische mir mit dem Arm über die Wangen. »Sag bloß nicht, dass das deine Form einer Löffelliste ist, dass du all das noch loswirst. Du stirbst noch nicht. Du wirst weiterkämpfen, hast du verstanden?«

Becca nimmt meine Hand in ihre und legt sie auf ihre Brust. »Ich fühle mich, als würde ich seit fünfundzwanzig Jahren einen Krieg bestreiten, den ich nie gewinnen konnte. Und manchmal bin ich einfach müde. Dann labere ich unüberlegt vor mich hin, um mich davon abzulenken, und mache blöde Witze.« Ihr Herz schlägt so schnell. Denkt sie, dass sie stirbt?

Gänsehaut bricht auf meinem Körper aus.

»Aber, Baby, ich bin so unendlich stolz auf mein Leben. Das war nie gelogen. Auch wenn ich als junge Jungfer sterbe und ohne nervtötende, liebenswürdige Mini-Ichs.«

Um davon abzulenken, dass ich kurz vorm Zusammenbruch stehe, tue ich so, als würde ich ihr gegen das Schienbein treten, und sie lacht heiser.

»Vor allem bin ich aber stolz auf *dich* und auf alles, was *du* geschafft hast.« Sie stützt sich auf meinen Oberkörper. »Aber ich habe den Eindruck, dass ich dich unter Druck gesetzt habe. Dabei wäre für dich eine ganz andere Lektion wichtig gewesen.«

»Und zwar?«

»Zum Beispiel, dass es okay ist, *dein* Leben zu leben. Das zu machen, was du möchtest, ohne Angst, ohne Zweifel, ohne Reue. Und dass es nicht in deiner Hand liegt, mein Leben zu verlängern, was auch immer du versuchst, Baby.«

Ich nehme meine Hand von ihren Haaren und halte sie mir vor die Augen, während dicke Tränen an meinen Schläfen hinablaufen.

»Ich weiß aber manchmal nicht, was ich machen soll, Becca. Wenn du gehst, kann ich …« Ich will sagen, dass ich nicht weiterleben kann, aber ich weiß, dass das nicht stimmt. Ich kann und ich werde es müssen. Aber ich will nicht. »Ich ertrage den Gedanken nicht, dich zu verlieren. In einer Welt zu sein, in der du nicht mehr bist. Von einem Leben zu erzählen, an dem du nicht mehr teilhast. Ohne dich habe ich überhaupt nichts zu sagen.«

»Das ist nicht wahr. In vielerlei Hinsicht bist du stärker als ich. Mutiger, ehrlicher.« Ich schüttle den Kopf, doch Becca zieht meine Hand weg. Inzwischen bin ich zehnmal kräftiger als sie, aber ich lasse sie. »Und du darfst um mich trauern. Ich trete dir sogar in den Hintern, wenn du es nicht tust. Aber lass die Trauer nicht das Leben aus dir heraussaugen, indem du versuchst, mir zu folgen. Du hast so viel zu geben, aber auch noch so unendlich viel zu holen in diesem Leben, Liza. Lass es dir meinetwegen nicht nehmen. Versprich mir das!« Ich kann nicht. Das hier fühlt sich an wie eine Abschiedsrede. Becca legt ihren Kopf auf meine Schulter. »Besser noch: Versprich es dir selbst, Baby!«

KAPITEL 28

Liza

Merlot mauzt träge, als ich die Wohnung betrete und meine Tasche abstelle. *Du bist eine miese Dienerin. Mein Mahl hätte bereits vor drei Stunden serviert werden sollen*, übersetze ich im Kopf und verdrehe die Augen. Prinzipiell hat er recht. Momentan habe ich es nicht besonders eilig, nach Hause zu kommen. Weil ich dann die ganze Zeit nachgrübele, wieso ich es mit River verbockt habe, nur weil ich zu feige war, ihm die ganze Wahrheit zu sagen. Stattdessen saß ich heute im Central Park und fror mir den Hintern ab, während ich das rege Treiben an der Eisbahn beobachtet und … natürlich trotzdem an River gedacht habe. Denn was sollte ich sonst tun. Ich habe das Einzige, was wirklich in meinem Leben gut war, erfolgreich verjagt.

»Ich bitte vielmals um Entschuldigung, Monsieur Kater«, erkläre ich zugegeben unglaubwürdig und greife nach seinem Trockenfutter. Er sieht mich nicht an, während er an mir vorbeigeht und sich demonstrativ vor sein Näpfchen legt. Genervt schürze ich die Lippen und schnalze mit der Zunge, weil er überhaupt nichts gegessen hat. »Hat Euch auch dieses Essen nicht gemundet, Eure Hoheit? Tja, ratet mal! Ich habe jetzt jede Marke durch, die der Bioladen anbietet.« Ich schmeiße das unberührte Essen in den Müll und stelle ihm Trockenfutter hin. »Wenn es dir immer noch nicht gut genug ist, fürchte ich, dass mir langsam die Ideen ausgehen.«

Desinteressiert erhebt er sich und schlurft ins Wohnzimmer. Kopfschüttelnd sehe ich ihm hinterher, als mein Handy klingelt.

Ich krame es aus der Tasche und nehme nur leicht widerwillig den Anruf meiner Mom an, während ich den Kühlschrank öffne. Mein Blick fällt sofort auf das Fach, in dem ich ein paar Flaschen kalt gestellt habe, nachdem Becca wieder ins Krankenhaus musste. Getrunken habe ich seit unserem Gespräch aber nichts davon.

»Elizabeth?«, ruft Mom ins Telefon, und ich verziehe das Gesicht.

»Ja.«

Eine ungewöhnlich lange Pause, in der sie Luft holt, lässt mich meine Finger fester um den Griff klammern. »Becca hat eine Blutvergiftung. Sie vermuten, von der Dialyse, aber das muss noch abgeklärt werden.«

Ich kneife die Augen zusammen. »Wo ist sie?«, frage ich und wundere mich über meinen nüchternen Ton, wenn es innen ganz anders aussieht.

»Sie haben sie auf die Intensivstation verlegt. Aber sie ist wach.« In erster Erleichterung fühle ich Gänsehaut über meine Arme kriechen.

»Ich komme.«

»Heute nicht mehr«, stoppt Mom mich, bevor ich den Kühlschrank überhaupt schließen kann. »Dein Vater kommt gleich und die Schwestern sind schon sehr nachgiebig bezüglich der Besuchszeit. Ich wollte dich nur informieren.«

Ich weiß nicht, was ich darauf erwidern soll. Weiß jetzt erst recht nicht mehr, was ich mit mir anfangen soll.

»Vielleicht kannst du sie morgen früh besuchen«, ergänzt Mom, die es ganz klar eilig hat, dieses Telefonat zu beenden.

Der Kühlschrank beginnt zu piepen, weil er schon zu lange offen steht. Das schrille Geräusch holt mich aus meiner Teilnahmslosigkeit. »Ja. Natürlich. Sag ihr, dass ich sie liebe, ja?« *Für den Fall, dass ich keine Chance mehr dazu bekomme,* schreien meine Gedanken mich an.

»Das mache ich. Und, Liza …«

Ich war schon kurz davor aufzulegen, halte das Handy nun allerdings fester an mein Ohr.

»Wir lieben dich auch!«

Sie beendet das Gespräch und ich stehe weiterhin einfach da, glotze nach wie vor in den fiependen Kühlschrank.

Blutvergiftung. Wieder mal ein kläglicher und gefährlicher Versuch ihres Körpers, sich gegen irgendeinen Erreger zu schützen. *Wird es denn nie aufhören?* »Wird es denn nie aufhören?«, wiederhole ich meine Gedanken laut und schleudere mein Handy ungebremst auf den Küchentresen, über den es rutscht, bis es schließlich am anderen Ende auf den Boden kracht. Und es ist mir so scheißegal. »Februar!« Ich spucke das Wort förmlich von mir weg. Wir haben Dezember, verdammt noch mal! Es vergeht kaum eine Woche, in der Becca nicht mit irgendeiner neuen Hiobsbotschaft konfrontiert wird. Wie zur Hölle soll eine neue Lunge ihr helfen, all das wiedergutzumachen, was in der Wartezeit kaputtgegangen ist?

Merlot beschwert sich über das nervige Piepen, also greife ich nach einer Flasche Bacardi und schließe dann endlich die Tür. Zu faul, um mir ein Glas zu suchen, nehme ich einfach das Rotweinglas, das ich gestern Abend stehen gelassen habe, und schwemme die Reste des Weins mit einem Schluck Rum aus.

»Wie stilvoll«, grunze ich und lache humorlos über mich selbst, nachdem sich dieser erste große Schluck den Weg durch meine Kehle gebrannt hat.

Ich bin so stolz auf dich und alles, was du geschafft hast, hat Becca vorgestern noch gesagt.

Und das wäre? Hier in der Küche zu stehen und ganz allein Alkohol zu trinken, während Becca auf der Intensivstation liegt? Ich starre auf das Glas in meiner Hand und fühle nichts als Ekel. Hass. Scham. Ich klammere mich fester an den Stiel, während ich langsam den Kopf schüttle.

Lass die Trauer nicht das Leben aus dir heraussaugen, indem du versuchst, mir zu folgen.

Wütend schlage ich das Weinglas auf die Kante der Küchentheke, zucke zusammen, als die Glassplitter in alle Richtungen fliegen. Schwer atmend blicke ich auf den halben Stiel und mitsamt dem Fuß, den meine Faust noch umklammert. Blut tropft auf den Boden. Ich öffne meine zitternde Hand und schiebe die Glasreste ins Waschbecken. Die zwei Splitter, die im Fleisch zwischen Daumen und Zeigefinger stecken geblieben sind, ziehe ich raus und werfe sie dazu. Es tut nicht einmal weh, als ich nach dem Küchentuch greife und es mir schlampig um die Wunde wickle, damit die Sauerei nicht noch größer wird.

Merlots Miauen wird lauter, klingt noch hässlicher als sonst. Und langsam verliere ich die Geduld. »Was willst du?!«, fahre ich ihn an und wirble herum. »Hm? Was? Glaub mir! Ich weiß, dass sie dir lieber wäre. Aber ich finde, du könntest dich langsam mal an die Realität gewöhnen, mein Lieber, denn so wie es aussieht, kommt sie so bald nicht zurück. Verstehst du mich?«

Ich ziehe die Augenbrauen zusammen, als mir der nasse Fleck am Boden unter ihm auffällt. »Hey! Warum pinkelst du ins Wohnzimmer?«, motze ich ihn an und stemme die Hände in die Hüften. Hat er es sich zum Ziel gemacht, mich heute endgültig in den Wahnsinn zu treiben? Zur Antwort senkt er den Kopf auf den Boden und miaut noch einmal. Meine Schultern sacken nach unten. Merlot ist ein arroganter Kater. Er würde nie in seinem eigenen Urin liegen bleiben. Ich gehe näher ran und hocke mich neben ihn. Mir stockt der Atem, als mir das Blut unter seinem Schwanz auffällt. Es hat seinen Urin rosa gefärbt.

»Merlot …«, flüstere ich und lege meine gesunde Hand auf seinen Bauch. Er ist steinhart, und Merlot versucht, meine Hand mit der Tatze wegzuschlagen, bevor er den Kopf wieder fallen lässt. Seine Augen schließen sich. »Nein! O nein! Nein, Merlot. Tu mir das nicht an! Nicht heute.« Nie …

Ich springe auf, schnappe mir das erstbeste Handtuch und hebe ihn so vorsichtig ich kann aus seinem Urin. Dann platziere ich den Kater wie ein rohes Ei auf meinem Arm, angle nach meiner Handtasche und stürme aus der Wohnung.

»Du wirst wieder gesund, hörst du?«, murmle ich vor mich hin, während ich wie ein kopfloses Huhn im Aufzug hin- und hermarschiere und überlege, wo zur Hölle ich um diese Uhrzeit mit ihm hinsoll. Ich weiß nicht einmal, wer normalerweise sein Tierarzt ist. Das haben Becca oder Mom immer übernommen. Vor allem habe ich Idiotin mein Handy irgendwo oben gelassen.

Merlots Augen bleiben geschlossen, als der Aufzug unten ankommt. Ich werde panisch. Bevor die Tür überhaupt ganz offen ist, renne ich raus und stoße mit River zusammen, der mich mit beiden Händen an den Oberarmen fasst und auffängt, bevor ich nach hinten kippe. Balu ist bei ihm und schnüffelt an meinen Beinen. Sieht aus, als kämen die beiden gerade vom Joggen.

»Whoa! Liza, alles okay?« Rivers Stimme mildert meine Panik für einen Moment, und ich kann zum ersten Mal tief Luft holen.

»Nein! Nichts ist okay. Merlot ist krank. Ich glaube, er stirbt. Ich habe es nicht mitbekommen und jetzt braucht er einen Arzt. Er kann nicht sterben, River. Er bedeutet Becca so viel, und er kann nicht sterben.«

»Okay, ganz ruhig, Bubby.« River fährt mir beschwichtigend über die Haare, während seine andere Hand das Küchentuch von meiner hebt und meine Wunde inspiziert. Die hatte ich ganz vergessen. »Wir kümmern uns um ihn, in Ordnung? Wo wolltest du mit ihm hin?«

Außer Atem schaffe ich es nur, blöde die Schultern hochzuziehen.

»Verstehe. Also, hör mal! Ich bekomme heraus, welche Tierklinik Notdienst hat, und du holst seine Transportbox, okay?«

Beschämt sehe ich an mir hinunter und frage mich, ob ich allen Ernstes vorhatte, den Kater auf dem Arm durch New York zu tragen. Frage mich, was mit mir los ist, weil ich mich an dem Kosenamen festklammere, den er mir gegeben hat, als wäre es meine Rettungsleine auf offener See. Ein Wort, und ich kann wieder atmen, habe Hoffnung, dass er mich vielleicht doch nicht abgeschrieben hat. Dass ich vielleicht doch noch eine Chance habe.

Die Tierklinik ist zum Glück nur wenige U-Bahn-Stationen entfernt. Während der Fahrt reden River und ich kaum, weil ich zu beschäftigt damit bin, Merlot zu erklären, dass er gefälligst durchhalten soll. Ich werde Becca ganz bestimmt morgen früh nicht erklären, dass ihr geliebtes Monster gestorben ist, weil ich zu beschäftigt damit war, mich zu bemitleiden, und nicht gemerkt habe, dass etwas mit ihm nicht stimmte. Was mich allerdings während der gesamten Zeit erdet, ist Rivers Hand, die meinen Rücken liebkost. Ein Teil von mir redet auf mich ein, dass ich seine Zuneigung nicht verdient habe – nicht heute. Der größere Teil von mir erklärt der nervtötenden Stimme allerdings, dass sie die Klappe halten kann. Ich bin es so leid, in Selbstmitleid zu ertrinken.

»Klingt für mich nach einer Urethraobstruktion«, meint die Tierärztin, nachdem ich ihr geschildert habe, was los ist. Sie streichelt Merlot beruhigend. »Jetzt müssen wir rausfinden, was seine Harnröhre blockiert, deswegen werde ich ihn jetzt unter Narkose setzen und mich um ihn kümmern, in Ordnung?« Sie schiebt uns praktisch zur Tür raus und bittet uns, Platz zu nehmen.

Ich verschränke die Arme vor der Brust und drehe mich unbeholfen im Kreis.

»Merlot ist in guten Händen, Liza. Die Ärztin wird die Blockade finden und beseitigen. Anschließend werden wir Merlot nach Hause bringen, und er wird uns heimlich beschimpfen, weil er mit dem dämlichen Trichter um seinen Kopf rumlaufen muss.«

Trotz des Tumults in mir schließe ich die Augen und lache heiser. »Heimlich!?« Er wird uns sehr deutlich wissen lassen, was er von uns hält.

»Liza, komm mal her!«, meldet sich Rivers sanfte Stimme einige Sekunden später.

Kopfschüttelnd schlucke ich den Kloß in meinem Hals runter. »Ich kann jetzt nicht sitzen. Nicht, wenn …« Ich beiße mir auf die Lippe und sehe an die Decke. »Becca hat eine Blutvergiftung, River. Sie ist auf der Intensivstation und ich darf morgen erst zu ihr.« Aus dem Augenwinkel beobachte ich, wie River sich seufzend das Gesicht reibt und die Ellbogen auf die Knie stützt. Seine Reaktion bestärkt, was ich schon weiß. »Das ist richtig schlecht, nicht wahr?«

Er lässt sich kurz Zeit, ehe er sich nach mir ausstreckt und mich sanft zum Stuhl neben sich zieht. Dann kramt er Zeug aus dem Rucksack, den er wohl gepackt hat, während ich die Transportbox geholt habe, und legt meine verletzte Hand auf sein Bein.

Balu kauert sich zu meinen Füßen hin und augenblicklich breitet sich seine Wärme in meinem Körper aus. Ich liebe es, wenn er das macht.

»Ich kenne die Details nicht, Bubby, also kann ich mich dazu nicht wirklich äußern.« River entfernt das vollgeblutete Küchentuch, platziert eine Schale unter meiner Hand und beginnt, sie zu säubern. »Aber ich kann morgen früh mit dir hinfahren und mich schlaumachen, bevor ich nach Australien fliege, wenn du möchtest.«

Ich starre ihn an. »Du fliegst nach Hause?« Bei meiner Frage hebt er kurz die Augen. Unruhe breitet sich in meinem Bauch aus.

»Ich fliege nach Sydney. Zu einem Ärztekongress, den mein Vater leitet. Jetzt, wo ich das Studium abgeschlossen habe, will er mich der australischen Ärztewelt präsentieren wie Simba in ›König der Löwen‹.« Unter normalen Bedingungen würde ich vermutlich über den Vergleich grinsen. Nicht heute. Vor allem nicht, wenn er dabei so genervt wirkt. »Hat er mit Willow vor drei Jahren genauso gemacht. Ihr hat es gefallen.«

»Und dir? Willst du da hin?«

»Mein erster Impuls war, Nein zu sagen. Ich will nicht springen, wenn er mit dem Finger schnippt und so tut, als wäre es sein Verdienst, dass ich meinen Weg mache.« Er schüttelt kurz den Kopf und inspiziert die Schnittwunden etwas genauer. »Aber irgendwann hab ich es mir anders überlegt. Ein letztes Mal werde ich Simba für ihn spielen.« Er zwinkert mir zu, und ich kann nicht anders, als meine gesunde Hand auf seine Wange zu legen.

»Es ist ganz sicher nicht sein Verdienst. Das warst du ganz alleine und darauf kannst du stolz sein. Und ich glaube, er ist es auch. Vielleicht kann er es nur nicht richtig zeigen.«

Rivers Pupillen wandern zwischen meinen hin und her, bevor er seine Wange einsaugt und irgendetwas anderes aus seinem Erste-Hilfe-Koffer kramt. Teilnahmslos schaue ich ihm dabei zu, wie er meine Hand mit so etwas wie Superkleber zusammenflickt. Als er fertig ist, hält er sie weiterhin in seiner.

»River …«, flüstere ich, weil ich ihm so viel erklären will und eigentlich keinen Plan habe, wo ich anfangen soll.

Letztlich lächelt er unglücklich, vielleicht, weil von mir nichts kommt, und lässt meine Hand los.

»So …«, beginnt die Tierärztin im selben Moment, in dem sie aus dem Behandlungszimmer tritt, und ich stehe sofort auf und gehe ihr entgegen. »Ich habe ihm einen Katheter eingesetzt und die Harnsteine zurück in die Blase gebracht. Der Urin kann jetzt wieder abfließen, allerdings müssen wir uns um die Ursache kümmern. Deshalb möchte ich ihn gerne hierbehalten und den Katheter noch ein oder zwei Tage drin lassen, weil es trotz allem sehr knapp für den Kater war.«

Mein Puls rast. »Aber er ist über den Berg?«

»Ich mache gerade noch ein paar Bluttests, um mir seine Werte anzusehen. Das Herz ist zum Glück stark, auch wenn sein Kreislauf gelitten hat. Aber ich denke, er wird wieder.« Sie lächelt freundlich.

»Oh, Gott sei Dank!« Ich atme tief durch und stütze mich an der Wand ab. So kann ich Becca morgen wenigstens in die Augen blicken, wenn sie mich nach ihm fragt. Und gleichzeitig macht sich ein unangenehmes Gefühl in meiner Brust breit. Es klingt doof, aber es wird das erste Mal sein, dass ich richtig allein in der Wohnung bin. Nicht, dass der Kater mir je bewusst Gesellschaft geleistet hätte, aber er war immer da.

»Ms Donovan?«, reißt die Tierärztin mich aus meinen Gedanken.

»Hier!«

»Ich rufe Sie an, sobald ich eine Prognose geben kann, wann Sie den Kater abholen können.« Ich nicke, bezahle und verlasse mit River und Balu die warme Praxis. Es ist verflixt kalt, ich sehe meinen zittrigen Atem vor mir, während wir zur U-Bahn-Station marschieren, fühle die unsagbare Müdigkeit in mir hochsteigen, die um eine Pause von all dem Drama bittet.

Ich weiß nicht, ob River es an meinem Gesicht abliest oder ob er es einfach spürt wie so oft, aber seine Hand findet im nebeligen Licht der Straßenlaternen meine und seine Finger verschränken sich mit meinen. Er zieht mich etwas an sich und vielleicht sogar mit sich. Er lässt erst los, als er im Aufzug die beiden Knöpfe unserer Stockwerke drückt. Meine Hand formt sich zu einer Faust bei der Leere, die ich dabei empfinde, und ich stecke sie in die Jackentasche.

»Ich hole dich morgen um sechs Uhr ab, in Ordnung? Mein Flieger geht um zwölf.«

Die Leere wird schlimmer und ich atme durch den Schmerz. Ich weiß, ich benehme mich wie ein Kind. Ich weiß, er kommt zurück, und ich weiß auch, dass ich diejenige bin, die die Zeit bis hierhin vergeudet hat. Trotzdem tut es weh.

»Kann ich …« Ich hole tief Luft und ignoriere meinen Stolz, der sagt, ich dürfe nicht fragen, und höre zum ersten Mal seit Langem einfach mal auf mein Herz. »Kann ich heute Nacht vielleicht bei dir bleiben?«

Der Aufzug klingelt leise und zeigt an, dass wir in meinem Stockwerk sind, doch ich kann mich nicht von der Stelle rühren. Zu lange dauert die Stille schon zwischen uns. Es sind bestimmt nur Sekunden, aber die fühlen sich an wie Jahre, bis er tief einatmet und den Kopf gegen das Metall hinter sich fallen lässt. Ich beiße mir so fest auf den Kiefer, dass es wehtut.

»Liza, ich kann das nicht. Ich versuche, hier nicht das Arschloch zu sein, aber …«

Ich schüttle den Kopf, muss den Rest gar nicht hören. »Ich verstehe schon. Kein Problem.« Ich drücke meinem Lieblingshund einen Kuss auf den Kopf, ärgere mich, dass ich nicht daran gedacht habe zu fragen, wer ihn nimmt, während River in Australien ist, und stürze mehr oder minder aus dem Lift.

»Nicht …«, murmelt River hinter mir.

Ich drehe mich ein letztes Mal um, weil ich nicht wieder weglaufen kann.

Dort steht er, beide Hände gegen die Lichtschranke gepresst, sein Ausdruck zerrissen.

»Was, River?«, frage ich mit ausgestreckten Armen und lasse sie kraftlos wieder fallen. »Was soll ich denn sagen?«

River lässt den Kopf hängen und ich bereue mehr denn je, dass das alles mein Werk ist. Dass wir jetzt nicht einmal mehr normal miteinander umgehen können. »Ich habe dir versprochen, für dich das zu sein, was du brauchst, Liza. Und ich würde dieses Versprechen gern halten. Aber ich glaube, ich muss langsam auch mal anfangen, ein bisschen auf mein eigenes Herz aufzupassen.«

Seine Worte treffen mich wie eine Faust in den Magen. Das Schlimmste ist, er hat absolut recht. Deswegen nicke ich, lege meine Hand kurz auf seine und drücke fest, bevor ich mich umdrehe und mit den letzten Energiereserven meine Wohnungstür aufschließe. Mit allen möglichen Emotionen lasse ich meine Jacke und meine Tasche einfach auf den Boden fallen, streife die Schuhe ab und blicke durch den Raum. Sehe Merlots gefärbte Lache auf dem Boden, Beccas Inhaliergerät beim Couchtisch und den Bacardi in der Küche. Mein Hals ist trocken, mein Kopf voll und mein Tank leer. Es wäre so leicht, genau da weiterzumachen, wo ich aufgehört habe. So einfach, die Flasche zu leeren. Doch ich beiße die Zähne zusammen und trete über die Lache in mein Zimmer. Knalle die Tür hinter mir zu, damit ich vielleicht eines Tages die Superheldin ohne Kostüm sein kann, die die beiden wichtigsten Menschen in meinem Leben irgendwo in mir sehen.

Kapitel 29

River

Müde und mies gelaunt werfe ich die letzten Sachen in meinen Koffer, damit ich nachher keinen Zeitdruck bekomme.

»Ist das der Anzug?«, will Jake wissen, der hier ist, um Balu abzuholen. Er deutet auf den halb durchsichtigen Kleidersack an meiner Schlafzimmertür. Ich bin immer noch am Überlegen, ob ich das Ding tatsächlich mitnehme. Kaum zu glauben, dass Willow überhaupt Zeit hatte, mir einen auszusuchen, nur weil mein Vater es so wollte.

»Jap. Das ist *der* Anzug.«

Jake gibt ein leises Pfeifen von sich, weshalb Balu sofort aufgeregt zu hecheln beginnt. Grinsend reibt Jake sein Fell und hinterlässt seine langen Haare völlig zerzaust. Wahrscheinlich muss ich meinem besten Freund nach diesen paar Tagen einen eigenen Hund kaufen, damit er meinen wieder freigibt. »Dein alter Herr hat keine Kosten und Mühen für dich gescheut. Sieht verflucht teuer aus.«

Ich verdrehe die Augen. »Ehrlich gesagt könnte ich auf die Kosten verzichten, wenn er sich mehr Mühe machen und mich zum Beispiel öfter als alle acht Monate anrufen würde, und zwar nicht nur dann, wenn er etwas von mir will.« Ich schüttle den Kopf über die plötzliche Sentimentalität. »Keine Ahnung, woher das eben kam. Eigentlich ist das Thema schon lange für mich erledigt.«

»Hmm«, brummt Jake, der mir natürlich kein Wort abkauft von dem, was ich sage. Der Mann ist FBI-Agent. Auf der Academy bekommen die einen eingebauten Lügendetektor mitgeliefert oder so. »Irgendwie krass, oder?«, beginnt er und verschränkt die Finger in seinem Nacken. »Dass erwachsene Menschen so scharf auf die Bestätigung von der Familie sind. Wir können uns dagegen wehren, wie wir wollen, trotzdem tut's verdammt weh, wenn sie nie kommt.«

Ich höre auf, mein Zeug durch die Gegend zu werfen, und setze mich auf die Lehne meines Schreibtischstuhls. »Dein Bruder?«, bemerke ich mit Blick zum Boden, weil ich weiß, dass er gerade an ihn denkt. Ich weiß, dass Jakes Bruder Gabe unschuldig im Gefängnis saß. Ich weiß auch, dass Gabe beinahe im Knast getötet wurde, kurz bevor Jake nach New York gekommen ist, und dass die Beziehung zwischen den beiden durch die ganze Sache extrem angespannt ist.

»Er ist so beschäftigt damit, jeden von sich zu stoßen, der ihm etwas bedeutet, dass er nicht sieht, wie er sich selbst am meisten im Weg steht«, bestätigt Jake angespannt, während er Balu krault.

»Tut mir leid, Mann. Kann ich irgendetwas tun?«

»Ich weiß nicht einmal, was ich tun kann. Soll. Aber danke.«

Was er sagt, trifft mich, weil es mich auch an jemand anderen erinnert. Den Hauptgrund für meine Müdigkeit und schlechte Laune. Keine Ahnung, wie lange ich gestern Nacht in meinem Bett lag und mit dem Gedanken gekämpft habe, runterzugehen und mich einfach auf Lizas Couch zu werfen. Ich habe sie nicht gefragt, wie sie sich an der Hand verletzt hat, aber sie roch nach hartem Alkohol und ich musste ein paar feine Glassplitter herausziehen. Man braucht kein Genie zu sein, um zu erraten, dass es da wahrscheinlich einen Zusammenhang gab. Hat sie gestern noch mehr getrunken, nachdem ich sie alleine in ihre Wohnung geschickt habe? Vielleicht hätte ich sie doch einfach mit nach oben nehmen sollen. Aber ich will auch nicht derjenige sein, der sie hier und da kurz von ihrem Schmerz ablenkt und dann wieder weggestoßen wird. Trotzdem ist das Ganze verflucht frustrierend und raubt mir nicht nur Schlaf, sondern auch Nerven.

Mit einem mulmigen Gefühl warte ich vor ihrer Tür, als ich wie ausgemacht um Punkt sechs Uhr klingle.

Liza öffnet schwungvoll die Tür, wunderschön wie stets – trotz der durchschimmernden Augenringe. »Guten Morgen«, begrüßt sie mich sanft.

Ich ertappe mich dabei, wie ich mich ihr wie üblich instinktiv entgegenlehne und die Augen kurz schließe.

»Konntest du schlafen?«, erkundigt sie sich mit besorgtem Gesichtsausdruck und berührt kurz meine Wange, bevor sie ihre Hand schnell zurückzieht, als hätte sie etwas Falsches gemacht. Verdammt …

»Nein«, gebe ich zu, weil ich sie nicht anlügen werde. »Du?«

Liza blinzelt und sieht schnaubend zu Boden. »Nein.« Energisch zuckt sie mit den Schultern und holt tief Luft. »Fahren wir?«

In der U-Bahn setzt sich Liza, während ich über ihr stehen bleibe. Unaufhörlich wippt sie mit den Füßen. Ich sehe ihren Puls praktisch an ihrem Hals beben. Weil ich nicht anders kann und es verdammt noch mal Liza ist, lege ich einen Arm um ihre Schulter und drücke sie an meinen Bauch, halte sie fest und spüre, wie sich ihre Muskeln wenigstens kurzzeitig entspannen.

Nachdem wir auf der Intensivstation angekommen sind und unsere Personalien hinterlassen haben, werden wir zu Becca geführt.

Sie schlägt müde die Augen auf, als wir durch die Tür treten.

Für einen schmerzhaften Moment fällt Liza einen Schritt zurück gegen mich und holt bebend Luft, als würde sie innerlich einen Schutzpanzer anlegen.

Und wirklich – Becca sieht verflucht schlecht aus. Es ist unfassbar, wie schnell eine Blutvergiftung den ganzen Körper lahmlegt. Nicht umsonst entscheidet bei einer Sepsis jede Stunde zwischen Leben und Tod. Beccas Haut ist grau. Sie kann die Augen kaum offen halten, zittert sichtbar unter ihrer Decke und atmet schnell und flach. Sie gibt sich Mühe, uns anzulächeln, doch es gelingt ihr nicht. Also schließt sie die Augen wieder.

Das ist der Augenblick, in dem Liza sich in Bewegung setzt. Sie krabbelt auf Beccas Bett, streift sich die Schuhe ab und legt sich auf die Beine ihrer Schwester. Sie versucht, sie zu wärmen, und es bricht mir das Herz.

Ich merke, dass es die behandelnde Assistenzärztin viel Überwindung kostet, Liza keine Moralpredigt über Hygiene und Abstand zu halten, nicke ihr allerdings dankbar zu, als sie einfach seufzt und mich aus dem Zimmer begleitet.

»Was kannst du mir sagen?«, löchere ich Greta, mit der ich vor ein paar Monaten auf dieser Station zusammengearbeitet habe.

Sie hebt die Augenbrauen. »Das CRP geht durch die Decke. Die Leukozyten sind viel zu niedrig. Am meisten Sorgen machen uns die Bilirubinwerte. Ihre Leber macht das nicht mehr lange mit.« Ich drehe mich kopfschüttelnd weg. Natürlich erklärt sie mir alles im Fachjargon, aber im Grunde bedeutet das, was sie eben gesagt hat, nur eines: eine verdammt schlechte Prognose. »Wir wissen, wo der Herd liegt, aber das Antibiotikum zeigt noch nicht die Wirkung, die wir brauchen.«

»Zu viele Resistenzen«, ergänze ich, woraufhin Greta nickt. Das ist genau der Müll, wenn man wie Becca sein ganzes Leben mit Antibiotika vollgepumpt wurde. Wenn es dann absolut unumgänglich ist, reagieren die Bakterien nicht mehr darauf.

»Fuck!«, murmle ich mit Blick auf Beccas Zimmer.

»Du sagst es.« Mit den Worten lässt Greta mich stehen. Diese Station ist voller Patienten, die nonstop Aufmerksamkeit brauchen. Da bleibt keine Zeit für Plattitüden.

Ich gehe zurück zu Liza und Becca und drücke Becca einen Kuss auf die kühle Stirn, erstaunt darüber, wie viel sie auch mir inzwischen bedeutet.

»Sie schläft nur«, erklärt mir Liza, als würde sie denken, ich hätte etwas anderes erwartet. »Sag es mir nicht«, bittet sie dann flüsternd, nachdem sie ein paar Sekunden lediglich in mein Gesicht gestarrt hat. Vermutlich habe ich nicht ganz das Pokerface, das ich gern hätte.

Liza schließt die Augen und streicht unentwegt über die Beine ihrer Schwester.

Ich lehne mich zurück und betrachte die Decke, zermartere mir den Kopf über etwas, was die klügsten Köpfe bisher nicht lösen konnten. Nämlich, wie zur Hölle man eine Person gegen alle Wahrscheinlichkeiten retten kann. Schließlich spähe ich auf die Uhr und verlagere mein Gewicht.

Liza schlägt die Augen auf. »Du musst gehen«, stellt sie fest.

Ich will ihr sagen, dass ich auch bleiben könnte; dass sie inzwischen mehr Familie für mich geworden ist als meine leibliche Familie. Aber das ist genau der Kram, den wir beide momentan nicht brauchen können. Aus diesem Grund nicke ich einfach, bleibe allerdings sitzen.

Liza drückt sich vorsichtig von Becca weg, kauert sich an die winzige, freie Kante des Bettes und krallt ihre Fingernägel in die Oberschenkel.

»Warum weinst du gerade?«, frage ich mit rauer Stimme.

Als wäre es ihr gar nicht bewusst gewesen, wischt sie überrascht über ihre Wange und reibt sich die Tränen in die Jeans.

»Mehrere Gründe. Vor allem aber, weil ich keine Ahnung habe, was ich machen soll. Darf.«

»Was meinst du?«

»Ich will dich wenigstens zum Abschied küssen, könnte aber gut verstehen, wenn du das nicht willst.« Sie schließt die Augen und schüttelt den Kopf, signalisiert mir, keine Antwort zu wollen. »Lass mich nur kurz etwas loswerden, bevor du antwortest, okay? Du hattest recht. Meine Eltern *haben* den Anstoß dafür gegeben, uns infrage zu stellen, und ich habe es zugelassen. Es war meine eigene Entscheidung, mein Leben immer nur so weit zu planen, wie auch Becca es konnte.« Ihre Stimme bricht. Sie wischt sich stöhnend die Tränen aus den Augen. »Ich versuche wirklich, mich nicht selbst zu bemitleiden«, verspricht sie hölzern auflachend. »Ich habe ihre Krankheit dazu verwendet, eine Version von mir zu kreieren, auf die sie – auf die *ich* stolz sein konnte. Schon lange, bevor ich dich kannte. Inzwischen weiß ich, dass ich den Großteil meines Lebens damit verbracht habe, eine Rolle zu spielen. Bis ich mich schließlich wie ein Boxer im Ring gefühlt habe, der sich selbst in eine Ecke verfrachtet hat und eine neue Strategie braucht.« Sie vergräbt endgültig das Gesicht in den Händen.

Das ist der Punkt, an dem ich nicht mehr einfach hier sitzen kann. Stattdessen gehe ich vor ihr in die Hocke, ziehe ihre Hände auf ihren Schoß, weil ich nie will, dass sie das Gefühl hat, sich verstecken zu müssen.

Liza atmet tief ein, verschränkt ihre Finger mit meinen. »Und ja, deine Liebe hat mir lange Zeit Angst gemacht. Angst, dass meine Liebe nicht genug ist, wenn ich mich nicht einmal selbst richtig lieben kann. Und ich kann mich nicht lieben, bis ich weiß, wer ich bin. Warte! Lass mich ausreden …« Sie legt mir die Finger auf die Lippen, als ich sie unterbrechen will. »Ich weiß, dass es ein Prozess ist, das herauszufinden und mich kennenzulernen. Aber ich will nicht mehr weglaufen. Vor mir selbst nicht und vor allem nicht vor dir.«

Ich schmunzle unter ihren Fingern, weil sie inzwischen unwillkürlich meine Lippen nachziehen. »Darf ich jetzt sprechen?«, frage ich amüsiert. Als Nächstes nehme ich ihre Hand, küsse ihre Finger und ziehe uns beide in den Stand. »Liza, du musst nicht erst irgendetwas sein oder werden, damit man dich lieben kann. Du hast das größte Talent, anderen das Gefühl zu geben, sie wären riesengroß. Wenn du mich lässt, kann ich dir vielleicht helfen, dich mit denselben Augen zu sehen.«

»River, ich kenne das Mädchen nicht. Ich kenne ihren Zustand nicht und ihre Krankenakte ebenso wenig«, erklärt mir mein Dad zwei Tage später, als der erste Tag des Ärztekongresses zu Ende ist. Ich habe mich als sein Sohn präsentiert, habe mich bemüht, mein Desinteresse für diejenigen zu verbergen, die mir in den Arsch kriechen wollten, weil sie sich davon irgendetwas erhofften, und habe mit jedem gesprochen, den ich laut meinem Vater *unbedingt* kennenlernen musste. Nachdem Dad mir allerdings erklärt hat, er müsse noch heute Nacht einen Flieger nach Oregon erwischen und würde damit den zweiten Tag seiner eigenen Veranstaltung verpassen, habe ich die Gelegenheit beim Schopf gepackt und ihn abgepasst, als er seiner einzigen Schwäche nachgegangen ist. Dem Rauchen.

»Weshalb ich dich ja auch gebeten hatte, einen genaueren Blick darauf zu werfen.« Ich hatte ihm Beccas Akte vor ein paar Tagen geschickt, ihn eindringlich ersucht, sich den Fall anzuschauen. Keine Ahnung, warum es mich überhaupt wundert, dass er es nicht getan hat. Es ist einfach typisch. Wir reden hier von dem Mann, der alles stehen und liegen lässt, um jemandem am anderen Ende des Landes ein Organ zu verpflanzen. Seinem eigenen Sohn aber kann er nicht den Gefallen tun, sich die zusammengefasste Krankengeschichte einer Freundin anzusehen und ihm eine Einschätzung des Falls zu geben.

Er zieht an seinem Glimmstängel und schüttelt den Kopf.

»Wenn ich jetzt anfange, mich privat in Fälle einzumischen …«

»Ärzte tun das ständig, wenn ihnen etwas wichtig ist.«

Ich kann es nicht leiden, wie er die Augen verdreht, als wäre ich ein Siebenjähriger, der ihn eben gebeten hat, Wayne Gretzky, den besten Eishockeyspieler aller Zeiten, zu seiner Geburtstagsfeier einzuladen. »Ich glaube, du hast zu viele Folgen ›Grey's Anatomy‹ gesehen, mein Junge. An eurem Klinikum in New York gibt es hervorragende Ärzte, die sich seit Jahren um sie kümmern. Wenn im Februar die Ethikkommission berät, ob sie für eine zweite Transplantation infrage kommt, wird diese Entscheidung wohlüberlegt sein. Wenn ich mich da von hier aus einmische, verliere ich ihren Respekt. Das Risiko kann ich nicht eingehen, nicht für irgendein Mädchen, zu dem ich nicht einmal einen Bezug habe.« Also hat er doch in die Akte zumindest reingelesen.

»Aber sie ist nicht irgendein Mädchen, Dad. Sie ist die Schwester der Frau, die ich liebe.« Interessant, wie einfach die Worte jetzt aus meinem Mund purzeln, nachdem ich sie zusammen mit den Gefühlen dazu monatelang eingesperrt hatte.

Mein Vater wirft seine Zigarette auf den Boden und verfolgt mit seinem Blick, wie sein Tausend-Dollar-Schuh sie ausdrückt. »Das macht dich irrational.«

Trocken lachend schüttle nun ich den Kopf. »Ja, kannst du dir das vorstellen? Dass ich noch nicht alles Menschliche in mir ausgelöscht habe? Verdammt, Dad, du hattest mir versprochen, es dir anzuschauen!«

Ich wende mich ab, um wieder reinzugehen, weil der herzzerreißende Vater-Sohn-Moment ganz klar vorbei ist.

»River! Sei nicht so dramatisch«, donnert er, und ich muss tief durchatmen. »Gib mir noch mal einen Überblick über den Fall!«

Eigentlich will ich ihn hier draußen stehen lassen und abhauen, aber so will ich nicht mehr sein, nicht bei ihm. Außerdem geht es nicht um mich. Also schlucke ich meinen Frust runter, beiße die Zähne zusammen und schildere ihm noch einmal in abgekürzter Form, was ich bereits in der E-Mail formuliert hatte. »Hör auf, ständig den Kopf zu schütteln«, wende ich mitten im Satz gereizt ein, weil er nichts anderes macht, seit ich ihm von den Begleiterscheinungen der Abstoßungsreaktion auf die transplantierte Lunge berichte. »Wie viele solcher Fälle hast du schon ein zweites Mal operiert?« Voller Stolz hat er uns von den unmöglichsten Situationen erzählt, in denen er als Held aus dem OP-Saal gegangen ist. »Es ist möglich!«

»River, ich kann mir beim besten Willen nicht vorstellen, dass das Komitee einer neuerlichen Transplantation zustimmt. Gerade bei doppelten Lungentransplantationen existieren enorm viele Risiken, die zu bedenken sind. Das Ganze ein zweites Mal durchzumachen braucht einen starken Körper. Wenn sie jetzt eine Blutvergiftung hat, wird sie Zeit benötigen, bis sie bereit für einen solch schweren Eingriff ist. Sobald die Kollegen im Februar tagen, werden sie sicher eine realistische Einschätzung geben. Aus heutiger Sicht ist mir das nicht möglich. Oder anders gesagt: Aus heutiger Sicht kann man nichts für sie tun.«

Ich hasse es zwar, das zuzugeben, aber der Arzt in mir weiß, dass er recht hat. Wir können nicht jeden retten. An einem gewissen Punkt müssen wir uns eingestehen, dass der Körper biologisch gesehen ein Limit hat, ganz egal, wie sehr wir klammern. Ganz egal, wie sehr die Person kämpft. Aber mit Becca habe ich den ganzen Prozess von der anderen Seite erlebt. Ich habe erfahren, was jede Diagnose auf persönlicher

Ebene bedeutet, wurde Teil von Dingen, die ich normalerweise nicht miterlebe, wenn ich einen Patienten verlasse. Habe aus ganz neuen Gründen wahrgenommen, was es bedeutet, die Hoffnung zu verlieren. Resigniert stütze ich mich auf das Geländer des Balkons und sehe in die andere Richtung.

Ich kenne Becca und Liza erst seit etwas mehr als einem Jahr, trotzdem fühle ich zumindest einen Bruchteil des Gewichts, das die ganze Familie schon so lange mit sich herumschleppt. Es ist ein ständiger Kampf zwischen dem Wissen, dass CF unheilbar ist – egal, wie man es dreht und wendet –, und der Hoffnung, dass Becca lange genug lebt, bis der Forschung ein Durchbruch gelingt. Die Chancen darauf werden nur mit jedem Tag geringer.

Dad klopft mir linkisch auf die Schulter. »Tut mir leid, dass ich nicht helfen kann, Sohn.«

Ich sage gar nichts, weil ich nicht wüsste, was. Vor allem nicht mit dem Frosch in meinem Hals. Kann schon sein, dass es kindisch ist, aber ich hätte mir gewünscht, dass mein Dad auch einmal für mich der Held sein könnte, der er so oft für andere zu sein scheint.

Er geht langsam an mir vorbei, bis seine Schritte mit einem Mal stoppen. »Es ist deine Menschlichkeit, die dich ausmacht, River. Fünfundzwanzig Jahre in diesem Job, in dem kein Platz für etwas anderes als Perfektion ist, können dafür sorgen, dass wir diese Menschlichkeit manchmal ausblenden. Wenn es dir gelingt, die Balance zu finden, dann habe ich keine Zweifel, dass du ein besserer Arzt werden kannst, als ich es je war.« Mein Vater mustert mich noch einen Moment lang. Es scheint fast so, als würde er lächeln. Abrupt öffnet er die schwere Glastür und marschiert zurück zu seinen Gästen.

Ich starre ihm hinterher. Und zum ersten Mal überhaupt habe ich das Gefühl, auch in seinen Augen genauso groß zu sein wie er.

KAPITEL 30

Liza

Ich klebe praktisch während der gesamten Besuchszeit wieder an Beccas Seite, was funktioniert, weil ausschließlich Familienangehörige erlaubt sind und Mom und Dad sowieso nie mehr zusammen auftauchen. Wenn ich also nicht alleine hier sitze und meine Sachen für die Uni sozusagen via Homeoffice erledige, sitzt eben einer von beiden neben mir. Die meiste Zeit spricht ohnehin niemand. Becca schläft hauptsächlich. Meine Eltern und ich scheinen keine Worte zu finden, die es wert wären, ausgesprochen zu werden. Also ist es hier bis auf die Geräte die meiste Zeit verdammt ruhig. So ruhig, dass meine Gedanken umso mehr Gehör finden und mich gut und gerne in den Wahnsinn treiben. Manchmal dämme ich sie mit Musik ein. Hin und wieder mache ich mir Notizen und schreibe einzelne davon auf, weil es hilft, sie zum Schweigen zu bringen. Und dann stiere ich auf die diffusen Worte und schwammigen, ungeordneten Gedanken – wie jetzt gerade – und reiße das Blatt aus dem Notizbuch.

»Was schreibst du da?«, murmelt Becca, während ich den Zettel zerknülle.

Instinktiv möchte ich mit einem leeren »Nichts« antworten, doch da erinnere ich mich daran, dass ich in der letzten Woche am meisten davon profitiert habe, wenn Becca ehrlich und offen mit mir war und mich auch mal hinter ihre Stärke hat blicken lassen. Ich will ihr dasselbe geben. »Ich würde es gerne Tagebuch nennen, aber dafür habe ich es wohl eben disqualifiziert.« Ich zeige auf den zerknitterten Ball.

»Die Idee finde ich aber klasse, Liza.«

»Ja? Mal schauen. Bisher war alles eher mentales Erbrochenes.«

Becca lacht heiser, unterdrückt einige Sekunden den Husten, wobei ihr Gesicht sich schmerzhaft verzieht, und ich beiße mir auf die Lippe. »Okay, das ist ekelerregend. Und witzig. Aber hauptsächlich ekelerregend. Und abgesehen davon auch völlig okay. Wer legt denn fest, wie dein Tagebuch anzufangen hat?« Sie tut so, als würde sie schielen, und zieht die Nase kraus. »*Liebes Tagebuch, heute hat mich der Typ in der Cafeteria nicht angelächelt. Morgen gehe ich nicht mehr hin …*« Jetzt bin ich diejenige, die lacht.

»Hey! Genau damit haben meine Tagebucheinträge in der Junior Highschool begonnen«, wende ich im Scherz ein und fühle, wie mein Herz flattert, während wir in der beschissensten aller Situationen hier sitzen und ehrlich Spaß haben.

»Und dann kam River …«, sagt sie mit einem aufrichtigen Lächeln, und ich hole tief Luft, bevor ich nicke.

»Ja«, flüstere ich.

»Ich würde total gerne hören, was zwischen euch ist, wenn du es mit mir teilen willst.«

Ein dämliches Strahlen erscheint auf meinem Gesicht, das mir einerseits peinlich ist, weil ich mich doch frage, ob ich wieder in der Junior High bin. Andererseits bin ich so froh, dass Becca sich erkundigt. Denn wirklich?! Ich will nichts lieber, als mit meiner Schwester darüber sprechen.

Also erzähle ich ihr, wie River mich beeindruckt hat, als er sich geweigert hat, mich zu küssen. Ich erzähle ihr von unserem ersten Pseudo-Date im Kino und wie schockiert ich war, weil er sogar noch mit mir zum Eislaufen gehen wollte, nachdem ich mich benommen hatte wie eine Irre. Ich erzähle ihr, wie viel ich von ihm lerne, während er in mir gleichzeitig das Gefühl erweckt, ich hätte mehr zu geben, als ich selbst sehen kann. Dass er irgendwie der Erste war, der mir einen Spiegel vorgehalten hat, den ich zwar noch gar nicht sehen wollte, aber definitiv sehen musste. Der mir gezeigt hat, dass ich nichts im Leben lerne, wenn ich den schwierigen Momenten, harten Themen und unangenehmen Gesprächen aus dem Weg gehe.

Und Becca hört sich alles an, während ich viel zu schnell und konfus quatsche, weil ich mir alles von der Seele reden will, bis ich letztlich tief Luft hole und über mich selbst lache, weil das hier vielleicht das gleiche verbale Erbrochene ist wie das, was ich vorhin zerknüllt habe. Trotzdem fühle ich mich um zehn Kilo leichter, als ich mich lächelnd zurücklehne. »River ist einfach der erste Mann, bei dem ich das Gefühl habe, dass er mich nicht aus sogenannter *Liebe* zu etwas Besserem zu machen versucht.«

»Zu seiner Vorstellung von dem, wie dein *Besseres* ist«, ergänzt Becca, und ich beuge mich ruckartig vor.

»Genau! Er ermutigt mich, mich selbst zu finden, ohne mir dabei seine Sicht aufzuzwängen. Verstehst du?«

Becca grinst. »Ja, absolut. Was du sagst, ist wunderschön. Ich liebe es. Jeder sollte jemanden haben, der ihn ermutigt, Farbe zu bekennen, ohne ihn dabei neu bemalen zu wollen.« Sie streckt die Hand nach meiner aus.

Ich rücke mit dem Stuhl näher an sie heran, damit ich ihre halten kann.

Als der diensthabende Arzt mit diversen anderen im Schlepptau ins Zimmer kommt, will ich die Meute beinahe anschreien, sich wieder zu verziehen. Schnell küsse ich Beccas Hand, um ihr zu vermitteln, wie viel mir die letzten Minuten bedeutet haben, bevor der Schatten der Arztvisite auf uns fällt.

»Ms Donovan, ich würde gerne mit Ihnen über die weiteren Maßnahmen sprechen.« Er lächelt mich höflich an und teilt mir wortlos mit, dass jetzt die Gelegenheit wäre, mir einen Kaffee zu holen oder so.

»Schon in Ordnung. Ich möchte, dass sie bleibt«, erklärt Becca, bevor ich es tun muss, und der Arzt nickt freundlich.

»Die Antibiotika zeigen langsam geringe Wirkung. Es reicht jedoch nicht, um Entwarnung geben zu können. Ihre Blutwerte sehen nach wie vor sehr schlecht aus und die Spenderlunge ist zu schwach, um Sie unter diesen Umständen weiterhin selbstständig versorgen zu können.«

»Sie wollen mich aufs Beatmungsgerät setzen.«

Mit großen Augen blicke ich von ihr zurück zum Arzt, warte darauf, dass er sie korrigiert.

»Wir halten es für sinnvoll, Ihren Körper durch ein künstliches Koma und Ihre Lunge durch ein Beatmungsgerät zu entlasten, während das Antibiotikum die Sepsis bekämpft, ja.«

Meine Schultern sacken und ich sehe Becca an, die extrem unüberrascht nickt.

»Wann?«

»Am besten heute noch, spätestens morgen.«

Was?! Nein!

»Morgen.« Becca formuliert es nicht wie eine Frage, sondern als Antwort auf eine ungestellte Frage. Sie will noch Zeit haben. Alle in diesem Raum wissen, dass sie aus dem künstlichen Koma vielleicht nicht wiedererwacht.

»Wir werden unser Möglichstes tun, Ihrem Wunsch nachzukommen, Ms Donovan, aber entscheidend sind hier Ihre Werte. Wir beobachten und warten jedenfalls so lange, bis Sie Ihre Eltern kontaktieren konnten.«

Becca bedankt sich, während ich abwarte, bis der kalte Schauer über meinen Körper gelaufen ist. Kann ich die letzten Minuten zurückhaben, bitte?

Becca drückt meine Hand ganz fest. »Hab keine Angst. Es ist okay. Ich bin jetzt bereit, Liza.«

Verwirrt gaffe ich sie an, weil sie dem Arzt doch eben etwas anderes mitgeteilt hat. »Solltest du nicht auf Mom und Dad warten?«

»Mit dem Koma, ja, aber das meine ich nicht.«

Ihr Blick ist so intensiv, dass kein Zweifel besteht, was sie sonst gemeint haben könnte, und ich schüttle den Kopf. »Sag es nicht, Becca! Sag nicht, du seist bereit zu sterben.«

Becca studiert mich einen Moment, bevor sie sich ins Kissen lehnt und an die Decke starrt. »Ich denke oft daran, was ich vor der Transplantation zu dir gesagt habe. Im Taxi. Erinnerst du dich?«

Natürlich erinnere ich mich. Dass sie eben nicht bereit war zu sterben. Ich nicke lediglich und lege meine zweite Hand auf ihre.

»Ich würde nichts von dem rückgängig machen wollen, was im vergangenen Jahr und auch davor passiert ist. Weißt du, wieso?« Diesmal wartet sie gar nicht auf die Antwort, die sowieso nicht käme. »Weil ich nicht will, dass jemand von euch mit dem Gefühl zurückbleibt, ich hätte nicht alles versucht. Es ist unausweichlich, dass ich sterbe. Ob das heute ist, in einer Woche oder in einem Jahr, das weiß ich natürlich nicht, aber es bleibt unumgänglich. Das wussten wir immer, und doch hatten wir Hoffnung, weil alles andere nur kostbare Lebenszeit vergeudet hätte. Aber was ich damit ausdrücken will, Baby, ist, dass es *jetzt* okay für mich ist.«

Das ist der Punkt, an dem ich meine Hände von ihren nehme und meinen Stuhl verlasse.

»Ich sage das nicht, um einen möglichst dramatischen Abgang zu machen, sondern weil ich glaube, dass es wichtig ist, dass du das hörst. Wer bekommt schon die Chance auf solche Gespräche, Liza? Also bitte, hör mir zu!«

Ich bekomme kaum Luft, der Augenblick ist so real, dass meine Hände zu schwitzen beginnen. Widerwillig bleibe ich stehen und verschränke die Arme vor der Brust. Das hier ist ein Abschied. Aber ich will keinen.

»Ich hatte ein gutes Leben. Auch wenn es vielleicht nicht die allgemeine Definition eines tollen Lebens sein mag. Für mich war es das. Ich wurde geliebt. Ich habe geliebt und in meinem Umfeld kleine und große Wunder gesehen. Ich habe meine Zeit hauptsächlich mit Dingen verbracht, die ich gern gemacht habe. Ich bin dankbar dafür, dass ich damit etwas hatte, was viele ihr ganzes Leben nicht erleben. Wenn es heute passiert, ist es nicht deine Schuld. Ebenso wenig in einem Jahr. Es ist ein unvermeidbarer Teil dieser Krankheit. Und ich brauche von dir, dass du das begreifst.«

Ich kann die Tränen nicht aufhalten, die an meinem Gesicht hinablaufen, und sehe verschwommen auch Beccas. Warum zur Hölle sollten wir das alleine durchstehen müssen? Also zwänge ich mich neben sie und kuschle mich zu ihr. »Ich weiß, Becca, aber ich bin so wütend.«

Becca schlingt die Arme um mich, so gut es eben machbar ist. »Ist okay. Das bin ich auch manchmal. Und deprimiert und enttäuscht. Jeder von uns will doch am liebsten für ewig reich und schön leben. Aber wir sind nicht Gott. Unsere Wut, Trauer und Enttäuschung werden unser Leben nicht verlängern und den Schmerz über den Tod der anderen nicht leichter machen. Also stirb nicht vor deinem Tod, Liza. Nicht für immer leben zu können ist gleichzeitig die Chance, alles aus dem herauszuholen, was du jetzt hast.«

Ich lasse ein paar Minuten verstreichen, spüre, wie meine Schwester meine Haare streichelt, wie ich es normalerweise bei ihr tue, koste die Frage auf meinen Lippen aus, die ich mich zum ersten Mal zu stellen traue, weil ich weiß, dass mich eine ehrliche Antwort erwartet. »Hast du Angst?«

Meine Haare gleiten durch Beccas Finger, während ich lediglich auf ihren flachen Atem und ihren stetigen Herzschlag achte.

»Nicht vor dem Tod. Nur ein bisschen davor, alleine zu sein, wenn es passiert.«

Ich forme eine Faust, stütze mich entschlossen auf meinen Ellbogen und finde Beccas Blick. »Dann warte auf mich, Becca. Spiel nicht die Heldin und leg es darauf an, doch alleine zu sein.«

Die blöde Gurke kichert. »Ich bin nicht sicher, dass es so funktioniert, Baby. Aber ich werde Gott mal fragen, was sich da machen lässt.«

Ich gebe ihr einen langen Kuss auf die Stirn, kneife die Augen zusammen und wische anschließend lachend die Tränen weg, die ich auf ihr Gesicht habe regnen lassen. »Von allen bist du meine Lieblingsschwester.«

Ich sauge das breite Grinsen ihres blassen Gesichts in mich auf, während sie die Augen verdreht und mich spielerisch vom Bett schiebt. »Ich liebe dich, du Clown.«

Kapitel 31

River

Meine gestörten Arbeitszeiten haben zumindest einen Vorteil. Ich erlebe keinen Jetlag. Weder während des kurzen Aufenthalts in Sydney noch jetzt, als meine Füße wieder amerikanischen Boden betreten. Ich habe einfach – wie immer – geschlafen, sobald die Zeit und der Raum im Flugzeug es erlaubt haben. Aber selbst wenn dies nicht der Fall gewesen wäre, würde mich das Taxi jetzt trotzdem ins Krankenhaus bringen und nicht nach Hause. Das war mir klar, seit ich Lizas Nachricht gelesen habe, man hätte Becca ins künstliche Koma versetzt. Mein Puls entschleunigt sich langsam, aber sicher, je weiter ich mich vom Flughafen entferne, weil keine weitere Nachricht über eine Verschlechterung reinkommt, obwohl ich wieder Netz habe.

Im Krankenhaus, das mir inzwischen so vertraut ist wie meine Wohnung, rase ich die Treppe zur Intensivstation hoch. Nachdem ich die Glocke betätigt und einem Studentenneuling die Hölle heiß gemacht habe, der mir erklärte, dieser Bereich sei nur für Familie, desinfiziere ich mir die Hände.

Ich werfe einen Blick durch die Glasscheibe in Beccas Zimmer und spüre, wie eine unsichtbare Hand mein Herz zerquetscht. Liza sitzt zusammengerollt auf einem unbequemen Stuhl und döst mit gequältem Gesicht. Sie trägt eine Atemschutzmaske und die türkisgrüne sterile Schutzkleidung. Um nichts leichter ist es, Beccas eingefallenes Gesicht in dem riesengroß wirkenden Bett mit der Maske und dem Atemschlauch suchen zu müssen. Wer hätte je gedacht, dass dieser Anblick für jemanden Albtraumpotenzial haben könnte, der Intensivmedizin als Zweitschwerpunkt wählen möchte?

»River. Schon zurück?« Der leitende Assistenzarzt klopft mir auf die Schulter.

Nickend deute ich zu Becca. »Rob, wie sieht's aus?«

Mit bedauernder Miene schüttelt er den Kopf. »Verdammt schlecht. Wir tun, was wir können, aber ihr Körper macht nicht mit. Sie reagiert so gut wie gar nicht mehr auf das Antibiotikum und ihre Leber steht kurz vor dem Versagen.«

Niedergeschlagen sehe ich zu Boden.

»Die Familie weiß Bescheid; sie weichen kaum länger als fünf Minuten von ihrer Seite.«

»Ist Liza die ganze Zeit hier?«

»Heute Nacht hat ihre Mutter übernommen, glaube ich. Ansonsten ja.«

Seufzend bedanke ich mich bei ihm und besorge mir meine eigene Schutzkleidung, bevor ich in das Zimmer gehe. Ich gebe mir einen Moment Zeit, um die Töne vom Herz-Monitor und das stetige Beatmungsgeräusch der Maschine in mich aufzunehmen. »Hey, Becca. Dein Lieblingsarzt ist hier«, murmle ich mit einer Hand auf ihrem Arm. »Diesmal in Grün, nicht in Blau, weil du die Einzige bist, für die ich auch in meiner Freizeit herkomme.« Ich schmunzele, während ich darüber nachdenke, was sie wohl sagen würde, wäre sie bei Bewusstsein. *Ohne Kleidung wäre weit interessanter für mich, das habe ich dir doch schon erklärt.*

»River …«, haucht Liza und richtet sich aus ihrer verkrampften Position auf. Ihre Augen sind rot, wahrscheinlich vorrangig vom Schlafentzug, ihre Haut fahl.

»Hey, Bubby.« Ich umrunde das Bett und strecke eine Hand nach ihr aus, die sie mit einem tiefen Atemzug nimmt, bevor sie sich in die Arme nehmen lässt. »Wie geht es dir?« Klingt wie eine dämliche Frage, aber wie auch immer die Antwort lautet, ich will sie hören.

»Ich weiß nicht, wie ihr das macht, du und ihr alle hier auf der Station. Wieso verliert ihr nicht den Verstand? Dauernd geht irgendein Alarm los. Sie sagen, es sei meist nur Fehlalarm, aber ich glaube, keiner vom Personal hat sich heute mal mehr als eine Minute hinsetzen können.« Wie auf Kommando tönt wieder ein lauteres Piepen durch den Raum und Lizas Finger bohren sich in meine Arme, bevor sie sich wegdrückt.

Aus Gewohnheit scanne ich den Monitor, der schlechte Sauerstoffsättigung beklagt, und befestige den verrutschten Fingerclip neu, noch bevor die Schwester den Raum betritt.

»Pulsoximeter?«, fragt sie ruhig, woraufhin ich nicke und Liza an meiner Seite bleibt. Die Schwester lächelt freundlich und kontrolliert die Beatmungsmaschine, ehe sie uns wieder alleine lässt.

Liza beißt sich auf die Unterlippe und schaut mit schwimmenden Augen zu mir hoch. Das hier muss der Horror für sie sein, denn ja, auf dieser Station ist es leicht, den Verstand zu verlieren, wenn man nicht für diesen Beruf gemacht ist. Wie viel schlimmer muss es für Angehörige sein, die Geräusche und Geschehnisse nicht zuordnen können.

Ich setze mich auf den Stuhl und ziehe Liza auf meinen Schoß. Dankbar schmiegt sie sich an mich und vergräbt ihre Nase an meinem Hals. Ihre Hände sind an meiner Kleidung zu Fäusten geformt.

»Es ist so komisch, River. Dad ist stoisch, unnahbar und Mom heult die ganze Zeit nur, als wäre Becca schon tot. Und sie sagt ständig, sie könne nicht hierbleiben, weil das alles zu hart für sie sei.« Sie zuckt mit den Schultern. »Und ich verstehe es natürlich, aber … für wen ist es nicht hart?!«

»Also bleibst *du* hier.«

»Irgendwer muss es tun«, flüstert sie. »Becca hat gesagt, sie habe keine Angst davor zu sterben, nur davor, dabei alleine zu sein. Ich kann nicht gehen.«

Und wenn es Wochen dauert …?

»Das heißt, du rechnest damit …«, erkundige ich mich vorsichtig.

»Ich fühle es, River.« Ihre Stimme versagt bei meinem Namen und ich presse sie noch dichter an mich.

»Hattet ihr die Chance zu reden, bevor sie ins Koma versetzt wurde?« Liza nickt vehement und erzählt mir von ihrem intensiven Austausch, wie gut es für beide war, vollkommen ehrlich zu sein und alle Masken fallen zu lassen. Nach einiger Zeit in Stille gibt ihr Magen ein brutales Geräusch von sich und Liza stöhnt, als ob sie Schmerzen hätte.

»Soll ich dir etwas zu essen besorgen?« Ich will gar nicht wissen, wann sie das letzte Mal gegessen hat.

»Nein, ich …« Widerstrebend setzt sie sich auf, einen Arm um ihren Bauch geschlungen. »Ich glaube, ich muss für ein paar Minuten hier raus«, gesteht sie beschämt.

Meine Hand wandert an ihre Wange und ich nicke, bin voll dafür. »Mach das!«

Jeder braucht mal eine Pause.

Eine tiefe Falte bildet sich auf ihrer Stirn, als sie zu Becca sieht.

»Schon okay. Ich bleibe«, versichere ich ihr.

Schließlich steht sie auf, versenkt die Hände in den Taschen und beendet den Kampf mit sich, indem sie Becca durch die Maske auf die Stirn küsst und das Zimmer verlässt.

Energielos lehne ich mich vor und lege eine Hand auf Beccas durchstochene. Ihre Finger sind von der Sepsis bereits gefärbt und ihre Arme voller dunkler Ergüsse. Bei meinen Patienten mache ich einen Punkt daraus, immer mit ihnen zu sprechen, weil wir eben nicht wissen, wie viel Komapatienten hören. Aber was gibt es jetzt zu sagen?! Ich lasse den Kopf hängen und atme ein paar Minuten mit dem Beatmungsgerät mit, bevor mir auffällt, wie der leise Herzton von Mal zu Mal etwas schneller schlägt. Mein Kopf fährt hoch. Wie in Zeitlupe beobachte ich, wie aus den schnellen Schlägen Kammerflimmern wird. Das ekelhafte Fiepen des Monitors ist diesmal kein Fehlalarm.

»Nein! Nein, nein, nein, Becca. Noch nicht.« Automatisch springe ich auf, bringe das Bett in die horizontale Lage und beginne mit der Herzmassage, weil jede Sekunde zählt. So oft habe ich das bereits getan, und doch fühlen sich meine ineinander verschränken Hände nun an wie Blei, während ich versuche, das Herz zu retten, das bereits so viel mitmachen musste.

Die Schwester fällt ins Zimmer, dicht gefolgt von Rob, der den Herzalarm ausruft und anordnet, welche Medikamente verabreicht werden sollen, bevor er den Defibrillator bereit macht. Nicht eine Sekunde nehme ich meine Hände von Beccas Brust, bis Rob mich dazu zwingt.

»River, sieh zu, dass Ms Donovan draußen bleibt!« Schwer atmend entferne ich mich vom Bett, stolpere rückwärts aus dem Weg, als wäre ich ein blutiger Anfänger und dies mein erster Code Blau.

»River!«, wiederholt Rob knapp und sorgt damit dafür, dass ich mich schnell zusammenreiße.

Ich jogge aus der Station, um Liza abzufangen, weil das Bilder sind, die ich ihr unbedingt ersparen will. Aber als Liza mir mit den Resten ihres Sandwiches entgegenkommt, weiß ich sofort, dass sie es weiß. Ihre Knie geben nach und das Sandwich fällt ihr aus der Hand.

TEIL 3

KAPITEL 32

Liza

Das Aufstehen ist am schwersten. Der Augenblick, in dem man sich der Realität stellen muss, die sich trotz jeglicher Hoffnung nicht geändert hat. Becca ist nicht mehr da.

Aber ich bin es doch noch. Und das gibt mir eine gewisse Verantwortung. Und sei es nur aufzustehen, um den Kater zu füttern. Gestern noch schien es mir beinahe unmöglich, jemals wieder aus dem Bett zu kommen. Die Vorstellung, den ersten Tag von all meinen restlichen in einer Welt zu beginnen, an der meine Schwester nicht mehr teilhat, ließ mich die Decke wieder über den Kopf werfen und hoffen, dass Merlot sich sein Trockenfutter von letzter Nacht eventuell rationiert hätte.

Heute stehe ich zwar auf, löffle sein Futter in die Schüssel, frische sein Wasser auf und säubere das Katzenklo, lege mich danach jedoch wieder hin. Die einfachsten Dinge der Welt kosten mich hundert Mal mehr Energie als sonst. Ich spüre, wie sich die Welt weiterdreht, vielleicht sogar schneller als gestern noch. Trotzdem fühlt es sich für mich an, als wäre ich in der Zeitlupe stecken geblieben. Ich weiß, ich muss in ein paar Tagen wieder zur Uni gehen, arbeiten, kochen und den ganzen Kram erledigen, der irgendwie momentan so unendlich weit weg und

315

vor allem sinnlos erscheint. Aber heute noch nicht. Heute bin ich traurig. Und sauer. Und verwirrt und alle anderen Sachen, die sich seit Beccas Koma irgendwie bloß verstärkt haben.

Die Sonne geht schon wieder unter, als es an der Tür klopft. Und klopft und klopft. Und so sehr ich es auch zu ignorieren versuche, so sehr wird mir klar, dass die Person auf der anderen Seite nicht lockerlassen wird. River ist es nicht, das weiß ich. Er benutzt seinen Schlüssel, weil er weiß, dass ich nicht aufstehen kann. *Noch* nicht. Wenn er kommt, legt er sich einfach zu mir, hält mich durch die Stunden, in denen er nicht Schicht hat, und lässt mich ohne große Worte oder lange Erklärungen traurig sein.

Nach dem viertausendsten Klopfen stöhne ich frustriert in mein Kissen und schlurfe zur Tür. Dabei fällt mein Blick auf das Essen auf dem Tisch, das River heute im Laufe des Tages wohl ausgetauscht hat.

Wortlos öffne ich Steph, die mich kurz mustert und dann fest in den Arm nimmt. Zu meiner Überraschung löst das gar keinen neuerlichen Tränenschwall aus. Vielleicht habe ich keine mehr.

»Ist das eine gute Idee, Babe?«, fragt sie besorgt, als sie mich wieder loslässt.

Ich folge ihren Augen zu der Flasche Wodka, die ich demonstrativ auf meine Kücheninsel gestellt habe, als ich aus dem Krankenhaus gekommen bin. Ihr Ton ist deutlich eine Antwort auf ihre eigene Frage. So leicht wäre es, die Flasche zu öffnen, zu leeren und mir danach eine plausible Entschuldigung zu liefern, an der niemand zu rütteln wagen würde. Aber der Gedanke, davon zu trinken, löst einfach nur Ekel in mir aus. Die Vorstellung, Beccas Tod als Ausrede für etwas zu verwenden, was sie hassen würde, bringt mich zum Kotzen. Und doch steht die Flasche noch da.

»Momentan ist es meine beste«, erkläre ich kurz angebunden und tappe wieder in mein Zimmer, müde von nur einem einzigen Satz.

Steph folgt mir und wirft sich gegenüber von mir auf mein Bett. Sie streift eine Haarsträhne hinter mein Ohr und legt ihre Hand auf meine.

»Kann ich irgendetwas machen?«, flüstert sie, woraufhin ich die Augen schließe. Minuten verstreichen, in denen sie auf meine Antwort wartet, die nie kommen wird, weil ich keine habe.

Letztlich fühle ich, wie eine Träne über meinen Nasenrücken rollt und auf der anderen Seite auf die Matratze tropft. »So hätte es nicht passieren dürfen, Steph«, beginne ich kopfschüttelnd. »Die Lunge hätte sie retten sollen, nicht noch mehr Probleme bringen. Eine Dialyse hätten sie retten sollen, nicht schneller töten. Das Koma hätte sie retten sollen, nicht ihre letzten Tage zum Schweigen bringen. Sie hat zwar gesagt, dass sie bereit war, aber das war sie nicht. Sie wurde gedrängt. Sie war nicht bereit.« Überrascht darüber, wie viele Worte aus meinem Mund taumeln, öffne ich die Augen und fixiere Steph flehend.

Auch sie weint lautlos. Ihre Lippen sind zusammengepresst und sie braucht mehrere Ansätze, um zu sprechen. »Ich glaube *ehrlich*, dass sie bereit war, Babe.«

Weinend lasse ich ihre Worte über mich hereinbrechen. Tief in mir weiß ich, dass sie vermutlich recht hat, akzeptieren kann ich es dennoch nicht. »Aber ich war es nicht«, schluchze ich.

Stephs Lippen zittern, während sie ihre Hand fest mit meiner verschränkt. »Sind wir Hinterbliebenen das denn jemals?«

Ich vergrabe mein Gesicht im Kissen, die Gedanken sind für meine Lippen beinahe zu schmerzhaft, um sie rauszubringen. »Warum musste sie genau in dem Moment gehen, als ich nicht da war? Sie wollte nicht alleine sterben, Steph. Ich habe ihr

versprochen, da zu sein, wenn … Und dann musste River …«
Meine Stimme bricht und ich lege die Arme um meine Mitte,
weil ich das Gefühl habe auseinanderzubrechen.

»Sie war nicht alleine, Liza.« Steph drückt ihre Stirn
gegen meinen Kopf. »Wenn ich an eines glaube, dann daran,
dass Becca sich den Zeitpunkt ganz genau ausgesucht hat. Sie
mochte River. Er war kein Fremder. Und sie wusste, dass er
damit umgehen kann.«

Ich heule zwar lauter, aber in irgendeinem Teil meines
Herzens fühlt es sich an, als würde sie ein Pflaster auf eine klaf-
fende Wunde kleben.

Ich weiß nicht, wie lange genau wir danach einfach dalie-
gen, während sich meine Gedanken drehen und doch nichts
dabei rauskommt. Allerdings ist es völlig dunkel, als ich das
nächste Mal spreche. »Ich habe keine Ahnung, wie ich mit meinen Gefühlen umgehen soll, Steph. Wie ich sie je ordnen kann,
je zur Tagesordnung übergehen soll. Mir ist nicht klar, wo ich
anfangen sollte.«

Steph summt leise die Melodie des Liedes von Jenn
Johnson, das Becca mir jedes Mal vorgesungen hat, wenn
andere Worte gefehlt haben. »You're gonna be okay«, singt sie
und wischt die Tränen von meinem Gesicht. »Es ist zwar nicht
ansatzweise dasselbe, aber weißt du noch, als mein Dad den
schlimmen Bandscheibenvorfall hatte und seinen Job verloren
hat? Er kam einen Monat lang nicht aus seinem Zimmer, außer,
um zu essen. Danach hat er mir mal gesagt, was ihm geholfen
hat, war, morgens sein Bett zu machen. Egal, wie simpel die
Aufgabe war, er hatte etwas, das er erfolgreich erledigen konnte.
Selbst wenn der Tag dann trotzdem beschissen war, würde er
wenigstens abends in ein Bett steigen, das *er* gemacht hatte.« Sie
küsst meine Wange. »Einen Schritt nach dem anderen, Babe.
Du wirst da durchkommen und musst das nicht alleine schaffen. Es ist okay, sich ab und zu an die Schulter eines anderen zu

lehnen. Und ich werde immer für dich da sein, Liza. Egal, ob es darum geht, deine Kaution zu bezahlen, deinen Damenbart zu wachsen oder deine Couch auf Zehn-Zentimeter-Absätzen in den fünfzigsten Stock zu wuchten.«

Ich lache unfreiwillig, befremdet von dem heiseren Geräusch, das meinem sonst so lauten Lachen nicht im Geringsten ähnelt. Aber es ist echt. Das gefällt mir. Ich umarme Steph und hauche ein leises »Danke« in ihren Pullover.

»Immer, Liza. Und jetzt mache ich uns heiße Schokolade mit Marshmallows und dann sehen wir uns alle sechs Staffeln von der ›Nanny‹ an, weil diese beiden Dinge einfach alles ein bisschen leichter machen.«

KAPITEL 33

River

Seit einer Woche bin ich der Frührehabilitation der Unfallchirurgie zugeteilt. Heute soll ich assistieren, wenn eine junge
Patientin nach einem Motorradunfall vom Beatmungsgerät
genommen wird. Ich habe ihre Röntgenaufnahmen nach dem
Unfall im Gedächtnis. Die Knochen sahen aus wie lauter ver-
rutschte Puzzleteile. Ihr Fall erschien so gut wie hoffnungslos.
Ihre Lunge war kollabiert, ihre Milz gerissen. Sie hatte eine
kleine Hirnblutung, beide Nieren waren verletzt und schon
im Krankenwagen hatte sie ihren ersten Herzstillstand erlitten.
Auch jetzt nach Wochen im Koma und auf der Intensivstation
ist noch nicht raus, ob sie je wieder laufen kann. Trotzdem
strahlt sie jedes Mal, sofern es der Schlauch in ihrem Mund
erlaubt, sobald wir ihr Zimmer betreten. Ihre positive Art
erinnert mich an Becca. Doch sie ist es nicht. Ihr Name ist
Devin und sie hat ihren persönlichen Kampf bestritten.

»Heute ist dein großer Tag, Devin. Gleich gibt's nur noch
die nette Sauerstoffbrille anstatt der Darth-Vader-Maske«,
scherze ich, weil ich mir sicher bin, dass sie darüber lachen
würde, sofern sie könnte.

Jetzt lächelt sie eben breit und streckt mir ihre Faust entgegen.

»Okay, Devin. Wenn ich den Schlauch rausziehe, möchte ich, dass du fest ausatmest, in Ordnung?«

Devin wirkt nervös, die Stirn voller Falten, als sie mich ansieht. Ich weiß nicht, warum, aber niemand von ihrer Familie ist hier. Ich bin sicher, dass wir bei Becca in der gleichen Situation Leute aus dem Zimmer hätten werfen müssen, weil es zu eng geworden wäre. Devin ist alleine und das macht irgendetwas mit mir. Ich greife nach ihrer Hand, die offen auf dem Bett liegt, und drücke sie.

»Es ist kurz unangenehm, tut aber nicht weh. Versprochen. Du hast deinen Prognosen den Mittelfinger gezeigt. Das hier wird ein Kinderspiel für dich«, versichere ich ihr flüsternd, damit ich für die Wortwahl keinen auf den Deckel bekomme.

Ich ernte dafür ein amüsiertes Nicken.

Die Pflegerin und ich lockern die Maske, sie wartet mit dem elektrischen Absauger. Rasch ziehe ich den Schlauch aus Devins Lunge.

Dabei hält sie sich an meinem Shirt fest und würgt, aber das ist okay.

»Gut gemacht, Devin. Wunderbar! Annie saugt jetzt gerade alles weg, was da nicht hingehört, und dann wollen wir mal deine Stimme hören.«

Sie presst sich eine Hand an die Brust und hustet.

»Hallo, Devin!«

»Hallo«, krächzt sie und schafft es dabei trotzdem, melodisch und freundlich zu klingen.

»Hi«, grüßen alle Schwestern und Ärzte im Zimmer freundlich zurück und freuen sich aufrichtig mit diesem Mädchen, dem eine zweite Chance aufs Leben geboten werden konnte.

Es ist ein bisschen überwältigend. Ich schließe kurz die Augen, als ich mich daran erinnere, wie hilflos man sich als Arzt in der einen Situation fühlen kann und wie großartig in der nächsten. Es wird immer jene geben, die wir leider nicht retten können, aber für denjenigen, den wir retten können, bedeutet unser Job die Welt.

»River!«, ruft ein Pfleger von der Tür. »Hoher Besuch für dich.« Er hebt eine Augenbraue und deutet über seine Schulter. »Deine Schwester ist hier.«

Ich erstarre für einen Augenblick. Ich hätte mir denken können, dass sie früher oder später auch mal in diesem Krankenhaus operieren würde. Sie ist zwar noch nicht weltweit bekannt wie mein Dad, aber an der Ostküste kennt sie jeder Arzt. Ich bedanke mich beim Krankenpfleger, beeile mich allerdings auch nicht, weil Devin meine ungeteilte Aufmerksamkeit in ihrem großen Moment verdient. Vor allem, weil sie meinen Tag heilsam gemacht hat, ohne es zu wissen.

»Was machst du hier?«, frage ich Willow, als ich letztlich aus dem Raum trotte.

Sie wirbelt herum und sieht mir grübelnd zu, wie ich mir die Hände desinfiziere. »Ich habe vom Tod von Rebecca Donovan gehört. Heute ist ihr Begräbnis, ist das richtig?«

Jetzt bin ich extrem überrascht. Ich verschränke die Arme vor der Brust und mustere sie. »Und du wolltest mir schnell einen Anzug vorbeibringen?«

Sie blinzelt ein paar Mal und senkt daraufhin den Kopf. »Ja, ich schätze, das habe ich verdient.«

Irgendwie sieht sie scheiße aus und es tut mir fast leid, dass ich sie gleich blöd angemacht habe.

»Hast du mal 'ne Pause?«

Ich sehe auf die Uhr, die mentale Liste an Aufgaben vor meinen Augen, die ich vor Schichtende noch erledigen muss, und diesmal muss ich pünktlich gehen. Aber während Willow normalerweise immer cool und selbstbewusst auftritt, wirkt sie gerade beinahe dünnhäutig und bedrückt. »Ich denke, ich kann in etwa einer halben Stunde mal kurz weg. Für die Cafeteria wird es nicht reichen, aber ich kann dich auf einen Automatenkaffee einladen.«

»Mein Lieblingskaffee«, witzelt sie, und ich grinse.

»Ich habe gehört, du machst dich sehr gut auf dieser Station«, beginnt sie später, als ich ihr den Becher in die Hand drücke und mich zu ihr in den Bereitschaftsraum setze.

»Ja? Freut mich zu hören, aber ich bin erst seit einer Woche hier, also …«

Willow rührt mit ihrem Holzstäbchen unablässig im schwarzen Kaffee. »Ist es immer noch das, worauf du dich spezialisieren möchtest?«

»Jetzt mehr denn je.«

»Ich kann mir dich gut in diesem Bereich vorstellen«, beginnt Willow und lehnt sich nach vorne. »Auch wenn wir beide wissen, dass ich dich lieber woanders gesehen hätte. Du bist engagiert, furchtlos, stark und gelassen. Ich hoffe bloß, dass du eine nie endende Geduld und Leidenschaft für dieses Feld entwickelst, weil ich denke, dass man sonst sehr leicht erschlagen wird von all dem Horror, den man hier erlebt.«

Die Unfallchirurgie ist voller unberechenbarer Situationen, die einen zwingen, über den Tellerrand zu schauen. Etwas, was ich mit Sicherheit durch die Praxis schon mitgenommen habe, aber auch von Liza gelernt habe. Sie hat mir beigebracht, wie sehr es sich lohnt, tiefer zu sehen, zu suchen, bis man gefunden hat, was unter der Oberfläche steckt. Durch sie und Becca durfte ich lernen, was vier Jahre Medizinstudium einem nicht beibringen können, weil alles theoretisch und hektisch ist – nämlich, den Menschen hinter dem Patienten wahrzunehmen. Und das ist hier so wichtig. Sich um das physische Trauma zu kümmern, dabei aber die emotionalen Wunden nicht zu übersehen.

»In dem Zusammenhang wollte ich dich fragen, wie es dir geht. Liza und ihre Schwester waren dir so wichtig.«

Etwas überrascht lege ich den Kopf schief.

»Nur weil wir nicht oft reden, heißt das nicht, dass ich nicht zuhöre, *wenn* wir es tun. Liza hat Rebecca via Skype an deiner Graduierung teilhaben lassen. Wenn das nicht Bände spricht.«

Sie lächelt und ich lasse mich anstecken.

Ich stelle einen Fuß auf den Stuhl, lege den Arm auf mein Knie. »Als ich letzte Woche versucht habe, Becca wiederzubeleben, kam ich mir vor, als würde ich um meine eigene Schwester kämpfen«, spreche ich zum ersten Mal laut aus, worüber ich seither nachdenke. »Nachdem alles vorbei war, warf mich das ehrlich gesagt kurzzeitig in ein schwarzes Loch. Nicht, weil ich nicht alles gegeben hätte, sondern *weil* ich alles gegeben habe und es trotzdem nicht zu dem Resultat geführt hat, das ich gerne erzielt hätte. In dem Augenblick wurde mir klar, dass ich diesem Anspruch gerne bei jedem einzelnen Patienten in meinem Leben gerecht werden möchte. Ich will um sein Leben kämpfen, als ginge es um das meines eigenen Bruders, meiner eigenen Schwester. Denn selbst wenn der Patient es dann nicht schaffen sollte – die Familie wird sich für immer daran erinnern, wie viel oder wenig wir getan haben.« Wer hätte gedacht, dass ich diese intimen Gedanken ausgerechnet mit Willow teilen würde, und vor allem, dass sie mich nicht ansehen würde, als wäre ich bemitleidenswert, sondern mit Verständnis und Nachdenklichkeit.

Sie nickt. »River, ich weiß, wir haben nicht das engste Verhältnis und das ist größtenteils meine Schuld. Ich habe wohl mehr von Dads egozentrischen Ohne-Rücksicht-auf-Verluste-Genen

324

mitbekommen als du, doch irgendwann …« Sie schürzt die Lippen und starrt auf den Tisch. »Irgendwann – spätestens, wenn man nach einer zehnjährigen Beziehung verlassen wird, weil man beruflich in die Höhe schießt, aber privat talwärts fährt – stellt man diese Gene eben infrage.« Sie verlagert genervt das Gewicht auf dem Stuhl, als würde sie die Offenbarung verflucht viel kosten.

»Mitchell hat dich verlassen? Dann ist er ein Idiot.«

Sie lächelt unglücklich und zuckt mit der Schulter. »Nein. Die Idiotin bin ich. Und noch idiotischer wäre ich, würde ich nicht daraus lernen. Also …« Sie nippt an ihrem Kaffee und verzieht nur leicht das Gesicht. »… würde ich mich freuen, wenn du … wenn wir …«

»Ja, klar, ich lass mich bald gern auf einen richtigen Kaffee von dir einladen, Willow«, beende ich ihre Frage mit einem Zwinkern. Ihr Lächeln wird immer ehrlicher, als sie nickt und aufsteht.

»Okay, ich freue mich darauf, großer kleiner Bruder.«

Ich benutze meinen Ersatzschlüssel, um mich in Lizas Wohnung zu lassen, weil das seit letzter Woche irgendwie ein stilles Abkommen zwischen uns ist. Als ich sie jetzt weder im Wohnzimmer noch in ihrem eigenen Zimmer finde, probiere ich es bei Becca. Leise klopfend öffne ich die Tür.

Liza sitzt auf dem Boden, gegen das Bett ihrer Schwester gelehnt, die Beine überkreuzt. Sie trägt das dunkelgrüne, mittellange Kleid, mit dem sie mich im vergangenen Jahr auf der Gala verzaubert hat, und schaut aus dem Fenster, während sie Merlot streichelt.

»Das ist ein Bild, das ich so schnell nicht erwartet hätte«, taste ich mich an die Situation heran.

Liza sieht mich an, ihre Augen klar geschwollen vom Weinen, und doch raubt mir ihr ehrliches und breites Lächeln wie jedes Mal kurz den Atem.

»Glaub mir, wir beide auch nicht«, gibt sie zurück und nickt zum Kater. Ich lockere meine Krawatte und setze mich neben sie. Nach ein paar Sekunden rollt ihr Kopf auf meinen Oberarm und sie holt Luft.

»Vier Stunden lag Mom heute dort auf ihrem Bett. Sie hat während der gesamten Zeit keinen Ton von sich gegeben, hat sich einfach die Decke auf die Nase gepresst und geweint. Ich wollte mich zu ihr legen. Sie trösten oder irgendetwas eben. Aber sie wollte alleine sein. Sie hat gesagt, dass sie sich nie verzeihen wird, dass niemand von uns bei ihrem letzten Atemzug dabei war, wenn jeder davon seit ihrem allerersten so kostbar war.«

Ich beiße mir auf die Wange.

»Ich hoffe, das hört irgendwann auf … Dieses Gefühl, nicht nur meine Schwester verloren zu haben, sondern meine ganze Familie.«

Ich seufze. Ich könnte jetzt den üblichen lausigen Trost spenden und »Die Zeit heilt alle Wunden« sagen oder so etwas in der Art, aber ich will nicht. Als Arzt lernt man, auch mit diesen Situationen umzugehen, wenn man den Angehörigen eines Patienten mitteilen muss, dass er es nicht geschafft hat oder wahrscheinlich nicht schaffen wird. Man baut sich eine kognitive Liste an möglichen Sätzen auf, die man in diesen Momenten formulieren kann, aber das funktioniert jetzt nicht. Funktionierte schon im Krankenhaus nicht. Nicht bei Liza. Nicht, wenn es um Becca geht. Also werfe ich den Kopf zurück und bin ehrlich. »Ich weiß nicht, was ich sagen soll.«

»Das ist okay«, flüstert sie nach einigen Sekunden. »Ich weiß nämlich auch nicht, was ich sagen soll. Nicht, was ich tun soll. Oder darf. Oder was von mir erwartet wird. Alle rechnen mit einer Rede von mir, weil … na ja, natürlich sollte ich reden, nicht wahr?« Sie zuckt mit den Schultern. »Aber ich weiß einfach nicht, was ich sagen soll, River. Ich habe nichts.«

Ich spüre, wie meine Anzugjacke feucht von ihren Tränen geworden ist. »Vielleicht ist *nichts* dann in diesem Fall genau das Richtige. Vielleicht ist es an der Zeit, dass du tust, was für dich das Richtige ist. Auch wenn es nicht das ist, was jemand anderes will. Ich weiß, dass Becca das auf jeden Fall für dich gewollt hätte.« Ein paar weitere Minuten in Stille verstreichen, bevor Liza den Kopf dreht und die nasse Stelle an meiner Schulter küsst, wie um sich zu bedanken. Langsam steht sie auf, ihr Gesicht ungeschminkt, etwas verheult und wunderschön, und nickt.

»Bist du bereit?«, frage ich, als ich mich ebenfalls aufrichte.

»Nein, aber ich beginne zu verstehen, dass das okay ist.« Sie verzieht das Gesicht. »Gott, ich will einen Drink«, gesteht sie flüsternd. Ich führe ihre zitternde Hand an meinen Mund und lege meine Lippen auf ihre Finger.

»Glaube ich dir. Aber du brauchst keinen, Liza«, versichere ich ihr. »Wenn du reden willst, rede. Wenn nicht, dann lass es. Wenn du weinen willst, dann mach das. Wenn du das Bedürfnis hast zu schreien, verspreche ich, dich rauszutragen. Wie immer.«

Ich zwinkere, woraufhin sie schluckt und der Hauch eines Lächelns auf ihrem Gesicht erscheint. Sanft schlingt sie die Arme um meine Taille und hält sich an mir fest.

»Und fürs Protokoll, Bubby. Du warst bei ihrem letzten eigenen Atemzug dabei.«

Ein Schluchzer fährt durch ihren Körper und erschüttert meinen wie ein Nachbeben. Das ist der Augenblick, in dem eine meiner Tränen auf ihren Haaransatz tropft. Den Rest wische ich schnell trocken, bevor Liza ihre Hände auf meine Wangen legt und die feuchten Stellen meines Gesichts küsst, ehe ihre Lippen zärtlich meine berühren.

»Ich liebe dich so sehr, River«, murmelt sie, als meine Arme automatisch um ihre Taille wandern und ich sie näher an mich ziehe.

»Und ich liebe dich, Bubby«, gebe ich zurück und küsse sie. Vor gut einem Jahr hatte ich noch keine Ahnung, dass ich auf der Suche nach etwas war. Dass mir etwas Großartiges gefehlt hatte. Ich bin so dankbar, dass ich es trotzdem gefunden habe.

KAPITEL 34

Liza

Es ist Heiligabend. Morgen ist Weihnachten. Keine Dekoration dieses Jahr. Kein Pyjama. Keine Familie. Wie es aussieht, werde ich weder Mom noch Dad treffen. Nicht zusammen und nicht einzeln. Vielleicht sind sie noch enttäuscht von mir, weil ich ihnen in letzter Minute erklärt habe, dass ich bei Beccas Beerdigung nicht sprechen würde. Vielleicht gehen beide davon aus, der andere hätte gefragt. Vielleicht schaffen sie es auch einfach nicht, und ich will mich nicht aufzwingen. Jetzt sind es eben Merlot und ich, die zusammen auf der Couch sitzen und aus dem Fenster glotzen. Für mich ist es bereits ein Erfolg, dass ich auf der Couch sitze und nicht in meinem Bett.

Der Kater und ich haben seit Beccas Tod so etwas wie ein Friedensabkommen geschlossen, vielleicht sogar etwas früher. Wir ertragen einander jetzt. In besonders schwierigen Nächten liegt er auf dem Fußende meines Bettes und leistet mir beim Unglücklichsein Gesellschaft. Wer weiß, vielleicht werden wir am Ende sogar noch Freunde.

»Es war ihr Lieblingsfest, Merlot.«

Der Kater maunzt.

»Weißt du, was mir immer am besten gefallen hat? Den Baum zu schmücken. Weil es ganz egal war, ob es ein einzelner Zweig in ihrem Krankenhauszimmer oder der üppige Baum in Moms und Dads Wohnzimmer war – beim Schmücken fühlte es sich jedes Mal so an, als könne uns keine Sorge der Welt berühren. Zumindest nicht in diesen Minuten. Naiv, nicht wahr?«

Merlot maunzt ein weiteres Mal und legt seinen Kopf ab, als fände er nicht besonders interessant, was ich da quassele. Oder weil er mir zustimmt. Ich *bin* naiv. Aber das ist okay. Das ist nicht alles, was ich bin. Ich habe mich auch stets als leidenschaftlich beschrieben. Doch was ist meine Leidenschaft? Wofür brenne ich? Wofür kann ich mich und andere begeistern?

Ich schließe die Augen und werfe den Kopf zurück aufs Rückenkissen. »Gott, ich wünschte, ich könnte mit dir darüber sprechen, Becca«, murmle ich, während ich die Arme über dem Gesicht verschränke. Jetzt würde es guttun, mir eine Flasche aus dem Kühlschrank zu holen und alle dunklen Gefühle zu betäuben. Aber das wird das eigentliche Problem nie lösen. Und mittlerweile glaube ich, dass ich stark genug bin, wieder aufzustehen und nicht liegen zu bleiben.

Also stehe ich auch jetzt auf, marschiere in mein Zimmer und starre auf das Bett. Anstatt seiner stillen Einladung zu folgen, mich hineinzulegen und diesen Tag aus meinem Gedächtnis zu streichen, hole ich tief Luft und schüttele es auf. Danach trete ich einen Schritt zurück und fühle ein kleines Grinsen auf meinen Lippen. »Selbst wenn der Tag beschissen ist, kann ich abends in ein Bett steigen, das *ich* gemacht habe«, wiederhole ich Stephs Worte.

Als Nächstes grabe ich ein Notizbuch aus den Tiefen meines Schreibtisches und setze mich an den Küchentisch. Keine Ahnung, wie lange ich den daliegenden Stift einfach anglotze, als wüsste ich nicht, wie man ihn verwendet. Irgendwann nehme ich ihn allerdings doch in die Hand und höre zum ersten Mal seit Langem tatsächlich mal meinen Gedanken zu.

Liebste Becca,
gestern an der Uni hat mich jemand gefragt, ob das Wissen um deinen Tod ihn leichter machen würde. Ich weiß, die Person meinte es nicht böse, trotzdem … Wer stellt so eine bescheuerte Frage? Dann kam ich nach Hause und habe darüber nachgedacht. Und auch wenn ich nicht wollte, musste ich letztlich zugeben, dass ich die Frage im Grunde nachvollziehen kann. Denn irgendwie würde es ja Sinn machen, oder? Weil du dein Leben weit bewusster gelebt hast als viele andere es jemals könnten. Und ich werde dich immer dafür bewundern, dass du dich nicht einfach zusammengerollt hast und dich von der Angst vor dem Ungewissen hast dominieren lassen. Das heißt aber nicht, dass es mir leichter fällt, mich damit abzufinden, dass ich dieses und alle anderen Feste ohne dich feiern muss.

Allerdings habe ich eine Sache gelernt: In die Zukunft sehen zu können würde auch nicht dabei helfen, das Beste aus der Gegenwart zu machen. Und es tut so verdammt weh, dass ich es irgendwie erst durch deinen Tod zu lernen beginne. Inzwischen begreife ich langsam, dass ich das oft nicht getan habe, zu beschäftigt damit war, in der Vergangenheit oder der Zukunft zu leben, und damit bereits mehr als einen Moment dieses Lebens, das du so sehr geliebt hast, verpasst habe. Ich will anerkennen, dass es okay ist, in die Knie zu gehen und zerbrochen über deinen Tod zu sein, und danach will ich die kaputten Teile reparieren. Ich will lernen, dass es möglich ist, Schmerz zu fühlen und trotzdem wertzuschätzen, was ich habe. Ich bin noch nicht am Ziel. Ganz sicher nicht. Aber ich habe auch verstanden, dass ich das noch gar nicht sein muss. Ich bin ein Meisterwerk … in Bearbeitung.

River: Schichtende. Dieses Jahr kein Mistelzweig. Aber Zipfelmützen. Ich bringe dir eine mit.

Lächelnd schlürfe ich meinen zweiten Caramel Cloud Macchiato, den ich mir heute selbst spendiert habe. In mein Notizbuch habe ich schon fleißig geschrieben und verbringe seither einfach Zeit mit mir alleine. Die anderen Besucher hier im Café bemitleiden mich vermutlich schon, weil ich an Weihnachten hier sitze und in die Luft starre. Aber die wissen auch nicht, dass das die wichtigste Zeit ist, die ich mir seit gefühlt vierundzwanzig Jahren selbst schenke. Nichts Bestimmtes sein zu müssen. Nichts beweisen zu müssen. Keine Entschuldigungen für meine Gedanken zu finden, sondern einfach ich zu sein.

Liza: Gut zum Mistelzweig. Umso besser zur Zipfelmütze!

Ich beobachte, wie sich die drei kleinen Punkte auf dem Display abwechseln.

River: Kannst du mich an der Ecke 140ste und Zehnte treffen? Ich brauche deine Expertise.

Ich hebe amüsiert eine Augenbraue, frage mich, was mich wohl erwartet. Eilig tausche ich meine Kaffeetasse mit einem To-go-Becher und mache mich auf den Weg durch die Stadt. Als ich River sehe, wird mir sofort klar, worum es geht.

Mit einem jungenhaften Schmunzeln wartet er vor einem Weihnachtsbaumverkauf auf mich und zieht mich direkt an sich, als ich nah genug bin.

Ich küsse seine Lippen und liebe es, wie geborgen ich mich automatisch fühle, als er einen Arm um mich legt und mich durch die Bäume führt.

»Danke, dass du gekommen bist. Ich konnte mich nicht entscheiden, welcher der Hässlichste ist.« Er stellt sich zwischen die beiden, die es in die engste Auswahl geschafft haben, und ich lache herzhaft. Er hat es sich gemerkt …

»Eindeutig dieser hier«, antworte ich und berühre einen der vier Zweige, die den kahlen Stamm aussehen lassen, als hätte ihn jemand schlecht rasiert. »Darf man für den überhaupt Geld verlangen? An den passen doch höchstens drei Kugeln.«

Er grinst. »Dafür gibt's die gratis dazu.«

Ich glaube, in diesem Augenblick liebe ich diesen Mann mehr denn je zuvor. Ich schlinge meine Arme um ihn und küsse ihn, bis mir schwindelig ist. »Danke für das hier, River.«

»Wenn Küsse wie der dabei rausspringen, dann werde ich nächstes Jahr ganz New York abklappern, um den hässlichsten Baum zu finden, den die Welt je gesehen hat.«

Wir tragen den … Stamm … nach Hause. River lacht sich krumm, während ich sogar vier Weihnachtskugeln an die Zweige hänge und die restlichen Kugeln mit den Haken einfach im Holz befestige. Wir bestellen uns Pizza und hören Michael Bublé. Abends kommt Steph vorbei und sieht sich mit uns »König der Löwen« an, und genau hier, zwischen der Liebe meines Lebens und meiner treuesten Freundin, fühle ich, dass Weihnachten vielleicht nicht mehr so sein kann wie früher, dass ich es aber trotzdem feiern kann. Ich werde meine Schwester immer mit kleinen und großen Traditionen bei mir tragen und gleichzeitig etwas Neues erschaffen.

EPILOG

Liza

Mit einer Hand halte ich mich am Waschbecken fest, während die andere zu verhindern versucht, dass mein Frühstück den Rückwärtsgang nimmt. Das Herz sitzt mir im Hals. Natürlich weiß ich, wie man Reden hält, ich habe es studiert, um Gottes willen. Und meine erste ist es auch nicht. Doch noch nie war eine so bedeutsam wie die bevorstehende. Nie mit so vielen Gefühlen behaftet. Und außerdem saßen meine Eltern noch nie in der ersten Reihe.

»Becca«, flüstere ich in den Spiegel. »Ich habe dir mal gesagt, ich würde mich eines Tages beim Weg auf die Bühne übergeben. Heute könnte der Tag sein.«

»Mhm«, murmelt eine tiefe, sexy Stimme hinter mir. »Ich steh drauf, wenn du schmutzige Sachen sagst.«

Erleichtert seufzend lasse ich meinen Hinterkopf gegen seine Brust kippen.

»Dachte mir schon, dass ich dich hier finde.« Rivers Hände wandern um meinen Bauch, legen sich wie eine warme Decke über meine eiskalten Finger. »Wie lange versteckst du dich schon hier drinnen?«

»Seit ich gekommen bin?!«, gebe ich kleinlaut zu. »Es geht gleich los, richtig?«

Anstatt zu antworten, beginnt River meine unbedeckte Schulter zu küssen. »Ich mag dein Kleid. Kommt mir bekannt vor«, schnurrt er gegen meine Haut, und meine Lider fallen zu.

»Ja, ich dachte mir schon, dass du dich erinnern würdest, Superdoc. Es ist mein Cinderella-Kleid. Extra für dich.«

»Gefällt mir. Und du riechst wie immer unglaublich.«

Ich halte den Atem an, als seine schwerelosen Küsse über meinen Hals zu meinem Ohrläppchen wandern, bis ich mich letztlich umdrehe und seine Lippen mit meinen versiegle. Meine Arme wandern um seinen Nacken, während er mich näher heranzieht. Und ich versuche, es ihm gleichzutun, weil ich River nach wie vor nie nahe genug sein kann. Ich necke ihn mit meiner Zunge und er saugt sie ein, küsst mich mit derselben Intensität, die mich oft meinen eigenen Namen vergessen lässt. Er löst seine Lippen von meinen und streift sie entlang meines Unterkiefers zurück zur sensiblen Haut unter meinem Ohr, sodass sich meine feinsten Härchen aufstellen und ich mich fester an ihn klammere. Er erwidert die Umarmung, hält mich, während meine Knie sich Mühe geben, sich an ihren Job zu erinnern. Das ist eines der Dinge, die ich so an uns liebe. Dass ich mich bei River immer sowohl begehrt als auch beschützt fühle. Ich kann vor Leidenschaft brennen und mich gleichzeitig so fühlen, als würde er einen undurchdringlichen Umhang über mich stülpen, wo mir niemand und nichts etwas anhaben kann.

Beccas Tod ist nur drei Monate her und ich bin weit davon entfernt zu behaupten, meine Probleme hätten sich in Luft aufgelöst. Aber ich versuche weiter, meine Gefühle, meine Gedanken zu erkunden, zum ersten Mal, ohne gleich wieder davor flüchten zu wollen, wenn es zu dunkel wird. Ich arbeite mich durch die guten und die schlechten Momente und erkenne natürlich die Rückschritte, lasse mir von ihnen aber nicht die

Freude an den Fortschritten nehmen. Und ich lerne mich selbst kennen. Beschäftige mich mit dem, was ich mag, wie buntem Nagellack, und dem, was ich nicht mag, wie überfüllte Orte, wo ich keinen Platz habe, um meine eigenen Gedanken zu hören. Vor allem beschäftige ich mich auch mit den Dingen, die ich an mir selbst mag oder auch nicht. Ich übernehme nicht mehr einfach, was andere denken. Und es geht mir immer besser mit dem Gedanken, dass ich mich dabei nicht hetzen muss, weil ich nicht schon wieder an der falschen Station aussteigen will.

River unterstützt mich und vermittelt mir gleichzeitig, dass ich jetzt noch nicht alles zu wissen brauche. Noch nicht alle Antworten haben muss. Becca hat mir beigebracht, mein Leben mit Absicht zu leben. River hilft mir dabei, es nicht mit der Erwartung sofortiger Ergebnisse zu tun, weil ich mir damit nicht nur den Raum zum Atmen, sondern vor allem zum Wachsen raube.

»Schreien ist heute keine Option, habe ich recht?«, nuschle ich kaum verständlich in seine Halsbeuge.

Er lacht und gibt ein wackeliges Geräusch von sich. »Ich werde trotzdem bereit sein. Nur für den Fall.«

»Rebecca war neun Jahre alt, als sie zum ersten Mal von einer ›Feier des Lebens‹ gehört hat, und war extrem begeistert von der Idee. Sie begann zu planen, erklärte uns bis ins kleinste Detail, wie sie sich das vorstellte, was wer zu machen hätte, was es zum Essen geben sollte. Ein Wunder, dass sie nicht schon die Gästeliste schrieb! Sie konnte dem Gedanken einfach mehr abgewinnen, ihr Leben zu feiern, als es zu beweinen. Ich bekam den Auftrag, eine Rede zu halten, und da ihr alle Becca kanntet, wisst ihr, dass sie tausend Wege fand zu fragen, bis schließlich das gemacht wurde, was sie wollte.«

Ich salutiere amüsiert, auch wenn mir das Lächeln kurz vergeht, als ich registriere, wie meine Eltern beide auf ihren Schoß starren, statt auf mich. Ich atme tief durch und konzentriere mich lieber auf River.

»Ursprünglich hatte ich vor, heute von dem zu sprechen, was meine Schwester mir beigebracht hat, nämlich, wie man mit und trotz einer tödlichen Krankheit ein inspirierendes Leben führen kann. Wie man vielleicht sogar dazu gezwungen wird, weil die Welt Menschen braucht, die zeigen, dass man selbst mit Schwierigkeiten aufblühen und sie verändern kann. Wie Becca jeden von uns dazu ermutigen wollte, das auch zu tun. Und ohne selbstgefällig klingen zu wollen ... was ich vorbereitet hatte, war eine ziemlich gute Rede. Zumindest, wenn man bedenkt, dass ich erst acht Jahre alt war, als ich sie schrieb ...«

Ein paar Leute kichern. River zwinkert mir zu.

»Aber als es letztes Jahr so schlecht um Rebecca stand, fiel ich in ein Loch aus Selbsthass, Selbstzweifel, Selbstkritik. Und wie all diese Wörter schon andeuten, sah ich zum ersten Mal so richtig auf mich. *Meinen* Schmerz. *Meine* Wut. *Meinen* Kummer. Plötzlich konnte ich nur noch das sehen. Sonst nichts. Und ich war so beschämt, dass ich es als gesunder Mensch nicht schaffte, langfristig und dauerhaft glücklich und dankbar durch mein beschenktes Leben zu gehen. Aber wisst ihr, was ich lernen durfte? Beccas Ziel war nie, mir zu vermitteln, dass ich *immer* glücklich sein muss, ungeachtet jeglicher Umstände. Ihr Ziel war es, mir beizubringen, dass wir ein Leben in Fülle haben. Ob es nun das Leben ist, das ich wollte, oder nicht. Ob ich es mir so vorgestellt hatte oder nicht. Denn nur, weil dieses Leben oft hart ist, heißt es nicht, dass es das nicht wert ist.«

»Amen!«, ruft Steph, als wären wir in der Kirche, und hält sich mit einem »Schh!« den Zeigefinger vor den Mund, als sich eine Menge Köpfe in ihre Richtung drehen.

Grinsend ertappe ich mich dabei, wie sich meine Schultern endlich entspannen. *Danke, Steph!*

»Es ist gut, nicht so zu tun, als wären wir glücklich, wenn wir eigentlich etwas anderes fühlen. Es ist okay, nicht ständig unbeschwert sein zu können. Das ist Teil unseres Lebens. Aber wir müssen verstehen, dass wir den Blick auch wieder heben dürfen. Dass wir uns von Trauer oder Wut oder Schmerz nicht anketten lassen und nicht vergessen, dass das noch nicht alles war. Unsere Welt dreht sich so schnell. Blickt nicht jeder zurück und fragt sich, wo die Zeit geblieben ist? Dennoch halten wir so fest an unseren Plänen für später, an unserem zukünftigen Glück, davon überzeugt, dass es doch irgendwann kommen muss, anstatt genau *jetzt* unser Bestes zu geben. Denn biologisch gesehen werden wir nie mehr Zeit haben als heute.«

Ich lasse Beccas Gästen einen Moment, das zu verarbeiten, was ich hier von mir gebe, und sehe stattdessen auf das Bild von ihr, das neben dem Pult aufgestellt ist. Sie grinst von einem Ohr zum anderen, die Sauerstoffbrille sitzt, weil die ebenso zu ihr gehörte wie eine optische Brille bei jemand anderem.

»Wenn du also heute hier bist und traurig bist, weil einer der besten Menschen, den die Welt kannte, gestorben ist, dann nimm dir das Recht. Ich bin es auch und ich bezweifle, dass das je ganz aufhören wird. Aber lasst uns auch nicht aufhören, uns nach dem heutigen Fest an ihrem Leben zu freuen, an *unserem* Leben. Lasst uns nicht gegen den Schmerz oder gegen Probleme kämpfen, denen wir begegnen, denn *den* Kampf können wir am Ende nur verlieren. Erlauben wir uns, ihn zu fühlen, und dann machen wir etwas daraus. Ergreifen wir die Chance, daran zu wachsen. Lasst uns unsere Zeit nicht damit verschwenden, die unangenehmen Seiten unseres Lebens wegzuschieben, denn die werden unaufhörlich erneut auftauchen. Fühlen wir sie und leben *trotzdem*. Denn wenn wir gelebt haben, haben wir gewonnen.«

Ich höre zustimmendes Murmeln aus den Bänken und auch ein paar schniefende Geräusche, und schließe für den letzten Teil meiner Rede die Augen, weil ich im Grunde nur zu einer spreche.

»Und, Becca, du hast dir ein Versprechen von mir gewünscht. Doch damals war ich noch nicht so weit. Heute bin ich es. Ich verspreche dir, mein Leben bewusst und mit Absicht zu leben. Nicht zu vergessen, dass ich meine Gegenwart in den Händen halte und dass das Leben trotzdem weitergeht, egal, welches Hindernis mir begegnen wird.«

Es wird applaudiert, als ich die Bühne verlasse, mich neben den Mann setze, der mir wieder einmal allein durch seine Gegenwart die Kraft gegeben hat, meine eigenen Worte zu finden, und verwebe meine Finger mit seinen, nachdem er meine Hand nimmt und küsst. Doch es ist eine andere Hand, die meine zweite nimmt und diese ganz festhält.

»Ich bin stolz auf dich, Elizabeth«, flüstert Mom an meiner Seite, und ich werde ganz still, aus Angst, etwas von dem zu verpassen, was sie da gerade sagt. »Das sind wir beide, und es tut mir leid, dass ich dir viel zu selten gezeigt habe, wie froh ich bin, dass es dich gibt.«

Als ich das Gefühl habe, wieder durch den Kloß in meinem Hals sprechen zu können, lege ich meine Stirn sanft auf ihre Schulter. »Danke, Ma, das bedeutet mir alles.«

Nachdem noch ein paar andere Leute einen Beitrag über Becca abgeliefert haben, ist es Steph, die auf die Bühne geht. »Wir würden gerne von all euren Erlebnissen mit Becca hören oder zumindest lesen. Deswegen haben wir hier Blankokärtchen für euch vorbereitet, damit ihr beim Essen später eines dieser Erlebnisse mit uns teilen könnt. Bevor ihr geht, könnt ihr sie draußen in eines der Körbchen werfen. Außerdem hängen an jedem Kärtchen Gläschen mit Seifenblasen, die wir zur Erinnerung an Becca draußen gemeinsam schweben lassen wollen. Also folgt uns nach draußen und lasst sie leerpusten.«

Es ist Rivers Rezept, und wir lassen Riesenseifenblasen ebenso wie ganz kleine fliegen. In der Sonne erstrahlen sie in allen Farben. Hier und da hört man amüsierte Quietscher, wenn sie dann doch mal platzen, weil es eben das ist, was Seifenblasen tun. Sie platzen unter ihrem Gewicht. Aber das wird uns nicht davon abhalten, sie immer wieder fliegen zu lassen.

Denn ich weiß wohl, was ich für Gedanken über euch habe, spricht Gott: Gedanken des Friedens und nicht des Leidens. Ich werde euch Zukunft schenken und Hoffnung geben.

Jeremia 29, 11

Danksagung

Die Geschichte von Liza und River zu schreiben war leicht. Sie fertigzustellen war alles andere als das. Corona hat unser aller Leben ziemlich auf den Kopf gestellt und uns einiges abverlangt. Umso mehr möchte ich mich als Erstes bei meinem Mann bedanken, weil ich ohne dich während des Lockdowns keine Minute Zeit gehabt hätte zu schreiben. Tagsüber nicht, weil die Kinder zu hüten waren, und abends nicht, weil ich zu kaputt vom Tag war.

Danke an dieser Stelle aber auch an meine Kinder, weil ihr eure genervte Mommy ertragen musstet, wenn ich wieder einmal tausend Gedanken im Kopf, aber keine Zeit hatte, sie festzuhalten. Danke, dass ihr grandiose Kinder seid, die mich trotz des ganzes Chaos rund um uns verankert haben.

Außerdem ein riesengroßes Dankeschön an Lena und Anna. Ohne euch hätte ich das Manuskript an mancher Stelle virtuell zerrissen, weil es unendlich frustrierend ist, wenn man spürt, dass etwas nicht rund ist, aber nicht daraufkommt, was es genau ist.

Danke an Teresa, weil ich dir eintausend Fragen stellen durfte und du mich mit deiner freundlichen und offenen Art weggeblasen hast. Und danke an Jasmin, dass du uns vermittelt hast.

Jenny und meine Lektorin und an alle anderen, ...uskript gefeilt haben, bis es perfekt war. Danke ...uld, wenn ich zehn Mal nachgefragt habe, und ...arür, dass ich spüren durfte, dass euch der Inhalt und ...Message der Story ebenso wichtig waren wie mir selbst.

Und ein herzliches Dankeschön an jeden einzelnen von euch Leserinnen, Lesern und Bloggerinnen, die ihr mir einen Vertrauensvorschuss gegeben habt und in meine Storys eingetaucht seid. Danke für eure Liebe, eure Unterstützung und jedes Feedback. Ohne euch wäre dieser Job nicht nur undenkbar, sondern unmöglich.

Druck:
CPI Druckdienstleistungen GmbH
im Auftrag der
Zeitfracht GmbH
Ein Unternehmen der Zeitfracht - Gruppe
Ferdinand-Jühlke-Str. 7
99095 Erfurt